穏やかな死者たち

エレン・ダトロウ編

『丘の屋敷』『ずっとお城で暮らしてる』『処刑人』「くじ」など数々の名作を遺した鬼才シャーリイ・ジャクスン。日常に潜む不安と恐怖、目には見えない邪悪な超自然的存在との出会いや家族間の複雑な関係、人間心理の奥底に流れる悪意を鮮やかな筆致でえぐりだした彼女に敬意を表し、ケリー・リンク、ジョイス・キャロル・オーツ、ジェフリー・フォード、エリザベス・ハンドら当代の錚々たる幻想文学の名手たちが書き下ろした傑作18編を収録する、珠玉のトリビュート・アンソロジー。シャーリイ・ジャクスン賞特別賞、ブラム・ストーカー賞受賞作。

シャーリイ・ジャクスン・トリビュート

穏やかな死者たち

エレン・ダトロウ編

渡辺庸子・市田泉　他訳

創元推理文庫

WHEN THINGS GET DARK:
STORIES INSPIRED BY SHIRLEY JACKSON

edited by Ellen Datlow

This translation of WHEN THINGS GET DARK:
STORIES INSPIRED BY SHIRLEY JACKSON,
first published in 2021, originally published
in English as When Things Get Dark,
is published by arrangement
with Titan Publishing Group Ltd.
through The English Agency (Japan) Ltd.

目次

穏やかな死者たち

シャーリイ・ジャクスン・トリビュート

この本を母のドリス・リーボウィッツ・ダトロウに捧《ささ》げる。
母はわたしが子供のころ、なんでも好きな本を読ませてくれた。
ありがとう、母さん。

序　文

　十二歳かそこらで『ずっとお城で暮らしてる』を読んで以来、わたしはシャーリイ・ジャクスンの作品のファンである。彼女の無気味な小説に寄せるわたしの賞賛は、レイ・ブラッドベリ、ハーラン・エリスンなど、奇妙で空想的で恐ろしい文学を手がけた多くの作家への鍾愛《しょうあい》と緊密につながっている。

　二〇一九年七月のリーダーコン――ボストン郊外で開かれるSFおよびファンタジー文学のコンベンション――に出席した際、わたしは文学的影響についてのディスカッションに参加した。リーダーコンではシャーリイ・ジャクスン賞が発表されるため、当然ながらジャクスンに関する話題も出て、そのとき彼女の作品に感化された物語のアンソロジーを編纂《へんさん》してはどうかと思いついた――が、その考えを先へ進めることはなかった。

　ところが……二、三か月後、ダブリンで開催された世界SF大会でタイタン社の編集者と知り合いになった。最初の会話はアンソロジー全般についてだったが、十一月までに――思いがけず――その編集者と同僚たちから、ジャクスンの影響を受けた物語のアンソロジーを編まないかと持ちかけられた。そこでもちろん、イエスと答えた。

次第にわかってきたのだが、ジャクスンの影響は、多くのモダンファンタジー作家、ダークファンタジー作家、ホラー作家の作品に——自覚のあるなしにかかわらず——浸透している。中にはそれがことさら顕著な作家もいるので、まずはその人たちに執筆を依頼した。やがてほかの作家たち——ジャクスンから影響を受けているとは思えなかった作家たちから、そんな本を編むのなら寄稿したいと声がかかって驚かされた。

シャーリイ・ジャクスンの物語とは何なのだろう。ジャクスンには小説の形をとった魅力的な回想録『野蛮人との生活』のような作品もある。元々は婦人雑誌に発表されたもので、ヴァーモント州の片田舎でどたばたした家庭生活を送るジャクスン一家にまつわる連作集だ。だが現在、大方の読者の心に焼きついているのは、「くじ」『丘の屋敷』『ずっとお城で暮らしてる』といった無気味な作品である。『丘の屋敷』を原作とした一九六三年の傑作映画「たたり」によって、ジャクスンはまったく新しい読者を獲得した。

彼女の物語の大半は二十世紀なかばのアメリカを舞台としており、そこに描かれているのは、心霊現象、機能不全の家族、家庭での苦しみ、爆発寸前の怒り、孤独、よそ者への猜疑《さいぎ》心《しん》、きょうだい間の対抗意識、心理的にかつ（または）超自然の存在に囚われた女性といったテーマだ。そうした作品は、当時の郊外生活の暗い底流を探ろうとしている。

このアンソロジーに収める作品として、ジャクスンの物語の焼き直しは求めなかった。彼女自身や彼女の人生についての物語も求めなかった。わたしが求めたのは、寄稿者がジャクスンの作品のエッセンスを自作にとり入れること、彼女と同種の感受性を発揮すること。穏やかな外観の下にある異様なものやダークなものを表現すること。しきたりやルールは人を安心させるが、そうしたルールが自我をひどく圧迫し、従わねばならない人間を狂気に追いやることもある。

わたしが求めたのは、ジャクスン自身が語っているように、「恐怖を利用すること、それをとり上げ、理解し、働かせること」だ。

寄稿者たちがそれに応えてくれた結果、この本ができあがった。

ここに収められた物語の一部は、とりわけ家庭的な部屋、ダイニングルームで起こり——あるいは結末を迎え——食事が中心となっている。

また別の作品が描いているのは、幽霊や説明不能なものとの恐るべき出会い、はみ出し者同士が互いの中に見出《みいだ》す慰めと、その関係が当人たちや彼らの安全圏外にいる他者にもたらす避け難い破滅、いがみ合う家族、予感に囚われる女性、規範から逸脱したせいで罰せられる人々、といったものだ。

すなわち、これから読者に楽しんでもらうのは、シャーリイ・ジャクスンの特に優れた作品の味わいを持つはずの物語の数々である。ジャクスンが存命ならば、自分が生みの親となったこの本に目を留め、褒めてくれるのではないだろうか。

（市田泉訳）

弔いの鳥

M・リッカート

M・リッカート（Mary Rickert）は一九五九年ウィスコンシン州生まれ。二〇〇六年の「王国への旅」で世界幻想文学大賞短編部門を受賞。同年の *Map of Dreams* で世界幻想文学大賞短編集部門とクロフォード賞を受賞。二〇一一年の"The Corpse Painter's Masterpiece"でシャーリイ・ジャクスン賞短編部門を受賞。

（編集部）

よくよく考えて選んだものの、いざその服に袖を通すと、レノーラは不満を覚えた。こういう時、いつも思う。なんで自分はもっと粋で上品な感じに黒が着こなせないのかと。これじゃ、羽根をむしられたカラスみたいだ。彼女は背中に手をやって、厄介なジッパーをなんとか下ろし、頭から脱ごうとワンピースをたくし上げた。つかの間、顔まわりが布でふさがれ、芳《かんば》しくもない我が身の体臭を吸いこみ、直後、服から身体が抜けて、彼女はふうっと息をついた。そして、静電気で髪を逆立てたまま、ストッキングをはいただけの足でクローゼットに取って返した。焦りをつのらせながら、ハイビスカス柄のワンピースに手を伸ばす。でも、葬式に遅刻してきた女が、ハワイの宴会に出るような服装をしていたら、みんな、どう思うだろう？　そこで代わりに、サクラソウ柄のワンピースを手に取った。伸縮性のあるウエストまわりは、ここ最近きつくなってきたし、昔ながらの小さな襟は今の年齢にそぐわない幼さがあるが、クリーム色の生地に慎《つつ》ましやかな青い花が一面に散らばっているデザインは、彼女の大のお気に入りだ。これは、何年も前に夫が死んだあと、最初に買ったものだった。このワンピースを着るたびに彼女が好んで空想するのは、自分の独り立ちに際して、誰かが祝いの花を投げかけてくれている場面で、それは、結婚式に行われるライスシャワーからの連想なのだが、思えば、この馬鹿な米撒《こめま》き行事のせいで、彼女の頭を突っつきにきたあの鳥は、新婦に分別というものを教えこもうとしていたのかもしれない。

また自分自身を好きになれるだろうかと考えながら、彼女は口紅を塗りなおし、髪をとかし、光の具合によっては濃紺に見えなくもないだろうと思って、特別な時のために買っておいた黒いハイヒールに足を滑りこませた。黒いハンドバッグの中身を、普段使いのバッグに放りこむ。ベージュの生地に茶色の縁取りがあって金色の留め金がついている、とても使い勝手のいいバッグだ。そうして、やっと家を出た時は、予定より十分も遅れていたが、きっとなにもかも大丈夫だと、彼女は自分に言い聞かせた。

「大丈夫。できる。あんたは、できる」車に乗りこんでラジオのスイッチを入れながら、彼女はなおも安心の文句を唱えていたが、結局、すべてを台無しにしかねない大失敗をやらかした。というのも、ちょうど教会に到着した時に、開けていた車の窓からヴァン・ヘイレンの曲が大音量で流れていたからで、入り口あたりに立っていた数人の弔問客が驚いたように振り返り、彼女に視線を投げてきた。

葬儀の長いミサが終わり（カトリックの儀式はだらだらと長いってことを、なんでレノーラはいつも忘れてしまうのだろう？）神父が祭壇の前に出てきて、あとは遺族による弔問客へのもてなしがあるばかりになった時、レノーラは用意しておいたツナヌードルキャセロールを冷蔵庫に忘れてきたことを、やっと思い出した。ほかの状況でこんな失敗をしたら、打ちのめされたような気持ちになったかもしれないが、今日のこの場面においては、彼女の気分はすこぶる上々だった。故人の棺《ひつぎ》を目にすることを自分がどれほど恐れていたか、それに気がついたのは、棺がどこにもないのを見て取った時だった。身廊《しんろう》に用意された台の上には、ティッシュ箱ほどの大きさの、シンプルな木の箱が置いてあるだけだった。すでに、デローレスは火葬されていた。

お葬式という行事の中で、レノーラが好きなことのひとつは、葬儀後に故人を偲《しの》ぶ集まりだ。教会の地下でやることもあるが、たいていは親族の家を会場にして、それぞれが皿を片手に、ポテトサラダやピクルスやペストリーをとって食べる。そこで、静かな場所を見つけて座り、いかにもその家の一員であるかのような顔をして、悲しみに暮れているフリをしながら、周囲の人々が声を抑えてかわす会話に耳を傾けるのが、彼女の楽しみなのだ。普通、そういう癒《いや》しの場に加わるためには、埋葬にも立ち会わなければならないものだが、デローレスの娘は母親の遺灰の扱いについて、なにか別の形を考えているらしく、それはレノーラにとって実に好ましいことだった。

娘の家は煉瓦《れんが》造りのバンガロータイプで、庭師でも雇っているのか、目を疑うほど小ぎれいな庭があった。レノーラは運転席に座ったまま、数分ほど様子をうかがってみたが、覆いをかけた大皿料理やキャセロールを持参する客は数えるほどで、ほとんどが手ぶらだった。デ彼女はバックミラーを使って、間近で見るたびに不満を覚える自分の唇をチェックした。デローレスにはなんと言われたっけ？　「あんたって、秘密を黙っていられる人間に見えないわね」それで、レノーラはこう返したのだ。「あら、あなただって、そうじゃないの」

「あたしは秘密を守り通すわ」レノーラは車内の熱い空気にささやいた。人は死んだらどうなるのか、そんなこと、皆目わからない。でも、死んですべてがおしまいになるとは、とても思えなかった。「あなたも、わかってくれてるといいんだけど」彼女は念のために付け加えた。「友情は永遠に不滅だってことを」

彼女は車のドアを開け、鎮静状態から覚めた人のように新鮮な空気を吸いこんだ。ドアはロックしなかった。この界隈《かいわい》が、車に鍵をかける必要などない場所であることは、誰もが知っている。それに、まだしばらくは人の行き来も続くはずだ。その往来がたまたま途切れた中を、彼女はひとりで玄関に向かった。硬いヒールの音が、何度跳ね返されても穴をあけるまで執拗《しつよう》に木を叩き続けるキツツキのように、家を囲む杭垣《くいがき》に、郊外特有の石壁に反射した。

薄暗い玄関ホールから、弔問客だらけになったくつろぎのリビングルームを通り抜け、つややかな苺《いちご》やグリーンサラダが盛られたガラスの大鉢、いろんな種類のチーズやチョコレートケーキを並べた美しい磁器の大皿がレースのテーブルクロスの上にきらびやかに配されているダイニングルームに足を踏み入れると、そこにいたデローレスの娘（着る人を引き立ててくれる茄子紺《なすこん》のドレスを着ている）が会話を止めて目を見張り、驚きに軽く息をのんでレノーラの名を呼んだ。レノーラは、自分が状況を完全に読み違えて、とんでもないミスをしてしまったことを悟ったが、相手が両手で握手をしようと近づいてくるのを見て、場を取り繕うために、自分もとっさに手を出した。

「来てくれて、とても嬉しいわ。あなたが母のためにしてくれたすべてのことに感謝したかったの」

「ジェーン」レノーラは決まり悪い思いで口をひらいた。周囲が聞いていないそぶりで耳をそばだてていることは、室内のざわめきが急に低くなったことでも明らかだった。

「ジーン、よ」

「ごめんなさい」

ジーンは相手と距離を詰めて話をしたがるタイプのようで、ぐっと近くに寄られたレノーラは、自分自身の息はもちろん、朝食で食べたオムレツの玉ねぎが臭わないかと気になった。

「教会での葬儀にも参列してくれていたそうね。だから、ここにも来てくれたらと思っていたの」

レノーラはジーンの（母親にそっくりの）押しの強い青い目から視線をはずして、さっと室内を見まわした。誰？ あたしが教会にいたことを、誰が彼女に伝えたの？ しかし、そこにあるのは知らない顔ばかり。それに、黒い服装でいるのも、ほかの色の服など持っていないのではないかと思うくらい黒の装いが似合っている、濡れ羽色の髪に残忍な赤い唇をしたすごい美人ひとりだけだ。違う、葬儀用の黒いドレスを着てこなかったから、自分が目立ってしまったわけではない。原因はほかにある。しかし、ほかの可能性から彼女が導き出した答えは、自分の力ではどうにもできないことだった。つまり、ここにいる人たちは、みんな同じ地域に暮らしているように見えるが、レノーラはその場所を訪れた旅人にしかなれない、ということだ。

「あなたのような看護師が母についていてくれたとわかって、わたしも心が慰められるわ」

「自宅療養を手伝う助手です」レノーラはそう訂正しながら、ジーンの手を軽く握って、すぐに放した。

「というと？」

「看護師じゃありません」

ジーンが軽く首をかしげた。

虫をくわえた鳥みたいだ、とレノーラは思った。「それは失礼」と、ジーンが続きを言いかけた時、ジュリア・チャイルドと名乗る大柄な女性がふたりの間に割って入って、ジーンにお悔やみの言葉を並べはじめた。存在を無視された居心地の悪い時間を数秒ほどこらえたところで、レノーラはその場を離れてテーブルに近づき、礼儀作法を心得ている態《てい》を懸命に装いながら、取り皿を片手に料理を吟味してまわった。むろん、実際のところは、お祝いの日のご馳走《ちそう》を前にした時と同じくらいに興奮していて、ツナヌードルキャセロールを忘れてきて本当によかったと、胸をなでおろしていた。この豪華なテーブルの上にあれがあったら、あまりにも場違いで、猫のエサにしか見えなかっただろう。

片手に紙皿を、もう片方の手にワインのグラスを持った彼女は蛇行しながら屋内を進んだ。人の多いリビングルームを通り、小さなテレビ室を抜け、その先には、木造部分を見てきた目にはまぶしく映る、銀と白を基調にリフォームされた素晴らしいキッチンがあった。そこを出て、誰もいない窓辺のベンチに腰を落ち着けようとした時、そばにある狭い廊下の、バスルームの前を通った先に、また別のドアがあるのに気づいた。しっかり閉まっているドアは、誰かが勝手に入ることを歓迎してはいなかったが、だからやめておこうという判断を、レノーラがすることはなかった。なにしろ、彼女は仕事柄、他人のプライベート空間に踏み入ることに慣れているのだ。

それは、仕事部屋だった。机と椅子が室内に向くように置かれていて、その背後に額縁のように設置された大きな窓は、この家のいたるところにあるのと同じ、木製の格子にガラス板がはめこまれたタイプのものだったが、ここのほうが現代的に見える。増築した場所なのかもしれないと、レノーラは思った。いい仕上がりだ。

彼女は持っていた紙皿とワイングラスを、大きな革張りの椅子のそばにある、部屋の隅のテーブルに置いた。ここには素敵な物がたくさんあった。ティファニー風のシェードがついているランプ、机の上に置かれた虹色の大きなペーパーウェイト（これは、皿の料理を食べ終えてから、よく見てみようとレノーラは思った）、本棚の本の前に重石《おもし》のように置いてある細々した飾り物は、青いガラス製の小鳥と、なにかを象《かたど》った木彫りの——どことなく女性の身体を連想させる形の——像と、それから岩石が一個。

窓の向こうにはアジサイが咲いていていて、引き寄せられた数羽の蝶《ちょう》が飛んでいる。そんな窓の外の光景をうっとり眺める楽しみと、この部屋の心地よい設《しつら》えを観察する楽しみの両方に心誘われたレノーラが、どちらを先にしようかと、料理を食べながら悩んでいた時、急にドアがひらいて、ジーンが室内に入ってきた。その面立ちは――横から見ると――険があった。

レノーラが小さく咳払《せきばら》いすると、ジーンが振り向いて、心臓に手を当てた。

「驚いた《マイ・ゴッド》」

「ごめんなさい」レノーラが謝った。「あたしは、ただ――」

「いえ、いいの、謝らないで」ジーンは空《くう》を叩く仕草をした。「まさか、あなたがここにいるとは思わなかったから。そりゃ、こういう行事は長くて退屈なものだし。きっとあなたは、参列する機会がとても多いでしょうしね」

「ええ、まあ……」レノーラは余計な説明をしないことにした。本当は人の葬式に出ることなど滅多《めった》にない。デローレスは特別なのだ。

「本当に」ジーンが続けた。「これは、天の仲立ちかもしれない。あなたは、そういったことを信じる？」

レノーラは肩をすくめた。神様がらみの憶測話には関わらないのが一番だと、とうの昔に学んでいる。ジーンは返事を待つこともなく、室内にまだ一脚だけ残っている椅子を取りに行った。しかし、机と壁にはさまれた狭い空間にあるそれは、キャスターがついているのに、なかなか前に引き出せない。レノーラは、悪戦苦闘しているジーンを見ながら、手を貸したほうがいいだろうかと悩み、それから、自分は仕事が休みの日にまでそんなことをしなければならないのかと考えて、むっとした。ちょうどその時、ジーンが椅子を引き出すことに成功し、絨毯《じゅうたん》の上を押してきて、レノーラの正面に、彼女の唯一の逃げ道をまんまとふさぐ形で置いた。

「あなたとは、いつかお話しできたら、って思っていたの」

レノーラはワイングラスを口元に近づけ、最後のひと口を時間をかけてゆっくり飲んだ。そうやって、表情をうまく隠しながら考えるための時間を稼いだあと、テーブルにグラスを置き、またすぐにそれを取って、コースター代わりのナプキンの上に置きなおしたが、すでにテーブルの上には丸い染みがついてしまっていた。どうして自分はこれほど簡単に、なんでも駄目にしてしまうのかと情けない気持ちになりながら、彼女はジーンのほうに顔を向け、非難の言葉を待ち受けた。しかし相手は、ただ両手をふっと上げて、それをレノーラのほうに伸ばすのかと思いきや、そのまま宙に浮かしていたあと、飛ぶことに慣れていない雛鳥《ひなどり》のように、また自分の膝に戻した。

「母が死んだ日のことを、あなたに訊きたかったの。最期は、安らかだった？　本当のことを言ってくれていいわ。なにを聞いても受け止める覚悟はあるから」そう言った彼女の顔にはちぐはぐな笑みが浮かんでいて、言葉通りではないことを示していた。

「デローレスとあたしは、友情を育みました」

「それはよかった」そう言ったあと、ジーンは唇をすぼめた。

「あれは、ごく普通の日でした。デローレスは昼寝をしに部屋へ戻って、あたしはゴミを出しに外へ出て、それで、戻ってから様子を見に部屋へ行ったら、亡くなっていたんです」

「それだけ？」

一瞬、記憶が身震いした。潰して殺したと思っていた虫が、まだ死んでいなかったように。枕に抗《あらが》って、もがいていたデローレス、バタバタと動く腕、彼女から漏れてきた声と音。

「母は、付き合いやすい人じゃなかった」ジーンが言った。「そんなことはない、なんて否定する必要はないわ。わたしは、母のそばにあなたがいてくれたことを喜んでいるの。でも、母がどれくらい難しい人間だったかってことは、知ってるから」

「いいえ、そんなことは全然。あたしたちは友人でした」

ジーンは立ち上がり、また椅子を押して、絨毯の上を戻りはじめた。

レノーラはずっと息を詰めたままでいた。そのことに自分で気がついたのは、口から安堵《あんど》の息がもれたからで、その拍子に動いたあばら骨がワンピースの生地を限界まで押し広げ、背中のボタンのひとつが弾けたのを感じた。

ジーンは苛立《いらだ》ちに唸《うな》り声をあげて、思うように動かない椅子をその場に放置すると、机の裏にまわって抽斗《ひきだし》を開け、小切手帳らしきものを取り出した。

「これは、ほんの気持ちよ」彼女はペンを動かしながら、顔を上げずに言った。

「そんな、いけません」レノーラは怯《おび》えて言った。

「馬鹿言わないで。あなたたちの仕事がどれほど大変か、わたしだって知ってるわ」ジーンは颯爽《さっそう》とした足取りでレノーラのそばに戻った。「受け取って。なにか好きなものでも買ってちょうだい」

ちらりと動いた彼女の視線が、レノーラの着ているワンピースに、いささか長く留まったようだった。むろん、相手は知る由もないが、レノーラはこのやり取りに、自分が金で雇われた殺し屋にでもなったかのような、いかがわしいものを覚えた。

ジーンは軽く膝を曲げて、レノーラのスカートに散らばる青いサクラソウの上に小切手を置いた。「今日はあなたと話ができて、本当によかった。できれば、まだこの部屋に、あなたと隠れていたいところなんだけど」

「ええ、そうですね」

「あなたは、好きなだけここにいればいいわ。でも、出る時は、ドアをきっちり閉めてね。本当はお客様を入れるつもりのない部屋だから」

自分が叱責されていることは百も承知で、レノーラは落ち着いた表情を保ったまま、うなずいた。そして、またひとりきりになるのを待ってから、ようやく笑みを浮かべて小切手に書かれた金額を確認し、それをバッグに押しこんだ。彼女は椅子を立つと、料理のかすや汚れ染みがついている紙皿を机の横にある小さなごみ箱に投げ捨て、ワイングラスはテーブルの上に置いたままにした。

彼女の手は、頭で考えて命じなくても勝手に動く能力があるように、本棚の前を通りしな、そこにあったガラスの小鳥をぱっとつかんでバッグに落とし、金色の留め金をパチンと閉めた。

レノーラがささやかな休憩を取っている間に、集まっていた人の数はずいぶんと減っていて、彼女の存在はさっきよりよほど目立つようになっていたが、それでも誰かに足止めされることはなく、まるで幽霊のように部屋から部屋へ移動していった。こんなふうに、自分が誰の目にも止まらない場面に遭遇すると、時には胸がざわついてしまう彼女も、今回だけは大きな力に守られているような感じがした。

レノーラは自宅の前に車を停めながら、顔をしかめた。ここ十年近く、彼女が誇りをもって自分の家と称してきたのは、一棟の建物が四世帯分に分かれているアパートメントの一室だ。その窓の外にアジサイが咲いていないからといって、それのどこが悪いだろう?

誰かがこちらを見ていないとも限らないので、彼女は歩道を急いで歩いた。ボタンの飛んだワンピースの背が口をあけているのを知られては事だ。そうして自分の部屋に戻ると、すぐにドアに鍵をかけて、蹴るように靴を脱いだ。きつくてきつくて、たまらなかった。あと二、三回は我慢して履かないと、これは足に馴染《なじ》みそうにない。それから彼女は、背中のボタンをはずすために身体をひねって格闘し、すると、脱げるより先に生地の破れる音がした。ようやく足元に脱ぎ落としたワンピースをまたぎ、新しい服を買うことにしようかと考えながら、風呂に入る支度をするためにバスルームへ行き、去年の十二月に、世話をしていた(デローレスではない)患者のひとりからもらったクリスマス・バスケットに入っていたラベンダーの泡の入浴剤を、蛇口のお湯が流れ落ちているところに注ぎ入れる。浴槽にお湯がたまるのを待つ間、彼女は冷蔵庫からツナヌードルキャセロールを取り出して、オーブンに入れた。実際、ジーンの家ではほとんど食べることができず、そろそろお腹が本格的に空いてきそうだったのだ。

彼女はバッグをあけて、青いガラスの小鳥を取り出した。手のひらにしっくり収まる小鳥。なんて、かわいらしいのだろう。自分が持っている物の中でも、最高に素敵な物のひとつだ。となれば、それ相応の特別な扱いをすべきで、そこらの棚にほかの物と一緒くたに置くようなことはできない。彼女は、スツールが物置状態になっていて、普段めったに使うことのないカウンターテーブルの反対側にまわり、自分の部屋を隅々まで眺めた。デローレスの娘の素敵な家を目にしたあとだと、道端で見つけたり、リサイクルショップで買ったりした中古品ばかりが並んでいる小さな室内は、いかにもわびしい感じがした。

彼女は座面のへたったカウチの前にあるコーヒーテーブルに小鳥を置くと、大急ぎでバスルームに戻り、洪水が起きる前に、間一髪でお湯を止めた。そうして、ゆっくりと湯につかっているうちに、オーブンの中のツナヌードルキャセロールが、ラベンダーの香りをしのぐいい匂いを漂わせてきて、お腹が鳴った。

「新しいバスローブを買うのも、いいかも」彼女はそうつぶやきながら、もう何年も使っている、タオル地の古いバスローブに身を包んだ。

カウチで夕食を食べながら、彼女は、本物の主婦たちが今日も喧嘩《けんか》しているテレビの番組をろくすっぽ見ていなかった。ガラスの小鳥はあまりにきれいで、ほかのすべてがかすんで見えた。

「新しいテーブルを買おうかな。それと、ランプ。あなたの娘のランプは好みだったわ」

その後、時々やってしまうように、レノーラはカウチで寝入ってしまい、フライパンのコマーシャルの大音量で目を覚ました。それでテレビを消して、ただし部屋の明かりは防犯のためにいつものように消さずにおいた。ようやくベッドに入ると、今度は、小切手のお金で新しいマットレスを買うことを思いついた。ことさら心が躍るような使い道ではないものの、買い物としては賢い選択かもしれないと、つらつら考えているうちに、彼女は自然と眠りに落ちて、それからどれくらいの時間がたったのか、ツナヌードルキャセロールの匂いにラベンダーの香りが入り混じった悪臭で目が覚めた。レノーラは昔からきつい臭いに敏感なのだ。

換気扇を回さなければと思い、のろのろとキッチンに向かった彼女は、その途中で足を止めた。視線の先に、デローレスの後頭部があった。死んだはずのデローレス。火葬されたはずのデローレス。それが、カウチに座っている。

レノーラはゆっくりと歩を進めた。ガスコンロの前でいったん止まって、そっとケトルをつかむ。その時、キャセロールの容器がカウンターの上にあるのに気づいた。彼女の記憶では間違いなく冷蔵庫に戻したはずなのに、それを否定するように、はっきりとそこにあった。「そのケトルでなにをする気なんだか。あたしはもう死んでいるのに」座っているデローレスが言った。彼女の膝の上には、ツナヌードルキャセロールを取り分けた深皿があった。

「ここで、なにをしているの？」レノーラが訊いた。

デローレスは、彼女ならではの雄弁な表情を浮かべた。言葉に直せば「あんたの馬鹿なところは、とにかく気づかないフリですますよ」という意味になる、その表情のまま、彼女はツナヌードルキャセロールの塊《かたまり》をフォークで突き刺した。「お座り、レノーラ」

レノーラは相手の言葉に従い、そばの椅子に腰をおろした。それは、数年前にリサイクルショップの《グッドウィル》で買った椅子で、たった十ドルで手に入れたものの、座り心地が悪すぎて、ほとんど使っていない代物だ。

「なんで、ここにいるの?」

「訊かなくても、わかってるはずだよ」そう言いながら、デローレスはフォークを口に運んで、もぐもぐと頰張《ほおば》っていたが、しばらくすると、嚙《か》んだ跡のないツナとヌードルがこぼれ落ちた。「あぁ、やっちまった」

「手を貸しましょうか」

「あんた、今、あたしを持て余しているだろう?」膝にのせた深皿の中身を、さらにフォークで突き刺しながら、デローレスが訊いた。

「あなたは光の御許《みもと》へ行くべきよ」

レノーラの言葉に、デローレスは鼻を鳴らした。ヌードルの切れ端が口から飛び出し、コーヒーテーブルに置いてあるガラスの小鳥のそばに着地した。

「ま、あたしが思うに、これであんたは連続殺人鬼、ってわけだ」

「違うわ」レノーラは侮辱された思いで否定した。

「いいや、違わないね。あんたは自分の夫を殺して、そのあと、あたしも殺したんだから」

「二十年の隔たりがあるでしょ」レノーラは反論した。「それに、あたしがあなたを殺したのは、そのことを誰にも言わないって、あなたが約束したせいよ。あなたとなら秘密が共有できると思っていたのに。あなたは友だちだと思っていたのに」

「こっちだって、あんたを友だちだと思っていたさ!」デローレスが叫んだ。「いったい、あたしが誰に話した? 誰にも話しちゃいない。なのに、そのお礼が、これとはね」

「あなたがあたしをどんな目で見てるか、わかったからよ」

「冗談じゃない。そんなへ理屈、人が聞いたら呆《あき》れるよ」

「あなたは誰かに話す気だった」

「そんな気はなかった」

「嘘をつかないで、デローレス」

「あんたのツナヌードルキャセロールはひどい味だね」

「それは、あなたが死んでるからよ。まともに嚙むことすらできないじゃない」

デローレスは膝の上の深皿を見て、笑い声をあげた。それは、どこか獣じみた、咆哮《ほうこう》に似た短い響きで、生きていた頃の彼女からは想像もつかない声だった。

「お願いだから、あたしの立場を理解して」

デローレスはレノーラをにらみつけた。

「買うなら、新しいマットレスを買ってきな。なんなら、もっと大きなベッドも。だって、あたしはあんたを離れて、どこかへ行く気はないんだから」

レノーラは、まさか自分にそんなことが(だって、サイコパスではないのだから)できるとは思っていなかった行動をとった。すなわち、弾かれたように椅子を立ち、ケトルを握った手を振りかぶって、老女の頭を殴ったのだ。デローレスは――なにしろ、死んでいるので――なにも感じるはずはないのに、それでも、怯えた表情でレノーラを見上げながら、骨ばった両腕を上げて我が身をかばおうとした。血は一滴も飛び散らず、なにかに当たった手ごたえもなかった。苛立ちにかられたレノーラは、空振りしたケトルを叩きつけるようにテーブルに置き、ガラスの小鳥が砕け散った。

彼女ははっとしてそこに目をやり、泣きそうになるのを必死にこらえた。

「あたしが今、なにを思い出したと思う?」デローレスがたずねた。「どんなに興奮してたって、あたしは自分の一番の秘密を、絶対あんたに漏らさなかった、ってことよ」

「へえ、そうなんだ」レノーラが言った。「だから今、ここにいるってわけね」

「そう。あたしはあんたを助けるために、はるばる天国からやってきた」

「あたしを助ける?」

「そうだよ、レノーラ。だって、あんたの作るツナヌードルキャセロールは、クソみたいな味だからね」

「ちょっと、デローレス、なんてことを――」

「なにか、カリカリしたものを足さないと」

「ポテトチップスを入れろ、ってこと? そんなの、言われなくてもわかってる。誰だって知ってるわ。今回は、買い忘れたから入ってないだけ。わかった？　だったら、もう帰って」

「ポテトチップスじゃない。割れたガラスだよ。ちょうど、あんたの目の前にあるようなね。試してみれば、わかることさ。あたしたちは、死んだあとで、こういったことを学ぶんだ。今のあたしには物事がよくわかっているんだよ」

「なにを馬鹿な。ふざけたことを言わないで」そう言い返しながらも、レノーラはガラスの破片を寄せ集めて、ピクルスの空き瓶に注意深く移し入れ、蓋をしっかり閉めたあと、食器棚に並んでいる塩や胡椒《こしょう》の容器のそばに置いた。そうして振り返ると、デローレスの姿は消えていた。天国に、地獄に、あるいは、娘に入れられた小さな木箱の中に、彼女は帰ってしまっていた。レノーラは残っているキャセロールにアルミホイルをかぶせて冷蔵庫に入れ、玄関に鍵がかかっているのを確認し、それからベッドに戻って、夜が明けるまで寝返りを打ち続けた。

朝になると、彼女は派遣会社に電話して体調が悪いことを伝え、それから寝具店に車を走らせて、寝心地のいいクイーンサイズのマットレスと、新しいベッドの枠を選んだ。ただし、これはレノーラにもわかっていたことだが、なんらかの事案を片付けたあとには、それにともなう新たな課題が当然のように生じるもので、さらに彼女はクイーンサイズのシーツとキルトのベッドカバーも買うことになった。ショッピングモールからの帰り道、彼女はヌードルとツナ缶を買うために、スーパーマーケットに寄った。レノーラがカートに入れていく品物を見た女性客のひとりが「ツナヌードルキャセロールを死ぬほど食べたい人がいるみたいね。チップスも買い忘れないで」と声をかけてきて、レジでは係の女性が、ひとりの人間がどれくらいの量のツナを消費しうるかという眉唾なうんちくを傾けてきたが、レノーラはどちらも無視した。どんな力が自分の心に作用したのかはわからなかったが、今の彼女は、何年も前にサクラソウ柄のワンピースを買った時と同じ、あれ以来ずっと感じることのなかった解放感に満たされていて、自分以外の誰かの意向をくみ取って行動することにも、自分自身の無分別な衝動を理性で抑えつけることにも、なんら関心がなくなっていた。夕食にツナヌードルキャセロールを食べたいと思う日が続くなら、それが死ぬまでずっとであっても、彼女は食べ続けるだろう。買った荷物を車に積むと、彼女は駐車場に立ったまま、頭上で円を描いている鳥の群れを見上げたが、その距離はあまりに遠くて、どんな鳥たちなのか、わからなかった。

（渡辺庸子訳）

所有者直販物件

エリザベス・ハンド

エリザベス・ハンド（Elizabeth Hand）は一九五七年生まれ。八八年に小説家デビュー。九六年、「過ぎにし夏、マーズ・ヒルで」でネビュラ賞ノヴェラ部門と世界幻想文学大賞ノヴェラ部門を受賞。二〇〇四年、*Bibliomancy* で世界幻想文学大賞短編集部門を受賞。〇七年、「エコー」でネビュラ賞短編部門を受賞。〇八年、「イリリア」で世界幻想文学大賞ノヴェラ部門を受賞。日本ではオリジナル編集の短編集『過ぎにし夏、マーズ・ヒルで』（創元海外ＳＦ叢書）、長編『冬長のまつり』（ハヤカワ文庫ＳＦ）のほか、ノヴェライズ作品が刊行されている。

（編集部）

所有者が不在の家に侵入し始めたのがいつだったか、正確なところは思い出せない。子供たちが生まれる前だから、三十五年以上前になる。それを始めたのは秋のことで、わたしはよく、イングリッシュ・シープドッグの老犬、ウィンストンを連れてテイラー池のキャンプ道の一つを散歩していた。最近はその道に新しい夏の別荘が建ち並び、普通の住宅も数軒建っているが、当時は一年中人が住んでいる家は二軒しかなかった。全部で十軒余りのほかの家はどれも極小サイズで、断熱材も入っておらず、現代の基準によれば間違いなく山小屋とかコテージとか呼ばれそうだった。それらの家は湖岸に沿って点々と建ち、危険なくらい朽ちているものもあれば、こけら板や板と小角材《ボード・アンド・バテン》の外装をきれいに保っているものもあった。近頃ではそこまで水の近くに建物は建てられないが、八、九十年前にはだれもそんなことを気にしていなかった。

ともあれ、わたしとウィンストンはいつも、未舗装の道を一、二時間ぶらぶらし、わたしは落ち葉を蹴とばし、犬はシマリスやアカリスのにおいをふんふん嗅いでいた。あれはわたしが電話番をしていた公認会計士事務所をやめたあとか、週末のことだろう。池は美しく――本当は湖だが、単に池と呼ばれていた――ときたま水面にアビやカワウソの姿が見え、頭上をハクトウワシが飛ぶこともあった。ウィンストンを除いたらだれ一人見当たらなかった。車が通り過ぎることもなかった——一年中人が住んでいる二軒の家は道の入口付近にあったのだ。

ある日、山小屋の一つに近づいていって、ドアがあいているか確かめようと思った理由ははっきりしない。たぶん池の景色と網戸を巡らせたポーチを見ていて、どんな人が住んでいるのか知りたくなったのだろう。いや、正直なところ、そこに住んでいる人には興味がなかった。ただ、中がどんなふうか見てみたかったのだ。

網戸に手をかけた。もちろん開いた——網戸に鍵をかける人なんているだろうか。そのあと玄関ドアのノブを回すと、それも開いた。待っててとウィンストンに声をかけ、中に入った。

よくある、というか、当時はよくあった山小屋そのものだった。広くない部屋、節のあるマツ材の壁、むき出しの梁《はり》。平屋建てで、狭いバスルームと金属製のシャワーブースがついている。小ぢんまりしたキッチンには一九六〇年代初頭のものとおぼしきGE社の冷蔵庫——把手《とって》に巻きつけた布巾を挟んでドアを半開きにしてある。小さな寝室が二つあって、それぞれにベッドが二つ置いてある。

リビングがいちばん素敵だった。縦仕切りのある大きな古い窓、網戸つきのポーチに通じるドア。いかにも山小屋にありそうな家具——中古品や、自宅用から降格した椅子とサイドテーブル。大きなコーヒーテーブル、ゲームやパズルの箱が載っている棚、湿気で膨らんだペーパーバック。石造りの暖炉の横には薪が少し積んである。壁にはビーナス社のパズル塗《ペイント・バイ・》り絵《ナンバー》キットで描いた鹿や山々の絵を額に入れたもの。

あのころの山小屋には独特なにおいがあった。いまもそうかもしれない。白カビ、コーヒー、煙草《たばこ》の煙、薪の煙、コメットクレンザー。気持ちいい香りだ――あまりきつくなければ白カビのにおいさえ。わたしは一、二分、窓から池をながめていた。それからその山小屋をあとにした。

次の山小屋も似たりよったりだったが、水辺に置いてあるカヌーが一艘《いっそう》ではなく二艘で、その横に船着き場が造ってあった。ドアは施錠されていなかった。この家のほうがゲームがたくさんあり、丸めたバレーボールのネットと、ウィッフルボール（野球を原型に考案されたスポーツ）のプラスチック製バットまであった。バスルームには子供用の水着が吊るされていた。家具もこちらのほうが上等で、すり傷だらけだがもっと新しく見え、淡い色の木でできていた。椅子とテーブルとカウチはセットで買ったもののようだ。窓に近すぎる位置にカラマツの木立があるせいで、さっきの家ほど見晴らしはよくなかった。それでもやはり素敵な感じで、子供たちが描いた絵と額装したキャデラック山の写真が壁に飾ってあった。

外に出たあと、きちんとドアを閉めてから先へ進んだ。ウィンストンはリスを追いかけるのをやめ、わたしの横を歩くだけで満足しているようだった。わたしは犬のもつれた毛から葉や小枝をぼんやりつまみとり、家に帰ったらよくブラッシングしなくちゃ、できたらお風呂にも入れなくちゃと考えた。

そのあと一時間くらいは似たような感じだった。山小屋のうち、施錠されていないのは半分程度だったが、ポーチの網戸はどれも鍵があいていた。網戸だけがあいているときは、重ねた籐《とう》家具やプラスチック家具、折りたたんだローンチェア、救命具や空気を抜いた水遊び用玩具のあいだであちこちを向いて、ポーチからのながめをチェックした。あるポーチではリビングに通じるドアがあいていたので、室内を見ることができた。

そうした山小屋の内装――と呼んでよければ――は面白いくらいどこも同じだったが、それより強く感じたのは、人がささやかな安息の場所を整える方法は頼もしいほど千差万別だということだ。一部屋しかない小さな手造りの山小屋は、片隅に釣り道具が置かれ、ドアの上に大きなヘラジカの角がかけてあり、屋外トイレには六枝の鹿の角がかけてあった。そのとなりのこけら板張りのコテージは、ほぼあらゆる面がかぎ針編み、手織り、棒針編み、キルトでできた何かで覆われ、煙草とポプリのにおいが強烈に漂っていた。

わたしは一つ一つの別荘をじっくり見て、自分ならどんなふうに家具を移動し、どの木を切り倒すか考えていった。何回か表札に知っている名前があったり、色褪《いろあ》せた家族写真の中に知った顔を見つけたりした。抽斗《ひきだし》やキャビネットは一つもあけなかったし、何一つ盗《と》らなかった。そんなことをしようとは夢にも思わなかった。さっきも述べたように、中がどんなふうか見たかっただけなのだ。

とうとうわたしたちはキャンプ道の終端まで来た。ウィンストンはくたびれ、日は傾きかけていた。しかもそれ以上先へ進んだことはなかったので、そこで回れ右してキャンプ道の入口へ引き返し、舗装された道に出た。かたわらの草地に年代物のボルボを駐車してあった。

ウィンストンは後部席に飛び乗り、わたしたちは家に帰った。一時間くらいウィンストンをブラッシングしたが、お風呂には入れなかった。あの犬はお風呂が死ぬほど嫌いだった。

その秋のあいだ、ときどき町にあるさまざまなキャンプ道を散歩して同じことをやった。感謝祭が来るころには好奇心はすっかり満たされていた。陽射《ひざ》しが弱まり、気温が下がるにつれて、ウィンストンの散歩は家の近くでするようになった。一年後、わたしはブランドンと結婚し、その一年後に娘が生まれた。

また散歩を始めたころには十年が過ぎていた。かつての犬は亡くなり、新しい犬は飼わなかった。今度はほかの女性たち、子供のクラスメートの母親たちと散歩にいき、その中の一人、ローズと特に親しくなった。めいめいの息子が九歳か十歳のころ、いっしょに散歩を始め、その習慣は三十年近く続いた。わたしと同じように、ローズもキャンプ道を散歩するのが好きだった。車はほとんど見かけなかったが、夏には蚊がひどく、何十年かのあいだにマダニもだんだん気になるようになった。

ローズは小柄で陽気でおしゃべりだった。地元のゴシップ、家族のニュース。ときには二人で政治について熱く語り合った。共通の友人のヘレンがときどき加わったが、彼女はローズやわたしより歩くのが速いため、三人いっしょのときは会話は少なめになった。いつのまにかローズもわたしと同様、髪を染めるのをやめていた。わたしの髪はネズミ色になったが、ローズのは新しい五セント硬貨の色になった。ヘレンは髪を染め続けていたが、もう昔のようなブロンドではなかった。夫たちもみんな仲がよく、六人でよく集まってディナーを食べたり、焚《た》き火をしたり、スーパーボウルを見たりした。

こうしたわけで、ローズと知り合って四半世紀近くたってから、彼女もまた無人の家の中を見るのが好きだとわかったのはおかしな話だった。わたしたちはラガワラ湖に沿った未舗装の道を散歩していた。晩秋で、一週間ほど前から季節外れな寒さだった。キャンプ道沿いに家はわずかしかなく、どれも終端付近に固まっていて、翌年の夏までだれも住んでいなかった——わたしたちは窓からのぞき込むようになっていたので、それはわかっていた。かつての習慣をローズに話したことはなかったが、一度か二度、彼女が見ていないときにコテージのドアがあかないかと試してみた。だけどいまではだれもが家に鍵をかけていた。

道の途中まで行ったところに、州外の人間が購入した広大な湖畔の土地があり、十年前から邸宅群の建築が続いていた。二人とも、そこで働いたことのある業者の何人か——石工、大工、屋根職人、電気工、配管工、冷暖房業者、建具屋——と知り合いで、建築の済んだシングル様式のさまざまな豪邸や別棟の中にあるものを彼らから教えてもらった。屋内プール、ビリヤード室、映写室として造られた離れと、そこに設置された英国パブ風のバーカウンター。ミニチュアゴルフのコースにはホールごとにブロンズ像が立っている。管理人はわたしの家より大きな、クラフツマン様式の専用コテージに住んでいる。

何より贅沢《ぜいたく》なのは、専用の建物に収められた回転木馬だ。電動カーテンがかかっていて、どんな感じかと中をのぞくことはできない。それからまた、二階分の高さがある鮮橙色《せんとうしょく》のおぞましいレジン製ラバーダック像も立っている。十年近くのあいだ、管理人以外の人間が屋敷や地所内にいる気配はなかった。

　ある冬の日、邸宅の一軒の建築が始まって少したち、壁と屋根はできているが、内装はまだというとき、ローズとわたしは立ち止まってその屋敷を見上げた。冬のあいだ工事は中断していた。

「とんでもない無駄遣い」わたしは言った。

「まったくよね。暖房までしてるし」

「暖房？　窓も入ってないのに」

「でしょ。だけど中は熱気でむんむんしてる」

「どうして知ってるの？」

「何度か入ってみたから。ドアは全部あけっぱなし。見たい？」

　来た道をふり返り、管理人の家のほうに目をやった。生い茂る常盤木《ときわぎ》の木立のおかげで、向こうからこっちの姿は見えない。それにだれかに見られたとしても、その人に何ができるだろう。わたしたちは品行方正な二人の中年女性で、町の委員会で活動してきたし、何十というベイクセール（学校や慈善団体が資金集めのために開催する焼き菓子類のバザー）にも貢献してきた。

「見たい」とわたしは言い、二人で中に入った。

　中はホテルの一室のような暖かさだった。道具や建材が何万ドル分も、あちこちの部屋に放置してある——電気ケーブル、石膏《せっこう》ボード、工具、業務用掃除機、ありとあらゆるものが。二人でしばらく見て回ったが、わたしはあっというまに興味を失った。家具は入っていなかったし、湖のながめはよかったが、絶景というほどではなかった。それに所有者が防犯装置のたぐいを設置していないかという不安もあった。

「出たほうがいい。防犯カメラか何かあるかもしれない」

ローズは肩をすくめた。「いいわよ。でもこれ、楽しくない？」

「うん」とわたしは答え、二人で道に戻った。数秒後に付け加えた。「わたしもあれ、ときどきやったことがある。キャンプ道で。持ち主がいないときに家に入ってみるの」

「うそ！」ローズがあんまり大声で叫んだので、最初は呆《あき》れられたのかと思った。「わたしも！　何年もやってた」

「ほんとに？」

「ほんとに。昔はドアに鍵なんかかかってなかった。楽しかった。でも何も悪いことはしなかった」

「わたしも」

それ以後は、入ったことのある家を通りかかるたびに情報を交換した。ローズはわたしより別荘の所有者に詳しかったが、それを言うなら、彼女は町の住民もわたしより大勢知っていた。ヘレンがいっしょに散歩しているとき、二人とも中を見たことのある山小屋の話をうっかりしてしまうこともあった。

「どうしてその家の人と知り合いなの？」ヘレンが訊《き》いた。

「知り合いってわけじゃないの。窓から中をのぞくのが好きなだけ」

「わたしも」とローズ。

去年の十月、三人で午後の長い散歩に出かけた。歩いたのはキャンプ道ではなく、町の中心を出て近くの山を登っていく、家がまばらにしかない舗装道路だ。その山はキルデン山と呼ばれていて、標高はそんなに高くなかった。待避所があるところまでわたしの車で行き、そこに駐車して歩き始めた。脚の長いヘレンはローズとわたしより十フィートも先を歩き、肩ごしにふり返っては大声で会話に参加した。

「おしゃべりしたいなら、もっとゆっくり歩きなさいよ」とうとうわたしは叫んだ。

ヘレンは立ち止まってかぶりをふった。「二人とも、ティムといっしょに歩いてみなさいよ――走らないとあの人にはついていけないの」

「走ったら心臓発作が起きちゃう」とわたし。

ヘレンは笑った。「心肺蘇生法《CPR》を知っててよかった」それからまた競歩でもしているように歩き始めた。

キルデン山を登る舗装道路はおよそ四マイル続き、急カーブして古い砂利道に変わり、砂利道は一、二マイル続いたあと、そびえるマツの木に囲まれた待避所でいきなり途切れている。待避所からキルデン山の頂まで、荒れた山道が走っており、その道からはあちこちの湖、アガナンガット川、北側の高い山々といったすばらしい景色がながめられる。山道を使うのは地元の人間で、よそ者にはその道のことを教えないようにしている。わたしが最後にそこを歩いたのはもう十年前だ。

百五十年前、この一帯はほとんどが農地で、ブルーベリーの生える野原もあった。いまでは林が地面を覆い尽くしている。背の高いカエデやオーク、カバやブナ、シロマツ、ツガ、蔓《つる》に棘《とげ》があって通行を阻むブラックベリー。ちょうど紅葉が見ごろで、目が痛いほど青い空を背景に金色と緋色《ひいろ》と黄色が広がっている。道端にはアキノキリンソウ、アスター、ノラニンジンが花を咲かせている。遠いところで犬が吠《ほ》えたが、山のこのあたりでは車の音も聞こえてこない。わたしたちは足どりを緩め、ヘレンでさえ木々を愛《め》でるためにペースを落とした。

「ここは美しいね」とヘレン。「もっとこのへんを散歩しなくちゃ。どうしてもっと出かけてこないのかな」

わたしはうめいた。「来るたびにわたしが心臓発作を起こすからじゃない？」

「なんなら引き返すけど」ローズがわたしの腕を軽く叩いた。

「ううん、大丈夫。ゆっくり歩くから」

二、三分もしないうちに、三人とももっとゆっくり歩き始めた。この付近では木立が道から遠ざかり、目に入る空が大きくなるので、実際よりずっと高いところにいるような気分になる。古い石塀が木々のあいだをうねうねと走り、とっくになくなった屋敷と農地の境目を示している。家々の名残といったら、地下室跡の穴と玄関脇に植えてあった木々くらいだ——木々は必ず二本一組で、片方はライラック、片方はリンゴの木。ライラックは灰色と褪せた緑のみっしりした繁《しげ》みと化し、リンゴの木はいまも実をつけている。

実を一つ摘んだ。甘くて少しワインのような味——サイダーアップルだ。食べ終えて芯を森に捨ててから、急ぎ足で二人を追いかけた。

「見て」ヘレンが未舗装道の曲がり角の先の、木々がひときわまばらなあたりを指さした。「あの家、素敵じゃない？　ティムとここまでハイキングに来てたころ、いつかあの家を買って住もうって、よく話してたの」

「わたしたちも！」ローズがはしゃいだ声をあげた。「ハンクもあの家、気に入ってた。わたしも気に入ってた」

二人がこっちを見たので、わたしはうなずいた。「ブランドンとここに来たことはないけど、そうだね。きれいな家」

ローズは笑いながら小走りになった。ヘレンもあとを追い、すぐに彼女を追い抜いた。一、二分後、わたしは二人に追いついた。

広い芝生が道のそばまで広がっていた。芝生は数週間前から刈られていないようだが、雑草や若木が根を張るほど放置されてはいなかった。燃えるような深紅の葉が散り敷いているのは、芝生の真ん中にカエデの大木がそびえているからだ。木から三十フィートくらい後ろに家が建っていた。このあたりでよく見かける古い農家やケープコッド様式の家ではなく、カーペンターゴシック様式の家でもなかった。これはフェデラル様式の家だ。だいたい真四角で二階建て、大きな窓がたくさんあり、外壁は白い羽目板張りで、煉瓦《れんが》の煙突が二本立っている。この地方ではフェデラル様式の家をあまり見かけない。これは一八〇〇年代初頭に建てられたものだろう。納屋や離れはなさそうだった。車庫もないが、そのことはそう珍しくない——うちにだって車庫はない。青と紫のアスターが正面の壁に沿って生え、花が終わったワスレグサの長い灰色の茎も残っていた。

住む人はいないようだった——窓にはカーテンがなく、明りもついていない——が、手入れはされていた。白い塗装は風雨のせいで傷んでいるが、そんなにひどい状態ではなかった。花崗岩《かこうがん》の基礎も沈んでいない。煉瓦の煙突も無傷で、目地を塗り直す必要はなさそうだった。わたしは玄関に近づいていって、ノブを回してみた。

あっさり回った。ふり返ってローズと目を合わせようとしたが、彼女は家の横に回り込むところだった。少し置いて、彼女の叫ぶ声が聞こえた。

「マリアン、見て！」

ドアを離れ、そっちへ歩いていくと、ローズが壁に立てかけてある看板を指さした。

〈所有者直販物件〉

「売りに出されてる」ローズはほとんどうやうやしい口調で言った。

「出されてた」ヘレンが看板をつかんで持ち上げた——ベニヤで手作りして白く塗り、杭《くい》に打ちつけてある。「レイバーデイ（合衆国の祝日。九月の第一月曜日）のあと、売るのをやめたんじゃない？」

もっと近づいてよく見てみた。〝所有者直販物件〟の文字は黒いペンキできちんと書かれている。その下にマジックで電話番号が走り書きしてある。数字は雨でにじんでつながっていた。見覚えのない市外局番だ。

「いくらで売るつもりなのかな」ヘレンは看板をまた家に立てかけた。

「高額で」とわたし。このあたりの不動産価格はここ十年で天井知らずになった。

「さあ、どうかしら」ローズは一歩下がって屋根のラインを見上げた。空に定規で引いたようにまっすぐだ。「だってここ、地の果てだし」

「この町は地の果てってほどじゃない」わたしは言い返した。「それにここへ越してくる人たちはプライバシーを求めてる」

「じゃあ、どうしてこの家は売れなかったの?」

「持ち主が自分で売ろうとしてるなら、どこのリストにも載っていないのかも。ここまで車で登ってくるのは地元の人たちだけ。観光シーズンは終わったし、どのみちこの家はもう売りに出されていない。だから看板をひっ込めたんでしょ」わたしは家の正面を指さした。

「ドアがあいてる。中を見たくない?」

「見たいに決まってる」ローズがにこっと笑った。

ヘレンは顔をしかめた。「不法侵入」

「人に見つかったらね」とわたし。

三人で玄関に向かった。わたしがドアを押しあけ、みんなで中に入った。そこは小さな前室になっていた。住む人がいれば汚れたものを脱ぐ部屋《マッドルーム》として使われ、ブーツやコートや道具類がちらばっているのだろう。いまはがらんとしていて汚れ一つない。わたしたちは用心深くもう一つドアをくぐって、リビングだったと思《おぼ》しき部屋に入った。

「わあ」とローズが目を見開く。「見て」

わたしは目をしばたたいて、手で光をさえぎった。外も明るかったが、ここはもっと明るいくらいだった。大きな窓から陽光が射《さ》し込んでいる。硬材の床はぴかぴかに磨かれていて、だれかがメープルシロップでもこぼしたみたいだ。天井は高く、壁は刳形《モールディング》や腰板で飾られておらず、真っ白に塗られている。壁に近づいて手を当ててみた。表面はなめらかでほんのり温かかった。拳で軽く叩いてみる。石膏ボードではなく漆喰《しっくい》で、ガラスみたいにすべすべだ。こんなに古い家の壁とは思えなかった。漆喰にひびが入ったり穴があいたりしていそうなものなのに。塗り直してからそんなにたっていないのだろう。

ローズとヘレンをふり返った。「この家にはかなりお金がかけられてる」

「だれも住んでないみたいだけどね」とヘレンが答えた。片隅にしゃがみこんでいる。「もう長いこと。ほら――この部屋にコンセントはこれ一つ。百年近く前のものじゃないかな」

ヘレンとローズはぶらぶらと部屋を出ていった。二人が何か見つけて笑ったり驚きの声をあげたりするのが聞こえてくる。キッチンのシンクについている古風な手押しポンプ、モダンなトイレではなく洗面室。わたしはリビングにとどまり、奇妙なくらい澄んだ陽射しに魅せられていた。ここまで古い家の空っぽな部屋といったら、細かい埃《ほこり》が一面に舞っているはずなのに、窓から入ってくる陽光はまるで固体のようだった。黄金の陽射しという言い方をすることがあるが、この光は本当に手で触れそうだった。あんまりそう見えるので、部屋の真ん中に一歩踏み出して、何もない空間を二つに分ける幅広い光線の中で手を横に払ってみた。かすかなぬくもり以外何も感じられない。

「二階に行くわよ！」ローズが別の部屋で叫んだ。

わたしはしぶしぶリビングをあとにした——日が短くなってきたから、じきに夕闇が迫り、あの素敵な陽光も消えてしまう——が、廊下はリビングと同じくらい明るかった。玄関の両側の細長いガラス窓と、上部の半月形の明り取りから光が射し込んでいるのだ。階段の途中にも円窓が一つあるので、二階まで上り切って待っているヘレンとローズのところへ、まごつかずに行くことができた。

「買いたいって申し出るつもり」ローズが宣言して笑い声をあげた。「一階の部屋、どれもすごく広かったでしょ？」

わたしはうなずいた。「どこもかしこも設備を新しくしないと」

「やだ、わかってる。ちょっと夢見てるだけよ。だけどほんとに素敵な家」

「信じられないくらい状態がいい」とヘレン。彼女の夫は大工なのだ。「だれが手入れしてるんだろう。ほら、この家にずっと人が住んでたとは思えないよね——家電や何かが一つもないもの」

「でもパントリーは広い」とローズ。

彼女は背中を向けて廊下を歩いていった。ドアが三つ、廊下に面していて、それぞれが寝室に通じている。いちばん大きな寝室には、わたしたちが歩いてきた道に向かう窓があり、真っ赤に紅葉した木々と遠くの山々の稜線《りょうせん》という、心臓が止まりそうなほど見事な景色が見渡せた。ほかの二部屋はもっと小さいが、それでも十分な広さで、うちの主寝室より大きかった。一つの部屋からキルデン山の斜面を頂上の露頭まで見上げられる。露頭は一八八〇年代にそこで亡くなった娘にちなんで乙女の崖《メイドンクリフ》と呼ばれている。その娘は家族といっしょにブルーベリーの野原でピクニックしていたが、帽子が風に飛ばされ、追いかけていって転落死したのだ。もう一つの寝室からはラガワラ湖がながめられた。ここからだと、ローズといっしょにそこのキャンプ道を散歩したときよりずっと大きく見える。

「ここ、わたしの部屋ね」だれも聞いていなかったがそう口にした。わたしたちは部屋を一つずつ見たあと、また逆の順序で見ていき、廊下ですれ違うときに意見を交換した。

「バスルームがない――それってどういう暮し？」

「暖房もない」

「主寝室の床には暖房の通風調節装置があった。でも子供たちは凍えてたんじゃない？」

「当時は一つのベッドに二、三人で寝ていたはず」とヘレン。成人した子やそれに近い子が六人いる。「それで少しは暖がとれたかも」

「でも照明がない」わたしは天井を見上げた。「夜にはきっと暗かったよね」

「うん。だけど蠟燭《ろうそく》とかランタンとか、そういうものはあったでしょ。それに当時の人は早寝だったし。農家の人は朝の三時くらいに起きなくちゃいけないから」

「ここが農場だったとは思えないな」わたしは窓から外をのぞいた。「畑もないし家畜小屋もない」

ローズはかぶりをふった。「近隣一帯を所有していたのかも――ここいら全体が農場だったとか」

「かもね」

だが、そうではあるまいとわたしは思っていた。いままでに訪れたことのある農家はどれも、不規則に広がり、少しガタが来ていて、心地よくちらかっていた――天井の梁は低く、床にはすり傷やでこぼこがあり、壁は子供が蹴った箇所がへこみ、長年にわたり塗り直しや壁紙の張り直しを重ねてきた跡が残っている。一つの部屋が別の部屋につながっていて、ほとんどの部屋は狭く、窓はあまりない。それに農場主というのは、お金に余裕ができるとたいてい新技術を導入する――電気、搾乳機、生活を楽にするものを手あたり次第。

電気の照明やコンセントをとりつけたら、この家のすっきりしたラインや平面は損なわれたに違いない。古い家が、老人の言い方だと〝最新式に〟され、その過程で台無しにされた例はいくつも見てきた。

この家は違った。寝室はほぼ真四角のようだ。二階の廊下さえ四角く感じられるが、もちろんそれはあり得ない。こういう左右対称な場所にいると、窮屈さや、むしろ息苦しさを感じてもおかしくはない。ところが、簡素な白壁や温かい色合いの床、注意深く配置されたドアのおかげで、わたしは落ち着きを、というより静かな高揚感を覚えていた。その昔、夫のブランドンと劇場へ映画を見にいき、あらかじめこれは傑作で、二、三時間は何もかも忘れられると知っていたときのようだ。この家にいるとそんな気分にさせられた。

「もう一つ、妙なところ、わかる?」ローズが訊いた。「においよ」

「いいにおいだけど?」ヘレンがちらっとこっちを見た。「白カビのにおいはしない。マリアンは?」

「しない」とわたし。「でもローズの言うとおり、そこが妙なところだよね——白カビとかネズミとか、そういうにおいが一切しない。ペンキのにおいも、床のポリウレタン塗装のにおいも」

わたしたちは三つの部屋を最後に一度見て回り、それから一階へ下りた。ローズは煉瓦の暖炉に近づいていった——ラムフォード式暖炉だ。熱をリビングにはね返すように側面が斜めになっている。炉床《ろしょう》は汚れ一つなく、煉瓦にはめ込まれた鋳鉄製パン焼きオーブンも同様だった。ローズは小さなカチャッという音を立ててオーブンのドアをあけ閉めした。

「ねえ、どうしたらいいかわかる?」ローズは期待の目でヘレンとわたしを見た。「この家で一晩泊まるの」

わたしは「いいね」と答えた。

ヘレンはためらった。「だれかに見つかるでしょ。この時期はまだ、このへんでハイキングする人がいるから」

「だれにも夜にハイキングなんかしない」とわたし。「懐中電灯だけ持ってくれば、だれも気づいたりしない」とローズ。

ヘレンは考え込んだ。「寒いんじゃない?」

「秋に州立公園のキャンプ小屋で泊まったって寒いでしょ」

「でもあそこなら火が燃やせる」

「弱気なこと言わないで。夫たちにはキャンプ小屋で夜の女子会をするって言っておくの。急用ができたら電話してくるだろうし、そしたら家に帰ればいい」

「きっと楽しいよ」わたしは言い、背後の窓から外をながめた。太陽はキルデン山の山頂にゆっくりと近づいていた。金色の陽光の魔法じみた四角形はノートパソコンの画面サイズにまで縮んでいた。「ちょっとした冒険。前からそういうことやってみたかったの」

「不法侵入を?」ヘレンが顔をしかめる。

「玄関は鍵がかかってなかった」とローズ。「厳密に言うと、これは民事上の不法侵入——犯罪になるのは力ずくで押し入った場合。この家に戻ってきたとき鍵がかかっていたら、回れ右して家に帰りましょ。たとえ見つかったとしても、罰金は百ドルくらいよ」

ヘレンは不信の目でローズを見た。「どうしてそんなに詳しいの」

「言ったでしょ、前からやってみたかったの。子供のころ、やってみたいと思わなかった?」

「思ったけど、わたしたちみんな六十代だよ」

「だからこそ、いまそれをやるのが大切というわけ」とローズ。

「ワイン持ってくる」ヘレンがいい、みんなで歓声をあげた。

目を落とすと、最後に残った陽光の細い筋が床を滑っていくところだった。ちょっとの間、だれもしゃべらなかった。やがてヘレンが言った。「うちに帰って夕飯を作らなくちゃ」

「わたしも」ローズが言い、二人は玄関に向かった。わたしは空っぽの部屋を見つめた。夕闇が訪れたため白壁は灰色っぽく、つややかな床板もいまやチャコールグレイだ。それでも部屋は美しく、わたしの高揚感は静かな期待のようなものに変わった。壁にもう一度手を当てて別れを告げ、二人を追って外に出た。

一泊するのは次の土曜日の夜に決めた。天気は晴れという予報で、つまり頂上付近の山道にハイカーたちがいるはずだが、あの家には日が落ちる六時少し前まで向かうつもりはなかった。どちらかの待避所に車が停まっているのを見かけたら、その車がいなくなるのを待って先へ進む。夫たちには州立公園のキャンプ小屋に泊まると伝えてあった。長年のあいだに何度となくやったことだ。

「クマに食われるなよ」わたしが出かけるときブランドンが声をかけてきた。「何時に戻る？」

「朝早く。十時くらい？　ヘレンは教会に行くから、わたしたちもたぶん彼女といっしょに帰ってくる」

「もっと早く出ればよかったのに。もう暗くなってきたぞ」

「大丈夫」わたしは言い、夫に行ってきますのキスをした。

外の車のところへ行き、荷物をトランクに入れた。昼間は日が射して温かく、気温は十五度以上あったが、すでに冷えてきていた。もっと寒くなるとわかっていたので、超軽量寝袋を用意していた。零度近くなっても大丈夫だ。それから枕とバックパック。中身は食料雑貨店で買ったサンドイッチ三包、ポテトチップの大袋、クッキー、水のボトルが二本。クラクションを鳴らして家から離れ、適正な速度を守って運転した。この町に警察はなく、州警察がたまにパトロールしているだけだが、このタイミングでそんな警官と出くわしたくはなかった。

ローズを拾い、そのあとヘレンを拾って、車一台で行くことになっていた。

「寒くなるよ」ローズの寝袋を見てわたしは言った。フランネルの裏地がついているキャンプ用寝袋で、実際は屋内で使うためのものだ。

「重ね着してるから。それにほら、更年期のほてり《ホット・フラッシュ》がね」

「ワイン持ってきた？」ヘレンを乗せたときわたしは訊いた。

「当然」

町を走り抜けた。例によってどこも静まり返り、食料雑貨店のそばに街灯がある以外は真っ暗だった。キルデン山を登る蛇行した道に入ると闇は深まり、ヘッドライトが照らす木々は、風に枝を揺らす姿がどこか威圧的だった。枯葉が渦を巻きながら道を横切り、レーザーみたいな緑色の目が二つ、ヘッドライトを浴びてガラスのかけらのようにきらっと光った。下生えの中で何かが動いた――キツネやヤマアラシにしては大きすぎる。ボブキャットかもしれない。

スピードを落としてのろのろと運転した。暗いところではもうよく目が見えない――ヘレンに運転してもらえばよかった。わたしより二、三歳若くて、もっと夜目がきくのだから。窪《くぼ》みやわだちのある道を注意深く進み、鹿がいないか目を光らせる。ローズとヘレンは後部席でおしゃべりし、ヘレンが言ったことに笑い声をあげている。わたしはそっちに注意を払っておらず、ジョークは聞こえなかったが、それでも笑みを浮かべた。

砂利道の終端まで来るのに前回の二倍の時間がかかった。待避所にほかの車の姿はない。バックで車を入れ、室内灯をつけ、荷物を出すためにトランクをあけた。家までの道が確かめられるように、ヘッドライトはつけたままにした。

「だめ」とローズ。「消して。少し空が見たいの。きっと素敵よ」

わたしはうなずき、二人といっしょに何分か外に立っていた。かなり冷え込んできたのでぶるっと震えながら、キルデン山の上に広がる空を見ようと首を伸ばした。星々はLEDライトを連ねたように明るく、町で見るときよりずっと大きく見えた。木々の高いところを吹く風の音がして、遠くでフクロウがホウと二回鳴いた。

「オーケイ、冷えてきた」ヘレンがきっぱりと言った。「もう行こうか」

三人とも懐中電灯をつけて家の玄関まで進んだ。先頭に立ったローズがノブに手をかけて動きを止めた。「もし鍵がかかってたら?」

「そしたら家に帰るだけ」そう答えながら、その可能性に期待しているのが声に出ないように気をつけた。だけど正直なところ、思ったよりずっと寒かったし、まだ七時少し前だというのに疲れを感じていた。

ところがノブはローズの手の中でやすやすと回った。カチッという音がして、ドアを押しあけるときの滑るような音が続いた。

「ただいま！」ローズは大声で言い、ヘレンとわたしは彼女について家に入った。わたしはためらってからドアを閉めた。とたんに気分がましになった――戸外にいるより安心できた。三人だけで真っ暗な空家の中にいて、しかも侵入者の立場だというのに。

「待ってて」ヘレンが言い、バックパックをかき回す音が聞こえた。何秒かして、彼女が大きな真鍮《しんちゅう》のハリケーンランタンを掲げたので、部屋は光に満たされた。結婚三十周年の記念日にティムから贈られたものだ。ヘレンは暖炉まで歩いていって、それを炉棚に載せた。

「光あれ」

わたしたちは寝袋、枕といった持ち物を、暖炉から二、三フィート離れた部屋の真ん中に下ろした。室内は外より明らかに暖かかった。いや、少なくとも外ほど寒くはなかった。わたしも自分のランタンをとり出した。ヘレンのよりずっと小さくて、真鍮ではなくプラスチックだが、パワフルなLEDライトがついている。それを彼女のと並べて炉棚に置いた。ローズも持ってきたランプを同じように並べた。めいめいが懐中電灯も持っていたし、スマホの明りもあった。

わたしは巻いてあった寝袋を広げ、たたんで具合よく座れる場所を作ってから、バックパックに手を突っ込んで、食料雑貨店で買ってきた食べ物を探した。サンドイッチ三包――ツナマヨ一つにイタリアン二つ、シーソルト・アンド・ビネガー味のちょっといいポテトチップ一袋、ジンジャー・モラセス・クッキー三枚。クッキーは特大サイズなので、一枚を三人で分けてもよかったかもしれない。わたしに余分なカロリーが必要ないのは紛れもない事実だ。だけどこれは特別な機会だから散財してしまった。

寝袋に座ってサンドイッチ、クッキー、ポテトチップの袋を目の前に並べた。ローズは暖炉の前に駆けていって、そこで何かをいじっている。手の中でマッチが燃え上がり、彼女はいくつかの小さなカップ入りキャンドルに火を灯《とも》し始めた。

「ほーら！」うれしそうに立ち上がる。「これでほんとによく見える」

小さな蠟燭が大きな違いを生んだのには驚かされた。蠟燭は炉棚の上のランタンといっしょに部屋全体を照らしている。二種のサンドイッチのラベルまで読めるくらいだ。

「二人ともちゃんと暖かい？」とヘレン。「余分なパーカーと大きなスカーフ持ってきたけど」

ローズはうなずいた。フリースジャケットの下にバルキーセーターを着てニットキャップもかぶっている。わたしはキャップを指さした。

「それ、いい考え」

「キャンプ小屋で凍えたときのこと、覚えてる？　あのとき教訓を得たの」ローズはあぐらをかいて寝袋に座り、余った部分をブランケットのように脚の上に引き上げた。「お腹がぺこぺこ。食べ物はどこ」

サンドイッチを渡してやり、ポテトチップの袋をあけて床に置いた。ローズもヘレンもツナが好きなのはわかっていたが、ツナサンドは店に一つしか残っていなかったので、二人は半分ずつ分け合うことにした。ヘレンがスクリューキャップボトルの赤ワインとプラカップを三個とり出した。カップをめいめいに渡し、赤ワインを注いでくれる。

それから「わたしたちに」と言って、カップを掲げた。

「そしてこの家に」ローズが付け加え、三人でカップを触れ合わせた。

蠟燭とランタンの明りでサンドイッチを食べ、キャンプ旅行や雪嵐や停電の思い出を語り合った。

「ここはずっとまし！」ローズが叫ぶ。「できるなら、しょっちゅうこれをやりたい」

「本気で言ってる？」ヘレンが片方の眉を上げてワインを一口飲んだ。「だってそれ、できっこないでしょ――あちこちの家に侵入して回るわけにはいかない。だいたいローズは外にいるのが好きなんじゃない？　星や焚き火や木々や何かを見てるのが」

ローズは膝を抱えて天井を見上げた。「ううん」かなりたってから答えた。「わたしはこっちが好き。こっちのほうが好き」

「だってわたしたち、いつも家の中で暮らしてるじゃない」ヘレンが反論する。「これってキャンプとは言えないし」

「わかってる。でもこれは違うの。なんていうか……歓迎されてる気分」

ヘレンとわたしは顔を見合わせたが、口をつぐんでいた。ローズは自分の家よりこの空家に歓迎されている気分のようだが、その理由は思い当たらなかった。彼女の家は申し分なくすばらしいのだ。とりわけ、ハンクが数年前にキッチンをリフォームしてからは。

だけどローズの言うこともわかる気がする。この家には一種の――オーラとでも呼べそうなものがある。人が〝風水的に良い〟などと口にするときは、こういうことを指しているのかもしれない。わたしもこんなふうに感じるのは初めてだが、自分の家より好ましいと言うつもりはなかった。

「ハンクを説得して、うちを売って、ここを買ってもいいかも」ローズは続けた。その口ぶりからは、冗談なのかどうかわからなかった。

「かなり興味深い夫婦の会話になりそう」ヘレンが言い、三人とも笑った。

ポテトチップがなくなると、ヘレンが〈リトルラッド〉のポップコーンを一袋出し、それもみんなで食べつくしてしまった。ヘレンが三人のカップに最後のワインを注ぎ、瓶を床に寝かせた。

「スピン・ザ・ボトル（瓶を回転させ、止まったとき瓶の口が指していた人にキスするゲーム）？」ローズのほうへ転がすと、ゴミ袋にしている袋にローズがそれを入れ、ふり返って自分のバックパックの中を探った。

「半分飲んじゃってるけど。ほら」新たなワインボトルを掲げ、コルクを抜いてまたみんなのカップを満たす。

わたしはほろ酔い気分だった――ひどく酔ってはおらず、ただ気持ちがよかった。カップ入りキャンドルの明りが、壁を黄色く塗ってあるように見せ、かすかに揺れる光の輪を天井にいくつも投げかけている。この家で暮らすのはどういう感じだろう――。まじめにそう考えたわけではない。自分が住むところを想像したわけではない。むかしむかし、この家に住んでいた人たちに思いを馳《は》せたのだ。

「お金持ちだったんだろうね」考えが口から出た。「ここに住んでた人――農場主じゃなかったとしても、この家を維持できるくらい裕福だったわけでしょ。それにいまはだれが管理してるの？　ずいぶんお金がかかるんじゃない？」

ローズはあくびをした。「さあね。くたびれてきた」

「ミステリアスだと思わない？　たとえ年に一回だけだとしても――」わたしは話を続けた。「だれかがここを維持するために何かしているはず。でなきゃどうして、こんなに長持ちしているわけ？」

「わたしも」ヘレンが伸びをしてちらっとこっちを見た。「疲れたってこと。ごめんね、マリアン」

むっとしたのを顔に出さないようにした。町役場に行って税地図を見せてもらい、持ち主を突き止めることにしよう。役場にならだれがここを管理しているか知っている人がいるだろう。町役場の記録係のリジャイナ――彼女はあらゆる人を知っている。「うん、わかった」

ヘレンとローズが順番に外に行って用を足し、そのあいだにわたしが残ったゴミを片付けた。二人とも戻ってきたあと、ヘレンが炉棚に行って真鍮のランタンの明りを消し、許可を待つようにわたしとローズのほうを見た。

「いいよ」とわたしが言い、ヘレンはわたしたちのランタンも消した。

三人とも寝袋に横になった。「あったかく寝られそう？」ローズの寝袋はフランネルだったと思い出して訊いた。

ローズはうなずいた。「保温用の長パンツを穿《は》いてる」

わたしはダウン入りの寝袋をがさごそいわせて潜り込んだ。スリーピングマットは持ってこなかったので寝袋の下は硬材の床だが、家で自分のベッドに寝ているように暖かくて心地よかった。天井を見上げると、カップ入りキャンドルの明りがゆらゆらしていた。じきにローズの深く規則正しい寝息が聞こえてきた。少し遅れて、ヘレンがいびきをかき始めた。ひどくうるさくはないが、耳栓を持ってくるのを思いつけばよかったと感じる程度の大きさだ。ブランドンはいびきをかくので、毎晩耳栓をしなくてはいけない。寝返りを打って横を向き、枕をありがたく思いながら目をつぶった。

寝つけなかった。あれこれ考えていたわけではない。請求書とか子供たちとか、その手の心配事があったわけでもない。ただ眠れなかった。時刻を見ると十時になるところだった。いつもの就寝時刻だ。それでも眠りは訪れなかった。とうとう外に出て用を足すことにした。ほかの二人が用足しに行ったとき行かなかったから。

寝袋からいやいや這《は》い出て立ち上がった。部屋は寒いかと思っていたが、いたって快適だった。カップ入りキャンドルの大半はまだ燃えているので、わたしたち三人の体といっしょに少しは熱を発しているのかもしれない。スニーカーを履き、そっと裏口に行って外へ出た。

ほぼたちどころに、奇妙な不安が襲ってきた。あたりは静かで空気はひんやりしている。星々がとても明るいので、少したつと、草やノラニンジンやアキノキリンソウが広がって、裏の森まで達しているのがはっきり見えた。葉がそよぐ音以外、何も聞こえてこない。それでも、一歩、また一歩と踏み出し、木立まで歩いていくためには、ありったけの勇気を必要とした。そそくさと用を足し、ズボンのファスナーを上げて引き返そうとした。

たった二、三歩進んだところで凍りついてしまった。これよりずっと寂しくて荒れ果てた場所で、真夜中に外にいたことは何度もある。怖いと思ったことはなかった。野生動物が出るといけないので警戒し、よく目を光らせていたが、スカンクより刺激的なものには遭ったことがないし、スカンクは見かけるずっと前からにおいが漂ってきた。本当に恐ろしいと感じたことは一度もない。

ところがこのとき、自分の住む町に建つ家の草深い裏庭で、長年にわたり何十回とハイキングに来た森に囲まれて、わたしは不安が恐れに変わり、ほどなく激しい恐怖に変わるのを感じた。あらためてこの家に目を向けると、ほんの二、三時間前とはまったく違って見えるのがわかった。ごく落ち着いた印象だったバランスのよい外観はいまや――ゆがんでいるとは言わないが――やけに無骨な感じに見えた。家はもはや立体にさえ見えなかった。だれかが灰色の巨大な紙に描いた絵のようだった。四本の黒線に囲まれた灰色の四角形。

まじまじと見ていると、それすら変化した。屋根が夜空に溶け込み、窓は縮んで黒い点になった。ドアは見当たらず、どこにあるのかと必死に目を凝らすうちに、頭がぼんやりしてきた――まるで深い眠りから覚めかけているように。

だけど目覚めることはできず、目の前の漠然とした影を見つめていると、ドアとはなんなのかもう思い出せなくなった。何か大切なもの、それはわかっていた。わたしが知っていて、しょっちゅう使っていたもの――だけど、なんのために？　どういう理由で？

目をぎゅっとつぶってから開くと、霧が立ち込めていた。灰色の靄《もや》が濃灰色へ、次いで漆黒へと変化し、あたりをすっかり覆っていく。星々は消え、キルデン山の尾根も消えていた。重たい壁に両側から押しつぶされているように、胸が苦しくなってきた。心臓発作？　脳卒中？　呼吸しようとしたが、肺は空っぽのままだった。腕も脚も、顔も皮膚も感じられない。何もかも闇の中へ溶けていく。わたしは蠟燭さながら消されそうになっていた。

いきなり物音が聞こえてはっとした。よろよろと前に出ると、肺に空気がどっと入ってくるのがわかった。はあはあとあえいでいると、またその音が聞こえてきた――背後のそう遠くないところでフクロウが鳴く声だ。ちゃんと息をしようと必死になり、ほんの数ヤード先にある家を見上げた。湿った葉や草でスニーカーの足を滑らせながら、よたよたとそちらへ向かい、ノブをつかんでひねり、転げ込むように中に入った。

ドアを閉め――大きすぎる音を立てたが、文句は聞こえなかった――施錠し、おぼつかない足取りでリビングに戻った。安堵《あんど》が押し寄せてくる。単なる安堵ではなく、突然の包み込むような落ち着き。たった二、三分前に感じた純粋な恐怖は跡形もなく消え失せていた。真夜中に見た夢を朝になって思い出そうとしても影も形もないように。

ここにいれば安全だ。カップ入りキャンドルが一つ、暖炉でまだ燃えていて、炎をゆらめかせている。床の寝袋の中で丸くなっているローズとヘレンが見えた。ヘレンは横を向き、腕を寝袋の中に入れて、安らかな顔をしている。ローズは顔を下に向け、つぶれた枕が半分、頭にかぶさっている。

ほっとして溜息《ためいき》をつき、スニーカーを脱ぎ、自分の寝袋にまた潜り込んだ。ぬくもりが残っている。枕にも。さらに深く潜って、半分閉じた目蓋の隙間から、小さな蠟燭の火が壁に落とすかすかな金色をながめた。眠りに落ちるとき、家がわたしといっしょに吐息を洩《も》らすのを感じた。

朝早く目を覚ますと、ローズとヘレンが低い声でしゃべっていた。

「……すごく寒くなりそう」ローズがつぶやいて、抑えた笑い声をあげた。「起きたくないわ」

「そうね。だけど教会に間に合う時間に戻るとロバートに約束してしまった」

「電話すればいい」

「ぐずぐずしていたって、これ以上暖かくなるわけじゃなし」

わたしは寝返りを打って横を向き、手で頭を支えた。「おはよう」

「おはよう!」ローズの明るい声。くしゃくしゃの髪の下で目が輝いている。「よく眠れた?」

「うん」外に出たときのことを思い出して口をつぐんだ。あのとき味わった不安はまったく残っていない。だれかから聞いた話を思い浮かべているかのように、わたしは不安から切り離されている。「ちょっと妙だった――外におしっこしにいったら……なんだろう、いきなり具合が悪くなって」

ヘレンが身を起こした。「どんなふうに」

「よくわからない。目が回って、息ができなくなって。周りが暗くなって――つまり、もっと暗くなって」

「脳卒中の発作かも」とヘレンは言い、「軽いやつ」と付け加えた。

「どうかな。そういう感じじゃなかった」

「なったことあるの？」とローズ。

「ないけど、何かで読んだことあるし――いまはなんでもない」二人の姿がよく見えるように起き上がった。「家に入ったらすぐ楽になった。慌てて立ち上がりすぎたとか、そういうことかも」

両腕をこすった。ローズの言うとおりだ――部屋はすごく寒い。陽光も冷たい感じで金色というより灰色だ。ゆうべ何もかも覆い隠した暗い靄を思い出して体が震えた。「食料雑貨店に行ってコーヒー飲まなくちゃ」

「日曜日は八時まであかない」とローズ。

「うちに来ればいい」ヘレンが寝袋から出てあくびをし、髪に手を走らせた。「鏡があればいいのに」

「ないほうがいいわよ」ローズはヘレンのしわくちゃの服を見て片方の眉を上げ、わたしといっしょに笑い声をあげた。

「それじゃ、歯を磨く水が出るといいのに。すぐ戻るね」

ヘレンは身を屈《かが》めて化粧ポーチをとり、玄関に向かった。警告しようかと思ったが、いったい何に対してだろう。わたしはローズのほうを向いた。「眠れた？」

「正直言って、こんなによく寝たのは一年ぶり」ローズは上体を起こし、フランネルの寝袋を掛け布団のように肩に巻きつけた。「ハンクは信じられないくらいいびきをかくの——睡眠時無呼吸症候群でね、ほんとはあの機械を使ったほうがいいんだけど。今夜もここに来て寝ようかな」ローズはにっこりしたが、なかば本気の口調だった。

わたしは立ち上がり、自分の歯ブラシと歯磨きと水のボトルをひっぱり出した。ヘレンが入口に現れて「次の人」と言ったので外に出た。

日は昇っていたが、山に隠れていた。霧が山裾から流れてきて森の端の木々にからみつく。何もかも網戸ごしに見ているようだった。ぼんやりしていてピントが少しずれている。ドアの脇に立ち、片手を壁について身を支え、また急に具合が悪くならないかと様子を見た。気分は悪くない。家から離れて歩き出し、立ち止まってふり返った。

〈所有者直販物件〉の看板はあいかわらず壁にもたせかけてある。一晩のうちに、落ち葉がさらに杭の周りに吹き寄せられ、文字はますます色褪せたように見えた。ベニヤはゆがみ、杭にねじ止めされた部分が裂け、白いペンキはいっそうはがれて、木地がむき出しになっている。
頭上でカラスが鳴き、別のカラスが返事をした。わたしは向きを変えて山腹を見上げた。東の稜線から太陽が顔を出すにつれて、切れ切れになった霧が薄れていく。風が勢いを増し、カバの木でひらひらしていた黄色い葉を散らした。すがすがしい空気はドングリと、朽葉と、下の町で焚く薪ストーブの煙のにおいがする。歯を磨き、ボトルの水を口に含んですすぎ、黄色い草の上に吐き出した。手櫛《てぐし》で髪を梳《と》き、ポケットを探ってスマホをとり出す。看板のそばへ歩いていき、電話番号を写真に収めた。あとで電話してみよう――ちょっとした好奇心だけど。

中に戻ると、ヘレンはもう寝袋を巻き終えて、ちらばっている細かいものを拾い集めていた。ワックスペーパー一枚、丸めたティッシュ、眼鏡ケース。すでにバックパックと寝袋と枕は壁際に並べてある。カトリック教会はおよそ十分離れたギリアドにあるので、九時のミサに間に合うように着くには、そろそろ発《た》たなくてはいけない。

わたしも自分の荷物をまとめにかかり、靴下をきれいなのにとり換えた。部屋をぐるっと回り、暖炉で立ち止まって、カップ入りキャンドルの燃えさしを集める。それを紙袋に入れ、部屋の真ん中の自分の荷物といっしょに置いた。ブランドンにテキストメッセージを送り、もうじき帰ると伝え、食料雑貨店で落ち合ってコーヒーとドーナツはどうかと尋ねた。すぐに返信が来た。

〝いいよ、着いたらまた連絡して〟

「ブランドンが店で落ち合うって」ローズをちらっと見る。「ハンクにも伝えたら?」

ローズはさっきから動いていないようだった。まだ床に座り込んで、空っぽの暖炉をじっと見つめている。意思の力でそこに火を熾《おこ》そうとしているみたいだ。とうとうハンドバッグに手を伸ばし、ブラシを出してのろのろと髪を梳き始めた。それが終わるとブラシを片付けて立ち上がった。寝袋を巻いて、ハンドバッグとバックパックといっしょに壁際に置き、外に出て二、三分後に戻ってきた。

わたしは自分のバックパックを手にとった。もういつでも引き上げられる——床で寝たせいで背中が痛く、軽い頭痛もする。ワインの飲みすぎだ。ヘレンもしびれを切らし始めたのがわかった。ローズはドアの近くに立っているが、帰ろうとするそぶりを見せない。額に皺《しわ》を寄せ、首をかしげ、ふたたび暖炉を見つめている。

そして「聞こえる?」と訊いた。

ヘレンとわたしは彼女を見て、それから顔を見合わせた。わたしは肩をすくめた。「何が?」

「あの音。まるで——なんだろう。ラジオかな? ほら」

息を潜めて聞き耳を立てた。すると少し置いて、たしかに何かが聞こえた。といっても、本当に聞こえる音か、耳鳴りのように頭の中でする音か判然としない——しばらく前から意識せずに聞いていたようにも思える。ほとんど聞こえない音。声ではないし、音楽とも言い切れない。

だがそれは耳鳴りではなかった。むしろ風鈴のよう、というか、ちっちゃな木琴をでたらめに叩いているような響き。耳を澄ましたが、その音は少しも明瞭にならなかった。

「二階からよ」とローズ。二階に通じる階段の下まで行き、壁に掌《てのひら》を当てて、こちらをふり返る。「ここに立つとよく聞こえる」

彼女のそばに行って階段を見上げた。壁を照らす淡い朝日しか見えない。

だけどローズの言うとおりだった。チリチリいう音はここに立つと大きくなり、少しだけはっきり聞こえた。まるで音量を下げたスマホが家の中の遠いところで鳴っているみたいだ。

わたしはヘレンのほうを見た。「ほんとに聞こえる。こっちに来て聞いてみて」

ヘレンは動かなかった。「ティムに電話して、迎えにきてって言おうかな」

「ちょっと待って」ローズがかぶりをふって鼻をくんくんさせた。「あのにおい、わかる？　だれかが何か焼いてるみたい。パンよ——パンを焼いてるようなにおい」

わたしは深く息を吸い、そのとおりだとうなずいた。「ほんとだ。パンみたいなにおい。でなきゃクッキー。そんなはずないのに」

香りは音と同じで、二階から漂ってくるようだった。かすかなチリチリいう音は高まっていないが、いまやちゃんと聞こえる一歩手前のようで、なのにあいかわらず、なんの音かはよくわからない。時代遅れな短波ラジオを聞きながら、知らない国のラジオ局に合わせようとしているみたいだ。だけど放送しているのはだれ？　なんのために？

「すぐ戻る」とローズ。わたしが制止するより早く二階へ駆け上がっていく。

わたしは不安な思いで見送ったが、後は追わなかった。何秒かすると、むき出しの木の床を踏む足音が二階から聞こえてきた。ローズが廊下を歩いていくのだ。

と、足音が止まった。チリチリいう音が大きくなる。ローズがどれか寝室のドアをあけ、音を出すものが室内にあったかのようだ。それと同時に、パンのにおいが階下に押し寄せてきた。ただしいままでとは違うにおいだ。パンに似ているが、ガーデニング中に地面を掘り返したような土臭さも感じられる。わたしは鼻に皺を寄せ、ヘレンのほうへ目をやった。彼女は近寄ってきていた。

「なんのにおい?」ヘレンは尋ねて顔をしかめた。「外に出なくちゃ。ガス漏れかも」

「ガスっぽくはないと思う」と答えたが、たしかに外に出たほうがよさそうだった。「ローズ!」と叫ぶ。「行こう!」

返事はない。わたしは階段の両側の壁に手をついて気を引き締めた。それでもまだ二階に行こうとはしなかった。チリチリいう音は大きくなり、規則的になってきた。とりとめもないチリチリ音ではなく、初めて音楽のように聞こえた。土臭いにおいがわたしを圧倒し、鼻《び》腔《くう》を、肺を満たす。

「ローズ!」せき込みながら叫んだ。「下りてきて!」

駆けてくる足音が二階から聞こえ、次いでどすんという音が響いた。階段のてっぺんにローズが現れる。目を見開き、片手で口を押さえている。よろよろと階段を下りてきて、下に着くと乱暴にわたしを押しのけていった。彼女が外へ飛び出す前に、ちらりと顔が見えた

——磁器の皿のように真っ白だった。

後を追って駆けていくと、ローズは芝生と道の境目に膝をついていた。体を波打たせるのを見て、吐いているのかと思ったが、横にしゃがんで肩に手をかけると、泣きじゃくっているのがわかった。

「ローズ！ ローズ、いったいどうしたの。だれか二階にいるの？」

ローズは何も言わず、こちらを見ようともしなかった。ただ両手で顔を覆って、抑え切れぬように泣いていた。わたしは二、三度深呼吸して——息の詰まりそうなにおいは消えていた——ふり返ったが、ヘレンの姿はなかった。だれかが中にいてヘレンを襲ったのだとしたら？ ポケットを探ってスマホを出し、911とタップし始めたとき、ヘレンが外へ駆け出してきた。

「二階にはだれもいなかった」ヘレンはローズの反対側に膝をつき、彼女の腕に触れた。「ローズ、何があったの。何かを見たの？」

ローズは首を横にふったが何も言わなかった。

「二階の部屋は全部チェックした」ヘレンはしっかりした声で続けた。「だれもいなかった。何も聞こえなかったし、なんのにおいもしなかった。ローズが最初にそう言ったときは、音もにおいも感じたけど、いまはどっちも感じない。だれかが家にいたんだとしても、いまはもういない。何を見たのか話してくれる？」

ヘレンはローズの顔に優しく手を当てて自分のほうを向かせた。ローズは口をつぐんだままで、青ざめた顔には泣いたせいで赤い斑点ができている。何か言おうとするように口をあけたが、考え直したようだった。

「ほら」とわたしは言った。「車に行こうか」ヘレンのほうを見る。「わたしはローズについてる。荷物をとってきて」

ローズに手を貸して立たせてやり、車まで道を歩かせた。ローズが助手席に乗るのをいやがったので、後ろのドアをあけてやると、彼女は這うように乗り込み、両手で頭を抱えてうつ伏せに横たわった。

家を見るのが怖いのだと気がついた。車の中へ屈み込んで背中をさすってやると、手の下で震えているのがわかった。家の二階の窓を見上げて、何かが動く気配や、きらっと光るものや、人が動き回る影はないかと探った。

何も見えなかった。それどころか、家はきのうにもまして静かで魅力的に見えた。朝日が窓をきらめかせている。正面に咲くアスターはアメジスト色に光っている。目を上げれば、雲一つない青空の下、大きなキルデン山が緑と緋色に輝いている。

少したつとヘレンが寝袋の山を抱えて現れた。それをトランクに放り込んでから引き返し、ハンドバッグやバックパック、残り物の入った紙袋を持って戻ってきた。

「これで全部」と言い、車に飛び込んでくる。「行こう」

わたしはローズの髪を撫《な》で、頭に触れ、後ろのドアを閉めて運転席に座った。次いで砂利と砂をまき散らしながら素早く車を出した。バックミラーの中で、家がだんだん小さくなり、カーブを曲がると視界から消えた。

まずローズを降ろした。ヘレンとわたしが付き添って庭の小径《こみち》を進むあいだ、ローズは二人に挟まれて夢遊病者のように歩いていた。ハンクがドアをあけ、ローズを見たとたん両方の眉を吊り上げた。「あんたたちいったい、何を飲んでたんだ?」

「彼女、具合がよくないの」とわたしは言った。ローズはハンクの腕の中へくずおれ、ふたたび泣き始めた。ハンクの困惑が不安に変わった。「何があったんだ」

「わからない」とヘレン。「ローズは——何か発作を起こしたみたいで」

「どんな発作だ」ハンクはきつい声で訊いたが、返事を待たずにドアを閉めた。彼がローズをカウチに連れていくのが窓ごしに見えた。

ヘレンとわたしは足早に車に戻った。「彼女、どうしたんだと思う?」町の中心へ車を走らせながら、わたしは訊いた。

「わからない。ガス漏れか何か起きてたんじゃないかな。マリアンもゆうべ、具合が悪かったって言ってたでしょ」

「うん。でも、ガス漏れって感じじゃなかった——なんのにおいもしなかったし。それにあの音——あの音、なんだったのかな」

「幽霊?」ヘレンはそう言ってかすれた笑い声をあげた。

「幽霊はあんなふるまいをしない」

「見たことあるの?」

「ないに決まってる」ハンドルを握る手に力を込める。「でも幽霊なんてばかげてる。それより彼女、なんていうか、心の病気にでもなったんじゃないかな」

「ローズが？」ヘレンは呆れたように訊いた。「冗談でしょ」

何が起きたにせよ、ローズは長いこと快復しなかった。わたしに会おうとせず、電話にもテキストメッセージにも応えなかった。ヘレンに対しても同じだった。ハンクに話しかけると、いつもそっけない返事がかえってきた。ローズの身に起きたことは、ヘレンとわたしに何か責任があると思っているのだろう。二人ともハンクに真実は伝えなかった――州立公園のキャンプ小屋ではなく、キルデン山の中腹の空家で一晩過ごしたのだとは。ローズがハンクにどう説明したのか、いまもってわたしは知らない。

「女房には少し時間が要るんだ、マリアン」この前彼と話したとき、ハンクは言っていた。「その気になったら、あんたに電話すると思うよ」

あのあとヘレンといっしょに何度か散歩に行ったが、テイラー池のほとりのキャンプ道以外には出かけなかった。あのとき起きたことは、しばらくのあいだくり返し話題にしたけれど、合理的な説明は浮かばず、非合理的な説明も思いつかなかった。やがてヘレンの娘に赤ちゃんができたとわかり、年の暮れまでずっと、彼女の頭はそのことでいっぱいになった。

一泊した翌日、わたしはスマホをとり出し、〈所有者直販物件〉の看板を撮った写真を見つけて、記された電話番号を書き写した。その番号を入力するには、勇気をふり絞らなくてはいけなかった。数字をタップしていると、心臓がどきどきし始めた。

番号を入力し終えると、〝接続を完了できませんでした〟というメッセージが流れた。もう一度やってみたが結果は同じだった。そのあと、数字の一部をいろいろ変えて試してみた――小さなディスプレイ上では、看板の手書き文字は拡大しても読みづらかったのだ。電話がだれかにつながることはなかった。

その週のうちに、わたしは町役場に出かけていき、そこの記録係のリジャイナに、キルデン山に接する区域の税地図を閲覧したいと告げた。リジャイナはわたしを一室に連れていき、そこに並んでいる特大の台帳を見せてくれた。町のあらゆる区画の情報が載っていて、土地の境界線と所有者の名前がわかるようになっている。

「あなたが調べたい家、知ってる」棚からずっしりした台帳を一冊ひっぱり出しながらリジャイナは言った。「毎年、だれかがあの家のことを訊きにくるから」

もっと話を聞きたかったが、別の部屋で電話が鳴った。「失礼」とリジャイナは言って電話をとりに行ってしまった。

あの家の区画はすぐに見つかった――山のふもとに通じる長い道沿いのいちばん奥だ。わたしは地番を書き留め、別の台帳を開き、その区画の所有者の名前を確かめた。J・ジョーンズ。わざわざメモをとったりしなかった。税地図を閉じて棚に戻し、リジャイナが通話を終える声が聞こえるまで待ち、表の部屋に戻った。

「あの土地の所有者について何か知ってる?」と尋ねる。「J・ジョーンズ? あそこに〈売物件〉の看板がある。書いてあった番号に電話してみたんだけど、つながらなかった」

「だれがかけてもつながらないの」とリジャイナ。「わたしも一度かけてみた。ちょっと気になってね。接続できないってメッセージが流れた」

「だけどその人、税金は納めてるんでしょ。その J・ジョーンズって人」

リジャイナはうなずいた。「毎年。郵便為替《かわせ》で。だけど差出人の住所が書いてあることはない。それも確かめたの。わたしがここに勤め出したころからそんな具合。始まりは一八〇〇年代初頭に遡《さかのぼ》る。同じ名前とイニシャル。知ってる限り、あの家がほかの家族のものになったことはない」

「でも売りに出てる。いい家じゃない」

「まあね。だけどあんなところ、わたしには寂しすぎるな。みんなそう思うんじゃない？——あの看板、何年も前から出てる」

「管理はだれがしてるの」わたしは釣りと狩猟の免許に関する情報が載ったパンフレットを手にとり、じっくり読むふりをした。「だれも住んでない家のわりに、ちゃんと手入れされてるようだけど」

「それはわからない」リジャイナは肩をすくめた。「町のだれかがやってると聞いたこともない。オーガスタの大きな不動産管理会社の人を雇ってるのかも」

「わかった、ありがとう」

わたしはパンフレットをカウンターに戻した。帰ろうときびすを返したとき、リジャイナが顔をしかめた。「ローズはどうしてる？　ハンクがトラックの登録をしにきたんだけど、ローズの具合がよくないって言ってた」

「わからない」喉が締めつけられた。「快復すると思う。そう願ってる」

「わたしも」リジャイナは別れの挨拶がわりにうなずいてよこした。

わたしは車に乗り込み、キルデン山に向かう道を走らせた。州外のナンバープレートをつけた車が一つ目の待避所に停まっており、先へ進んで砂利道に入るとき、一組の男女を追い越した。二人ともしゃれたトレッキングポールを使っていて、こっちへ手をふってよこした。

わたしは会釈してさらに進み、最後の待避所を過ぎて家にたどり着いた。道端に駐車して車を降りる。

だれかが芝生を刈り、落ち葉を全部片づけていた。紫のアスターが風に吹かれておじぎしている。ドアのかたわらではオニユリが一輪咲いている。白い下見板は塗りたてのようで、芝生の真ん中に立てられた看板も同じだった。

〈所有者直販物件〉

わたしはためらってから、用心深く芝生を横切っていった。看板には新たな電話番号が走り書きされている。写真を撮ろうとスマホを構え、考え直して手を下ろした。

「あら、この家見て！」

ふり返ると、数分前に追い抜いた男女の姿があった。トレッキングポールを小脇に抱え、家をうれしそうにながめている。女性がほほえんで手をふり、芝生をこちらへ歩いてきた。

「持ち主の方？」興奮した声で訊く。「わたしたち、こんな家を何か月も探してたんです」

「一年だよ！」夫が後ろから陽気な声で続ける。

わたしは口を開いて〝いいえ〟と言いかけた。かわりに背中を向け、看板をつかみ、地面から引き抜こうとした。看板は最初抵抗したが、しっかり足を踏ん張り、力を込めて引くと、とうとう芝生から抜けた。少し休んで息を整えたりせず、わたしは看板を車のほうへ運んだ。

「ごめんなさい」じっと見ている男女に向かって言った。「気が変わったんです」

車に乗り込み、山を下り始めた。砂利道が終わる直前で車を停めてアイドリングさせ、後部席から看板をひっぱり出した。道の反対側へ渡り、崩れた石塀を乗り越えて森に入り、やぶや突き出た枝と格闘しながら進んで、地下室跡にあいた穴を見つけた。穴は深く、朽ちかけた落ち葉やキノコが何十年分も詰まっている。看板を穴の中に放り込み、車に引き返して、できるだけ速く走らせると、やがて背後の山は視界から消えた。


（市田泉訳）

深い森の中で——そこでは光が違う

シェーニン・マグワイア

ショーニン・マグワイア（Seanan McGuire/Mira Grant）は一九七八年カリフォルニア州生まれ。二〇〇九年のデビュー以来、三十冊超の長編と多数の短編を発表している。二〇一〇年にジョン・W・キャンベル新人賞を受賞し、二〇一六年のノヴェラ『不思議の国の少女たち』ではヒューゴー賞、ネビュラ賞、ローカス賞のトリプルクラウンに輝いた。また、二〇一二年と二〇一三年にはポッドキャスト SF Squeecast のレギュラー出演者のひとりとして、ヒューゴー賞ファンキャスト部門を連続受賞している。他の邦訳書に『トランクの中に行った双子』『砂糖の空から落ちてきた少女』（以上、すべて創元推理文庫）がある。

（編集部）

陽射《ひざ》しはどこに落ちても同じだと、子どもは訊かれたら教えてくれるだろう。その子の心が解釈するようにではなく、質問されたとおりに答えてくれる気分なら、という話だが——子どもたちの耳は大人とは違うふうに働く。大人の語彙《ごい》の明確な子音や単純な構文ではなく、さまざまな溜《た》め息やささやきに合わせているからだ。また、同様に子どもの答えというのは、話しかけられるときの行程によって変形してしまうことが多い。太陽はたったひとつしかないのだと、生まれたその日から、あれほど多くの歌が熱心に教えてくれる。太陽はたったひとつしかなく、その光はどこへも同じ速さでふりそそぎ、正しい者にも正しくない者にもひとしく落ちる。したがって、静かな郊外の通りであろうと湖畔の小屋であろうと、そこに落ちる陽射しは、まさにその本質からして、湖の向こうの鬱蒼《うっそう》とした深い森の木々に落ちる陽射しと同じものだ、というのは理にかなっている。

そうした子どもたちはもちろん、自分が間違っていることをもう知っているだろう。たとえ安全な裏庭の囲いより遠くまでベッドから離れたことがないとしても、監督なしで外に出かけられるほど年が行っているのなら、自分が嘘をついていると知っているはずだ。どんなに心の底から正直な子どもでも、嘘という行為には携わっている——嘘のほうがずっと耳にやさしい場合、大人は子どもから真実を聞くことにほとんど興味がないのだから。子どもの世界があるのは地面に近く低い位置で、混乱と恐怖に満ちており、大人の精神が忘れてしまった危険、大人の傷が捨て去った真実でいっぱいだ。そのため、大人の世界が他人とぶつかるときには、虚偽を口にしなければ信じてもらえないことがある。真実とは大きすぎてのみこめない岩のようなものだ。とりわけ大人の場合、何年も辛辣な言葉を投げかけられ、不適切な反駁《はんばく》をぐっとこらえてきたせいで喉が傷つき、せまくなっているので、なおさらそうなる。

陽射しはどこに落ちても同じというわけではない。砂漠や都市の広い駐車場、あるいは山頂や丘のてっぺんに行ったことがあれば、誰でもわかるだろう。太陽は同じかもしれないが、いったん太陽を離れれば、移動と時間によって、光はなにか新しいもの、秘密のように甘く深遠なものに変わる。時にやさしく時に残酷だが、常に日の光のままであることは変わらない。砂漠の陽射しは過酷だ――悪意や害意があるわけではなく、情け容赦ない。どんな小さなあやまちにも罰を与えようと待ち構えている。海岸の陽射しは乱反射してぼやけ、凍えている者を暖めることも、迷える者を救うこともできない。また、もっとも深い森、朽ち葉や根に覆われた大地を守って木々がそびえ、枝が空をさえぎり、鳥がこの世を統《す》べる樹海の奥では、陽射しは糖蜜のごとく、あるいは巣からしたたる蜂蜜のごとく落ちる――甘くはないが、のろのろと重たげに、意図を持ってふりそそぐ。心地よいとも暖かいとも言いがたい――人の顔にあたっても援助を申し出ることはなく、歓迎の手をさしのべることもない。森の奥深くに落ちる陽射しは、人がそこにいることを望まない。その陽射しは仕える相手を心得ている。それは都市や岸辺のすばやく機敏な人類でもなければ、文明が好奇心と出会う地、野生の祖先を持つ飼い馴《な》らされた末裔《まつえい》が、自然の森や水辺を求めた場所でもないのだ。

森の奥の陽射しは、人がそこにいることを好まない。境目となる地がある。木々がまばらになり、管理されて減らされ、奪われて集められたものが森の最奥と接するところ——文明化されてもいなければ自由でもなく、過ぎゆく雲やマッチの閃光《せんこう》に合わせ、陽射しが一瞬にして移り変わるところだ。そういった場所では奇妙な者が育つ。現代の世界の甘い糖蜜めいた陽射しと、古代のゆたかで残酷な陽射しをともに吸い込む人間が。より異質な太陽の子であっても、そうした者も人間には違いない。彼らの望みは都会化したいとこたちの望みにおとらず大切であり、同じくらい重要で欠くことのできない要求を持っている。

問題が生じるのは、その要求がよりおだやかな世界の要求と衝突するときにかぎられる。彼らは深い森を歩む。木立に光が重くのしかかり、闇がなお重くたれこめる森を。望むもの、夢見るものはひとえに深い森のみ。彼らが決して訊かれず、訊かれたところで答えることのない問いとは、単純なものだ——鬱蒼とした森に落ちた日の光がそれほど変わってしまうのなら、月の光はどうなのか？　夜はどうなるのか？

そうした光は時間がたてば、それ自体でどんな変化をもたらしうるのか？

彼らは微笑をたたえ、みずからの居場所を心得ており、光からなる影の中を歩む。完璧であると同時に神を穢《けが》し、たとえそれが可能であろうともわれわれを許すことはない。

湖畔の家はしばらく使われていなかった——ドアがあいて、こもった空気と埃《ほこり》がぶわりとポーチに吹き出したとたん、それだけははっきりわかった。この場所がこんな荒れ果てた状態になるまで放置されたことがどうにも信じられず、ミリーはあとずさった。祖父が手配した管理人の意味はどこにあるのだろう。季節の変わり目に空気の入れ替えをして、いつでも人が住めるようにしておくため、自分の信託基金から年に三回、その料金がきちんと引かれているというのに。これまでに少なくとも十数回は読んだ手紙をひっぱりだしたい、という思いを抑えつける。到着までにこの場所の準備を整えておくと約束してあったはずだ。

なんにせよ、これが準備したということなら、祖父母が毎年、まさにいなくなるその年まで、この湖のほとりで夏を過ごしたのがなぜだったのか、よく理解できない。父はいつでも、湖畔の家は田舎の楽園だと話していた。都会の生活のめまぐるしさやストレスから逃れてひと息つくのに必要なのだと。それがなければ、母と離婚した影響でほんとうにおかしくなっていただろう、と言われたことがある。当時は母の存在が街の隅から隅まで充満し、広くきれいな世界をせまくて不潔な囲いに変えてしまうように見えたそうだ。母のコンクリートの檻《おり》からできるかぎり遠ざかることでしか自由の身になれなかったらしい。

ミリーは父を追うことができなかった。幼すぎたし、両親のあいだで交わされた親権の取り決めで、どちらも書面の許諾なく娘を国外へ連れ出すことが禁じられている。子どものころミリーはそれが憎らしかった。置いていかれることも、母が腹いせに湖畔の家へ行くことを禁じたと知っていることも。そのために、ディズニーワールドでの夏もパリでの冬も、そのほかニューヨークに住む裕福な父と母の子として当然のささやかな贅沢《ぜいたく》をすべて、父が禁止するはめになったのもだ。父はどうやってか、湖畔の家がそうした大冒険に肩を並べると思わせることに毎回成功していた。その結果、こちらが罪にふさわしい罰を受けたと感じさせられるのだ。たとえその罪がミリーのものではないのに、罰のほうはいつでも必ずミリーに与えられるとしても。

そしていま、ようやくここにやってきた。父は腐って蛆虫《うじむし》に食われ、母は火と風のもとへ赴いた。前者は土葬され、後者は火葬されて、ミリーはひとりで立っている。離婚が成立し、この名はマーカスから永久に切り離された。この世に身内は残っておらず、孤独な長い夜をなぐさめるのは、みんなの銀行口座を合わせたものしかない。まあ、それと、ようやく自分自身で所有することになった湖畔の家だ。

どうやら、蛾《が》や蜘蛛《くも》と共有するのを気にしないかぎりは、という話らしいが。

汚れた空気が吹き出す勢いがおさまった。片手でスーツケースを持ちあげ、事実上ここに閉じ込められたと自覚しながら――電話回線は料金を払わなかったため何年も前に止められているし、この家を復旧しようと力をつくしてはいても、この田舎では、都会で〝遅い〟とみなすスピードの数分の一の速さでものごとが進む。八月までに電話の発信音が聞けたら運がいいだろう。しかも、ここに乗せてきてくれた運転手は、こちらを外国同然の、いや、実際外国であるこの場所に置き去りにして、もう家に帰ってしまった。母はあの街を檻として娘を飼い殺し、娘のほうは望んでそれを父の設計した檻と交換した。父の檻は形も大きさも違うかもしれないが、窓の鉄格子の数は変わらず、壁も同じくらい多い。とはいえ、ここには怒って口論をこぶしで解決しようとする前夫もいないし、たやすく跡をたどる手段もない。その思いがほかのすべてを圧し、ミリーは肩をいからせてひらいた戸口を通りぬけると、亡霊に満ちた部屋へ入っていった。

窓からぼんやりとした陽射しが流れ込み、現実とは思えないほど大きな埃の粒が舞う中で、一瞬、間違いなくおばけ屋敷に立っていた。喉に悲鳴がこみあげてくる。つかのま唇の奥に閉じ込められたものの、この障壁をゆるがすほど大きくふくれあがったら、叫び声は一気にときはなたれるだろう。光の点に目を奪われ、周囲を取り巻く幽霊の群れから視線がそれた。子守たちを悩ませていた子どものころには、こんなふうに妖精が視《み》えたものだ。当時のミリーが住んでいたのは、母が〝身の丈に合った妖精の国〟と称した場所、平和と魔法だけが満ちあふれ、離婚も諍《いさか》い合う両親も存在せず、みじめなことなどなにもない世界だった。

まばたきすると、妖精たちはまた埃の粒に戻り、埃の粒は背景にとけこんだ。幽霊たちはこの場所のほかの部分と同様、埃だらけの白いシーツに覆われ、古びて使われていない家具に戻った。維持費として払っていた金はどう考えても、なにかに使われているとすれば、名ばかりの管理人のふところを肥やすのに使われていたに違いない。自分の到着にそなえてこの場所を整えるために管理人が指一本動かしていないことはあきらかだ。行くと伝えたのはわかっている。手紙を三回送って電話を二回したし、少なくとも一度は返事を受け取ったのをはっきり憶えているのだから。

ともかく、受け取ったと思う。街のアパートで過ごした長く空虚な午後に、なにが事実でなにが想像だったのか区別することは難しい。運転手はすでに立ち去ってしまった。ここの午後もまったく同じように長く、そして孤独だろう――この壁が新たな檻となる。都会の危険よりははるかに心地よいものだとしても。

母は死ぬ前に、マーカスは求めるものが手に入らないと残酷になるたぐいの男に見える、と警告してくれた。だが、マーカスが求めたのは、競争相手を感嘆させるような、若く美しく独立した富を持つ妻だった。だから、母の警告を恨みがましい老女のくりごとと片付けたのだ。自分の結婚がだめになり、現実にいた友人たちはずっと前に死んで、お説教する相手もいないので、たったひとりの子どもを苦しめるぐらいしかやることがないのだろうと。

そのときにはわからなかった――知るよしもなかった――いつの日か、マーカスの要求が息子と後継者に移るだろうとは。マーカスの種とミリーの陣痛から生まれ、家名を継承し、母の財産と父のビジネスの才覚によってその名を高め、輝かしいものとするはずの子どもたち。この体がその考えに反対し、マーカスに自分のものと呼べる跡継ぎ、とりわけ、ほしくてたまらなかった息子を与えることを拒むことも知りようがなかった。五年にわたる失敗ののち、マーカスが望みをこぶしや手の甲で、一度ひどいときにはブーツで知らしめた結果、ミリーは腎臓を損傷し、週末を病院で過ごした。そしてついに、ようやく、弁護士が一年以上勧めていた離婚の書類を書くことになったのだ。

ありがたいことに、マーカスにはとうてい支払えないほど報酬の高い弁護士たちが婚前契約書を作成しており、接近禁止命令と法的な書類がマーカスの貪欲な手から守ってくれたので、財産の大部分を失うことなく歩み去ることができた。金も評判も保ったまま逃げおおせ、代償として失ったのはあれほど愛した街だけですんだ。

まあ、いまはそのことに関してはどうしようもない。ここが自分の家になるのだ。少なくともあと六か月、弁護士と訴訟の進行次第でもっと長くなるかもしれない。ミリーは向きを変え、手近の家具に巻かれた白いシーツをつかむと、ディナー・シアターの手品師が八時のショーのあいだにテーブルをぱっと見せるように、アンティークの長椅子からはぎとった。無人の部屋ではもったいないほど華麗なすばやい動作だったので、一瞬なにかをなしとげたような気がしたものの、たちまちもうもうと立った埃が鼻と口に侵入してきた。むせながらポーチへ引き返し、ひらいた戸口から、陽射しが細く照らし出す、かすんだ室内をのぞきこむ。

「ミズ・エリス？」

ミリーはふりかえった。

その声の持ち主は地元の若者だった。親しみのこもった幅の広い顔の十代で、性別ははっきりせず、オーバーオールにひだのついたチェックのシャツという恰好だ。短く刈った髪は真っ赤で、額の二か所に分かれて逆毛があった。子どものときだったら、たちまちその逆毛が悪魔の角というふりをして、なぜこの小さな湖畔の町で小鬼が定命《じょうみょう》の人の子にまぎれているのか、説明する背景を紡ぎ出したことだろう。もちろん、無分別な願いを叶え、子どもたちを誘惑していたずらをさせるためだ。

「はい？」ミリーは問いかけ、ポーチから一歩おりて、木っ端だらけのぐらぐらする二段目に乗った。「あなたは管理人？」

「いえ、奥さん、管理人はうちの親父で」十代の若者は言った。「自分はときどきここの桟橋で釣りをしてるだけです。ともかく、前はしてました。奥さんがお留守で、魚が必要なときに……」頭をさげて睫《まつげ》越しにミリーを見る。魚をくすね続ける許可を求めているのは明白だった。

もしこの若者がいたずら好きの小鬼だったら、正しい答えはなんだろう？　魚を盗み続ける許可を与えれば、なんでも好きなものを盗んでいいと受け取られるかもしれない。だが、なにも傷つけておらず、こちらに必要なものを奪っているわけでもないのに、許可を拒むのは身勝手なふるまいにすぎない。たいていのこの世ならぬ生き物と同様、小鬼は人間の身勝手さを好まないものだ。ミリーは解答を見つけると同時ににっこりした。

「ここの水辺でどうやって魚を釣るか教えてくれたら、いつでも好きなときに釣りをしていいわ」と応じる。

戻ってきた笑顔はさらに明るくなって、中で舞う埃の粒が見えそうなほどだった。「そりゃありがたいです、ミズ・エリス。都会の人はたいていそんなに親切じゃないですよ」

「ここは父が死ぬ前は父のものだったの」ミリーは言った。「いままでこなくてごめんなさい。わたしは……」結婚していた？　忙しかった？　街の外にあるものはなんでも不潔で田舎くさくて、追求する価値などない、という印象を全力で作り出そうとしていた母親の期待に囚われていた？「……ほかのことで忙しくて」ぎこちなくしめくくると、口の中で言葉が塵《ちり》や灰と化した。まとめて吐き出して、ほかのごみと一緒に陽射しに舞うところを見たい。

若者はそのことを批判するつもりはないらしく、ただ肩をすくめて言った。「いまいらっしゃるじゃないですか、夏もなにもかもこれから始まるってときに。奥さんがお隣さんになってくれればうれしいし、季節が変わって街にお戻りになるまでに、ここでのやり方を覚える時間はたくさんありますよ」

ミリーはまばたきした。もしかしたら、この地所の準備をしてほしいと頼んだとき、はっきり指示しなかったのかもしれない。「ごめんなさい」と言う。「少し誤解があるようね。わたしは別に――」

だが、若者は兎《うさぎ》のにおいを嗅ぎつけた猟犬のように顎をもたげ、鼻孔をふくらませて湖のほうを向いた。「すみません」と、こちらをふりかえって言う。「父さんが困ってるんで。食料品を運び込むのをお手伝いしますから、あしたお会いできますよ。よくお休みください、ミズ・エリス！」

そして行ってしまった。好奇心に満ちた陽気な足どりでゆっくりと湖岸へと走っていく姿は、いよいよ主人のもとへ戻ろうとしている猟犬を思い出させた。ふりむきもしない背中にミリーは吐息をもらし、埃とシーツのかかった家具と、幽霊、幽霊、幽霊にあふれた湖畔の家のほうへ向き直った。

これほど多くの幽霊がいるのだ。名前があるものも顔がわかるものも、暗い冬の夜に父がささやいたというだけで、なんの根拠もないものも。引っ越してきたのはここに怪奇現象があったからだ。たとえ家に幽霊が出ないとしても、ミリーは絶対に取り憑《つ》かれるつもりでいた。

ミリセント・エリスはポーチへの階段を上ってドアへ近づき、はっきりと意図を持って内側に閉じこもった。


寝室を居住可能なほどきれいにするには日が落ちるまでかかったうえ、最終的に、準備されていなかったありとあらゆることに加えて、まだ電気が復旧していないという不愉快な発見があった。鍵が錠前に合っていなかったら、別の家にいるのではないかと考えていただろう――管理人に払った金はどこかに行っているに違いないし、手紙を書いたとき、自分の意向をはっきりさせておいたのはたしかだ。こんな状況はどれも約束のうちに入っていない。

しかし、この寝室からは湖の景色が申し分なく見え、月明かりに照らされた水面は美しく、銀の延べ板さながらに平たくまじりけのない輝きを放っていた。何時間でもながめていられる。電気がなくては本も読めないし、テレビも見ることができないから、実際にそうしなくてはならないかもしれない。ミリーは少し笑い、自分用に選んだ小さな部屋をふりかえった。

湖畔の家はミリーひとり――あるいは、もし夫が自分の世界の中でまだ歓迎できる存在だとしたら、夫とふたり——よりも大きな家族を受け入れる広さがあったし、家の中が整っていないとぶつぶつ言ったところで、管理人はあきらかに家そのもののメンテナンスをしていた——壁はまっすぐで軒《のき》は傷んでおらず、窓から隙間風も入らない。まだ祖母の香水がほのかに香る毛布をしっかり体に巻きつけたミリーは、しぶきも散らさず海中へすべりこむアザラシさながらに、するりとまどろみに落ちた。

数時間後に起こされた音は、意識して聞いたわけではない。目をひらくと、暗い部屋に窓からみぞれめいた月光が流れ込んでいただけだった。周囲で家はひっそりとしており、ふたたび目を閉じて眠りに戻りかけたとき、塗装されていない木材にブーツの底がこすれるかすかな音がして、ぴたりと動きを止めた。湖畔の家に誰かがいる。自分以外の誰かが、単独で。ここに単独で存在するものはない。家も、侵入者も、ミリーも。みんな一緒に、偶然同じ場所にいることで三者が結びついている。それほど偶然でもなかった——ミリーは間違いなく意図して訪れたし、この場所はもうずっと誰にも邪魔されず無人の状態だったのだから、いまここに入ってきたのが誰にせよ、きのうはなかったものを求めてきたに違いない。

ミリーを求めてきたのだ。

断片を組み立てて推理が終わると、音をたてずにベッドから抜け出した。素足で未塗装の木を踏み、向かいの壁ぎわにあるアンティークの木製の衣装簞笥《だんす》へ忍び寄る。そこにはまだ亡き祖母の夏物の衣料があふれており、長年放置された年代物のドレスやコートが早くも骨《こっ》董《とう》品と化していた。寝室とした部屋まで廊下を進んでくる足音に耳をすましながら、ミリーは衣装箪笥の扉を細くあけた。

すばやく中へ入り、過去の絹やリネンに包まれて息をひそめたのは、埃にむせないようにというのもあったが、恐怖に襲われたからでもあった。足音はどんどん近づいてくる。とうとうミリーは、相手が室内にいて、窓越しに銀の月光を浴びていると確信した。

どこかの枝がぴしりと折れた。なにか——たぶん犬か、もしかしたらコヨーテか——窓の外の森で遠吠《とおぼ》えした。足音はさらに近寄ってきて、ミリーは身をこわばらせ、武器として使えるものがあればと願った。だが、他人の不要なファッションがつまったこのぼろぼろの世界には、そんなものはなにも、なにも、なにひとつない。はじめて着用されたときにはどんなに大胆だったとしても、サンドレスで身を守ることはできない。

犬かコヨーテがまた吠えた。今度はもっと近い。足音が止まり、三つの物音が続けざまに響いた。

窓が引き下ろされる。屋外の夜の音を締め出し、衣装箪笥よりなおせまく感じる場所に閉じ込められる。足音がふたたび響きはじめ、さらに近々と迫ってきた。いまや一定している足どりには聞き覚えがあった。近づいてくる男のことは知っている。当然だ——実のところ疑う余地などなかった。都会の人々が全世界の果てとみなす境界を越えてこんなところまで、陽射しが蜂蜜のようにこぼれ、蜂蜜におとらないほど多くの蠅《はえ》を惹《ひ》きつける、湖畔の夢の中まで追ってくるのが誰なのか。

とうとう、硬材の床を鉤爪《かぎづめ》がひっかく音が響いた。足音の二倍の速さで進み、ぐんぐん近づいてくる。家の中に自分たちのほかに動物がいるのだ。走っているのだろうか？　そうかもしれない。

街からここまで追ってきた男、家に侵入してきた男、こぶしをふるって夫の称号を返上した男は、足を止めた。向きを変えるとき、踵《かかと》で床をこすったのが聞こえた。それから、わめき声が響いた。意味のある言語ではない——言葉にならない衝撃と恐怖の叫び。それに続いたのは、はるかにおぞましい音だった。肉が裂け、骨が折れ、濡れたはらわたがぐちゃぐちゃと鳴る。ときおり木を鉤爪がこする音が加わった。絶叫が長々と響き渡ったが、どんな凶暴な獣が八つ裂きにしているにしろ、重力が求める以上の音はたてなかった。とうとう悲鳴はやんだ。衣装簞笥の隅に追いつめられ、肩を木に押しつけて両手で口を覆ったミリーは、このころになるとはらはらと涙を流していた。目のふちに大きなしずくが盛りあがり、頰をこぼれおちて喉のくぼみに溜まる。音をたてたら獣が向かってくるだろうとわかっていた。音をたてなくてもやってくるに違いない。この部屋と衣装簞笥の距離よりずっと離れていても、獣は獲物のにおいを嗅ぎつけるものだ。

鉤爪がこすれる響きは続いており、いまではまるで木をざらざらした舌でなめるような音が加わっていたが、なおも獣は黙したままで、ミリーは悲鳴を身のうちに封じ込めて泣いていた。

閉じた窓の外では依然として月が輝いている。

朝になると、衣装箪笥の内部にもたれたまま一夜を過ごしたせいで、体がこわばり、ずきずきしていた。未明にときどき落ち着かない眠りに落ちたので、口から手が離れ、頬と寝巻の前面にべたつく塩の筋を残して涙が乾きかかっている。まるまった姿勢からなるべくそっと身を起こしたが、その動きで背中がひきつり、うめき声をこらえきれなかった。まだ老人ではないにしろ、もう若い娘とは言えないし、ゆうべのできごとのせいで、はたして〝老いる〟未来があるのかどうかさえ疑問になっていた。

注意深く衣装箪笥の扉をひらき、昨夜ベッドに入った部屋を見る。なにもかも置いたままになっていた。ただし、ほかの状況なら気づかなかっただろう小さな違いが二点ある——窓が閉じて鍵がかかっており、外の世界から室内を守っていることと、ベッドの下、ふちすれすれのところに、靴が片方、たったひとつだけ転がっていることだ。ミリーはよろよろと進み、体が痛くてかがめなかったので、足でその靴をすくいあげた。どう見ても自分には大きすぎる大人の男のサイズだ。そして、父や祖父のものにしては、いや、これまでの十年間でこの家に入るちゃんとした理由があった人物のものだとしても、あまりにも新しすぎた。

家のほとんどの部分と異なり、靴には埃がついていなかった。無頓着な管理人はなにをしていたのだろう。ベッドの下の埃を払ったのに、履き物をぽんと放置していくとは。管理人に関して得たわずかな知識と一致しない。つまり、論理的に考えて、この靴はまさに自分が想定している場所からきたということだった。招かれもせずに月に照らされた湖畔を訪れ、ミリーに危害を加えようとした男の思い出なのだ。かつて愛していたが、機会を与えられたとき、みずから残酷な形で怪物であることを証明してみせた男。手の上で靴を量《はか》ったミリーは、当然のことながら重みが足りないと思った。遺体として埋葬するほどのものではない。

結局、ゆうべの苦痛をなだめようとつとめながら、ぎこちなく前の日の服を着た。倒れないように気をつけて床から足をあげ、ズボンをはこうとする。最終的にはベッドに座ってズボンを腰にひきあげ、そんな小さな動きでさえ後悔した。活発で順応性があった時代もあったと思い出す。衣装簞笥の中で立ったまま眠るというささやかな苦労など、たちまち回復したものなのに。

着替え終わると、結婚生活で授かることのなかった赤ん坊を抱くように、元夫の靴を腕にかかえてドアのほうへ向かった。この靴をどうするつもりなのか、よくわからなかった。湖に投げ捨てるのは、湖に対して罰当たりな気がした。この家にはもちろんごみ収集のサービスがついているはずだ。またひとつ解くべき謎が増えた。ここにくる前に確認しておくべきだったのだろうが。人生の謎の大半は退屈なもので、謎などと名付ける価値もないほどだとわかった。もしかしたら、かつてはこうしたちっぽけなつまらない謎に対応する別の単語があったのかもしれないが、失われてしまった。英語はたえず簡素化しており、単語がどんどん抜け出しては、アメリカの言葉に囚われていたときの悲惨な話を携えて、もとの言語へと逃げ帰っているのだ。

ミリーはドアをあけると、皿からべっとりとたれ、あらゆるものにくっつくメープルシロップさながらに降ってくる陽射しのもとに踏み出した。ここでは光が違う。どう違うのかはよくわからない――時間があれば解明してみせるが。少なくともそれだけは自信がある。とにかく時間がほしい。

きのう訪れた十代の若者が外で待っていた。似たような恰好をした年輩の人物を二名伴っている。おそらく両親だろう。ひとりはもじゃもじゃの口ひげを生やしており、そちらが進み出て言った。「到着されたとき、準備がきちんとできていなくて申し訳ありませんでしたな。お手紙を間違って読んでしまったに違いない。あしたいらっしゃると思っていたんですよ。よくお休みになれましたか？」

「ええ、とても」その嘘は息をするように自然に出てきた。長年にわたる数々の嘘と同じく、深くおそろしい場所から生じたものだ。ドアにぶつかったとか、ひどく不器用なのだから、ミリーをひとりで外に出すべきではない、とかいう嘘のように。ミリーは言葉を切り、顔をしかめて言った。「実はあまり眠れなかったんです。夜中になにかにおどかされて、寝ていた部屋の衣装簞笥で眠ったものですから。背中がとても痛くて」

真実を告げるのは、傷口を切開するような気分だった。若者が口をつぐんだまま、両親と複雑な視線を交わした。その無言のやりとりを不快に思うべきだったが、それほど腹が立たなかった。陽射しは依然として両腕にふりそそぎ、病んで腐った結婚の残骸を体から焼き払っていく。長年にわたる沈黙と嘘が朝の霧のように晴れていった。胸にかかえた靴の存在がちょっぴり恥ずかしくなり、今日はもう客も驚きも訪れないことがわかるまで、家の中に置いておけばよかったと考える。

「このジュリーがすぐにでもこちらの掃除をすませますから」口ひげのあるほう、おそらくは若者がきのう捜しに行った〝父さん〟が言った。「よろしかったら、私とユーニスと一緒にきていただければ、そのきたない古靴を捨てる場所を探すのをお手伝いしますよ」

「ごみを捨てるのにぴったりの場所を知ってます」若者が――ユーニスが言い、にっこりした。辺鄙《へんぴ》な田舎の十代にしてはめずらしく、ゆうべ湖の上にかかっていた月を思わせる、白くきれいな歯だった。

「この古もの？」ミリーははじめて見たかのように、靴を持ちあげた。まるで、口に出すのもはばかられるほど不潔なしろものだとでもいうかのように。「ええ、それがいちばんでしょうね」

「それじゃ、戻ってきたときには発電機が動いてるようにしときますから」と父さん。「夏が終わってからもこちらにいるつもりなら、必要になりますよ」

生まれてこのかた、これほど安心したことも、気が休まったこともなかったミリーは、顔をそらし、とろりと甘い日の光を吸い込んだ。

「この先ずっといるかもしれないわ」と言うと、地元の三人はほほえんだ。これはみな以前起きたことで、今後ふたたび起こるだろうし、このすべてがまさにこうなるよう定められていた。一同は空き地に立っており、深い森が間近にある。ここにふりそそぐ陽射しはずっと辛抱強く待っていたのだ。長い年月、深い森が夢にすぎないほど遠く離れた地で過ごしたあと、ようやくふるさとに帰ってきた。

ここでは光が違う。

（原島文世訳）

百マイルと一マイル

カルメン・マリア・マチャード

カルメン・マリア・マチャード（Carmen Maria Machado）は一九八六年ペンシルベニア生まれ。二〇一七年のデビュー短編集『彼女の体とその他の断片』（エトセトラブックス）は全米図書賞など十の賞の最終候補となり、全米批評家協会賞、シャーリイ・ジャクスン賞、ラムダ賞レズビアン文学部門など九つの賞を受賞した。同書は二〇一八年の〈ニューヨーク・タイムズ〉紙「二十一世紀の小説と読み方を変える、女性作家の十五作」に選出されている。

（編集部）

ルーシーが子供の頃を思いかえすとき、その記憶――単なる記憶でもなく、その「ことば」――にだんだん近づいているとわかるのは、太った青蠅《あおばえ》がせわしなく方向を見失ってランプシェードに何度もぶつかるように脈が速くなる、そんなときだ。やめないと、もっと悪くなる。ギターの弦がネックからはじかれるように。自分の血が、生きもののような、よそもののような、馬みたいにおびえたような感じがする。鏡をのぞきこめば、喉がかってに狂った音を奏でているのが見えるとわかっている。だから見ようとはしない。あなたならどう？

奇妙なものだ、わからないことがわかっているって。死なないなにかのようにピクピク動いている。陶磁器がこなごなに割れるとき。誰かがミルクを差し出すとき。漂っていくような、手足や臓器という支障がなければただ消えてしまうような感じがする。

確かに、こうしたまじないは子供時代を過ぎれば失われるのだと思っていた――夜への恐怖やネコアレルギーと同じように、大きくなると卒業するのだと。それに変化したのは本当だ――壊れた陶磁器や乳製品や、不可解なことに、風変わりな道路沿いのレストランについては少なくなり――そしてさらに異様で、まわりくどくなった。恐怖というよりも雰囲気。やってくる破滅の感覚、溺死数秒前のような。

結婚式の直前――というか、ほぼ結婚式の段階で、ほんとうにひどいことになった。ルーシーがピートの母とレンタルホールの下見に行ったときのことだ。オーナーにお茶を勧められ、受け取った。歩きながら、会場について話し合い、お茶を飲んだ。それが終わって――最後の一口を飲み干すと――カップの底にカシオペア座の図が見えた。すると、吐き気とパニックが押し寄せ、視界のふちが暗くなった。そのとき、耳もとにささやきが落ちた。

やめなさい。つかまってしまったら――

異変が消えると、管理人に電話はありますかと尋ねた。かくして、ピートの母はピート本人より先に彼女がピートと別れようとしているのを知ったのだった。

ピートの母は怒るだろう――それどころではない、激怒するだろう――と思った。だが、ふたりで車に戻ると、ピートの母はルーシーの手を握り、「私も同じことができたらよかったのに」と言って、ラジオを点《つ》けた。窓を開けっ放しにしてずっとふたりで歌を歌いながら帰った。(数ヶ月後に、メレディスと抜き差しならない関係になって、ああ、そういうことかと思った――ピートはやさしく穏やかな人物ではあるけれど、ベッドで身を委ねるのは考えられないと、ある意味わかった。それにしてもどうして結婚式場であの瞬間だったのか？どうして初めてか、五回目か、五十回目にピートとキスしたときじゃなかったのだろう？)

すぐ後に、ルーシーは精神療法医に見てもらうようになった。しわの寄った小柄なドイツ人女性で名前はドクター・クレーマ、机の上でザブトンにあぐらをかいて座り、予約した面談をおこなった。ドクターはその話にとても興味をもった。何度もルーシーに繰り返させ、新しい角度から検討した。ただ単に結婚の現実が幻想に割り込んできたということだろうか？　結婚が軛《くびき》だという知識、それにだんだん大きくなる喪失感？　それとも、必要な形でも、どんなに大仰な結婚式でも、ピートをルーシーの好みに合わせられないと実感したからら？　または、――これは注意深く、辛辣に言葉にした――カップの、渦巻き模様の持ち手と薄いへりと、きめ細かく描き出された星座のせい？

二度と見ることはないでしょう。やめなさい。

でもそんなのありえない、とルーシーは思った。白くなるまで握りしめたこぶしからスカートを放して、膝の上でしわを伸ばしながら。もしただカップのせいだとしたら、正気と思えない。

十九歳の誕生日の数週間前、ルーシーは連休の週末にメレディスと出かけた。都会から遠ざかるにつれ笑い声をあげ、日暮れ時にナイアガラに着いた。ピアニストのリベラーチェがダイナマイトを爆発させるために幼いデビー・ストーンの鼻に起爆装置のボタンを当てて

（一九五四年、ナイアガラのプロスペクト・ポイント付近で落石事故を防ぐため危険な岩を爆破した）から三年後で、幼いロジャー・ウッドワードが樽に入らず生身で滝に転落して生還する三年前のことだった（一九六〇年、七歳の少年が転落し救助された）。（デビーはポリオによる麻痺《まひ》があったし、ロジャーは運命に救われた。その当時でさえ、公平なものなど何もなかった。）ふたりは遊覧船〈霧の乙女号〉に乗り、ホットドッグを食べ過ぎ、新婚旅行客がうじゃうじゃいるモーテルで愛しあった。

　帰り道、昼食を取ろうとシラキュースに近いどこかの小さな宿屋に立ち寄った。入り口から入ったとたん、ルーシーはなにか変だ、おそろしいと気づいた。椅子に倒れ込み、ナプキンをほおに当てる。自分の食器セットの、なめらかなフォークの輪郭をなぞった。メレディスは疲れていらいらした気分で、ルーシーの不機嫌にかまっていられなかった。ウェイトレスが何も問題ないか見にきたとき、ルーシーは彼女を、ありのままの――ありのままの何か、欲望ではないが、むき出しの無防備な表情で見つめたので、メレディスはかんしゃくを起こして立ち上がった。「車で待ってる」と、彼女は言った。ルーシーはぼうっとしたまま食事をし（もちろん、ミルクは断って）、その後、帰りの車中はふたりとも黙りこくったままだった。ふたりは街に着く直前に別れたが、その次にルーシーがメレディスを見かけたとき、彼女は街中でブロンド娘にまとわりつき、とても輝いていた。

　その後、ドクター・クレーマはルーシーに、その宿屋、テーブルセッティング、ウェイトレスに何か特別なところはあったか尋ねた。

「何も」ルーシーは答えた。「つまり、はっきりわかるようなことは何もありませんでした」

「もしかして記憶は？　ひょっとして子供の頃そこに行ったとか」

「かもしれません。あちこち旅行に行きましたから、母、父、兄と私で」

ドクター・クレーマは何も言わず、遠近両用の眼鏡越しにルーシーをじっと見つめた。

ルーシーの幼少期が悪かったわけではなかった。微妙に姿を変えながら冬のコートのように過去の不幸を身にまとっている、そういう人たちのことは知っている。けれど違うのだ——両親は善人だった。叩かれたことも育児放棄《ネグレクト》されたこともなかった。飢えていたこともないし、いつも足にあった靴を履いていた。母親の死は——まあ、そのときは法的に成人だったじゃない？　そしてそういうことがどうしようもないときもあった。父親は寂しいながらも満足した男やもめで、兄は新しい妻に惚《ほ》れ込んでいた。


ドクター・クレーマは彼女に思いかえすよう求めた——リラックスして、慎重にその瞬間へ近づいていきなさい。嚙《か》みつく犬に近づこうとするように。

勇敢な女の子ね。賢い、勇敢な子。


「嚙みつく犬には近づきませんけど」ルーシーは言った。

ドクター・クレーマは飛び出しナイフのようにペンを掲げた。「だったら、そもそもどうやってそれが犬だってわかるの？」

三十代になって数日のこと、ルーシーは真夜中に目を覚ました。まるで失恋後二日間のヤケ酒の締めくくりのように、既にすすり泣いていた。母の形見のミンクを着て、散歩に出た。着ていると暖かく、風に吹かれて毛皮の毛が立つたびに、受け継ぐものがたいがい死に関わっているのはなんて不公平なんだろうと考えた。どうしてみんな待つことを選んだの？

空はミルクティー色で、ひとつかみの星が散らばっていた。露店の商人、酔っ払い、ジャズクラブやバーからあふれ出てくる人々とすれ違い、水たまりや嘔吐物《おうとぶつ》、蒸気を噴き出すマンホールの格子蓋の上を歩いた。夜明けに暗闇が薄れはじめるまで歩いた。レストランの窓の向こうで、ウェイトレスらがコーヒーを注いでまわるようになるまで歩いた。小売店の店主たちがカタカタ音を立て、ため息をつきながら歩道にスタンド看板を広げるまで歩いた。日がすっかり昇った後に、ふと気付くとギンベルズ・デパートの前に立っていた。何年もデパートに来ていなかったし、はっとするほどすばらしかった――まるでバグダッドのほこりまみれで混雑した市場のどこかに入ったかのようだった。手袋をいくつかいじってみたり、スカーフを何枚か確かめてみたりした。香水売り場に迷い込み、びんや栓に指で触れた。口紅の蓋を外し、回して繰り出すと、鏡に向かい口の周りをふちどった。

その子を見つけたのはその場所だった――売り場の向こうで、バラ色のほおをして、おしゃれな白いコートにくるまって。

子供の母親は夫の腕時計を選ぼうとしていた。綿密に調べ、質問をし、光にかざしてみていた。時計のことをほとんど知らないと店員に知られたくなかったため、注意がおろそかになっていた。女の子を誘い出すのは簡単だった。

警察が呼ばれた。彼らは母親からはぐれてしまった幼い子を探しているつもりだった。だから当初ルーシーに気づかなかったのだ。三階の靴売り場の隅にひざをつき、何かを女の子に必死にささやいているのを。女の子はもじもじしていたわけではない——それどころか、母親でも見たことがないくらいまじめに一心に聴いていて——それで目を引かなかったのだ。売り場責任者が白いコートを着た少女にやっと気づいたときには、ふたりは別れるところだった。女の子はルーシーにバイバイと手をふり、ルーシーも振り返した。

母娘《おやこ》が再会したとき、助けた警官は、風変わりな女性が小さい女の子に危害を加えているようには決して見えなかった、と言って母親をなだめた。ただ話しかけているだけ、何かを言いきかせているだけのように見えましたよ。もうひとこと——何か緊急のことを言いきかせている、と——付け加えそうになったが、踏みとどまった。なぜかはわからない。母親は娘を胸に抱きしめた。言いかけて言葉がとぎれてしまったようすには気づかなかった。

警察はルーシーを警察署に連行した。ルーシーは小さい女の子にとにかくわからせなくちゃいけなかったのだと語った。何をわからせるのかと尋ねられたが、椅子に座ったまま眠り込んでしまった。三日間眠ったままだった。

白いコートの少女が大人の女性になったら、時々過去を思いかえして、よくわからない理由でデパートの記憶が心に浮かぶことがあるかもしれない。母親。腕時計。ガラスケースに映った自分の姿。横に視線を向けてはじめて、まったく違う何かがいたのを思い出すだろう。不格好で悲しげな生き物が——赤い口、カワウソのようにつややかな毛並みの——その手を伸ばし、聞く必要のあることをささやきかけてきたのを。

（井上知訳）

穏やかな死者たち

カッサンドラ・コー

カッサンドラ・コー（Cassandra Khaw）は一九八四年マレーシア生まれ。ゲームライターでもあり、以前はUbisoft Montrealに所属していた。初のノヴェラ*Hammers on Bone*で英国幻想文学大賞とローカス賞のファイナリストになり、二〇一八年には*Food of Gods*でローカス賞ホラー長編部門の次点になっている。二〇二二年にはシャーリイ・ジャクスン賞長編部門の最終候補にもなった。

（編集部）

ことの起こりは晩夏の殺人だった。つまり、その行為を本能的に否定したことからはじまったのだ。なにが起きたか――その女性はきれいに皮をはがれ、近隣の村の木にボルトで固定されていた――が表沙汰になったとき、アスベストの村は激しい怒りに目を覚ました。自分たちの隣人がよくもそんなことを。農村生活はすでに冷笑的なゴシップに悩まされていた。いとこ同士の結婚が招くであろう奇怪な結果、家畜相手の獣姦《じゅうかん》が行われているという申し立て、あの村の教区民は教育と充分な衛生習慣の両方に欠け、悪しき政治とさらにひどい音楽に毒されており、一般的な礼儀正しさは持ちあわせていないという主張。

こんなことはごめんだった。

彼らが申し立てられている罪状の関係書類に殺人をつけ加えるなど、もってのほかだった。アスベストと同様、シダーヴィルの郡区も激怒した。大工《カーペンター》という姓のわりに材木関係の才能はなかったものの、その不足分は並外れた天賦《てんぷ》の人心掌握術を備えていることで埋め合わされている――少なくとも本人の頭のなかでは――カーペンター氏は、自身の選挙区民ひとりひとりに宛ててちょっとした手紙を書き送った。自治体の長として指示を与え、安心させ、やる気を維持させるのは彼の責任だった。その村で起きたことは衝撃的だったばかりか、おぞましくもあり、文明がいかにもろいものであるかを、そしてうわべの飾りの下ではいまだに旧石器時代のようなあらゆる種類の野蛮な行為が発情し、身もだえしていることを思い出させるものだった。カーペンター氏は、人間であるというのは夜明けからすっかり日が暮れるまで手を抜かずに働き、常に己の影の部分に対する警戒を怠らないことだと信じていた。「どなたでもそのような嫌悪感をもよおさせる噂を耳にされたときは」と、カーペンター氏は書いた。「どうかお気づきになったことを、公式な議会のルートを通じてお知らせください。もちろん、あなたの匿名性は守られます」

そのルートというのは実際には、地元の樹木園の外側に設置された小さな鳥の巣箱のような投書箱のことで、郡区民からの手紙を一通残らず受け取るには小さすぎたが、幸いにもきちんとした公共心のある住民はほんのひと握りにすぎなかった。その土地にはかつて、四角く区切られた農地と市民農園、温室、最後に住んでいた一家の幼い娘に火をつけられて骨組みだけになり、短命に終わった大邸宅、パブが何軒か、郡区の金持ちが飼っていたペットのための墓地、そして樹木園ができる前にはふたりの移民が経営していた街角の店があった。シダーヴィルの人々は、最後のひとつには特に懐かしい思い出があった。誰も素面《しらふ》の席でそのような気持ちを認めることはないだろうが、ウォン氏とその亡き妹はもの珍しい存在だったのだ。ふたりがやってくるまで、シダーヴィルはもっぱらアイルランド、フランス、ロシア、スウェーデン、ドイツからの移民で構成されており、彼らが子どもをもうけ、その子どもたちがおたがいにロマンスを楽しんだ結果、例外なくかなり薄いサーモンピンクの肌をした住民が生まれていた。

ウォン兄妹が持ちこんだ多くのメラニン色素と難民の神々、キリストによる重荷を背負っていない迷信深い暮らしの報いを目にすると、元気が出た。それはシダーヴィルという金魚鉢の外にも世界が、暦や交易路に縛られない暮らしが、いくべき場所や、うちに帰らなくてもできることがあり、それらはリチャードソン氏の農場に住むものたちの監視の目からさえ、はるか遠く離れたところにあることを思い出させてくれた。ほかの人間をいいあらわすのにエキゾチックという言葉を使うのはとんでもなく不適切なことだ、とシダーヴィルの人々は理解していた。

しかし彼らはみな、そう思っていた。

ウォン氏と彼の妹はとてもエキゾチックだった。

シダーヴィルにはほかに誰も、亡くなった身内をしのぶ祠《ほこら》を守っているものはいなかった。せいぜい地元のカトリック教徒が気恥ずかしそうに祈りをつぶやくあいだ灯明《とうみよう》に火を灯《とも》す程度で、彼らには洗礼を受けた死者がより良い場所へ逃れたことがわかっていた。丸い顔を深い悲しみにくしゃくしゃにし、下あごとやつれた頬をその沈んだ気分を映すようにたるませたウォン氏は、亡き妹——彼より六つ年下で、亡くなったときはまだ六十二歳だった——に食べ物も運んでいた。柔らかく白い丸パン、スパイスの効いたケーキ、飾り気のない鉢に入った酢漬けの野菜、白米、脂身たっぷりの骨つき豚バラ肉。

そしてお香。

それらの線香は、彼女のための薄気味悪い食事とともに灯されるのが常だった。

シダーヴィルの人々は、樟脳《しょうのう》の煙くさい香水のようなにおいがするとウォン氏が現れることを知っていた。そのにおいは沈んだ気分のように彼にまとわりついていた。もっとも、もはや誰も定期的にその姿を見かけることはなかったが。喪失はウォン氏を世捨て人に変え、その暮らしを故郷で楽しんでいたものに回帰させていた。民族料理、書道《カリグラフィー》、郵便配達員のアレグラによると輸入するには大金がかかるらしい外国映画。彼は隣人を避け、店の売却益で慎《つつ》ましく暮らし、おしゃべりをする相手は、十代のウォン嬢の白黒写真――最高にふっくらした髪型に、まじめくさった童顔には似合わない大人っぽいメイクをした十九歳の頃の――が上に飾られた祭壇だけだった。

「あのふたりは恋人同士だったのだと思います」という匿名の短い手紙は、青紫色のカードに印刷され、クリーム色の長封筒にきちんと収められて届いた。吹きつけられたバラの香水、暴風雨がもたらした湿った夏のにおいがなければ、ギャニオン夫人は差出人が自分だということを秘密にしておけたかもしれない。しかしシダーヴィルの住民のほんとうに多くがそうであるように、彼女もまた習慣の生き物だった。「なにしろあの人たちは、ほかの誰とも一度も結婚しなかったのですから。五十年間この町で暮らして、どちらも配偶者を見つけられなかった？　彼らは姦淫《かんいん》していたにちがいありません」

「姦淫」という言葉を使っているところが実にギャニオン夫人らしいことに、カーペンター氏は気づいた。ナイチンゲールの剥製《はくせい》があしらわれた彼女の薄紫色の頭飾り《ファシネーター》や、旧約聖書はその後継書よりも良い教えを与えてくれたという主張、聖体を受ける際の、嬉々として、ためらうことなく、長年にわたって実践してきた喜びを持って結婚初夜を過ごす娼婦《しょうふ》のようなやり方と同様に。カーペンター氏とギャニオン夫人は友人ではなかったが、カーペンター氏は彼女の直感を信じ、ウォン氏に対する彼女の告発を慎重に目録に書き入れた。少なくともそれは、シダーヴィルがついにギャニオン夫人に順応した証《あかし》だった。

ギャニオン夫人は長年にわたり、ゴシップの種にされてきた。五十年以上前、彼女は驚異的な人物としてシダーヴィルにやってきた。三度の離婚経験、美人コンテストの出場歴、礼を失するほどの金持ち、ねたまれ、それゆえに怒りを買う女性。いまはどうか？　いま、彼女はシダーヴィルの一員であり、地元の教会の敬虔《けいけん》な信徒で、土地の人間はみなそうであるようによそ者の侵入に疑いを抱いていた。

カーペンター氏は祝意を伝えるのを忘れないようにメモした。ギャニオン夫人がついに仲間に受け入れられたのを見るのは嬉しいものだった。良いことがそれに値する人々に起こるのを、彼は好んだ。このシダーヴィルでは、それに値するというのは、最も重要な言葉だった。そのようなイデオロギーは不人気で、いまの時代には正当化すらできないことは理解していたが、カーペンター氏は、美徳は通貨であると信じていた。思いやりのある態度は、相応の支払をしていないものに示されるべきではない。愛とは神聖なものであろうとなかろうと、獲得されるべき特権である。そしてそれこそが、近頃の世界の問題なのだ。人々はあまりに少ない対価に対して多くを期待しすぎており、その強欲が、いつか彼らがひとり残らず釘で木に打ちつけられ、喉やこめかみや胴体にイバラの聖痕が絡みついた姿で見つかる理由なのだ、とカーペンター氏は信じていた。

日々が過ぎ、何週間もたった。夏が休閑期に入って秋になり、スミスの奥方様のところの犬たちは犬舎のなかで次第に落ち着きをなくし、眠気を誘う暑さとは早く縁を切って、毎年恒例の狩りに解き放ってほしくてうずうずしていた。商人たちが訪れては去っていった。郡区には輸入品が満ちあふれた。アスベストからひとりの男がやってきたとき、シダーヴィルの人々は西のほうにあるその小さな村での出来事を忘れはじめていた。その男は長身でもなければ、笑ったときをのぞけばハンサムでもなく、農場育ちのものにはよくいるずんぐりした体つきで、にこやかな顔と賢そうな緑色の目、心も指も頻繁に絡まりそうな柔らかく黒い巻き毛の持ち主だった。

カーペンター氏がその男、ジェイコブスン氏に出会ったのは、シダーヴィルに一軒しかないガソリンスタンドでのことだった。

「刈り入れはまだ何週間も先だよ」カーペンター氏はいった。「こんなに早くアスベストから人がくるとは思っていなかったな」

「刈り入れ？」男は咳払《せきばら》いをしていった。「いや、いや。わたしはそのためにきたんじゃありません。アスベストからの知らせをお伝えしにきたんですよ」

カーペンター氏は首を傾《かし》げた。「知らせだって？」

「知らせです」と、ジェイコブスン氏。

夜が夕暮れの空に灰をまき、素晴らしいワインゴールドが濾過《ろか》されて死人を思わせる灰色に染み出すなか、ふたりは最後に一本残った煙草《たばこ》のように静けさを分かちあった。そのガソリンスタンドがうずくまっているかたわらには、シダーヴィルに通じる錆《さび》ついてざらざらした貧相な橋が架かっており、まだ死ぬ許可を待っていた。

「どういう知らせかな？」相手が促されないとしゃべらないことがはっきりすると、カーペンター氏はいった。

「それなんですが、アスベストでは何週間か前に会合を開いて、あのことについて話しあったんです。なにがあったかはご存じですね？」

カーペンター氏はうなずいた。「ああ。誰でも知ってるよ」

「わたしたちはこう考えました」男はいった。「あれはよそ者の仕業にちがいない。ときどき村を通るトラック運転手のなかのひとり。メアリー・スーから陶磁器を買うために年に二度やってくる男。森のなかに大きな小屋を持っている金持ちのカップル。そういう連中です」

「しかし」カーペンター氏は有刺鉄線をくぐるように注意深くいった。「ウォン氏のような人とは違う」

「おそらくは」

答えになっていないが、予想外ではない。

「毎年の修養会にやってくる十代の連中かもしれん。あの年頃は凶暴だからな」

ジェイコブスン氏がうなずいてあごの下をかくと、白い道のような喉に爪で引っかかれた赤っぽい筋がついた。その爪は見ようによっては脂か血糊《ちのり》にも見えるもので汚れ、黒っぽいべたべたしたものが甘皮に沿って染みこんでいた。まさしく血のようだ、とカーペンター氏は思った。しかしアスベストには優秀な農夫はまったく足りていなかったが、食肉処理をするものやその肉を売るもの、牧場労働者がいた。もしそれが血であったとしても、それがそこについているのにはもっともな理由がありそうだった。それにもしそうでなくても、そこまで目立つ殺人者には対処のしようがある。

「そうかもしれません」

「それで、アスベストはこの驚くべき事実にどう対処する計画なのかな?」

「実は」ジェイコブスン氏がそういいかけ、それを聞いたカーペンター氏は、この男は食肉処理場以外の場所で、腕に内臓が絡み、足もとの床にはこぼれた赤い水が流れ、作業で出たくず肉が流れやすいように排水溝に脂を塗っていないときも、歌っているのだろうかと思った。彼にとっては解体処理場で歌わない理由はなかった。娯楽は穀物やよき大地と違い、神聖ではないからだ。「わたしたちはアスベストを何カ月か封鎖するのは悪くない考えだと判断したんです。誰の仕業であるにせよ、われわれはそのような振る舞いに耐えるつもりはないとはっきりわからせるんです。そういう人間はここでは歓迎されないとね」

カーペンター氏は待った。相手が頼み事をしようとしていることは、察しがついていた。

「とにかく」男はいった。「わたしたちは、あなたがたにも同じようにしてもらえないだろうかと思っていたんですよ。連帯やらなにやらを示すんです。こちらは肉と羊毛を値引きしましょう」

「どうせなら、ある種の物々交換のシステムをつくってみてもいいかもしれんな」カーペンター氏はいった。「そちらの肉と羊毛を、リンゴジュースやパイ、果物の砂糖漬け、そのほかわれわれの果樹園のどんなものとでも交換できるようにするんだ」

「それに、そちらの畑のものとも」

カーペンター氏はひょいと頭を下げた。「それはきみたちがテイラー夫人を説得して、ときどきわれわれの発電機を点検しに立ち寄ってもらえるようにできるか次第だな。タービンがばらばらになりかけているのでね」

「スミスさんはどうしたんです?」

「修理工のかね?」

「ええ」

カーペンター氏は相手が察するまで、それ以上なにもいわなかった。

「きっとわたしたちでなにか考え出せるでしょう。あなたがたとわたしたち、郡のほかの自治体だけで、しばらくやっていけるはずです」ジェイコブスン氏はいった。

カーペンター氏はこの提案について考えた。自分の発言はほかの二千五十六人を代弁しているのだということ、そして自分がこの責任を担っているのは彼らの誰もシダーヴィルの行政に関していっさい責任を負いたがっていないからだということは、わかっていた。彼はいくつかの点で、冬が限度を超えて居座った場合に燃やされる人形《ひとがた》のようなものだった。なまじ知識があるせいで、彼は何十年ものあいだ臆病になっていた。

しかし今日はこれまでとは違う気がした。

今日は変化のための機会のような気がした。

あの重要な瞬間から何カ月たっても、カーペンター氏はその出会いを頭のなかで再生しては、自分はどうやって突然の閃《ひらめ》きを得たのだろうか、潜在意識が去りゆく夏からの指示を、反乱を必要とするなんらかのしるしを受け取っていたのだろうか、と思っていた。自分はそうした前兆を朝食のオートミールに、朝のニュースで流れた不幸な出来事に、いつも並外れて大きく不吉なほど抜け目がないシダーヴィルのカラスの群れに読み取っていたのだろうか、と。それにもかかわらず、いったいなにが彼に取り憑《つ》いて、本人にとっては異質なものになっていた力強さでそうさせたにせよ、カーペンター氏は破滅が染みこんだ闇のなかで、若い頃以来の熱をこめて男にいった。

「わたしもそう思う」

それは誰もが思っていたよりも簡単なことだった。

何本か電話がかけられ、申し訳なさそうな口調で真実も混じった言い訳や昔の罪、シダーヴィルと例のトラック運転手や誰かとのあいだのいざこざが引き合いに出された。エリオット家の長女——早くも中年女性の物腰を身につけた儚《はかな》げで憂鬱《ゆううつ》そうな少女——に口述筆記させた何通ものメールが、郡区で唯一の学校にある一台きりのパソコンから送信された。一通のとりわけ形式張った、いささかおもねるような手紙が、郡の当局者宛てに送られた。シダーヴィルもカーペンター氏も、当局が最後に自分たちの存在を気に留めてくれたのさえ、いつのことだったか思い出せなかった。

教会を取り仕切る女たちは独裁的な威厳を持って戦時のようなバザーの準備をし、台所という台所はその取り組みに徴用されて、誰にも拒否する自由はなかった。これが共同体というものだ。手を引くことはあり得なかった。そんなわけで何週間ものあいだ、シダーヴィルはバターの香りやパイを焼くにおい、ジンジャーブレッドのにおい、ブラックベリーを煮詰めてシロップにするにおい、長年使いこまれて表面が凹《へこ》んだ膨大な数の深鍋でつくるホットワインの暖かいにおいに包まれていた。

近隣地域からは男や女、くすくす笑う子どもたちが、お金やそのほかの寄進の品を持って訪れた。シダーヴィルにとっては通貨よりも後者のほうがはるかに貴重だった。なんといってもしばらくのあいだ外界から切り離されることになるのだ。パリ風のコーヒー粉や新刊書のような物々交換では手に入らない贅沢《ぜいたく》品に使えなければ、金があってもしかたない。

シダーヴィルじゅうでじわじわと熱狂的な喜びが高まり、ゴシップのように広がって、いつのまにかいっせいに、ドアというドアにはリースが、窓には赤い花飾りが、屋根沿いには豆電球が縫うように取りつけられ、聖歌隊は毎夜クリスマスキャロルがわりの聖歌を歌い、そのほとんどには、いまだにシダーヴィルで話されている言語が使われていた。クリスマスはまだ何カ月か先だったが、クリスマスのような気分が漂い、なにかもっと古い、名前もつけられないほど古く、もはや存在しないことだけはわかるような雰囲気も感じられた。若者たちのなかには田舎の異教徒について冗談をいうものもいた。どんなふうに記憶を骨髄にとどめていたか、いかに牧歌的な慣習がしばしばおぞましい伝統を土台としているか、キリスト教の起源はすべて血塗られているというのはほんとうのことではないのか？ たぶんそうだったのかもしれない。

しかし誰も、その若者たちでさえ、自分たちが仮定したことをあまり深く追求はしなかった。ダンスに加わり、よそからきた人たちを夢中にさせ、一緒に食事をし、酒をちびちびやり、がぶ飲みし、歓喜か怒り、あるいはそのふたつが入り混じった気分ではねかけあうのに忙しいときに、そんなことをするのは無意味だった。冬が訪れ、木々の枝が大網膜《だいもうまく》（出生時に胎児の頭部を覆っていることがある羊膜の一部。幸運のしるし）を思わせる霜に覆われる頃には、誰もが自分たちは永遠にこうしていられると確信していた。

ウォン氏をのぞいては。

シダーヴィルの残りの人たちが最近の変化によって栄養を補給されていたのに対し、ウォン氏は萎《しお》れていた。その小柄な体からは脂肪が滑り落ちていた。彼はもはや妹の祠に食べ物を運んでいくことはなく、彼女と一緒に住んでいたコテージに身のまわりの品を移動させていた。彼は隣人たちを避け、縮こまっていた。いまや妹の思い出なみに痩せ細ったウォン氏は、しばらくのあいだどんどん小さくなっていき、ついには弱々しい悲しげな雑音にすぎなくなるかに思われた。

それから、カーペンター氏が対話集会を招集するという間違いを犯した。彼がアスベストからやってきたジェイコブスン氏との取引をまとめた、六週間後のことだ。そのような集会は初めてではなかったが、それは最も大規模で、数あるなかで最も押しつけがましいものだった。誰もがいちばんの晴れ着に身を包んでやってきて、教会のなかに場所を見つけられなくても窓に張りついて帰ろうとしなかった。子どもたちは特に可愛《かわい》らしい、とカーペンター氏は思った。シダーヴィルは大盤振る舞いを楽しんでいる最中だったが、住民の実利を重んじる気質は変わっておらず、豊かな恵みをどう配分するかやそれを使う際に気をつけるべきことを、ベビーベッドに寝ているときから教えていた。というのも、このあたりの冬はひどく厳しいことがあるからだ。そんなわけで、美しい装飾品のほとんどはいちばん幼いものたちのために取っておかれていた。そのような溺愛という聖体皿の下で、彼らがどれほど光り輝いていたことか！　女の子たちは刺繡《ししゅう》を施したボンネットをかぶり、男の子たちはダマスク織りのベストを身につけ、彼らが着ているビロードのコートの裏地にはアクセントとなるサテンやガチョウの綿毛が使われ、ボタンは貝の真珠層の輝きを放っていた。カーペンター氏は一度も自分の子どもを持ちたいと思ったことはなかったが、それでも彼らの天使のような姿に胸がうずき、誇らしさに満たされ、妻の死とともに終わった暮らしに対する切ない想いでいっぱいになった。もし悪魔から、ここに、この瞬間を分厚い樹脂でかためたもののなかに保存してやろうと持ちかけられていたら、カーペンター氏は自分の魂を奪ってくれと懇願していただろう。

ウォン氏が口を開くまでは完璧だった。

「こんなことは間違ってる」

たいていはつぶやきにしか聞こえない彼の声は、一本調子で耳障りだった。高音域になるにつれてキンキン声になったが、それ以外は年相応の関節炎を患っていそうな声だ。しかしいくら細くても、ウォン氏の声の大きさに不足はなかった。彼の申し立てはおしゃべりの声を貫いて鳴り響き、シダーヴィルの人々はにわかに用心深く沈黙した。

「失礼」カーペンター氏は演壇の上からいった。「しかしどうしてそうなるのかな?」

ウォン氏は通路を大股に進むと、カーペンター氏に、あるいはもしかすると彼の背後に浮かび上がって見える萎《しな》びたキリスト像に指を突きつけた。対話集会はだいたいが、地域で唯一の教会で開かれた。誰にせよその建物の建設を依頼した人物は本物らしさを礼賛しており、それゆえ、救世主はがりがりに痩せ細り、至福ではなく苦しげな恍惚《こうこつ》の表情を浮かべ、聖槍《せいそう》は肋骨《ろっこつ》の下から突き出したままで、傷口からは内臓がこぼれ落ち、その一方でステンドグラスの天使たちは物欲しげにぽかんと口を開けていた。

「こんなことは間違ってる」ふたたびウォン氏がいった。「こんなふうに境界を封鎖するなんて。間違いだ」

「そうやってメッセージを送るのだよ」カーペンター氏は穏やかにいった。

かすれた吠《ほ》えるような笑い声。「どんなメッセージを? われわれは愚かだと? もしここにわれわれ羊を食べようとしている狼がいるとしたら、そいつはどうするかな? きっと笑うだろう。羊が羊飼いと連絡を取るつもりがないと知って、きっとひどく上機嫌になるだろうよ」

そのときカーペンター氏は、自分の気に障っているのはウォン氏の痛烈な批判でもモノローグの中身でもなく、文法の構造、文章の組み立て方、流暢《りゅうちょう》さに欠けるスピーチだと判断した。ウォン氏の話し方は熱がこもっているにもかかわらず堅苦しく、発音はお粗末だった。そういうことが気になったのは、カーペンター氏が雄弁術には訓練が不可欠であり、人前で話をしたければ聴衆に対して上手に、大いに魅力を感じてもらえるように話す義務があると信じていたからだった。

「当局は、殺人犯は立ち去ったと信じている」カーペンター氏はいった。「そうではないと信じる理由があんたにあるなら、話は別だがね」

暖房が働きだした。低いブンブンいう音が教会を満たし、苛立《いらだ》ちのせいで一時的に迷信深くなっていたカーペンター氏は、建物もウォン氏の存在に絶望しているように感じた。そのことを突き詰めて考えれば考えるほど落ち着かない気分になったが、それがなぜなのかはカーペンター氏にはよくわからなかった。これは潜在意識の投影であり、視界の隅で熾天使《セラフ》たちが動いているように見えるのとよく似た心のいたずらだと、ある程度は理解していた。とはいえ、聖なる場所が一個人にそのように不愉快な判断を下すのを目の当たりにして、警戒の身震いをせずにいるのは不可能だった。

もちろん、カーペンター氏はそんなことはいわなかった。

「殺人犯は地元の人間の可能性がある」ウォン氏が吐き捨てるようにいった。「そんなイカれたやつを見るような目でわたしを見なくてもいいぞ。みんなそのとおりだとわかっているはずだ」

「われわれの郡は小さい」カーペンター氏はとても慎重にいった。「そしてそのおかげで恩恵を受けている。住民はおたがいのことをよく知っているし、善人だとわかっている」

会衆がぶつぶつと同意した。

ウォン氏は自分と亡くなった妹以外には話すものがない言語で、大声で毒づいた。それから英語で繰り返した。「ふざけるんじゃない。ばかも休み休みいえ。あんたらは、自分たちがみんな聖人だと思ってるのか？　あんたらが誰と寝てるかは全部知ってるぞ。あんたらがなにをやってるかは知ってるんだ。あんたたちの誰が子どもを殴ってるか、誰が旅行者をだましてるか知ってる。わたしが気にしていなかったと思うんじゃないぞ」

もしこの辛辣な言葉が語られたのが異なる状況であれば、シダーヴィルの人々はただひたすら縮こまり、己の嘘やうわべだけの上品ぶった振る舞いをそこまで遠慮なく暴露されて恥じ入っていたかもしれない。しかしこのようなお祭り気分の日々が続くなか、多くの人々が王様のような身なりをして教会に集まっている状況では、まったく異なる感情が芽生えた。シダーヴィルで最も立派な人たちの胸に芽吹いたのは恐怖ではなく、罪悪感でも、反省や過度に感傷的な後悔でもなかった。いや、それはまったく建設的な感情ではなかった。

そのかわりに芽吹いたのは、とらえがたいが強烈で、正当なことにさえ思える怒りだった。

同意なしに秘密を暴露された侮辱に対する怒り。賢明な人間なら過去を掘り起こすようなまねはしないときに、昔の罪をじっくり振り返るよう強いられたこと、己の本性を暴かれたことに対する怒り。夫婦者が配偶者に用心深くちらっと視線を向ける一方で、彼らの密通相手はおずおずと昔の恋人に目をやった。文句をいえるものならいってみろ、とばかりに親がわが子をにらみつけたのは、彼らが過去に与えた懲罰が過ちに対して不釣り合いであったことをほのめかしていた。嘘つきは上等なスーツのしわをのばした。シダーヴィルの数少ない金持ちはみな、自分が親切だったとき、少なくとも隣人たちより信心深かったときがあったのだ、というお馴染《なじ》みの賛歌で自らを慰めた。そして彼らはみな、ウォン氏に対する怒りの破片を抱きつづけていた。というのも、彼がいなければこれほど居心地悪い思いをせずにすんだはずだからだ。

これは彼のせいだった。この頼んでもいない悪行の報告、突然湧き起こった疑念、おたがいのみならず自分自身に対する信頼の崩壊。これがウォン氏の引き起こしていることであり、なんらかの形で償われる必要があるだろう。

「それは共同体に対する深刻な申し立てだぞ。あんたが属している共同体に対しての」カーペンター氏は口を尖《とが》らせていった。「どういうわけかあんたが、自分はわたしたちより優れていると思っているのでなければな」

ウォン氏は不機嫌そうな群衆に見入った。彼はずいぶん長いあいだシダーヴィルで暮らしてきて、生まれ故郷の記憶はもはや抽象画のように感じられ、他人から聞かされた話を自分自身のことと勘違いして覚えたような感覚になっていた。ウォン氏には彼らの考えは間違いだとわかっていたが、事実は現実とはほとんど無関係だった。真実はたんなる素材にすぎない。重要なのは物語であり、総意としてなにが信じられているかなのだ。

「わたしが思っているのは」自分が言い終えるまでには状況は大きく変わっているだろうとわかったうえで、ウォン氏はいった。「自分はあんたたちより正直だってことだ」


外界との接触を断った最初の一カ月は、付き添いとしてやってきた猛吹雪にもかかわらず、お祝い気分が漂っていた。二週目に入るまでには色とりどりの装飾に見とれるものはいなくなっていたが、いくら氷が板状に育ち、ガラスの薄板のように壁や歩道に張りついても、シダーヴィルの家々は相変わらず飾り立てられたままだった。委員会は最初、歩道に塩をまこうとしたが、その作業はものの数分でなかったことにされただけに終わり、その後、彼らは緊急時のために在庫を備蓄にまわすことにした。生きのびねばならないこの寒冷な天候は、さらに何日も続いた。恐らく悲劇も起こるだろう。掘り出してやらねばならない人々、自宅から病院に移らねばならない病人が出てくるはずだ。そのとき彼らには滑り止めのための塩が必要になるだろう。

猛吹雪は荒れ狂いつづけた。

雪は凍《い》てつく寒さのなかをとぼとぼ歩くことに固執する数少ない人たちの膝の高さまで積もった。それからさらに高く積もり、家族を自宅に閉じこめた。それでも陽気な雰囲気は相変わらずだった。子どもたちは二階の窓から歌った。父親たちは電話で何時間も噂話に興じ、そのあいだ母親たちは台所に集まり生ぬるい飲みかけのお茶が入ったマグカップをそこらじゅうに並べて、雑音が入るラジオからなにがなんでもニュースを、ほんのわずかな変化の喘《あえ》ぎを聞き取ろうと耳をそばだてていた。これは奇妙な時間、明白な指針のない新しい時代であり、シダーヴィルは青ざめた一週一週を舵《かじ》のない状態で航行していた。ウォン氏とのことがなければ、彼らは絶望に襲われていたかもしれない。しかしシダーヴィルの人々は希望に似ていないこともないなにかに駆り立てられて、自分たちのやり方を曲げなかった。

とはいえ、楽観主義にさえ養分は必要だ。猛吹雪が萎れて青空が広がるにつれ、なごやかな雰囲気は衰えていった。当初、シダーヴィルの人々はこの気候の変化を、一時的な救済ととらえていた。なにひとつ溶けることがないほどの極寒だったが、少なくとも雪はもう降り積もっていなかった。しかし寒さはここ何十年もなかったほどで、空気は肌を切り裂いた。息をすると肺がすりむけ、冷気のキスに口が血だらけになった。頬はピンク色ではなく赤く腫れていた。とても外にはいられないため、人々は屋内に引きこもってラジエーターや暖炉のそばに張りつき、この寒さはじきに終わるという希望にくるまっていた。

そんなわけで、ギャニオン夫人の死体が発見されるまでには一週間かかった。

ギャニオン夫人の亡骸《なきがら》は薪小屋に体を押しこみ、奥の壁にもたれかかった状態で発見され、遠目から見ると、まるで積み重ねられた薪を見張っているところで、もしかしたら目にしたものが気に入らないのかもしれない、と思うような格好だった。老婦人に外傷はなく、死因は低体温症と診断された。誰にも答えられなかったのは、ギャニオン夫人がどういう事情で死にいたったのか、ということだった。彼女には薪小屋にいく理由はなく、殺人の可能性も否定できなかったが、その仮説は無視してかまわないように思われた。ギャニオン夫人の死体が引っ張り出されたとき、その顔には考えこんでいるようなしかめ面がかすかに浮かんでいた。殺されかけているというより、面倒なことに取り組んでいる女性の表情だ。

しかし殺人でないとしたら、ギャニオン夫人があの暗い空間に体をねじこみ、皮膚の下で血が青くなるまでそこで待つように仕向けたのはなんだったのだろう？　それにあの表情は、彼らが農場で見つけた亡骸の顔に浮かんでいたものと同じではなかっただろうか？　あの気の毒な女性も同じように霜に覆われて目を凝らし、口は血まみれでゆがんでいた。彼女はまず肉が軟らかくなるまで殴られてから、はがされた皮膚の縁《へり》を木に固定されていた。それは儀式的で、残酷な、ときどき農夫たちが、森のなかで黒い犬――ヘッドライトのような目をらんらんと光らせた猟犬――がいるはずのない場所に浮かんでいるのを見たと話しているようなこの土地でさえ、近寄りがたい異様な光景だった。その身に降りかかったことにもかかわらず、彼女は拷問されたというよりも考えこんでいるような、物悲しそうにさえ見える表情を浮かべていた。「哀れんでるみたいだ」誰かにそういわれたカーペンター氏は、すぐにそんなことは聞きたくなかったと思った。生者の運命に絶望している死体のことを考えると、落ち着かなくなったからだ。

そのような考えに対する警戒心と同じくらいカーペンター氏を悩ませたのは、シダーヴィルじゅうにじわじわと広がる感傷的な噂話だった。もし彼がその伝染を抑えなければ、この郡区が不幸に見舞われるのは目に見えていた。そこでカーペンター氏は最善手として、まずはギャニオン夫人が周囲には秘密にしていた病気に疲れ果てて自殺したのかもしれない、というほうへ話を誘導した。それからそれが定着しないと見ると、彼女の死は、誰にせよ近隣の農場で起きた茶番劇に責任があるものの仕業かもしれない、というほうへ持っていった。その考え方はなんの慰めももたらしてくれなかったが、それは目的ではなかった。カーペンター氏の意図は、もしほんとうに犯人がいるとしても、それがシダーヴィルの住人かもしれないとはいっさい思わせないことにあり、その点では彼は成功した。

じきに、不安にかわって新しいエネルギーが郡区を支配した。農産物と交換する肉を持って戻ってきたジェイコブスン氏は、シダーヴィルに続く橋を渡る前に、美しい年代物のライフルを手にして笑っている若者の集団にきた道を追い返され、輝く氷の上では使用済みの薬《やっ》莢《きょう》がカラカラと音を立てた。彼らが帰ってきたとき、厳しく叱るものは誰もいなかった。彼らはどう考えてもまだ子どもだったし、彼らの姉妹は食料貯蔵室で少なくなっていく缶詰を数えるのに忙しく、ひどく寝不足で、外に出てくるどころではなかった。かわりに少女たちが窓辺に列になって手を振り、その様子はまるで凱旋《がいせん》した戦争の英雄を歓迎しているかのようだった。

翌日、カーペンター氏は有権者たちに手紙を書いて、森にはシカやヘラジカ、太った灰色のウサギ、七面鳥さえ——というのも、収穫物の選別がすんでもまだ七面鳥がいることはめったになく、それが見つかるのは充分幸運なことだからだ——いることを思い出させた。そのような獲物では足りなくても、湖の氷の下には魚がいた。太ったマス、スケトウダラ、針のような歯を持つカワカマス、みな夏の甘い夢を見ているのだ。シダーヴィルの食料貯蔵室は、アスベストからの十分の一税で満杯とまではいかなくても、満たされたままだろう。

「たしかに不幸なことではありますが、近頃シダーヴィルはもっとひどい事態を乗り越えてきました」と彼は記した。「ひとつ例を挙げるならギャニオン夫人の死去という悲劇、そしてウォン氏とのあいだに起きたより遺憾な出来事もそうです。状況はよくなるでしょう」

それから電話が通じなくなった。

保安官はすぐに、その障害が人為的なものではなく、暴風のせいで電線が切れたのだと確認した。氷の重みで電柱が何本か倒れ、もつれた電線を道連れにしたのだ。通信容量は減少していたが衛星通信サービスは機能しつづけており、カーペンター氏はふたたびシダーヴィルの住民たちに手紙を書いて、この不便な期間を内省のための機会、一年がよろよろと冬至へ向かっているときに己の内面を見つめる好機にしてはどうかと提案した。都市の上流階級に信奉されている資本主義的な生活のなかでは、家族の優先順位を下げ、自制心や己の価値を忘れるのは、とても簡単なことだった。この新しい静けさは、たとえ欠点があったとしても、ありのままに扱われるべきだった。ある種の帰郷、より自然主義的な状態への回帰だ。

この提案を支持して、教会は毎日ミサを行いはじめた。新しいスケジュールのせいでランバート神父——年齢を重ねているにもかかわらず、その髪は煤《すす》のように黒く、若さゆえの不安を使い果たした一部の人間がそうであるように、相変わらず潑剌《はつらつ》としていた——の声がすっかり嗄《か》れてしまうと、議会は輪番制を取るためにボランティアに協力を求め、礼拝の性質は——けっしてキリスト教の範疇《はんちゅう》から逸脱することはなかったが——多様化し、限りなく細分化された。シダーヴィルの住民たちは自宅の窓を板でふさぐ合間に、教会にクッキーを持ち寄り、読書会を開き、即席の祝いの会を催して、数週間はカーペンター氏が予言したとおりの状態になった。彼らはつつがなく暮らしていた。

ランバート神父が教会のなかのキリスト像に縛りつけられているのを発見された、あの日曜日までは。神父は喉元から下腹部まで切り裂かれ、その腸《はらわた》は外の屋根を縁取る雨樋《あまどい》に垂れ下がった装飾と同じ華やいだ深紅に染まっていた。メッセージも、虐殺の意図も、名刺も、誰が、あるいはなぜ彼を殺したのかをうかがわせる手がかりもなく、垂れ下がった腸の下にナイフが一本あっただけだった。皮をはがれた死体にはハエがびっしりたかり、どんな聖歌隊にも劣らず信心深く歌っていた。ランバート神父の死体を見つけたエリオット家の長女は、死んだ男のオフィスの窓に女性のシルエットがちらっと映るのを見たと証言した。また彼女は、あるにおいがしたとも主張した。ウォン氏の肌に染みついているような、濃厚なお香のにおいがしたと。

しかしあの老人は妹のために建てた祠と同様、もはや存在しておらず、彼が妹の幽霊とふたりきりで暮らしていた家のなかは血だらけで、ドアには鍵がかけられ、立入禁止のテープが張られていた。そんなわけで、人目を避けられる場所を探していた十代の若者の一団が、エリオット家の長女の死体が天井の梁《はり》に結びつけられたロープからぶら下がっているのを発見したことは、シダーヴィルの人々にとって驚きだった。彼女の表情は物思いに耽《ふけ》り、意外にもほっとしているように見えた。

カーペンター氏はただちに集会を招集した。住民たちはエリオット家の人々を慰めるために集まった。娘の自殺を知った夫婦は現実的な沈黙をもってそれに耐え、ひしと抱き合って、どちらも涙を流さなかった。夫妻の息子たちは両親の後ろに一列に並んで立っていた。両親と同様、彼らも泣かなかったが、その目は午後の弱々しい灰色の光のなかで濡れたようにかすかに光っていた。弔辞を述べたあと、カーペンター氏は引き続き有権者たちに、彼らは孤独ではないこと、教会はまだ活動していること、隣人たちがいること、あの可哀想《かわいそう》な少女のように悲しみに打ちひしがれる理由はないこと、そして彼自身がそこにいて、誰かにそばにいてほしいと思うものがいればいつでも応じる用意があることを思い出すよう、温かく語りかけた。

彼のスピーチが終わったとき、エリオット夫人が席から立ち上がった。

「ウォンさんとのことは間違いでした」彼女はいった。エリオット夫人はシダーヴィルに暮らして二十五年になるが、いまだに以前住んでいた南部の湿地帯《バイユー・カントリー》の訛《なま》りが抜けていなかった。「森は知っています。そのせいでわたしたちを罰しているのです」

形のあるもの以外は信じないカーペンター氏はうなずいた。「ときに悲劇は起きるものです」

「あれは間違いでした」エリオット夫人はより強く主張した。「わたしの娘の死も間違いでした」

カーペンター氏はふたたびうなずいた。「みなを代表してお悔やみ申し上げます」

夫人は沈黙した。彼女は応援を求めて夫に目をやりながら白髪交じりの巻き毛を小さな丸い耳にしっかりかけると、ふたたび口を開いた。今回はその口調は神のお告げのようで、顔には厳粛な表情が浮かんでいた。

「わたしたちは起こったことのために死ぬのです」

「エリオット夫人」

彼女は頭を振った。「しかたのないことです。わたしたちは間違いを犯しました。それは正されることになるでしょう」

「エリオット夫人」カーペンター氏はいった。「このような深い悲しみに暮れているときには取り越し苦労をしやすいのはわかりますが、わたしを信じてください。わたしたちに裁きを下そうと目につかないように待ちかまえている、魔法の裁判官は存在しないのです」

すると夫人は苦い耳障りな笑い声をあげた。「ええ。もちろんいませんとも。だって、もう裁きは下されているんですから」

「エリオット夫人」カーペンター氏はふたたびいった。

「わたしたちは死ぬのです」夫人はそういうと、まるでその言葉だけで充分な説明になるかのように、ふたたび席に着いた。「そして次はあなたの番でしょう」

そのあとは、誰もなにもいわなかった。

翌朝、郵便配達員のアレグラは、カーペンター氏のコテージのドアがほんの少し開いているのを見つけた。彼はお気に入りの肘掛け椅子にとても微妙な体勢で身を沈め、後ろの壁には一面に灰色の脳が飛び散っていた。屋内に強盗が入った痕跡は認められなかった。そこは、亡きカーペンター氏のデスクの上に置かれた冷たいオートミールが入ったボウル、牛乳のグラス、銃、未開封の手紙の束と同じくらいきちんとしていた。ギャニオン夫人のように、エリオット家の長女のように、ランバート神父のように、何年も前に水のなかから引き上げられたウォン嬢のように、見つかった彼の顔には、どこか物思いに耽っているようなしかめ面が浮かんでいた。

翌日には保安官が死んだ。

そしてエリオット家の人たちが、農場の母屋で焼き殺された。

それからスミスの奥方様が、飼っている猟犬たちに最後の食事として自らの亡骸を与えた。

エリオット夫人が予言したように死は続き、時間と同様に止めることはできなかった。

(佐田千織訳)

生き物のようなもの

ジョン・ランガン

ジョン・ランガン（John Langan）は一九六九年生まれ。これまでに二冊の長編と五冊の短編集を発表しており、二〇一六年に『フィッシャーマン　漁《いさ》り人の伝説』（新紀元社）でブラム・ストーカー賞長編部門を受賞している。シャーリイ・ジャクスン賞の創設者のひとりでもある。

（編集部）

ジェンナはロフトの梯子《はしご》をのぼりきったところに胡坐《あぐら》をかいていた。背後のベッドのどれかに乗れば、もう二フィートは上に位置取れるだろうが、これより高さを稼いだところで、大差はないと考えてのことだ。それに彼女は、この家の上下階を結ぶ梯子が、ロフトの幅いっぱいに設けられた手すりの切れ目とつながっている、この場所が好きだった。ここからはリビングと、ダイニングテーブルのあるところと、キッチンが一望できる。見えないのは、ロフトの下の部分だけ。つまり、端っこにあるバスルームと、その反対端にある玄関と、彼女のちょうど真下に位置する、分厚い黄色のカーテンに閉ざされた両親の寝室だけだ。彼女が今いる場所からは、真向かいの壁の高いところにある大きな窓の外が見えた。大きな窓ガラスを通して、まず手前に見えるのは、この家より下にある森の樹冠が丘の傾斜にあわせてだんだん低くなっていく様子で、その向こう側には、広大なペノブスコット川が横たわり、どんより曇った空のもと、水面が灰色に静まっていた。対岸のあたりは、ひと筋の霧に隠れている。ジェンナの耳に、霧笛の低い響きがかすかに届いた。でも、どのあたりで鳴ったものかは、よくわからない。母も父も、この音色が好きだ。ふたりとも、メイン州のこういう、古き良き田舎を思わせてくれるところがとても好きなのだ。

下で、梯子のそばの床に座ったサマンサが、カトリックの聖書をめくりながら訊いた。

「なにか見えた？」

「まだ、なにも」とジェンナが答える。

「気を抜いてるからでしょ」ケイラが言った。キッチンテーブルに陣取った彼女は、そばにある窓の外の景色に背を向けたまま、手元のトランプに神経を集中させて、カードをめくり続けている。その頭にバスタオルが巻きつけてあるのは、本人いわく、こうすると霊能力者っぽく見えるからだそうだが、ジェンナ自身は、シャワーを浴びて出てきた直後の恰好にしか見えないと思う。「抜いてないわよ」彼女はそう言い返したものの、実のところ、本気で遠くを見ようとする時のような気の入れ方はしていなかった。

「この聖書に、四つの顔がある創造物のことが書いてあるんだけど」サマンサが言った。

「正確には、生き物のようなもの、だって。生き物のようなもの、って、どんなもの？」

「さあね」と、ジェンナ。

「さっぱりわからん」と、ケイラが続ける。「だからあたしは、聖書よりもウェルギリウス、なの。あとは、ほら、伝説物とか」

「あんたが、ウェルギリウス」と、ジェンナが言う。

「聖書によると、その生き物は、前に人間の顔がついていて、右に獅子《しし》の顔がついていて、左に牛の顔がついていて、残るひとつは鷲《わし》の顔なんだけど、これがどこについているかは、書いてないの。でも、きっと後ろよね？」

「普通に考えれば」と、ジェンナ。

「じゃない?」と、ケイラ。

両親の部屋にかかっているカーテンのこちら端からは、バターのようにとろりとした光が漏れていて、その指先はリビングの床に長く伸び、反対側の壁に近づくほど色を弱めて消えている。その光の左側に敷かれた楕円《だえん》形のラグマットの上で、サマンサは聖書の玉ねぎの皮《オニオンスキン》のように薄いページをめくり続けた。

「誰が質問したわけでもないのに、カードが語りかけてくるんだよね」と、ケイラが言った。

「なんて言ってるの?」と、サマンサ。

「ハートのカードが集まってきて、四枚のキングが並んだわ」

「ハートは、家族を意味するんでしょ?」サマンサが訊く。

「で、キングは力を意味する」と、ジェンナ。

「うん」ケイラが言った。「でも」

サマンサがクスクス笑った。「王様たちのデモ?」

「黙って」ジェンナが言った。「その〝デモ〟のわけ、ないでしょ」

「わかってるわよ」サマンサが言い返す。

「さっきから、ハートのカードの中に、スペードのエースが何度も出てくるの」とケイラが言った。

「彼は、暴力を意味するんじゃなかった?」と、サマンサ。

「〝彼〟じゃない。カード、よ」と、ケイラは訂正して「だけど、その通り。これは暴力を意味してる」

「ひどい暴力」と、ジェンナ。

「〝ひどい〟以外の暴力なんて、ある?」と、ケイラ。

「あたしが言いたいのは、暴力はひどいものだってこと。あらゆるものをバラバラに引き裂き、あらゆるものをなぎ倒す。地震みたいに。あるいは、ハリケーンみたいに」

「あるいは、生き物のようなもの、みたいにね」サマンサが言った。「少なくとも、わたしはそう思うな。顔だけじゃなく、翼だって四枚もあるんだから。これ、さっき話したっけ?」

「聞いてない」とジェンナ。

「なにか見える?」ケイラが訊いた。

「まだ、なにも」とジェンナが答える。

「気を抜いてるからでしょ」サマンサが言う。

「うるさいな。抜いてないって」

床に伸びる光の指が、なにかに遮られたように、ふっと暗くなった。

「この聖書によると」サマンサが続けた。「魚の心臓を料理すると、悪魔を追い払えるんだって」

「それ、どうやって知ったんだろうね?」ケイラが言った。「実験でもしたのかな? 〝さあ、鳥の心臓を試してみよう。どうだ? だめ? そうか、じゃあ、次はどうだ? わかったぞ！　魚だ！」」

「その魚は怪物《モンスター》だったみたい」サマンサが続けた。「だって、怪物《モンストラス》クラス、って書いてあるし」

「それは単に、それくらい大きかった、ってことでしょ」と、ケイラ。

「あながち、そうじゃないかも」たぶんケイラの言う通りだと思いつつ、ジェンナが言った。

「なら、どんな魚の心臓でも効き目はあるのかな」サマンサが疑問を呈した。「それとも、やっぱり怪物の魚じゃないと、だめってこと？」

「怪物クラス」とケイラが正す。

「あと、その魚の胆嚢《たんのう》も、見えなくなった目を治すのに使えるんだって」と、サマンサ。

「そりゃ、立派な魚だね」ケイラが言った。「そいつの小さい腸は、なんの役に立つんだろう？　脾臓《ひぞう》は？　左の眼玉は？」

「アスモデウスについても書いてある」

「もう、いいって」と、ジェンナ。

「どの、アスモデウス？」と、ケイラ。

「聞かなくても」と、ジェンナがこぼす。

「ひょこひょこ歩きをする奴」サマンサが言った。「足がニワトリなの」

我慢しきれず、ジェンナが「雄鶏《おんどり》だ」と口にする。

「正解」と、ケイラが続けた。「奴の専門分野は色欲」

「はいはい」と、ジェンナ。

「色欲」と、くり返して、サマンサがクスクス笑った。

「もう、あたし、見るほうに気を入れるから」ジェンナが言った。

「ずっと、気を抜かずに見てたんじゃないの？」と、ケイラ。

「自分で、そう言ってたじゃん」と、サマンサが声をそろえる。

「今まで以上に気を入れる、って意味よ」

「なら、そういうことにしといたげる」と、ケイラが言った。

なにも敷いていない板張りの床に伸びる光の指が、邪魔だったものをどかしたように、ふっと明るくなった。

「また、スペードのエースだ」ケイラが言った。

ジェンナは大窓の向こうを、じっと見つめた。目の前にあるのは、静かに広がる樹冠と、穏やかな川面《かわも》と、霧のかかった向こう岸だ。視線が、緑色の葉群れを、灰色の水面を、白い霧を追っていく。視界が、エメラルドと白目《ピューター》と銀の色合いだけになる。彼女は自分を肉体につなぎ留めている力が緩むのを感じた。霧の中に、白色の中に、銀色の中に、小さい染みのような、点のような、人影が浮かび、それは、実物より大きくもあり、小さくもあって、ジェンナは、自分がすぐ横に座っているかのようにその存在を感じた。横にいる、それは女性だ。背の高い女性で、大人の女性で、彼女の母親だ。母親はダークグリーンの、袖のないドレスを着ている。両腕には緑の鱗《うろこ》を光らせた蛇が巻きついている。頭上高く結い上げた髪にも、緑色の小さめの蛇たちが縫うように配してある。目は、ダークグリーンの目隠しで覆われている。母の右手には短剣があって、湾曲した刃先を下に向けた形で握っている。左手には、絡まってうごめいている蛇の塊《かたまり》を持っている。母の口がカクンとひらき、唇から漆黒の真珠がばらばらとこぼれ落ちた。その幻影はあっという間に消えていったが、消え去りながらも、ジェンナにひとつのイメージを残した。幻の母の背後には、なにか大きな形のものが、ぬうっと立っていた。毛むくじゃらの肌に、濁った眼をして、身体を片側に傾けている、なにかが。彼女は自分の肉体にあわてて戻った。それは、急勾配のウォータースライダーから冷たいプールの水に飛びこんだ時の感覚に似て、頭がひどくクラクラし、身体を支えるために、ロフトの手すりをつかんだ。

「なにか見たの?」サマンサが訊いた。

「そうなの?」と、ケイラが続く。

「うん」と、ジェンナは答えた。

「なにを見たの?」と、サマンサ。

「どんな?」と、ケイラ。

「ちょっと、待って」ジェンナが言った。

両親の部屋のカーテンが乾いた音をたてて揺れた。床に伸びる光の指が、二本から三本、四本分へと幅を広げ、そのあと、リビングに出てきた母親に遮られて明るさを弱めた。カーテンを後ろ手に閉じた彼女は白い部屋着姿で、上に緑のエプロンをつけていて、そこには

〝毒を盛りたい気分にさせないで（DON'T MAKE ME POISON YOUR FOOD）〟と訴える、白い文字が並んでいた。しかし、そのエプロンも部屋着も血まみれで、履いているスリッパも同じく血まみれ。右手に持っている頑丈なキッチンばさみからは血がしたたっており、一方、左手に持っている物は、座っている場所のせいで、ジェンナには見えなかった。

「あんたたち」母親が煙草《たばこ》をくわえたまま声をかけた。「こっちに来て」

サマンサは聖書を閉じて、さっと片側に寄せた。ケイラはキッチンテーブルに並べたトランプをそのままにして席を立った。ジェンナは胡坐をくずし、しびれた足でよたよたと梯子を下りた。そうして三人姉妹は、母親の前に半円を描くように集まった。母親がかけている猫の目《キャッツ・アイ》のようなフレームの眼鏡にも血液が飛んでいることに、ジェンナは気がついた。母親は左手に持っていたものを床に投げた。それは肉っぽい、水気を含んだ音とともに落ちた。その、よじれた血まみれの残骸を見て、ジェンナはとっさに、あれはさっきの幻影で見た蛇だと思った。

「これからみんなで、腸卜《ちょうぼく》を学ぶからね」母親が言った。その口の動きに合わせて、くわえ煙草から灰が落ちた。

「それって、なに？」サマンサが訊いた。

「臓器占い」と、ケイラ。

「臓器を使ってする占いよ」と、ジェンナ。

「同じことじゃない」と、ケイラがくさす。

「はい、注目」と、母親が言った。

フィオナに。

（渡辺庸子訳）

冥《めい》銭《せん》

カレン・ヒューラー

カレン・ヒューラー（Karen Heuler）は一九四九年ブルックリン生まれ。一九八〇年代半ばに作家デビュー。一九九八年にO・ヘンリー賞を受賞しているほか、二〇〇八年と二〇一六年のシャーリイ・ジャクスン賞短編部門最終候補になっている。

（編集部）

ローラと年配の隣人三人は、四十年あまりウェスト・ヴィレッジの共同住宅に住んでいた。親友というわけではなかったが、エレベーターのない五階建てで他の部屋の入居者が次々と入れ替わる中、この四人は建物の歴史への結びつきという共通点と、その中の自分の居場所にしがみついていた。それぞれの階はかすかに違う臭いがする。四階に住むステラがかつてローラに語ったことには、何十年ものあいだ、毎日住人ひとりひとりからはがれ落ちる皮膚細胞のせいだ、という。細胞は壁にこびりつき、ペンキを塗り直しても妙な点描画のような効果を及ぼすのだ、と。一週間はペンキの臭いがするだろうが、クモが巣を繕うように昔からの臭いがじわじわと戻ってくるのだ。

「五階は壁紙が透けて見える」と、アルベルトは指摘した。ステラは霧の立ちこめた木立と山々の絵柄の、その壁紙のことを覚えていた。そういえばその壁紙を貼った管理人は、その後はしごから落ちて運ばれていき、ついに帰ってこなかったのを思い出した。四人の老人は、長年にわたって閉まったドアの向こうで死んでいった隣人たちを知っていた。臭いでわかってしまうのだ。たとえば、ステラは誰かが亡くなった部屋に引っ越していた。湿度の高い日には、今でも疑わしげにくんくん臭いを嗅ぐ癖があった。

そんなことは考えないのが一番だ。

アルベルトはローラの部屋からみて廊下の先に住んでいた。それでローラはドアの外に赤い紙包みを見つけると、当然アルベルトに尋ねてみた。彼も同じく自宅のドアに包みを見つけていた。ステラも。一階のジェラルドもだ。包みにはどれも、ぺらぺらだがきれいなドル札の大きさの紙が入っていて、額面はさまざまだが、「死者の金」と筆記体で書かれていた。ローラはこの状況について話し合おうと、隣人たちを部屋に招き、コーヒーでもブランデーでも、飲み物はお好きなように、と勧めた。

「はじめは、大家さんからのなにかの通知状かと思って心配になったの」と、ステラは言った。八十代だが姿勢はまっすぐですらりとして、髪はボーイッシュなショートカットだ。

「わたしたち全員、年寄りだって誰かに言われているの？　そういうこと？」

「冗談かもしれない」と、アルベルトも同意した。「私の生まれたところでは、幽霊が死んだ場所に飽きて、もっと住むのにいいところを探しに行くという昔話があるんだ。幽霊はじっとしていないものだ」

「それで、幽霊が家賃を払うの？　このお金はそのため？」

アルベルトは肩をすくめた。「誰かがその話を知っていて、ふざけてやったと？　そうかもしれない」

「違うかもしれない。何かに使うようにこれをよこしたのかも」ジェラルドが言った。彼にはウインクする悪い癖があって、このときもウインクした。

四人とも包みを持ってきていて、テーブルを囲んでお金を数え、調べてみた。「お札のどれにも署名はないし（ドル紙幣には財務長官の署名がある）、シリアルナンバーもない。額面と『死者の金』という文字に、暗い図柄だけだ」アルベルトは一同の中で一番細かいことに気がつき、きちんとして分析的で、そして往々にしてまだるっこしかった。

「夕暮れ時の道路みたい」ローラは言った。自分では芸術方面のセンスがあるつもりだ。

「ちょうどそんな感じだね」

「突き当たりに黒っぽい姿が。はっきりしない。木？　人？」

「誰にもわからないさ、突き当たりに何があるか」

と、アルベルトは言った。

　四人が手にした額面は百から五百と幅があって、多い方がいいのか少ない方がいいのか、誰にもわからなかった。いったい誰が死者の財産を手にしたいと望むだろうか？　それで何かを「買い」、誰かに「払う」ことになっているのか？

「一日、二日、待ってみるべきだろう」ジェラルドが言った。「カタログが来るといけないからね」そう言って、またウインクした。

「なんでも茶化《ちゃか》すものじゃないわ」ローラが言った。

「きっとこれは死者のためのお金だと思う」ステラが言った。「でも、これで何をさせたいのかしら？」

「死んだ誰かと引き換えにするとか？」ローラが尋ねた。

　突然冷たいものが四人のあいだに走った。

そうだ。

ローラはアルバムのページをめくり、幼い息子の写真を眺めた。成人したブライアンの写真はほとんどなく、残っているのは着実に堕落していった様が見てとれるものだった。ブライアンが八歳の時の写真を選び、じっくりと見つめた。彼は長じて冷酷で短気な男になり、なんとなく想像のつく犯罪に手を染めた。人をだまして悦に入っていた。だまされた被害者の一人に殺された。

息子を――よい子だった息子、記憶に残っている少年を――取り戻せるなら手持ちのお金すべてに換えてもいいと決心した。

他の三人に思っていることを話した。

「やめときなさいよ」ステラは言った。「わたしだったらやらない。ろくでもないことになるかも」

「でも他に何に使うお金なの？　このお金を置いていったのは、わたしたちが死んだ人をたくさん知っているからよ。もらったのにはわけがあるのよ！」

ローラは三人の顔を見回し、賛成してくれるのを待った。

アルベルトは首を振った。「わからんね。これには何か良くない感じがする」

ローラは顔を真っ赤にして怒った。かれこれ四十年、アルベルトとは廊下を隔てた距離に住んでいたが、ほとんど共通点はなかった。自分が認められていないと感じることがたびたびあった。何に対して？　息子という失敗に対して？

「他の何に使えばいいお金なの？」ローラは繰り返した。「わたしたちが選ばれたのは他にどんな理由があると？」

彼らは不安そうに辺りを見回した。ジェラルドはウインクの代わりに両眉を上げてみせさえした。ステラは建物の中でお金を受け取ったのは彼らだけだと信じていた。他の住人は皆若く、死者は若者にとって重要ではない。しかしこの四人は年老いていて、死者のことをいくらか知っている。

片側に生、もう片側に死。時に、まるで境界線のむこうが見えたり、あるいはひそやかでもの悲しい汽笛が聞こえたりするかのようだった。そこには友人もいれば、敵もいる。死者は彼らのことを考えるだろうか？　どんな頻度で？

「もしかしたら、何か特別なことをすることになっているのかもしれない」アルベルトが頭を上げて言った。めいめいじっと考え込んでいたのだった。「しかし軽はずみなことをするつもりはないよ。死んでしまった愛する者を思い出すなら普通の方法がある。ろうそくとか。祈りとか。物のやり取りなしで。君は交換しようという意見だね」

「なんと呼ぶのかは知らないけど」ローラは言った。「手をさしのべるというか――そんな風に思ったの。坊やがわたしのところに来てくれるように送金するような」

「これについてはとても慎重になるべきだと思う」ステラが柔らかく言った。「ここには正しい決定と間違った決定があるんだろうし、わたしたちそれぞれがお金を持っているんだから、みんな関わりがあるわけよね。行動を起こす前に、もう少し考えてみましょう」

話し合いは続いた。ローラはただ座って、意見を主張する隣人からまた別の一人へと、議論が飛び交うのを眺めていた。その夜は意見が一致しそうになく、彼女はもう既にどうすべきか心を決めていた。彼らは怒るかもしれないが、かまわなかった。一番幸せだったとき、ブライアンがまだ彼女を愛していた時期を呼び戻すことができるかもしれない、これはもう一度手にするチャンスなのだ。彼がやってきて、しばらく滞在して、それから去って行くのだと考えた。もしかしたら薄くなって消えるのかもしれない、記憶のように。

その夜、ローラは金をすべて出し、「ブライアン、八歳」と書いたメモと写真と一緒に赤い紙でくるんだ。写真のブライアンはにこにこして、幸せそうに見えた。彼女は包みをドアの外に置いた。

不安で眠れなかった。ばかばかしいと感じ、そんな危険な、予測できない行動を後悔する気持ちと、希望とのあいだで板挟みになっていた。あの子は愛と、手放しの信頼を見せて母を見ていたものだった。お母さんは何でも知っている、いつでも何でもわかるだろうと思いこんで、ひっきりなしに母のもとへ寄ってきたものだった。もしかすると、母が何でも知っているわけじゃないと気付いて二度と立ち直れなかったのかもしれない。あのやさしい小さな男の子の内側に、冷酷な男が潜んでいたのだとはとても信じられなかった。にこにこと明るい子どもだったのだ。

どうしてあの子がならず者、人でなし、ごろつき、いかさま師に変わってしまったのだろう？　ローラには何も見てとれなかった――いや、子どもの頃は何も見るべきものはなかった、将来なるだろう姿の片鱗《へんりん》は見えなかった。彼女が自分自身を責めても意味がないのではないか？　その頃母子はお互いを愛していた。彼女は息子のために最善を尽くし、その見返りに大人になった息子は母から盗み、母を脅し、母の知人を破産させ、あげくに暗がりで争って死んでしまった。

真夜中になって、ローラはお金全部を捧《ささ》げてしまったことを後悔した。万が一に備えて、どうして少しとっておかなかったのだろう？　お金は何か他のこと、まだ想像のつかないことに必要になるかもしれない。そっとドアに近づき、開けてみると、包みはまだそこにあった。不意にどうしようもなく、人生で一番甘やかだった時期が恋しくてたまらなくなった。対価がいくらかかろうとかまわない。

いずれにしても、心を変えるのは間違っているかもしれない。お金を少し抜き取るのは失礼にあたるかもしれない。包みはそのままにした。

ブライアンのことで頭がいっぱいだった。あの男の子のことをどんなに懐かしく思っているか、お互い抱いていた愛情がなくなってどんなに寂しく思っていることか。他のどんな愛も及ばない――ブライアンの父親に対する愛情はもちろんのことだ。ブライアンが二歳の時死んでしまい、あっさり忘れてしまった。大事なのは息子だけで、彼女の人生は息子がいてこそ完璧なのだ。

なんていい考えだろう。ローラはしばらく眠り、期待に満ちて目を覚ました。起き上がり、胸をどきどきさせて、ドアを開けた。廊下には何もなかった。

何もない。ローラは落胆に襲われた。あんなにもかわいがった男の子に会うことはないのだ。大人になったブライアンの姿がちらりと浮かんで、脳裏から追いやり、恥ずかしくなって赤くなった。だがブライアンのことを大人として考えたくなどなかった。成長してどうなったかは忘れてしまったほうがいい。時が経《た》つにつれて、ブライアンは変わったし、ローラも変わった。十歳、十二歳、十四歳と母を侮ってにらみつけてくるようになるにつれて、彼女は自分を押し殺すようになった。十五歳の頃には、ピアスにスキンヘッドや染めた髪、裂けた服、うなるような怒鳴り声と、完全に手に負えなくなった。十六歳で、ブライアンは彼女の金とクレジットカードを取って出て行った。ただ出て行ったのだ。請求書が来るまで、カードを解約する気にはなれなかった（彼がまだ生きているとわかる一つの方法だった）。完済するのに二年かかった。それからというもの、さらにひどくなった。電話や、脅迫状、どれも彼がだました人々からだ。それに警察もやってきた。

コーヒーでも入れようと向きを変え、ぼんやりと壁を見つめて立っていると、ブライアンが目をこすりながら入ってきて、シリアルをちょうだいと言った。「ママ」と言った。柔らかく耳なじみのある心地の良い声で、まるで生まれてからずっと毎朝続いているかのようで——もちろん、この年齢の頃の声だった。ローラはこの響きを本当に懐かしく思っていたし、もたらされる安心感を懐かしく思っていた。

ブライアンの声が聞こえると、彼女は息を止めた。やっとの思いで息を吐いた。「卵でいい？」彼女は尋ねた。「シリアルは切らしてるの」

いとけない瞳がじっと彼女を見つめた。「ママ、ぼくを忘れちゃったの？」

「あなたのことを忘れたわけじゃないの」卵を取り出しながら、つぶやいた。「シリアルを忘れたのよ」


戻ってきた瞬間から、ブライアンはローラにつきまとった。最初は癒やされ、一緒にいるのはなんと良いことかと確信した。ところがブライアンはそれだけにとどまらなかった。一週間後、気がつけば彼女の背後に忍び寄り、首に息がかかるほど近づいて彼女を驚かせた。彼女がソファに座ると横からもぐりこんできて、両腕を彼女の胸から肩に回してしがみつくのだった。なんてわたしのことを愛しているのかしら、と最初のうちは考えたが、日に日に両手はきつく締め付けるようになり、息は熱くなっていった。「そのくらいにして」彼の腕をふりほどきながらつぶやくようになった。

「ぼくのこと愛してないの？」彼は悲しげに尋ね、それからもう一度、「このままのぼくを愛してくれないの？」

それはどういう意味だろう？　なぜ急に心が落ち込んだのだろう？　子どもの頃、こんなことを尋ねたことがあっただろうか？

もちろんなかった。もしあったら、覚えていただろう。それとも覚えていただろうか？　これが愛というもので、ローラはそのことを忘れてしまったのだろうか？

・

「あいつ、だれ？」アルベルトがドアをノックして、次の夜に会おうと言ったとき、ブライアンは尋ねた。「あいつはママのこと好きなわけじゃない。ちょろいと思ってるんだ」

「ブライアン！」ショックを受けたローラが言った。

「まあ、ぼくもそう思ってるけどね」ブライアンはあっさりと言った。

ちょうどその朝、ブライアンはそんなにしょっちゅう出かけるべきじゃない、不注意だとローラに言っていた。「どうしていつも出かけていくの？　どうしてぼくとここにいてくれないの？　ぼくはずっとひとりぼっちなんだよ。ママは、ぼくを置いていきたいの？　ぼくと一緒にいるのががまんできないの？」

「違うわ！」ローラは言った。彼を抱きしめることができるように、気遣わしげに隣に腰を下ろしながら。しかしブライアンは体をこわばらせた。子どもとして愛されていないと感じたのか、そう考えたのだろうか？　ブライアンはローラにとってすべてだった。ブライアンにとって彼女はどういう存在だったのだろう？

それからある日、だしぬけに、何の気なしに、ローラがあまりにも長く外出していたとブライアンがなじった後のことだ――ママに出かけてほしくない、ずっと、と彼は言った――ローラは思わず「あなたはいったいどこにいたの？」と口走った。

あらゆる音が止まった。外からは何も入ってこなかった。通りからの音も、廊下からの音も何も。空にあるものも何も、彼女には空は見えなかったけれど。わかっていた。静寂は幾重にも積み重なって、どんどん分厚くなっていった。彼女の心臓の鼓動もだんだん小さくなってついに沈黙した。ブライアンはまるで長い間ずっとこの質問を待っていたかのように彼女を見つめた。まるでこの瞬間の後起きることすべてにスイッチを入れるかのように。何のスイッチを？　心の隅でそんなことを思った、ほんの覚え書きとして。

「ねえ、ぼくはすごく寂しかったんだ。ぼくをあそこにやったのはママでしょ。ぼくをあそこに送りたかった。あそこは誰もいないんだよ、ママ。ぼくはひとりぼっちだったんだ。また送り返さないでよ、ママ！」彼は乾いた声で泣きながらそう言ったが、それでもローラの心には刺さった。

「絶対そんなことはしないわ」と言い聞かせる。「絶対しないから」ふたりは抱き合った。彼が死んだときどんなにほっとしたかを思い出しながらも。さらに強く息子を抱きしめる。でもどんなにほっとしただろう！

「ぼくを送り返さないで、ママ！　お願い、ママ！」ホラー映画に出てくるピエロのように歯をむき出し、その「ママ」という台詞《せりふ》をさらに数回繰り返した。

それから、その単語を執拗《しつよう》に使いはじめた。舌っ足らずな口調で、うなるように、夢見るように、果てには元気いっぱいに。どんなにその単語が嫌いになったことか。「どこに行ってたの、ママ？　誰かに話したの、ママ？　ママ、もう牛乳がないよ。ママ、どうしてこんなに長くいなくなってたの？　ぼくを愛してないの、ママ？」

時にはうちひしがれた姿で、きらきらした目で、叫ぶこともあった。「きっとぼくにここにいてほしくないんだ、ママ。どうなの？」

どうだっただろう。おそろしい間違いを犯してしまっただろうか。これは彼女の覚えていたブライアン、ふたりのあいだだけで通じる冗談にくすくす笑う愛らしい坊やじゃない。このブライアンは反抗的で、不平たらたらで、独占欲が強かった。ローラはずっと不思議に思っていた。どうしてブライアンがあんなに粗暴な大人になってしまったのかと。彼女が何かその原因となったのだろうか、人格を作ったのだろうか、影響を与えたのだろうか。彼女が？　どうやって？

ブライアンがやってきて数週間後、ローラはアルベルトにばったり出くわした。アパートの部屋を出るところで——あるいは、あとで思いかえせば、もしかするとアルベルトが彼女の戸口の外でしばらく待っていたのかもしれない。アルベルトの部屋は建物の正面にあったが、彼女の部屋は裏側で階段の脇だった。

アルベルトは咳払《せきばら》いをして尋ねた。「何か困ったことはないかい？　その、つまり、あの包みのことで」

もともとアルベルトの堅苦しさがあまり好きではなかったのだが、ブライアン以外の人に会って気分が上向いた。「期待したのと違ったわ」と、ローラは認めた。「もう一度子どもの頃の、ちょうどいい年頃の息子をってお願いしたのだけど、わたしの記憶とは違ったの。あなたは?」

「ずっと昔、自殺した友だちがいたんだ、大学時代に。学校で一番おもしろいやつだった。ずっとあいつのことを考えずにいられなかった。何か、短くてもほんのひとことでも、あのとき言ってやったら違っていたかもしれないのにって。覚えているのはたいしたやつで、活気にあふれていたということだ」

「今、その人はどうしているの?」彼の肘近くに軽く触れながら尋ねた。以前は一度も触ったことがなかったが、心が和んだ。人間だ。

一瞬、なんとなくブライアンが見ているかもしれないと恐れた。手を下ろした。

アルベルトはその場に立ち、虚空に目をやって顔をしかめた。「思っていたのと違った」ようやく言った。「私はずっと、影響を与えられたかもしれないと思ってきた。あいつはそうだと言うんだ。私のせいであきらめたと言うんだ」

ふたりとも黙っていたが、彼女が言った。「アルベルト、ごめんなさい。本当だと信じてる?」

彼はほとんど上の空であらぬ方を見つめていたが、彼女に視線を戻した。「他に何を信じられる？」

ブライアンにふたりの姿が見えなくても、ドアの向こう側で聞いているかもしれない。彼女は身振りで廊下を移動しようと合図した。きっと向こうなら盗み聞きされないだろう。それでも、彼女は声をひそめた。「彼らがわたしたちの思っている相手だというのはたしか？」

彼はうなずいた。「あるいはその逆か。私が自分で考えているとおりの人間か疑問に思うことがあるよ」

「まあ」当惑して言った。自分たちはずっと自分たちだ。もちろんそうだ。「この頃ステラやジェラルドに会ってないわ。あなたは？」

「二、三日前にジェラルドを見たよ。出てきたところか入っていくところか――どちらにしても、出入り口にいた。自分の分け前の金の買い手を見つけたと言っていた。eBay《イーベイ》（インターネットオークション）に出品したそうだ。私には賢明と思えないがね、どうだい？　しかし彼はいつもそんな調子だった。つまり、自分のことばかりだ」

自分本位じゃない人なんているかしら？　ローラは疑問に思ったが、それがアルベルトだ――非難してばかり。とはいえ、ジェラルドのことも好きではなかったのだが。

ステラが住んでいるのは四階で、アルベルトが隣人のようすを確かめるというのでローラも階段を登ってついていった。ドアの前に立ち、アルベルトが一回、二回、トントンとノックする。答えがない。なんて弱いノックなの、とローラは思い、ドンドン大きな音を立てて叩いた。「ステラ！」と呼びかける。「ステラ！　ローラとアルベルトよ！　返事をして」

するとと鍵の回る音がしたので、ローラは繰り返した。「ステラ、わたしたちよ。ご近所の」

ドアが開き、ステラがふたりを見て目をぱちくりさせた。「ああよかった、あなたたちで」

小声で言った。「ずっとあなたたちだったの？　毎晩うちのドアを叩いてる？」

「いいや」アルベルトは言った。「しばらく君を見かけなかったから、ようすを見ようと来てみたんだ。何があった？」

ステラは身震いした。「毎晩よ。一晩中。誰かがドアをドンドン叩いて、それから止まる。また叩く。止まる。最初は見たけど、誰もいなかったの。でももう見ないわ。どうしてこんなことが起きるのか考えたけど、もしかしたら死者のお金のせいかもって思ったの。あなたたちがふたりともお金を外に置いて望むものを手に入れたのは知ってるけど、わたしは何も外に出さなかったわ。罰当たりに思えたの。それで、ドアを叩かれるからってお金の半分を出したら、次の夜は毎回二回ずつのノックになったわ。残りを出したら、三回のノックに。一晩中よ。いったいどういうこと？　お金はなくなったのに、どうしてそんなにひどくなるの？　わたしに何をしろというの？　どうしたら止められる？」

「わからない」アルベルトは言った。「すまない。ローラと私は特定の人物を求めて、そのとおりになった。むこうは君がお金を持っていると間違いなくわかっていたね。なぜやめないのか、わからんよ」

「でも、その相手っていったい誰？」ローラは訊いた。「思いあたることは？」

ステラはまばたきをした。「ここで亡くなった女の人だと思う。その人や、他にもここで死んだ誰か。部屋の中に帰りたがっている気がする」

ステラはほんの少しあらぬ方を見て、それから勇気を奮い起こした。「ここを出るわ」と言った。「行く先を決めるまで、ホテルに泊まる。家賃は払ってあるし。荷物は誰かに取りに来てもらうわ」

「そんな、ここに住んで長いのに！」ローラは言った。「だって、されたのはノックだけなんでしょう？」ステラがにらむと、ローラは唇を嚙《か》んだ。


ステラが出て行って三日後、ジェラルドの部屋から叫び声が聞こえるようになった。気持ちが悪くなりそうな声だ。ローラは店に行こうとして一階の廊下で立ち止まったが、心臓がどきどきした。彼の部屋のドアをノックする勇気は出ない——ローラに何ができるだろう？出入り口の向こうに目をやると、外に肩をまるめたアルベルトの姿があった。顔を上げて彼女を見ると、入ってきた。

「聞こえているよ」アルベルトは堅い声で言った。彼はローラの肘をとり、廊下を引き返して、階段口まで歩いた。「しかしあれは彼自身が悪いんだ。全部嘘だったのさ、この件すべて。昨日私に話してくれた。彼が私たちのドアの外にお金を置いたんだ、冗談でね。チャイナタウンの葬儀場の外で包みを見つけたんだそうだ」彼は顔をしかめた。「誰かが死者にお供えしたものを取ったんだ」

「でもあの叫び声は……」

「話しただろう。買い手がついたと言っていた。もしかしたら元々あのお金が捧げられたはずの誰かかもしれない、わからないが。今、私たちにできることはないよ。私たちはそれぞれ、何らかの形で彼らを招き入れてしまった」

ローラは振りかえって廊下の先、ガラスの正面ドアを見た。今から街路に出ようと思えば叫び声の中を通らなくてはならないだろう。もし実際に外に出られたとしての話だが。ブライアンを置いてくるときにのしかかってくる新たな重苦しさ、倦怠《けんたい》感と心配があった。何をしているだろう、母を呼んでいるだろうか？　息子から離れたかった、ドアの向こう、外へ。だがそれは母親失格の証拠ではないだろうか？　どうしてそんな風に感じられたのだろう？　息子を憎み、恐れ、声の響きを嫌うなんてどんな人間だろう？

今やブライアンはしきりに彼女を呼ぶようになり、「ママ、ママ、ママ」とただ繰り返すだけのときもあった。部屋の向こう側から、あるいはすぐ隣で。何をしても黙らせることはできなかった。迫ってくる顔と声の響きにうんざりし始めていたのだ。「ママ、ママ、ママ、ママ」

もう一度叫び声が廊下に響きわたり、アルベルトは息を吸った。「私たちは過去の行いから逃れられない」ついにそう言った。

でもお金を盗んだのはローラではない。それに結局は返したのに。それは本当？　返したの？　それとも使ったの？

階上では、ローラの部屋の中から呼ぶ声がした。「ママ！」

ふたりは頭を起こし、耳を澄ましてじっと立っていた。ジェラルドの部屋からまた叫び声がした。ローラは後悔が層になってふたりを包んでいるのを感じた。「彼らを送り返せるかしら？」と尋ねた。元に戻す方法、やってしまったことを変える方法、違う選択をできたかもしれない時に戻る方法はあるだろうか？　でも、どの選択のせいでここまで来てしまったのだろう？「できる？」あの小さな顔、あの子の目が見えた――彼女の子ども、彼女を苦しめる者が。質問は隣人に、というよりも自分自身に向けたものだった。

背後の階上から、また声が聞こえた。「ママ！」

ふたりは階上に目をやった。階段の手すりと欄干の並びが、望遠鏡の内部のように、視界をどんどん狭めていく。アルベルトはローラと目を合わせ、疚《やま》しさのかけらもない態度で、歩いて行って階段の下に隠れた。ローラはブライアンに呼びかけ、ゆっくりと登って行った。

「どうしてぼくのこと、あいつに話してたの？」部屋に入ると、ブライアンが尋ねた。

「してないわ」すかさず言ったが、ブライアンはむっとした顔をした。「つまりね、知り合いだからお互いの暮らしについて訊くのよ。ご近所さんってそういうものよ」

「ほんとに？」と尋ねるブライアンの目は何かたくらむように輝いていた。「どうやってぼくを追い払うかについて話していたよね。ぼくたちのことを」

心臓が飛び出しそうになった。


「あなたのお友だちはあなたに何と言うの？」ローラはアルベルトに尋ねた。「友だち」というのが適切な言葉かどうかわからなかったが。

アルベルトはたじろいだ。「私が彼にやさしくしていれば生きていただろうって。君にどこまで話したか覚えていないんだが。口論になった。お前とは二度と会わない、口もきかないと誓ったんだ」

「それでもあなたは今になって彼を呼び戻したのね」

「私に遺書を残して自殺したんだ」アルベルトは続けた。「ずっとあの遺書を忘れることができなかった」

ふたりは会うと、いつのまにか思案に暮れて、静かに一緒に立ちつくしていることがよくあった。

「一度、ブライアンに嫌いだって言ったことがあるの」とうとう彼女は言った。「一度どころじゃないわ。残酷な男だった。凶悪よ。死ねばいいのにって言ったの」

彼はうなずき、しばらくしてこう言った。「私たちにつきまとっているのは愛じゃない、後悔なんだね」

気がつくとますますアパートの部屋を離れるのが難しくなっていて、どこへ行くべきか、何をすべきかはっきりしないまま、建物の出入り口で立ち止まることがよくあった。一階やジェラルドの部屋の上の二階の入居者は叫び声のせいで引っ越して出て行った。ある日家主がやってきて、ドアをノックし、残された住人に叫び声について訊いて回った。家主がいるあいだは叫び声が聞こえなかった。「ええ」ローラは言った。「叫び声が聞こえますよ」ブライアンが近づいてきて隣に立った。「ぼくは何も聞こえなかったよ」ブライアンは言う。「ママ」

「この子はあんまり外に出ないんです」ローラは弱々しく言った。

家主はブライアンをなにやら考えるようすで見た。「かわいい子だ。いい年頃だね。ティーンエイジャーになったら、どうかな」家主はにやりと笑い、最後にあたりを見回して、帰って行った。

もちろんローラはあの頃を覚えていた。絶え間ない争いと威嚇、盗みにその他もろもろ。ブライアンがあんなふうに変わったのはローラのせいだろうか？　ローラは息子に愛想を尽かし、破滅するにまかせたのか？　彼女はブライアンを見た。「あなたは幸せ？」と尋ねる。「幸せだったことはある？」

彼は顔をしかめて言った。「ぼくはずっとママを愛してるよ。ママ、ママ、ママ、ママ！」彼の声はだんだん大きくなっていった。

「やめて」彼女は小声で言った。


翌日、息苦しさに目を覚ますと、ブライアンがベッドの中にいて、ローラに抱きつき、両手を彼女の首に巻き付けていた。ローラは手を伸ばして彼の指をつかみ、あえぎながら指をこじあけるように外させた。「何をしてるの？」ようやく叫んだ。

「ぼく、寂しかったんだ。ママのそばにいたかったんだよ」

前にも二回、ベッドに潜り込んできたことがあり、二度としないように言いきかせていた。そのときも彼は同じことを言った、「寂しかったんだ」と。ローラは起き直り、息子に背中を向け、なんとかして平静を装った。だが平静ではなかった。

「もう大きくなったんだから、こんなことしちゃだめよ」と言うと、ブライアンは彼女に体を押しつけ、腕を彼女の肩に回した。「ママ、ママ、ママ」と言った。

その夜から、ローラは寝室のドアに鍵をかけた。枕を頭にかぶるようにしたが、真夜中に目が覚め、ドアの向こうから彼が「ママ」とささやくのが聞こえるのだった。

　アルベルトがまた出入り口に立ち、外を眺めているところに出くわした。「君はどこまで行ける？」と訊かれて、自分の行動範囲が狭まってきていたのに気付いた。今や、通りの向かいにある小さな食料品店に行くだけだった。

「外に出るたびに余分に食べ物を買うようにしているんだ」アルベルトは言った。「買いだめさ。君も同じようにしたほうがいい」

　ローラも一度そう考えたことがあったが、忘れてしまった。離れていると、ブライアンのことで頭が完全にいっぱいになってしまう。帰るまで彼のことしか考えられない。とうてい我慢できるわけがなかった。ブライアンはローラの息子かもしれない（確かに見てそうだとわかった）が、欲しかったのは優しい息子で、彼は明らかに違った。少年の体に入った大人のブライアンだ。ローラは疲れはてた。

　次にアルベルトと会ったのは階段の下で、そこで友人についてさらに話を聞いた。

「あいつに言われたんだ、私は一度もあいつを気遣ったことがなかった、今もまだしていない、私に他人を思いやる能力がないからだって。君もそう思うかい？　他にも私が影響を及ぼした人々がいる、私が正気を失わせた人々がいる。あいつにはわかっているそうだ。要するに、私があいつの背を押したと言っているんだ」彼は視線を落として眉をしかめ、それからローラをじっと見つめた。「私は人を愛することができる、そう思わないか？　あいつはできないと言う、でも私は良い友人で、良い隣人だっただろう？」

ローラはそのとおりと言いたかった——そう叫んで、彼の手に触れたかった。けれど喉がこわばって、「あなたはどちらかといえば控えめな人だとずっと思っていたけれど、わたしたち、ただの隣人でしょう。そういう人もいるわ」としか口に出せなかった。他の日だったら、もっと聞こえのいい言葉が出てきたかもしれない。でもそれでもまだましな言い方よね、と思った。隣人であって、友人ではないわ。

だんだん外出が難しくなってきた。アルベルトは翌日正面扉のそばにただ立ち尽くしていた。アルベルトがうなずき、ローラは隣に立ってガラスのドアの向こうを見ていた。誰かが入ってくるか出ていくかするまで、ふたりはここにずっといるのではないかと思った。

何週間も、他の人を誰も見かけていなかった。「他の入居者はみんな出て行ったの？」

「そうだと思う」アルベルトが言った。「それとも私たちがこのあたりにいるあいだは出てこないか、だ」

彼女は息を吸い込んだ。なんて奇妙な話。

「どんなに静かか、気付かなかったかい？　ジェラルドの叫び声まで、だんだん静かになってきている」

アルベルトは正面扉を軽く叩いた。とてもかすかな音がした。ローラは手を伸ばし、自分でも触ってみた。実在するのを確かめるかのように。ふたりは静寂の中で立っていたが、ついにあきらめて引き返した。

もう廊下に自分の足音も聞こえない。

アルベルトの姿、または息子以外の人間を見たのはそれが最後だった。建物の玄関扉は重くなりすぎて動かなくなった。あきらめて部屋へ戻ると、入るときドアはやすやすと開いたが、数日後にはまったく開かなくなった。ブライアンがにたにたと笑いながらそこに立ち、「ぜんぜん足りなかったんだよ、ママ。ぜんぜん足りなかったんだ！」と言った。喜んで叫び、それから顔をゆがめた。ローラは彼の憎悪の重みで体も重くなるのを感じた。全然足りない？　人生のあの部分を取り戻したかったのだ、成功したと思っていた部分を。ブライアンの愛を取り戻したかった、そして彼もローラの愛を望んでいたと思っていた。けれど今までずっとブライアンは彼女に裁きを下していた。失敗したのは彼だと思っていたのに！　そんなばかな！

ローラはほとんど歩くこともできず、這《は》ってすすむようになった。彼は嬉々として見つめた。「もっとがんばって、ママ、できるだけがんばって！」そしてついにローラは思った。死者が生者に対して抱く憎しみには終わりがないのだと。どんなに努力しようと（自分は努力しただろうか？）彼女はブライアンに対して本当の愛情をもっていなかったし、彼は決してローラを許さないだろうと。生きている限りずっと彼から逃れられないし、それから後も、きっとさらに長く続くのだ。

（井上知訳）

鬼　女

——ベンジャミン・パーシィ

ベンジャミン・パーシィ（Benjamin Percy）は一九七八年オレゴン州生まれ。複数の長編や短編集を発表している。二〇一四年からマーベルコミックスでライターも務めている。

（編集部）

その貸し別荘は、屋根板にヒマラヤスギが使われているケープコッド様式の小さな平屋で、森林だらけの島内にいくつもある家のひとつだった。そこの私道に、艶《つや》やかなオパールのように磨きあげられた、一台のメルセデスが停まっていた。玄関ポーチには数個のスーツケースがあって、運ばれるのを待っている。みんな、一時間後にはフェリーに乗って、本土への帰途についているはずだ。

ひとりの少女が玄関前の階段を下りてきた——年は八つで、黄色いワンピースを着て、おそろいのリボンを髪につけている。両腕に抱えているのはトラのぬいぐるみと枕、背には小さなリュックサック。少女は車の後部ドアをあけると、それらの荷物を伸び上がるようにして座席に積みこんだ。すると、急にうしろで声がして、少女はびっくりした。

「このまま帰っちゃうなんて、だめだよ」

今朝は霧が濃く、少女はその灰色のフィルターに目を凝らして、ようやく、敷地を縁取る木立の中に立っている声の主を見つけた。ふたりは同い年くらいで、どちらも茶色い髪をしていて、でも、もうひとりの女の子はジーンズにスニーカーをはいていて、だぼだぼのトレーナーを着ていた。「一緒に遊んでからでなきゃ、だめ」と、その子が言った。

「でも、帰る支度をしなさいって、パパに言われてるし」

「遊ぶ時間くらい、まだあるでしょ」そう言って、女の子はポケットに手を入れた。取り出したのは一枚のバンダナで、少女に目隠しをするためのものだった。「さあ、行こう」

カモメたちが甲高く鳴き騒いでいる。頭上の空をぐるぐると舞っている鳥たちは、白と灰色の身をぶつけることなく器用に飛び交い、その影で砂上にさざ波を描き続けている。彼らは飢えを満たす作業を邪魔されたままなのだ。

たぶん保安官代理たちも、エリーがそばに近づくことくらいは許可してくれるだろう。風にはためく立ち入り禁止のテープが、現場のまわり、およそ三十フィート四方ほどを囲っている。それでも、見晴らしのいい砂丘の上に立つと、彼女にもそれは見てとれた。

ジョギング中の人がそれを発見したのは、満潮の波が砂浜に描いた境界線のそばだった。海藻がレースのように巻きついた片腕は、腐敗で皮膚が灰色や黒に変色しており、蟹《かに》やカモメについばまれていた。

こんなことが起こったのは、これが初めてではなかった。だからこそ、東部の有力紙『ボストン・グローブ』は彼女を派遣する許可を出したのだ――この、メイン州の海岸へ。

ウォレスという名の、豊かな黒い口ひげを生やした保安官代理が言った。「たまに、足だけが上がったりする。手首の先だけ、って時もあるし。いっぺん、頭が上がったこともあったな。おれも長年ここで働いてるが、この海は死んだやつを、ぺっと吐き出すのが好きらしい。毎年、この時期にはよくあることでね。ホリデーシーズンの到来を実感するよ」

今は十二月で、エリーはフリースの上着にジーンズをはいており、ポニーテールにまとめた髪が、寒風にあおられて暴れていた。彼女はノートをしっかりつかみ、はたはたと震えるページに、自分がわかればいい簡便な文字を書きなぐった。以前、デジタル機器のエラーでインタビューの内容が全部消えるという経験をして以来、仕事では紙とペンを使って、おいそれとは消えない記録をとるようにしているのだ。

「もっと、近くで見せてもらえません?」と、彼女は頼んだ。「はるばる、ボストンから来たんですよ」

「あっちに行けば、ここからじゃ見えないものが見えるとでも?」

彼女は肩をすくめて答えた。「悪魔は細部に宿る、って言うでしょ」

ウォレスはちょっとためらったものの、おもむろに仕切りのテープを持ち上げ、もう調べはすんでいるし、証拠の回収や現場の撮影も終わったから、まあ問題はないだろうと言いながら、彼女を招き入れた。

エリーはフラットシューズを履いていて、砂丘を下りはじめると砂がわずかずつ靴に忍び入り、それが、一足ごとにどこか冷たい気持ち悪さを彼女に与えた。「正直、おたくがここに来たなんて、ちょっとした驚きだよ」と、ウォレスが言った。

「こういったケースが、わたしの専門だから」そう答える彼女に、ウォレスが訊いた。「犯罪担当?」

「調査報道の記者よ。『ボストン・グローブ』の〝スポットライト〟チームにいるの」未解《コール》決事件《ド・ケース》を再捜査へと浮上させる彼女の手腕には定評があって、そのうちの何件かは起訴に至っている。これまで、ロング・アイランドの連続殺人事件から、隣接三州にまたがるハイウェイ殺人、キャッツキル山地での少年たちの失踪事件まで、あらゆるケースを手掛けてきた。みずから真実を語ることのできない被害者《デッドフィッシュ》を救済するのが、彼女の役目だ。

片足を滑らせたウォレスが、下手をすれば砂丘の下まで転がり落ちかねないところを、なんとか体勢を立て直して言った。「そういうことなら、ここに来たのは正解だな」

背中に〝鑑識課〟の文字があるウインドブレーカーを着た女性が、腕を回収するための袋の用意をしていた。「待った」ウォレスが彼女に声をかけた。「新聞記者だ。ちょっと一服してきてくれ」それから彼は、エリーに念を押した。「でも、写真撮影はナシだ、オーケー?」

「オーケー」

波音が轟《とどろ》いている。ハマトビムシが足首を嚙《か》んでくる。空気は冷たいが、彼女の鼻は腐臭に刺されて熱くなった。一羽のカモメが甲高い警告の声を発しながら、そばをかすめるように飛んでいったが、彼女はほとんど気づかなかった。

魚に食われた紫色の肉から、一本の骨が白く突き出している。指はなにかをつかむように曲がって、爪は割れるか、剝《は》がれてなくなっている。

「あれは、なに?」彼女の言葉に、ウォレスが返した。「なにって、なにが?」

「手の中のあれ」彼女が、ペン先で示した。「なにか握ってる」

ウォレスが鑑識課員に手で合図した。さっきの女性が靴に使い捨てのカバーをつけ、砂地にかさかさと音を立てながら戻ってきた。「記者さんが、なにかあるって言ってるぞ」

鑑識の――短い髪をツンツンにとがらせたヘアスタイルの――女性はエリーの隣にしゃがんで、真新しいラテックスの手袋をはめた。そして、遺体の手をそっと突っつくように押し、硬く折れ曲がっている二本の指を伸ばしていった。皮膚が裂け、握りの形がほどけた。「彼女の言う通りよ」

手の中から彼女が取り上げたのは、木彫りのトーテムだった。それは異様に大きな目をしたカモメの像で、くちばしを威嚇の形にひらいていた。


エリーが暮らしているケンブリッジのタウンハウスは、決してきれいに片付くことがない。足元には本や服やおもちゃがいつも散らばっているし、壁には忘れちゃいけないことをメモした付箋紙《ふせんし》がべたべた貼ってあるし、キッチンのカウンターの下には転がり落ちたクレヨンがあるし、流し台では汚れた食器がそのままになっている。しかも今は、その乱雑な状態に、飾りつけが半分しかできていないクリスマスツリーと、線が絡んでボール状になったデコレーションライトまで加わっていた。

なにをするにせよ、彼女と夫が大慌てでやらずにすんだことなど、一度もなかった。彼女はジャーナリストで、夫のロンは金融コンサルタント。そしてふたりは、活発な七歳児を持つ親なのだ。

キッチンには彼女の夫がいて、刻んだ野菜を中華鍋に投入した。ジューッという音が立つ。

彼の携帯電話からはＮＰＲ（米国公共ラジオ放送）の配信番組が流れていて、金融市場の動向を伝え続けるその雑音が、リビングで娘が見ているアイパッドから響くクリスマス・キャロルとこんがらがっていた。

エリーはキッチンのテーブルで自分のノートパソコンをひらいていた。潮汐《ちょうせき》表を調べ、海水の動きを地図にしていく。そうして作ったデータを照合するため、別のウインドウでグーグル・マップをひらいた。表示された地図を北東方向にドラッグして、メイン州の海岸沖にある一群の島を中心に据え、それからズームをくり返し、ひとつの島を画面いっぱいに表示した。

『ボストン・グローブ』のオフィスでは、パーテーションで区切られたデスクで、周囲の雑音を絶え間なく浴びながら仕事をしているだけあって、ラジオがニュースをまくしたてても、クリスマス・キャロルが「ラララ……」と歌っていても、抽斗《ひきだし》のスプーンやフォークがカチャカチャと鳴り響いても、没入状態に入った彼女の集中が途切れることはなかった。

「エリー？」ロンの呼びかけに、彼女がようやく気がついたのは、彼がそばまで来て佇《たたず》んでからだった。

「ごめんなさい、なに？」

「カモメ島のなにがそんなに面白いのかって、訊いただけさ」

「あぁ、別になんでもないの——今やってる、ただのネタがらみ」

彼は重ねた皿を手にしていた。「電源、落としてもらえる？　そうすれば、食卓がセットできるんだけどな」

五分後、三人は急いで自分の席に座り、目の前の料理に顔を近づけた。シャルドネはよく冷えてキリッとした味わい。強火で手早く炒められた鶏は、口に運ぶフォークの上で、まだ熱々に湯気が立っている。ふたりの娘はなにかひと口食べるごとに、ご機嫌でおしゃべりをした。名前はライラといって、豊かすぎるほど豊かな黒髪をしており、笑った時にのぞくすきっ歯のせいか、その口からは次々に質問がこぼれて、なかなか止まらない。彼女の問いかけは、いつもこんな調子で続く。「〝ナイス〟と〝グッド〟は、どう違うの？」「〝ムカつく〟と〝アタマにくる〟は、どう違うの？」「〝たのしい〟と〝うれしい〟は、どう違うの？」

エリーの心の中には、娘のこういうところを愛《いと》しく思い、自分が早くも小さな記者を育てているようで誇らしく感じている部分がある。しかし、一日が終わる頃には、さすがに脳が凍えたような、動きが鈍る感覚に陥り、それで、時にはタイマーをセットして、こう言わざるを得ないことがあった。「今から十五分間、質問を一切しないでちょうだい」

ノートパソコンは片づけてしまったものの、エリーがメモ帳まで手放すことは絶対にない。それで今も、表紙をひらいて横に置いてあるそれに、こんな文字を書いていた――〝鬼女に食わせる〟

その時、自分の名前が耳に飛びこんできて、彼女ははっと現実に戻り――はずみで〝る〟の書き終わりがメモ用紙を引っかく嫌な音がして――夫にまた呼ばれていることに気がついた。

「なに？」

「おれの話、聞いてなかったのか？」

エリーは書いた文字をバツ印で消した。「ごめんなさい。ただ、ちょっと――実は、数日ほど取材で出かけたいの。かまわない？」

「クリスマスが近いんだぞ」

「それまでには、ちゃんと帰るわ。ちゃんとね」

ロンはそれ以上なにも言わず、ただ口元をぬぐって、自分の皿を片付けるために席を立った。

ライラは両親の様子を目でうかがい、父親が残った料理をタッパーに移すために、せかせかした足取りでキッチンに行ってしまうと、口をひらいた。「行かないで。お願い。ママがお出かけしちゃうの、すっごくイヤなの」

「仕方ないでしょ。お仕事なんだから」

「ずるいよ、ママはお仕事ばっかり」

「そうだよな」ロンがキッチンから言った。「ママはお仕事ばっかりだ」

「話は終わり。いいわね？」そう言うと、エリーは食べかけの皿をテーブルに残したまま席を立って、寝室に戻った。

後ろ手に扉を閉めると、彼女はまっすぐ化粧台に向かった。台の上にはいくつもの香水の瓶やスカーフ、アクセサリー、そして薬のボトルが乱雑に並んでいる。彼女は処方薬のロラゼパム（抗不安薬）を見つけ出すと、蓋を乱暴にねじって、水なしに一錠を飲みこんだ。

彼女は鏡に映る自分を一分ほどじっと見つめ、それから、艶やかな木製のジュエリーボックスに手を伸ばした。一番下の抽斗を開けて、ブレスレットやネックレスや腕時計をかき分け、その奥に、捜していたものを、もう何年も見ないまま埃《ほこり》にまみれていたものを見つけた。

それは木彫りのトーテム。悪夢めいた姿をしている、カモメの彫像だった。


黄色いワンピースの少女は目隠しをしたまま、森の中をふらふらと進んでいった。下手につまずかないように足を一歩ずつ高く上げながら、両手を前に突き出して、暗闇をのたうつミミズのように指を動かし、しきりに周囲の空間を探る。片足が石を踏みつけた。倒木に脛《すね》を強打する。でも、少女は恐れていなかった。クスクス笑いすらこぼしながら、大きな声で数え続けた。「じゅーう……きゅーう……はーち……なーな……ろーく……」

少女には見えていないが、まわりにはマツや、ツガや、カラマツといった樹木が生えていて、それらを覆い隠すように立ちこめた霧が、彼女の通るそばから渦を巻いた。この霧で地面はしっとりとし、岩も滑りやすくなっている。それに、湿り気を帯びた空気の中では、音も、いつもとは違う伝わり方をした。カモメの鳴き声も、樹木のきしみも、小枝が折れる音も、彼女のカウントダウンの声も、音という音のすべてが、とても遠くで聞こえているようなのに、とてつもなく近い場所で聞こえているようでもあった。

もうひとりの女の子は、少女の前方にいた。こちらは目隠しをしていないので、動くのもずっと速く、朝露でジーンズを濡らしながら、ワラビの茂みを蹴散らすように進んでいった。苔《こけ》むした倒木をひらりと飛び越える。そうして、行く手に待ち受ける遺跡――この島の最初の入植者たちが遺《のこ》した石の住居跡――まで、あと少しというところまで来て、背後の声が「いち！」と叫んだ。

女の子はその場でぴたりと足を止めた。そうして、息を切らしながらも、今度は自分が数を数えはじめた。なぜなら、この遊びには、そういうルールがあるからだ。これは〝狩るもの・狩られるもの〟と呼ばれている、昔からある鬼ごっこで、〝マルコポーロ〟（プールの中で目隠しをした子が、声を頼りに周囲の子を捕まえる遊び）によく似ていた。「じゅーう……きゅーう……はーち……なーな……ろーく……」女の子は声を張りあげながら、黄色いワンピースの少女がつまずきつつも、足取りを低くした慎重な動きで、声を頼りに近づいてくるのを、近い距離で見守った。「絶対に捕まえるよ」少女が笑って言った。「どんどん近づいてるんだから！」

ふたりは前後で数を数えあい、追う足と逃げる足を何度も止めながら、先へ先へと進んでいった。そしてついに、ゲームの主導権を握る側、つまり〝狩られるもの〟が森をぱっと出て、隆起した玄武岩の上に立った。森の中の静けさが、海の轟きとざわめきに取って代わられた。

女の子の目前には、地元の人間が〝魔女の大釜〟と呼ぶ、風変りな史跡があった。ここは海岸線の一部がリング状に奥まった部分で、まさにその名にふさわしい光景が見える場所だ。満潮になると、浸食によって弧を描いている崖肌とその下の海盆に海水が一気に流れこんで、激しく泡立ちながら上昇する水面が、ぐらぐらと煮えたぎる熱湯さながらの姿を見せるのだ。大釜の幅は三十フィートほどで、深さも同じくらいあった。

ジーンズをはいた女の子がためらったのは、ほんの一瞬のことだった。なぜなら、カウントダウンの声が、背後で聞こえていたからだ。「ごー……よーん……さーん……」

彼女は〝魔女の大釜〟の縁によじ登ると、その上を立ったまま、時には両手をついて身体を支えながら、縁が切れている先のほうへと、横歩きに進んでいった。目隠しをした少女が環状にくびれた岸壁の前に立って、相手に呼びかけた。「ねえ？　そこにいる？　今度はそっちが数える番だよ」

つかの間、波が砕ける音と飛び散る塩水のにおいだけが世界を支配し、そのあと、女の子は口をあけ、目隠しの少女をおびき寄せるように、ふたたび数を数えはじめた。

「じゅーう……きゅーう……はーち……なーな……ろーく……」

目隠しをした少女は声を頼りに、女の子のいる方へ迷いのない足取りで進みはじめた。その、ほんの数歩先には〝魔女の大釜〟が口をあけて待っていた。

フェリーの船体はあばた模様に錆《さび》が浮き、カビで変色していた。船腹に設けられた小さな駐車スペースは、ほかに一台が停まっているだけで、がらんとしている。エリーは外の景色を眺めるために、ウールのキャップをかぶり、ジャケットのファスナーを首元まで上げ、両手にミトンをしっかりはめて、風が吹きすさぶ甲板に出た。

空は海と同じく、コンクリートのような灰色をしていた。霧のような雨。空気の味がアスピリンじみている。フェリーはエンジンを響かせて進み、かき分けられた波が盛りあがっては沈み、盛り上がっては沈む動きをくり返す。彼女はゆっくりした足取りで、円を描くように甲板を歩いた。三十分後、遠くの方に樹木の目立つ島影が見えてきた。霧をまとったその姿は、無限に広がる堀に囲まれた城のようだ。

二か月前なら、まだ日差しは明るく照りつけていて、このフェリーも日に数往復は運行され、白いスニーカーを履いた旅行者でごった返していただろう。でも今は十二月で、フェリーは昼前に運行する便しかなく、おかげで、誰かと陣取り争いをすることなく船首に立つことができた。

彼女は波間をよく見ようと、手すりから身を乗り出した。なにかが目を惹《ひ》いたのだ。陰鬱《いんうつ》な色の中に、パッと浮かんだ染みのようなもの。それは、こちらを見上げる、青白い、恐ろしい顔だった。

慌てて身を引き、十まで数えて、それから視線をもとに戻す。そこには、なんの変哲もない冷たい海が広がっているだけだった。フェリーが汽笛を鳴らし、その低音に空気が細かく震えた。ポンポンと軽い音を立てながら進んでいく、小型のロブスター漁船が見えた。前方には船の接岸を待ち受ける埠頭《ふとう》も見えて、その奥には、窓の暗い建物がいくつもうずくまっていた。

エリーは車に引き返し、運転席に潜りこむと、バッグの中をひっかきまわして、ロラゼパムの容器を捜した。そして、容器を振って手のひらにまた一錠取り出すと、冷えたコーヒーでひと息に飲み下した。

ふうっ、と大きくため息を漏らす――それから、化粧の崩れをチェックしようと、バックミラーに手を伸ばした。ところが、鏡の角度を合わせたとたん、すぐ背後に、髪におおわれた顔が現われた。

彼女は悲鳴をあげ、すると、鏡の中の顔も悲鳴をあげた。幼い少女の、鋭く甲高い声。娘のライラだった。


エリーはフェリーから車を出すと、埠頭のそばで最初に見つけた空き場所に駐車した。いくつかの小型船がぷかぷかと水に浮いている横で、彼女は「もう、泣くのはやめてちょうだい」と言ってから、自分の電話を取り出した。

彼女の携帯はいつもミュートに設定してある。やたらと鳴り響く、通話やメールやその他の通知音で、気を散らされるのが我慢ならないからだ。それで今、着信をチェックしてみると、明るくなった画面に、ロンからのボイスメールやメッセージがずらりと並んでいた。いずれも、どこをどう捜しても娘の姿が見つからない、と訴える内容だった。

「それは今、この車の後部座席で泣いているからよ」と、彼女は歯を食いしばったまま、つぶやいた。そして、声を大きくして言った。「ライラ！　やめて！　いいかげんになさい！」

彼女の娘はボールのように身を丸め、涙で赤くなった顔をぐしゃぐしゃに濡らし、息も絶え絶えにしゃくりあげながら言った。「だって、ママ、あたしのこと怒ってるもん」「怒ってるからって、あなたを愛してないわけじゃないわ」狭い車内ではすべての音が増幅されて、彼女の頭は限界を超えた騒音にさらされているかのようだ。「だから、もう泣きやんで！　お願いよ！」しかし、叫ぶように放った言葉は、ライラの泣き声をさらに大きくしただけだった。

一羽のカモメが舞い降りてきて、車の前をかすめ飛ぶなり、鳥特有の白いフンがフロントガラスにピシャッと落ちた。エリーは目を閉じ、震える息を深く吸いこんだ。そして、声を静めて言った。「ねえ。ねえ、ライラ。こっちに来て。大丈夫だから。前の席に移って、ママの隣に座っててちょうだい」

泣き声が低くなり、洟《はな》をすする音に変わった。少女は垂れた鼻水を袖で拭うと、前の座席の隙間にあるコンソール・ボックスを這《は》うように乗り越え、エリーの膝の上におさまった。

「大丈夫。もういいから」

「あたし」ライラが言った。「あたしね、ママと一緒にいたかっただけなの」

「ええ、そうね。わかってるわ」エリーはもつれた娘の髪を指でといてやり、頭のてっぺんにキスをした。さっきとは別のカモメが、また車のそばをかすめるように飛んで、彼女の視線を乱した。今、彼女の両目は、少し離れた場所にいる人物を注視していた。大きな、四角張った体格。銀色がかった長い顎ひげは、この海の潮に洗われてきた、なんらかの違うものにも見える。顔には深いしわが刻まれて、まるで傷跡のようだ。彼は灰色のウールのセーターに胸元まで覆う黒い防水ズボンをはいた姿で、自分の船の係留作業をしていた。巻いてあるロープを手に、片脚を振り上げて船べりをまたぐ。そして、ロープを手早く綱止めに結びつける。この距離で断言するのは難しいが、どう見ても彼の両手は、手袋をはめたように血に染まっていた。

「これからパパに電話するけど、いいわね？　だって、あなたのことを心配してるはずだから」

彼女は娘の身体に片腕をまわしたまま、もう片方の手で携帯を耳にあてた。ここは電波が弱く、いくらか時間がかかって、やっと相手につながった。ロンがパニック状態の声で言った。「頼むから言ってくれ。ライラは君と一緒なんだよな？」

「後ろのシートに隠れてたわ」

彼が大きく息をついた。「もう少しで、警察に電話するところだったよ」

「このあと戻りのフェリーに乗せたら、この子を迎えに来てくれる？」

「はあ？」安堵《あんど》した彼の声が、ぱっと怒りを含んだものに変わった。「港まで、車で二時間かかるんだぞ。よく、簡単に頼めるな」

「わたしは仕事で来てるの。この状態で、働けると思う？」

銀のひげの男が、自分の船からサメを引きずり下ろした。獲物から滴《したた》る血が、桟橋の荒れた茶色い板床に一筋の跡をつけていく。彼は、特大の鉤《かぎ》がぶら下がっている繋《つな》ぎ柱に近づくと、巨大な魚を抱え上げ、エラの部分を鉤にひっかけて吊るした。カモメが何羽か急降下してきて――血の臭いに引き寄せられたのだろう――はらわたが投げ捨てられるのを期待しつつ、近くの横木に止まった。

「ロン?」彼女が言った。「わたしにどうしろって言うの?」

「母親になる努力をしろ」

それで電話は切れてしまったと、彼女は一瞬思ったが、そのあと、いくらか和らいだ声が続いた。「すまない。でも、おれにだって仕事があるんだ。明日まで待つことはできないか?」

「そうでないと無理なら」

「そうでないと無理だ」

「明日の午前のフェリーに乗せるわ」彼女が言った。「迎えに来てやって」

銀のひげの男はベルトからフィレナイフを抜いて、銀色にひらめく刃をサメに突き立てた。刃先を肛門《こうもん》に押しこんで、そこから上に、ファスナーを開けるように腹を一直線に裂く。開いた穴に、両手を入れる。そこから引き出されたぐしょ濡れの物体は、なにやら、たくさんの歯を飾りのようにちりばめた髪の毛に見えるものだった。男は臭いをかいでから、それを重たげに脇に投げ捨てた。ベシャッ、という音が響く。

カモメたちが、ご馳走《ちそう》に飛びついた。

霧は、轟音《ごうおん》とともに砕ける波とはリズムを異にする第二の潮のように、海に流れ落ちていた。〝魔女の大釜〟の、海に突き出た崖の上に立った女の子は、カウントダウンを続けた。

「ごー……よーん……さーん……」

　釜の形を成した地形の内側では、海が泡立ち、渦巻いている。そこに向かって、黄色いワンピースの少女は歩いていた。目隠しをして、両手を前に突き出した彼女の足取りは、カウントダウンが終わりに近づくにつれて、少しずつ速まった。

「にー……」

　しかし、最後の「いち！」を、女の子は決して言わなかった。彼女は怖かったのかもしれない。あるいは、望んでいたのかもしれない。自分を追って来ている相手が、あとほんの数歩の距離を、そのまま進んでしまうことを。

　すると、黄色いワンピースの少女がつまずいてその場に崩れ、地面で両膝をしたたかに打った。崖端の、わずか一フィートほど手前で。

　少女は痛みに悲鳴をあげ、目隠しをそっとはずした。しかし、彼女がどんな怪我の痛みを感じていたにせよ、それは、すぐさまどこかに吹き飛んでしまった。なぜなら、彼女の目の前には〝魔女の大釜〟がぽっかりと口をあけていたから――そして、釜の向こう側の縁の上で、情けない顔をした女の子が、じっとこちらを見ていたから。

　カモメ島には二種類の地域がある。ひとつは、常緑樹がそこかしこに茂り、岩場が拳のように隆起し、霧がクリームのようにかかる、自然がそのまま残っている場所。そして、もうひとつは、人が住めるように変化させられた場所で、主に、西の海岸沿いに集中している。

そしてここ、この島唯一の大通りには、ヒマラヤスギの屋根がついた宿屋や煉瓦《れんが》造りの小さな図書館、名物のクラムチャウダーを出す食堂に、アイスクリームの店に、雑貨や小間物を扱う店、《はぐれカモメ《ロンリー・ガル》》という名の酒場や、シーフードを食べさせる《ロブスター・ポット》という名の丸太小屋が並んでいた。

いずれの店も、シャッターを閉めているか、営業時間の短縮を知らせる表示を出していた。なぜなら、旅行者が多いシーズンは、とっくに過ぎてしまったからだ。今はもう閑散期。うどんこ病が点々と広がるミニゴルフのコースでは、ちっぽけな風車がきしみながら、ゆっくりと回転している。レンタルのキックボードや自転車も錆だらけで、捨てられた玩具《がんぐ》のように外に放置されていた。

《はぐれカモメ《ロンリー・ガル》》では、フランネルの上着を着た年老いた男が、カウンターで背を丸めながらビールをちびちび飲んでいて、その横では、店のジュークボックスが何度も同じ歌を流していて、一方、そばの浜辺には、灰色がかった黒い砂地を崩す、ひと組の足跡が残っていた。

エリーとライラはそうした光景を見ながら通りを進みつつ、目についた建物を次々にのぞいていった。ふたりとも温かいココアが死ぬほど飲みたかったのだが、見つけることができたのは、雑貨屋で売られている、袋入りのインスタント・ココアだけだった。ふたりはそれを手に取って、ほかに、黒い斑点が浮いたバナナの房と、パンの袋と、色あせた箱に入ったグラノーラ・バーも買うことにした。

レジに立っていたのは、頭にわずかな髪しかない男で、デニムのシャツを着て、黄色がかった分厚いレンズの眼鏡をかけていた。うしろの釘には、ハエ叩きがひっかかっている。彼は挨拶の言葉もよこさずに、ふたりが持ってきた品物をひとつずつ見ては、レジを打ちはじめた。そして、その手が、グラノーラの箱の上で躊躇《ちゅうちょ》するように止まった時、エリーが口火を切った。「おかしな質問をするようだけど、誰かが行方不明になった事件を知らない？　この、カモメ島で」

「なんだって？」男が葦笛《あしぶえ》のような、甲高い声で言った。

「この島で、行方不明になった人って、いないかしら？」

「そいつは、確かにおかしな質問だな」

「実はね――記憶って、結構いいかげんなもんでしょ？　だけど――なんとなく思い出したの、あれは、わたしが子供の頃に見たニュースじゃなかったかな。行方不明になった女の子がいたじゃない？　それとも、溺れ死んだんだったかしら？　もしかしたら、わたしの記憶違いかもしれないけど」

「行方不明になった女の子？」

「そう。二十五年くらい前、かな？」

「二十五年……」男の下唇がぴくぴく動く。「そういった話は、記憶にないね」

「そう、ちょっと気になったもんだから。この島で、警察の仕事をしているのは誰？」

「ここには、警官なんてひとりもいないよ」

「じゃあ、問題が起きた場合は、誰のところに行くの？」

「サッチャーがいるからね」男はそう言うと、レジ打ちを終えて合計金額を出した。

「サッチャーって?」彼女は訊き返しながら、お札と小銭を数えて出した。

「ロブスター漁船に乗ってるよ。でも、この島の保安官といえば、彼だ」

「それって、年のいった、大柄な男の人？　白い顎ひげの？」

「まさしく、そいつだ」

エリーは礼を言い、男が袋に詰めてくれた食料を受け取った。そこから母子は宿屋へ向かった。車など一台も通らないので、道の真ん中を歩いていく。黒いアスファルトの上には、カモメの落とし物による白い汚れが点々とついている。羽が渦を巻いて舞い、風の形を見せている。曇った窓ガラスの奥から外をのぞく顔が浮かんで、エリーは、波間からこちらを見ていた顔のことを思い出した。

「ママね、前にもここに来たことがあるの」エリーが言った。「ちょうど、あなたと同じくらいの年の頃。長いお休みの時にね」

「楽しかった？」娘の問いかけに、エリーはすぐには答えられず、しばらく間をおいてから、うつろな声で「いいえ」と答えた。

「じゃあ、なんでまたここに来たの？」

「記事になるようなお話があるかもしれないと思って」

「楽しいお話？　あたしは、そういうのが一番好き」

「いいえ」

「怖いお話？」

エリーが答えずにいると、彼女の娘が言った。「あたし、怖いお話は好きじゃないな」

十二月だというのに、この時期ならではのリースだとか、トナカイの鈴だとか、枝付きの燭台《しょくだい》といったものは、どこにも見当たらなかった。そのかわり、奇妙な飾り物がポーチに吊るされて風に揺れていたり、丘の斜面や浜辺に空《くう》を衝《つ》くように立っていた。それらは、カモメだった。木彫りのカモメたちだった。ブローチほどの小さいものから、人の背丈ほどの大きなものまで。デザインはどれも似ていて、横にはみ出す巨大な目に、くちばしをクワッとあけて、両翼を広げた姿をしていた。

同様の飾りは、宿屋の中にも――フロント近くの壁に、十字架像のようにかけられていた。

「予約はしてないんですけど」エリーが言った。「この子とふたり、泊まれる部屋はありますか？」

フロントの奥に立つ老婆が咳《せき》のような笑い声を漏らした。その息は、無数の煙草《たばこ》が生み出したお化けのような臭いがした。「おもしろいことを」彼女は背後の棚を手で示した。箱の形に仕切られた中には、いずれも真鍮《しんちゅう》の鍵がかかっている。「ここにあるのは部屋ばかりでね」

老婆の目は白濁していた。ニットのカーディガンの下には、錨《いかり》の模様のワンピースを着ている。彼女は、節々がすっかり錆《さ》びついているかのように、のろのろした動きで宿帳を重そうに持ち上げ、カウンターにドンと置いて、エリーに記入を求めた。

「ここには、どれくらいの人が住んでいるんです？」

「そうだね、この島には、ここに自分の家を持ってる人間がいて、それから、ここで暮らしてる人間がいる。大きな家があるのを見たかい？　ああいうのは、ここに休暇で来る人間か、旅行者に貸し出す腹でいる人間の持ち物。じゃあ、漁師小屋や、店の裏手にあるアパートメントは？　そっちが、あたしらみたいな、その他大勢の領分さ」

「この島に一年中住んでいる人のことを訊いたつもりだったんですけど」

「数十人、てところかね。ハウスキーパー。バーテン。調理師。漁師」老婆は笑みを浮かべた。口元にのぞく黄色い歯並びに、ぽっかりあいた隙間が見えた。「召使いたち」

「今は、とても静かだわ」

「閑散期だからね」老婆が言った。「この島じゃ、冬はなにもかもが閑散とする」

階段を下りてくる足音がして、掃除用具の入ったバケツを持った女性が現われた。彼女には眉毛がなかった。頭にペイズリー柄のスカーフを巻いていて、薄っぺらい古紙を思わせる、黄ばんだ肌をしている。年の頃は、三十代かもしれないが、五十代のようにも見えて、はっきりとはわからない。彼女は「こんにちは」のひと言もないままエリーたちをじっと見つめ、それから、別の一室に入っていった。開閉した扉の向こうに厨房《ちゅうぼう》がちらりと見えた。

「閑散期だから」老婆がくり返した。

エリーがクレジットカードの利用を伝えると、老婆はカードをスライド式の手動転写機《インプリンター》にかけ、印字されたカーボン紙にサインを求めた。「こんな機械、久しぶりに見たわ」と言うエリーに、「古い方法が一番だってことも、時にはあるもんでね」と、老婆が答えた。

ライラは壁にかかっているカモメ像の下に立っていた。それは、ライラと同じくらいの大きさがあって、大きなネジ釘で留めつけてあり、釘の刺さった壁の木材にはひびが入っていた。彼女は精緻に象《かたど》られた胴体から鋭く彫られた鉤爪《かぎづめ》へと指先でなぞった。「触っちゃだめよ、いい子だから」エリーに注意されて、少女は熱いものに触れたように、パッと手を引っこめた。

「気にしなくていいよ」老婆が言った。「それ、かわいいだろう？」

「かわいい感じもするけど、怖い感じもする」と、ライラ。

「あの彫刻って、どういったものなんです？」と、エリーが訊いた。「どこのお店の前にも、ずいぶんたくさん飾ってありましたけど」

「あぁ、この島に残る、古い異教の伝統文化でね。冬至にまつわるものさ」

「冬至。二十一日ですね」

「あと二日」老婆はウインクした。「大西洋を渡ってきたのはピューリタンだけだったわけじゃないから」

「ママはライターなの」そう言ったあと、ライラが「痛っ！」と声をあげ、それでエリーは、自分の手が娘の肩を、指が食い込むほどの強さで握っていたことに初めて気づいた。

「ライター?」と、老婆。

エリーの口から矢継ぎ早に言葉がこぼれた。「わたし、きちんとしたお休みをとったことがなかったんですよ。つまり、ずっと締め切りに追われっぱなしで。だから、どこかへ息抜きに出かけるのもいいかと思ったんです。仕事の上でもプラスになるから。といっても、一番の目的は息抜きですけど」彼女は娘の髪をきれいに整えようとし、うまくできずに諦めた。「ふたりで素敵な時間を楽しむつもりなんです――ね、ライラ?」

「ママがあたしを追い払うまではね」

普段のエリーは、自分が沈黙することで、相手の発言を促すという手法をよく使う。人は居心地の悪さを感じると、妙に慌てて余計なことまで話してしまうものだからだ。しかし今は、彼女自身がそのテクニックの罠に落ちていた。この島は、沈黙しながらこちらを注意深く見ているひとつの大きな存在のようで、だからエリーは、その圧力に負けないように用心しなければならなかった。「この子――娘のほうは、明日のフェリーで戻ることになってますけど、わたしはこちらに残る予定なので」

そこで老婆が発した音は、喉の奥で痰《たん》を切ろうとした咳払いのようにも、エリーの言葉に非を鳴らした声のようにも聞こえた。

「このあと、ふたりでちょっと散歩に出てみようかしら」

「なら、水には背を向けないように」と、老婆が言った。「いずれあんたたちも、一年のこの時期には気をつけようと思うでしょうよ。海は……執念深いからね」

鍵をもらって、部屋に荷物を置いてしまうと、ふたりはまた外に出た。さっき、部屋へ行く前に、エリーは図書館のことを尋ねてみて――閉館中なのは見て知っていたからだ――すると老婆が、興味があるなら裏口にまわれば鍵があいていると教えてくれた。「信頼あってのやり方さ。言うまでもないけどね」という老婆の言葉に、エリーは「もちろん、よくわかるわ」と答えた。

図書館は四角い小さな建物で、資料の種類ごとに棚がきちんと分かれていた。照明器具からはジージーと虫の鳴くような音が聞こえていて、一か所だけ、明かりが明滅しているところもあり、屋内の空気には、地下室に似た独特のカビ臭さがあった。館内の隅の一角には児童書のコーナーがあって、ここにそういう場所があるというのは、なぜか、とても信じがたい感じがした。エリーはビーズクッションの椅子にライラを座らせ、アーノルド・ローベルの《ふたりはともだち》シリーズを何冊か与えると、自分自身の調べものにかかった。

目当てのものは、館内の奥に近いあたりにあった。それは、郷土史の資料が並ぶコーナーで、軽く埃をかぶっていた。何冊かの書籍は――聞いたこともない名前の出版社から出ている――難破船や、小型の漁船や、樹木、貴石類、鳥やロブスターの写真やイラストを中心に据えたもので、いずれも、メイン州沿岸や、その周辺に散らばる島について説明する、わりと一般的なものだった。しかし、それより古びたいくつかの書物は――表にひびが目立つクロス装丁のものもあれば、表紙の裏張りに革が使われたもの、中には、より上質な羊皮紙を使ったベラム装丁の一冊もあり――カモメ島の詳細を教えてくれる内容だった。

エリーは胡坐《あぐら》をかいて床に座ると、棚から抜き取った資料をそばに置いて、これはという点を、手早くノートにメモしていった。ある一冊は料理の本で、ブルーベリーのラティス・パイから、魚のシチュー、子羊のオーブン焼きまで、あらゆるレシピが載っていた。別の一冊は単なる台帳で、年ごとの島の住民数、税金、商取引の記録などが一七〇〇年代のものから記されており、長年リストに記載されている苗字《みようじ》は、いずれも、現在まで続く同一の家系と見てよさそうだった。彼女は自分が生きてきた三十数年を遡って、自分と同年齢か、それに近い誕生日の人物を探した。ひとり、いた。ハディ・ラグナー。彼女はその名をメモすると、次に携帯電話を出して、グーグルの画面を開こうとした。しかし、煉瓦造りの建物の中では、電波がうまく拾えなかった。

資料の山には日付や説明文の載っていない写真集もあった。彼女はざっと目を通してから、あらためてページをめくり直した。港にいくつも浮かぶ小型船。渋い顔で立っている男の横に、その身長と変わらぬ高さまで積み上げられたロブスターの山。宿屋の建物。小高い場所にある一本の枯れ木を囲むように手をつないで立っている、カモメの仮面をつけた子供たち。森の中にある石の遺跡。たくさんのハエにたかられているカモメの死骸。そして、〝魔女の大釜〟。それは、彼女の記憶から破り取られたページのように、そこにあった。円を描く岸壁に大量の波が打ち寄せて激しく砕けるさまは、煮えたぎる大鍋以外の何物でもない。この場所に行ってみなければ。そう、明日にも。

彼女の娘が、通路のはずれに姿を見せた。黙って、用心深くこちらを見ている。普段は休む暇もなく質問ばかりしてくるのに、この島に着いてからは、ほとんど口を閉じたままだ。その顔には活気がなく、視線もどこかうつろだった。「どうしたの、大丈夫?」

ライラは自分の巻き毛を口に入れて、嚙んだ。「大丈夫」

「本は? 読みたくないの?」

「飽きちゃった」

「おいで」エリーはノートの紙を何枚か破り、予備のペンのキャップをはずした。「それなら、絵でも描いてなさい」

冷たい隙間風が彼女の足首をすっと撫《な》ぜ、霜が立つようなチリチリした感触とともに両脚を這いのぼって、全身を通っていった。彼女はブルッと身震いし、それから資料を読む作業に戻った。次の本——黒い本——は、手にしたものの、どんなことが書いてあるのか、彼女には読めなかった。雑に書かれたインクの文字は、古期の英語のようにも思えるが、確かなことはわからない。その本の中程に、見開き二ページにわたって、ひとつの絵が載っていた。それを見たエリーは、これは海の水の流れを——あるいは、たぶん風の流れを——描いたものだろうとすぐに思った。なぜなら、蔓《つる》のような黒い線が、ページいっぱいに波打ち、渦巻いていたからだ。

しかし、その模様の中に目や歯があることに程なく気づくと、この線は髪の毛かもしれない、と思い直した。

彼女の娘はかなりの勢いでペンを前後に動かしており、ごしごし擦《こす》られている紙は大量のインクを吸って破れかかっていた。「なにをしてるの？」そう言って、エリーはぐちゃぐちゃに書かれた紙をさっと取り上げ、そこに〝鬼女に食わせる〟という文字を見つけた。

「ライラ？　どうして、これを書いたの？」

少女の肩が上がって、下がった。

「ママが書いたのを、見てたの？」エリーは娘の返事を一秒と待たず、さらに高い声で叫んだ。「答えなさい！」

宿の部屋では、窓の周囲から入ってくる隙間風がカーテンを震わせていた。ベッドの頭側の壁には――流木でできた額があり――嵐の海でひとりの漁師が、魚のいっぱいかかった網を引き揚げている絵が飾ってあった。「ここ、寒いね」ふたりで部屋に戻ってドアを閉めるなり、ライラが言った。

エリーはバックパックを――図書館から借りてきた数冊の本で重かったので――落とすように置くと、壁の操作盤で暖房の温度を上げた。幅木にそって設置されている横長のヒーターが、カチカチと音を立てながらオレンジ色に光りはじめた。

「テレビ、ないの？」とライラが言って、置台を兼ねた低いタンスの抽斗をひとつずつ開けていった。「だったら、なにをすればいいの？」

「ほら」エリーは自分の携帯電話を差し出した。「これで、ユーチューブでも見てなさい。

窓のそばに立たないと、画像がロードできないかもしれないけど」

少女はひったくるようにそれを取ると、ベッドに上がって、キルトの上掛け布団をひっかぶった。「ママはどうするの？」

「ママは考え事があるの」そう答えながら、エリーはバスルームに入り、熱い湯が蒸気をあげて勢いよく出るまで蛇口をあけた。

タンスの上のコーヒーメーカーの横にはマグカップがふたつあり、彼女はそれを給湯口の下に順にかざすと、買ってきたインスタントのココアを入れてかき混ぜた。「はい、これはあなたの分」彼女はカップのひとつをライラに渡した。「そして、こっちはわたしの分。こぼさないでよ、わかった？」

彼女の娘は「わかった」と答え、明るく光る携帯電話の画面に顔を戻した。

バスルームに入ると、エリーは服を脱ぎ捨てて、湯船にゆっくり身体を沈めた。お湯の表面に薄い湯気がたゆたっている。冷えた肌がお風呂の熱さにひりひりする。彼女は湯船の縁に頭をあずけて目を閉じた――そして、思い返した。

カモメたちは、眼下の海の動きを真似してか、同じように渦を巻きながら激しく飛び交っていた。たくさんの鳴き声がひとつに合わさり、まるで悲鳴のように響いていた。
黄色いワンピースの少女――エリー――は目隠しに使っていたバンダナを投げ捨てた。それは風に拾われて〝魔女の大釜〟へと運ばれていき、冠の形に泡立っている水の中に消えていった。

彼女は迷いのない足取りでリング状の岩場にのぼり——歩ける幅はわずか六フィートほどしかなく、左右のどちらに寄りすぎても落下の危険がある場所を進んで——自分をここまでおびき寄せた女の子へと近づいた。しかし、どちらが〝狩るもの〟で、どちらが〝狩られるもの〟なのか、その立場が、ここに至って急に入れ替わったようだった。

ふたりはどちらも泣いていて、どちらの髪も風に激しく波打っていた。「どういうつもり？」エリーが叫んだ。「もう少しで、死ぬところだったじゃない。なんで、こんなことをしたの？」

名前も知らない女の子は、殴られると思ったのか、身体を守るように丸めた。霧が、濡れた綿のように宙に張りついている。下で、波が轟いている。ふたりのまわりで、風が吹きすさんでいる。エリーの耳に、女の子の言葉が切れ切れに届いた。「彼女のためにやったの」

「なに？」

誰かに聞かれるのを恐れるように、女の子は声をひそめた。「彼女が、お腹をすかせてるから。この島がお腹をすかせてるから」

「誰のこと？　それ、なんの話？」

「鬼女」女の子が言った。「あたしたち、鬼女に食わせなきゃいけないの。でないと、あたしたちが食われちゃうから」

「あなたは、わたしがお金持ちで、自分が貧乏だってことが、気に入らないだけよ」と、エリーが言った。「わたしはこの島から出て行けるけど、あなたはどこにも行くことができない。それが、気に入らないんでしょ」

次の瞬間、女の子がエリーをひっぱたいた――そしてエリーも、振り向きざまに女の子をひっぱたき返した。

すると、女の子はバランスを崩して、落下した。

お風呂の湯が冷めてきた。エリーは片足を上げ、爪先を使って蛇口の栓を動かした。新たなお湯がほとばしり出る。ところが、それもつかの間、物悲しげな音とともに飛沫《しぶき》が散ったかと思うと、お湯の出が急に悪くなって、やがて雫《しずく》が垂れるほどになり、とうとう完全に止まってしまった。

エリーは身体を起こした。つかっていた湯が胸元から一気に流れ落ちる。彼女は両手を使って栓を動かした。キーキーときしむ栓を、何度も前後に動かしてみる。蛇口が目に見えて震えだす――と、突然、黄色い水がぱっと吐き出され、その色はすぐに茶色くなり、しまいには黒い水が滴りはじめた。

「古い配管め」と、彼女がつぶやいた、その直後、それまでとは違うものが蛇口から現われて、ゆっくりと押し出されるように、湯船に排出された。それは、みっしりと絡みあった髪の塊《かたまり》だった。しかもそこには、爪とおぼしきものがフジツボのように付着していた。

自分が悲鳴をあげていることに気がついたのは、バスルームに駆けつけたライラの姿を見た時だった。その手には、携帯電話が握られていて、アニメの音声がにぎやかに流れていた。彼女の娘は、ゆらゆらとお湯に広がる黒い髪の塊と、それを避けようとして滑りやすい湯船の中で必死に後退《あとずさ》っている母親の姿を見るなり、持っていた電話を落とした。液晶の画面がタイルの床に当たって砕けた。

部屋には固定電話がなかったので、エリーは階段の上からさっきの老女将《おかみ》に呼びかけてみたが、返答がなかった。身体にタオルを巻いたまま、手すりから身を乗り出して下をのぞいてみると、フロントには誰もいないことが、ぽつんと灯《とも》っているランプの黄金色の光でわかった。

夜は早々に訪れて、窓の外には真夜中かと思うほどの濃い闇が広がっている。

エリーは衣類を身に着け、ヌメヌメとした――海藻のような手触りの――髪の塊を、寝室の窓から投げ捨てた。それから手に石鹸《せっけん》をつけて、ごしごしと三回洗った。身体のどこもかしこも、不潔に汚れている気がした。

「ママ、怒ってる」ライラが言った。「あたしが車に忍びこんだから怒ってるし、今は、電話を壊しちゃったことも怒ってる」

「ちょっと、気が立っ《うず》ているだけ。それだけよ」

枕の下に頭を埋めた娘の背中を、エリーはさすりながら言った。「ねえ。夕食でも食べに行かない？　なにか食べれば、ママもライラも、少しは気が晴れると思うし」

「うん」

エリーは服を着替え、ライラを連れて一階に降りると、宿の外に出た。といっても、入り口の扉は大きく開けたままにしておいた。なぜなら、ちょっと戸口を出ただけで、通りに並ぶどの店の照明も、すべて消えているのが見えたからだ。それでふたりは部屋に引き返し、ベッドの上に胡坐をかいて、柔らかくなりすぎたバナナと、古くて味の落ちたグラノーラ・バーを夕食代わりに食べた。携帯電話は電源が入りそうになく――しかも、ライラは自分の荷物をなにひとつ持ってきていなかったので――エリーは持参していた雑誌の『アトランティック』を娘に読んで聞かせ、そうこうするうちに、ふたりそろって服を着たまま寝入ってしまった。

目が覚めた時、いったい今が何時なのか、なぜ耳の中がこんなに脈打っているのか、わからなかった。エリーは上体を起こし、顔を窓の方へ傾けた。見ていた夢は蜘蛛《くも》の巣のように、まだ意識に張りついていたが、さっき、どこかでドアが閉まって、その音が宿の空気を震わせながら響いてきたのを、確かに聞いた気がした。

寝ている娘を起こさないように注意しながらベッドを下りて、冷たい床板が足の下でギシギシ鳴るのを聞きながら、そっと窓辺に近づく。窓はしっかり閉まっていても、波音ははっきり聞こえていた。重く轟いては静かに引いて、重く轟いては静かに引いていく、そのリズムは、まるでこの島が呼吸しているかのようだ。

最初はなにも見えなかった。眼下には、宿の側庭の草もまばらな地面があるだけだった。

が、さして待たずに、その庭を横切っていく、ひとつの影が現われた。きっと、あの老女将だと、エリーは確信に近い印象を得た。しかし、外の闇はどこまでも深い――あらゆる色を、知覚を覆いつぶしてしまうような黒一色だ。

何者であれ、その人物は道路のほうへ進んでいた。この中心街から、別荘が建ち並ぶ海岸線に沿って延びている道路のほうへ。しかし、アスファルト舗装された路面に踏み出す寸前、誰かの視線を感じ取ったように、彼女が振り返った。エリーははっと息をのみ、慌てて窓から身を引いた。ふたたび外をのぞいた時には、もう姿は消えていたが、さっきの女は間違いなく仮面をつけていた。大きな空っぽの目の下に、折れ曲がったくちばしのついた仮面を。

エリーはもう一度寝ようとしたものの、それは無理だった。今のあれこそ、自分がここに来た目的につながるものだ、そうでしょ?

彼女は素早く靴を履き、ジャケットを着てファスナーを上げ、それから、娘を見て躊躇した。ここはいったん起こしてやって、ちょっと外出してくることを話しておくべきだろうか。自宅では、彼女とロンが隣の部屋で映画を見ていて、銃撃音や爆発音がどれだけ派手に鳴り響こうとも、それで、ライラが目を覚ましたことは一度もない。エリーは、娘がここでもいつも通りに熟睡していてくれる可能性に賭けることにした。

ドアを出て鍵をかけると、彼女は階段のきしむ音にいちいち身をすくめつつ、用心しながら下まで降りた。外に出た時は、携帯電話のライトが使えないのを悔やんだものの、じきに雲の切れ間から月が顔をのぞかせて、銀の明かりを与えてくれた。波の音も静かになった。

先へ、先へと歩くうちに、点在する家屋が増えてきた。だいたいはコテージか、それより小さいキャビンだが、ネオ・ゴシックの屋敷もわずかながら、玄武岩の高台や、森の奥まったあたりに建っている。四分の一マイルほど進んだ時、前方に明かりが見えた。長方形の複数の窓が、闇の向こうで黄色く輝いていた。

彼女は、老女将が言っていたことを思い出した――大きな家は、この島に住んでいない人間の持ち物――前方の屋敷が、まさにそれだ。三角のひさしがついた窓と小塔が並んでいて、たくさんの煙突が天を衝いている、ヴィクトリア期のネオ・ゴシック建築。その中で、人影が動いていた。数十人はいるだろうか。きっと、休日のパーティだ。

しかし、歩いてきた道路をはずれ、砕いた貝で舗装されている屋敷の私道をこっそり進むうちに、彼女は気がついた。屋内に何人か、仮面をつけた人がいる。カモメの仮面だ。彼らは、エリーに聞こえない音楽にあわせて踊っているらしく、リズムを刻むように、縦や横に身体を動かしていた。

ある人は――見た瞬間、エリーは男性だと思ったが、そうではなかった、あれは女性で――シャツを着ていなかった。彼女の胸には、左右の乳房を切除したことによる大きな傷跡が広がっていた。膨らみの消えた肌は黄色に、その周囲は怒れるピンクに染まっている。この館の主――彼女がそうに違いない――は、それでも顔は隠していた。ほかの人たちと同じように、仮面をつけていた。

エリーがさらに屋敷に近づこうとした時、道路のほうでヘッドライトの光が大きくなり、一台のトラックが私道に入ってきた。彼女は慌てて茂みに隠れ、なんとか見つからずに逃げた。

宿に戻ったエリーは鍵で部屋のドアを開けたものの、それは無意識の行動で、先にノブを握って動かしてみることはしなかった。とすれば、ひょっとしてドアの鍵は、もう開いていたのだろうか？　そう思ったのは、ベッドが空っぽになっていたからだ。室内は空っぽ。バスルームも空っぽ。クローゼットの中も空っぽ。

ライラの姿がなかった。娘がいなくなっていた。

エリーは娘の名を呼びながら廊下やホールをさまよい歩き、階段も二度、駆け下りて、駆け上がった。まごつくばかりの闇の中、カーペットの端に靴をひっかけ、テーブルで派手にお尻をぶつけた。ひどく速い呼吸をしているのに、空気が満足に吸えていない気がした。

「ライラ？」部屋に戻った彼女は、最後にもう一度だけ、娘を呼んだ。すると、物音がした。バスルームだ。ゆっくりとそちらに向かい、湯船に近づいてみる。彼女の娘は湯船の底に心地よさそうに横たわって、排水口になにかをつぶやいていた。

エリーは娘をすくうように抱き上げ、「よかった、神様、感謝します、感謝します」と言いながら、力いっぱい抱きしめた。少女が寝ぼけた鈍い声で――「やめて」と――文句を言った。

「ここでなにをしてるの？　ママ、ずっと呼んでいたのに、聞こえなかった？」

しかし、少女は完全に覚醒したわけではなく、まだ夢の世界にいるようで、エリーは娘をベッドに運び、布団の中に入れてやった。それから、新たに二錠の薬を噛んで飲み、自分も布団にもぐりこんだ。そして、温《ぬく》もりを求めるだけでなく、また娘を失わないために、全身で小さな身体を包みこんだ。

その夜、エリーは夢の中でたくさんのカモメに襲われ、くちばしが骨に当たるほど激しく肌をついばまれた。それから、長い髪をした鬼女が胸の上にのしかかってきて、息が止まるほど肺を押しつぶしながら、エリーにぐっと顔を近づけ、キスをむさぼってきた。


翌日の午前中、フェリーの到着を待つあいだ、母と娘は埠頭を歩きまわりながら、手にしたパンを小さくちぎってカモメに投げてやり、鳥たちは騒々しく叫ぶ大群となって、ふたりのあとをついてまわった。

「みんな、あたしのことが好きみたい」ライラはそう言いながら、片手いっぱいに握ったパン屑《くず》を水面に思い切り投げ、そこにカモメたちが殺到し、喧嘩《けんか》するさまに笑い声をあげた。

「それは、あんたが餌をやってるからさ」そう声をかけてきたのは、赤と黒の大きな格子柄《バッファロー・プレイド》のフランネルの上着を着た、背中の曲がった男だった。「あいつらには餌をやらなきゃいかん。さもないと、攻撃してくるからな」男は桟橋の端まで歩いていくと、結んであったロープをほどいた。そして、両手を交互に動かし、昨日のうちに仕掛けておいた壺《つぼ》入りの網を引き上げにかかった。男は灰色の麦藁《むぎわら》のような髪をしており、歯でしっかりとパイプをくわえ、ぷっと吐き出す煙はカキフライみたいなにおいがした。

暗い海中から引き上げられた壺は、溢《あふ》れる水とともに姿を現わし、水滴を落としながら宙に浮いた——男がさらにロープをたぐって、あと六フィート、三フィートと上昇してきた壺は、やがてゴトッ、と陸に揚がった。ライラはそばにしゃがんで、どんなものがかかっているのかと中をのぞき、「うわぁ」と声を漏らした。

エリーは最初、きっと蟹かロブスターが入っていたのだろうと思った。しかし、中から出てきたのは、そんなものではなかった。黒や白の、硬い殻に覆われた、どこか昆虫めいたもの。あるものは蟹に蜘蛛を掛け合わせたような姿をし、あるものはロブスターにムカデを掛け合わせたような姿をし、いずれもトゲトゲと恐ろしく、下顎も長く伸びていて、全体を覆う針のような体毛がぴくぴくと動いている。

「おじさんたち、これを食べるの？」

「いいや」男はそう言って、ライラに見せるように獲物のひとつを持ち上げると、濡れた紙を裂くのと変わらぬ調子で、いとも簡単に腹のあたりの殻をはがした。黒と緑の内臓が彼の手の上でとぐろを巻く。「だめだ、こいつは食べられない」彼は気色の悪い塊を海に投げ捨てた。「閑散期のうちは、食えるものなど、たいして取れんよ。だが、いずれ季節は変わる。そうなりゃ、また島が与えてくれるようになる」

「どこに行けば、ハディ・ラグナーに会えるか、知ってます？」エリーがたずねた。

「ハディかい？　それなら、あんたはもう会ってるはずだがな。あの宿屋で」

「わたしたちがあの宿に泊まってるって、よくご存じね」

「考えりゃ、わかるさ」

「じゃあ、あのハウスキーパーがハディなの？」

「あぁ、だな」男は壺の中をきれいにすると、ポケットからビニール袋を取り出した。袋の中には魚のぶつ切りが入っており、彼はそれを餌として壺の中に仕掛けると、また桟橋から蹴り落とした。


そこに、一艘《いっそう》の小型漁船が通りかかり、エリーと船長の目が合った。それは、昨日の男だった。雑貨屋の店員がサッチャーと呼んでいた人物だ。船が横切っていくあいだ、男はじっと視線をそらさず、エリーが先に目を伏せた。

風が強くなってきた。波頭の白い泡が次々に吹き散らされ、自身の髪もしきりに暴れて、うるさく顔を叩いてくる中、エリーはフェリーの船長に直談判《じかだんぱん》した。乗船料とは別に二十ドルを彼に渡して、お手数だが、娘が船室から出歩かないように気をつけていてもらえないか、と頼んだのだ。ライラも、そうは面倒を起こさないだろうし、船旅は三十分ほどのもの。それに、本土の港では、迎えに来た父親が待っているはずだ。

彼女はライラのおでこにキスをして、たぶんママも明日には帰れるから、そうしたら一緒にクリスマスツリーの飾りつけを最後までやることにしよう、と話した。ね、楽しそうじゃない？　少女はうなずいたものの、そのあと床に視線を落として、自分もここに残ってはだめかと訊いてきた。お願い。お願いだから、あたしもここに残っちゃ、だめ？

「そうできたら、いいんだけど」そう答えつつも、エリーの言葉はぎこちなかった。「ママも、そうできたらって、思うんだけどね。でも、覚えてるでしょ？　ママは、お仕事をしなきゃいけないの。お仕事をするから、ツリーの下に素敵なプレゼントを用意できるのよ」

「だって、あたしはここに残らなきゃだめなのに」ライラが小さくつぶやく。

「残らなきゃだめ、って、それは、ここに残りたいっていう意味？」

しかし、ライラはなにも答えず、それでエリーは娘のおでこにもう一度キスをすると、別れの言葉を告げて、フェリーをあとにした。

宿のフロントには誰の姿もなかったが、エリーは煙草のにおいを頼りに、デスクの奥にあるドアに近づいて、そっとノックしてみた。

「はい？」声が返ってきた。

エリーはドアを押し開けた。そして、戸口を半分またいだところで、頭にスカーフを巻いた女を目にし、足を止めた。昨日のハウスキーパーだ。彼女は厨房の丸いテーブルに座っていた。煙草を吸っていて、赤く燃えたあとの先端の灰をコーヒー用のマグカップに落としている。

「あなたが、ハディ・ラグナーね」

「ええ」

「わたし、エリー・テンプルトンです」

「新しいタオルやトイレットペーパーをもらうのに、そんな、かしこまった自己紹介はいらないわよ」

エリーはきちんと室内に入った。「わたしたち、知り合いじゃないかと思うんだけど」

スカーフの女は、説明を待つように首をかしげた。

「子供の頃、この島に来たことがあるの」

「なるほど」

エリーは考えるよりも先に、あの昔の出来事を数分間で一気に話した。そうして、最後にひと呼吸おいて、たずねた。「あれは、あなたよね？　あなたが、あの女の子なんでしょう？　あの時、〝魔女の大釜〟にいた」

「そうね」彼女は煙草を深く吸って、雲のような煙を吐いた。煙はすぐに薄く広がり、彼女の周囲に漂った。「あたしよ」

「ごめんなさい……今のこの嬉《うれ》しさは、とてもうまく言えないわ……あなたは知らないだろうけど、わたしはずいぶん気に病んで……」エリーは急に、言葉に詰まったようになった。

「気に病んで？　うーん」ハディは煙を使ってなんらかの説明を描き出そうとするかのように、煙草を持った手を宙に泳がせた。「あたしの記憶じゃ、あの出来事は、あんたの話と少しばかり違ってるけど」

エリーはさらに一歩、前に出た。「コーヒーをおごらせてもらえない？」

「冬のあいだは、食堂も閉まってるから」ハディはカーディガンの内側に手を入れると、酒の携帯ボトルを取り出してテーブルに置き、それから椅子を指さして、エリーに座るよう促した。「こいつで我慢してもらわないとね」


エリーは逃げた。霧の中を駆け戻り、森の中を逆走し、遺跡の前も通り抜け、ようやく休暇で滞在していた貸し別荘の庭にたどり着くと、そこでは彼女の両親が車のトランクにスーツケースを積みこんでいるところだった。

彼女は、あの女の子を置き去りにしてしまっていた。この島の女の子。ハディ。それが、あの子の名前だ。

エリーがあの子をひっぱたいて、それで、重心を失った女の子は足を滑らせ、踏ん張ることもできぬまま、崖から落ちてしまった。そして、エリーは今、ここにいて、父親の脚にしがみついていて、そんな娘に父親が訊いた。「ここでのお休みは、楽しかったかい？」

「うん。でも、もう、おうちに帰りたくなっちゃった」

「わたしもだ」父親はそう言うと、上着のポケットに手を入れて、彼女にある物を差し出した。「おまえにこれを買っておいたよ。旅の記念にね」それはカモメのトーテム、埠頭近くのお店で彼女が感嘆の声をあげた木彫りの像のひとつだった。「これがあれば、この島のことをいつでも思い出せるだろう」

エリーがそれを受け取ると、母親がたずねた。「一緒に遊んでいた女の子は、どこの子？」
「知らない」と、エリーは答えた。
すでに彼女は、心の中にあるクローゼットの奥深くに、この島の思い出を押しこめようとしていた。あの女の子のことを忘れるために。なにがあったのかを忘れるために。あのことが現実に起こった出来事のようには思えなくて、だから彼女は、あれを空想上の出来事に変えた。

この時——いや、その後もずっと——エリーは知らなかったが、あの女の子、つまりハディは、海に落ちてはいなかった。途中で持ちこたえていた。指先でつかんだ岩棚に必死でしがみついていた。真下では波が轟いて、飛沫が靴を濡らした。それでも、彼女はちゃんと生きていた。

宿の厨房で、ハディは食器棚から別のマグカップを取ってきた——そこに、携帯ボトルの中身を注いだ。「記憶なんて、あてにならない。あたしは今日までの人生で、それをすごく学んだわ」彼女の説明によると、あの朝、ふたりは森の中の遺跡のところで鬼ごっこを中断し——ふたりで遺跡を探検するために、エリーはこの時点で目隠しをはずして——そのあと〝魔女の大釜〟まで歩いて行ったのだという。そこで、ハディは足を滑らせて釜の縁から落ちたのだが、それは風にあおられたせいだった。「あんたのせいじゃないよ、エリー。あたしはそう覚えてる」

「でも、わたしはあなたを助ける努力をすべきだった」

「子供だったんだから、責められないでしょ」そう言って、ハディは携帯ボトルで乾杯のポーズをとった。「それに、あたしはこうして生きてるし」

エリーはマグカップを両手で包んで、口に運んだ。酒はピリッとした味わいで、胃の中のろうそくに灯がともった。「あなたにそう言ってもらえて、言葉にできないくらい、嬉しいわ」

相手の顔に、一瞬、笑みのようなものが浮かんだ。「生きてると言ったって、こんなもんだけどね。でも、冬がすぎれば必ず春が来る。実入りのない時期のあとには景気のいい時期が来る。だから、あたしはなんとかやっていけてるし、島のみんなもやっていけてる」エリーは彼女がつけているイヤリングに目を留めた。そこには、カモメの頭部を象った木彫りの飾りがついていて、見えない空気の流れに乗っているように、語る彼女の動きに合わせて、ぶらぶらと揺れていた。

「病める日々のあとには、健やかなる日々が来る？」エリーがそう続けると、ハディはうなずいて言った。「希望を持ちましょ」

あの日の出来事があってから、自分がずっと心に傷を抱えて生きてきたことを、エリーは思わず話したくなった。ハディのことがあったから、自分は新聞記者になった。隠された秘密や邪悪な衝動について調査することに囚われた人間になってしまった。この仕事についてからというもの、ほかの恐ろしい出来事の分析作業をしていれば、自分自身に顕微鏡を向けずにいられるようになり、その安堵感が自分には手放せないものになってしまったのだと、そういうことを打ち明けたくなった。

でも、エリーはなにも言わなかった。なぜなら、彼女はいつだって、語る人間である前に書く人間だったからだ。それで、代わりにこう言った。「ある死体があってね」

「死体って、なんの話？」

「正確には、複数の身体の部分。それが、打ち上がるのよ。メイン州の海岸に。片脚だけ、っていう時もあるし、腕だけ、っていう時もあるし」

「なるほど」

「数日前には、手が見つかったの。見たところ、サメが嚙みちぎって、吐き出したような感じでね。その手の中に、あるものが握られていて」エリーは上着のポケットに手を入れて、ずいぶん昔に父親からもらったカモメのトーテムを取り出した。それをテーブルに置いた時、ゴトッという音がして、実際よりもずいぶんと重いような印象を与えた。「カモメのトーテムだったわ。ちょうど、これにそっくりの。これは、昔、家族でここに来た時に、父が記念に買ってくれたものだけど」

「つまり、あんたがここにいる本当の理由は、それなわけね？」

「潮の流れを調べたの」

「で、あんたの見解は？　ガンにかかった哀れな年増女《としま》が、人々を海に投げ落としているとか？」彼女はしゃがれた笑い声を漏らした。

「さあ。わからない」

「たいしたことは知らないってわけ？　あんた、ノンフィクションのライターより、小説家にでもなったほうがいいんじゃない？　そうすれば、真実をいくらでも好きに捻《ね》じ曲げられるでしょ」

「昨日の夜、パーティがあったわね」

ハディの眉毛はほとんど残っておらず、まばらな羽のようだったが、それでも今、彼女はその眉を上げていた。「それが、なに？」

「あなた、昨夜のパーティに行ったでしょう？　あれは、なんの集まりだったの？」

「なんで、あんたがパーティのことを知ってるのよ？」

「あなたのお母さんに聞いたから」エリーは嘘をついた。

ハディは数秒かけてエリーを長々と見つめ、そのあと、煙草の吸いさしをマグカップの中に落とした。「うちの婆《ばあ》さんはボケてってね。この次は、社会保障番号でも、銀行の口座番号でも、きっとぺらぺらしゃべるわよ」

「なんだったの？　あのパーティは？」

「冬至の集まりに決まってるでしょ。一年でもっとも重要な祝祭の時なんだから」

エリーは雑草に覆われた私道に車を停めた。さっきは、草が伸び放題に伸びたこの地所の前を二回も通り過ぎてしまったのだが、今は、やっぱりここが、子供の頃に滞在したあの貸し別荘だと確信できた。ガラスが割れてなくなった窓は、カモメたちが空を切って自由に出入りし、ヒマラヤスギの屋根板は所々が抜け落ちて老人の歯並びのようになっている。その屋根を突き破って、一本の木が伸びていた。

彼女は、身体が奇妙に軽くて温かい――その理由は、ウイスキーを飲んだせいばかりではない――のを感じながら、車を降りた。唇の両端に、自然と笑みが浮かんでくる。彼女の足は地面をしっかり踏みしめる間もなく、前へと身体を弾ませていた。これまでの心の重荷はすっかり消えている。彼女は玄関の戸口から屋内をのぞき、ガラスの破片が残っている窓のほうからものぞいてみた。そして、ポーチに座ってみたものの、自分がここに来た本当の理由は、もうなにも残っていない気がした。曇り空から届く平板な光に、急《せ》くような感覚は洗い流されていた。これ以上、自分はどんな謎を解き明かそうとしているのだろう？　これまで抱えてきた罪の意識について？　でも、それはもう和らいだ。ならば、自分をこの地に導いた、あの浜辺の切断された手について？　いつも気になっている締め切りが、なんだか一秒ごとに、どうでもいいことに思えてきた。

それでもエリーは、再確認するために持ってきた本をバックパックから引っ張り出して、それをきっかけに、いつもの感覚が染みるように戻ってきた。海で腐敗した手が握っていた、あのトーテムを見た時、彼女は神経が切り刻まれるような、どうしようもない不安にかられた。本の表紙に記されたタイトルは『カモメ島の昔の物語』。彼女はページを繰って、開拓者たちを乗せた一艘の船がこの島の沿岸で座礁した、ある厳しい冬の出来事をたどった。海上ではスコールが相次いで、それからの暗くて寒い数か月、彼らはこの島で身動きがとれぬまま困窮を極めていった。用意してきた食料は底をつき、魚もいっこうに捕れる気配がなく、それで彼らは、自分たちのひとりを食べることにした。それは、使用人として連れてきた女だった。彼らの野営地の目の前には〝魔女の大釜〟があり、そして、まさにこの場所に、食われた女の骨は投げ捨てられたのだった。

以来、女は今もこの島に取り憑《つ》いたまま、〝大釜〟は彼女の一部に、大きくひらいた恐ろしい口に比するものになったという。そして、冬になると――吹く風が氷のように鋭くなり、影という影が長くなり、この島がこれ以上はない絶望に陥る時――彼女の霊はことのほか激しい怒りを示すようになる。島民がお返しをしない限り、海は魚もロブスターもホタテ貝も与えてはくれなくなるのだ。

この〝鬼女〟をなだめるには、食わせて満足させるしかない。彼女はこの島にわが身を捧《ささ》げた。であれば、今度は島が彼女に捧げ物をしなければならない。冬至の日は、その生贄《いけにえ》を供するための、いわば大皿なのだ。

エリーは音を立てて本を閉じた。気がつけば両脚が寒さでしびれていたが、これから森を歩いて行けば、ちょうどいいストレッチになるだろうと思った。高く伸びた木々の下では、あらゆる音が静かだった。はるか頭上に目をやれば、マツやツガの枝葉が風に揺れているのが見えたが、自分がいるこの場所には、しっかりと守られている安心感があった。あたりに差しこむ光は弱く、彼女の足音は針のような葉が厚く積もった地面に吸いこまれていった。

倒木をよじ登って越え、もつれたシダの枯葉を蹴散らすようにしながら、二百ヤードほど進んでいくと、遺跡のある場所に行きついた。大昔の建物は、どれも屋根がなくなっていた。石で築いた壁もまちまちに崩れていたが、土台が沈下してしまった住居のコレクションとしては、まだひとつの形を成していた。どこにも続いていない上りの階段があれば、暗闇へと降りている階段もある。そうした建物のあいだを歩いていて、彼女は、石で丸く囲われた窪《くぼ》みを見つけた。きっと井戸の跡に違いない、そう思って、闇のたまった底をのぞきこんだ彼女は、息をのんだ。ぎらりと光るふたつの黒い目が、こちらを見上げていたからだ。

じきに暗さに目が慣れた——すると、眼下にうずくまっている牡鹿《おじか》が見えた。この穴に落ちて、後ろ脚を折ったらしい。牡鹿が立ち上がろうとすると、関節が変な方向に折れ曲がった。悲痛な鳴き声がひとつ響いて、そのあと、爪やすりに金属を滑らせるような、耳ざわりな鼻を鳴らす声が続いた。周囲には——井戸の上にも底にも——トウモロコシの粒や干し草が散らばっていて、これは餌を使った仕掛け罠だとエリーが気づいたのと同時に、背後の森で、落ち葉がカサコソと鳴る音がした。

誰かが近づいてくる。

彼女は身をかがめると、先ほど目にした下りの階段へ慌ただしく移動して、その陰に身をひそめた。そこは、鼻が曲がりそうなほどにカビ臭く、そばの石には暗号のような文字が彫られていた。過去につけられた傷跡だ。象形文字に似た記号がどんなことを伝えているのか、エリーには正確に読み解くことなどできなかったが、どうやら冬至と生贄の物語を示したもののようだった。

少しして、頭上がさっと陰り、誰かが通り過ぎて行った。その姿が見えたのは、ほんの一瞬のことだったが、大きな身体つきから、サッチャーだということはわかった。

重たい足音が鹿のいるほうへ近づいていくのを聞き分けて、彼女は階段を這うように少しだけ上り、土台の縁から井戸のほうをのぞいた。男は巻いてあるロープをほどいて、端の部分を手早く結び、カウボーイが使う輪の形を作った。そして、その輪を井戸へ下ろしていって、急にグイッと引きはじめた。蹄《ひづめ》が石の内壁を蹴る小刻みな硬い音に続いて、牡鹿が穴から釣り上げられた——その直後、男のフィレナイフがひらめいて、鹿の動きを止めた。弱い鳴き声がひとつ聞こえて、そのあとは静かになった。

一分後、男は鹿を肩に担ぐと、雑木林を通って森林限界線の方角へ、つまり、森が途切れて、眼下に海が広がる玄武岩の崖に出る場所へと向かった。

エリーは低い体勢を保ったまま、こっそりとついていった。〝魔女の大釜〟の縁に立った男の背中は、上から下へと血の染みが広がっていた。彼は、さほど弾みをつけることなく、肩から牡鹿の死骸をするりと下ろして、荒れ狂う波間にそのまま落とした。

雲はどんどん厚くなり、水気の多い雪が降りはじめて、それをワイパーが弧を描きながら払いのけていく。エリーの車が角を曲がって、港へ続くぬかるんだ道に入った時、彼女の目に飛びこんできたのは——ビルほどの大きさの——停泊中のフェリーだった。

フェリーがこの島にいるなんて、おかしい。宿の前に車を停め、入り口の階段を駆け上って、フロントに昨日の老女将が座っているのを見つけるや、エリーはこの言葉をそのままぶつけた。「北東の風が強くなってね」と、女将が言った。「船を出すのはやめといたほうがいいって、船長が決めたのさ」

「娘をあのフェリーに乗せたの。そうすれば、本土に帰せると思ったから。夫があの子を待っていたのよ」

「そんなこと、あたしに言われても」

「娘はここに戻ってきたんじゃないかしら。きっと、わたしがどこにいるか訊いたはず。今は二階の部屋にいるわよね？」

「娘って？」

「わたしが連れていた娘よ。ここにいたでしょう。あなたがチェックインの手続きをした時に」

「チェックインした時に、娘さんなんか、いなかったけどね」

「いたわ」エリーは叫んだ。「わたしは――あなた、なにを言ってるの？　話がめちゃくちゃじゃない」

「話がめちゃくちゃなのは、あんただろう。あたしは昨日のことのように、よく覚えてるよ。だって、昨日のことだからね」

「あの子は、間違いなくここにいたわ」

「あんたは、間違いなくここにいた。でも、娘なんて連れてなかったよ。絶対にね、お嬢ちゃん」

エリーはわかっていた。ここは冷静にならなきゃいけない。理性的に考えなきゃいけない。思い出せ、さっきハディは、母親の頭がおかしくなっていると言ったはず。たぶん、この老婆は忘れてしまっただけなのだ。エリー自身も、子供の頃の自分の身に起きた出来事を——どうやら——勘違いしていたのだから、この老婆が昨日経験したことを忘れてしまった可能性だって、もしかしたら、あるのでは？

「あなたの娘さんは？ハディはどこ？」

「あぁ、つまり、あんたが捜しているのは、あたしの娘のことかい」

「彼女はどこ？」

「そんなの、あたしが知るわけないだろう？」

老婆の口調はしだいに苛烈になってきた。唇がめくれあがって、がたがたに並んだ色の悪い歯があらわになった。「これだから旅行者は。あんたらはここにやって来て、あたしらになんでもかんでも好き勝手を言える腹でいる。そういう姿を、生まれてこの方、あたしはずーっと見てきたんだ。あんたらはここにやって来て、あたしらを利用する。この島を利用する。この島で手にできるお楽しみを一滴残らず搾り取るんだ、ワインで濡れた布巾を絞るみたいにね。そうして、さっさと帰っていく」彼女はどこか遠くを見る目になり、声に悲しみと、物思いに沈んだような響きが加わった。「それでも、あんたらには、またここへ戻ってきてもらわなきゃ困るのさ」

　彼女は視線をエリーに戻し、さっさと消えろと言うように、片手をひらひらと振った。

「なぜなら、あんたらがあたしらを利用するように、あたしらもあんたらを利用するんだから。この先も、ずっと利用し続ける。あんたらがいなかったら、この島が餓死しちまうからね」


　携帯電話は作動しそうになかった。割れた液晶画面を親指でタップすると、指に破片が刺さった。音声操作も試してみた。電源ボタンを何度も押してみた。これは、電波のせいだけじゃない――昨日はつながり方にムラがあり、今日はさっぱりつながらないのは、発達してきた嵐による影響かもしれないが――原因は電話そのものにある。落ちたせいで壊れたのだ。落としたのは、彼女の娘。彼女の娘はここにいた。そして、今もここにいる。

　エリーは宿の部屋をひとつひとつ調べてまわり、そのあとを、非難の言葉をまくしたてる老女将がついてまわった。彼女はフェリーにも走って行って――係留されたまま、水に揺れている船の中で――がらんとした甲板を歩き、船室をチェックした。港には外に出ている人などおらず、埠頭沿いに並ぶ建物のドアを端から叩いてみても、窓はどれも暗いまま、明かりが灯ることはなかった。

　試しに図書館にも行ってみた。裏口にまわると、エリーの手からノブを引きはがす勢いで強風が吹き、扉を全開にした。彼女は館内に飛びこんだ。書架のあいだを風が傍若無人に吹き抜け、本のページがいっせいにばらばらとめくれた。折り紙細工の――釣り糸で天井から下がっている――カモメたちが、ぐらぐら揺れた。

彼女は図書館をあとにして、宿までの道のりを小走りに戻った。海岸沿いでは砕ける波が雷のように轟いていた。風は、粒のはっきり見える霙《みぞれ》を荒れ狂う波間に運び、しなって暴れる木々を飽きずに殴り続けている。宿に戻ると、老女将の姿はどこにもなく、フロントの奥に置かれた固定電話は不通になっていた。エリーはバッグから処方薬のボトルをつかみ出し、カラカラと振った。残っているのは三錠だけ。それを全部飲んだ。

夜が訪れた。嵐はいっそう酷《ひど》くなり、銀の縞《しま》模様となって降りしきる雪が、岩の割れ目や樹木の幹の凹凸《おうとつ》を埋めるように積もっていく。エリーは〝魔女の大釜〟の縁に立っていた。なぜなら、今回はおびき寄せられる側ではなく、待ち受ける側になるつもりだからだ。彼女は一度ならず、自分自身を疑っていた――夜が周囲から重く押し寄せ、三個の錠剤が泡を吹いて溶けながら血管をめぐる中で――自分の記憶が、渦巻く暗闇さながらの混乱状態にあるのだとしたら、それはつまり、自分の頭がおかしくなったということではないのかと。もはやなにが本当なのか、知りようがなくなっていた。もしかしたら、自分には娘などいないのかもしれない。夫の存在も、仕事のキャリアも、架空のものなのかもしれない。はるか遠い子供の頃に〝魔女の大釜〟に落ちたのは、自分のほうだったのかもしれない。

その時、森の中から何者かが現われた。黒々とした森の影から分裂したように出現した影。

それは、骨のように白いカモメの仮面をつけていた。

ずぶ濡れになったエリーは、冷え切った全身を震わせ、今にも砕けそうな激しさで歯をガチガチと鳴らしながらも、声を張りあげた。「じゅーう……きゅーう……はーち……なーな……」すると、相手は動きを止め、それから首をかしげて、持っていたロープをぐいっと引いた。

その動きにあわせて、森の中から出てきたのは、娘のライラだった。両手首を縛られて、口には猿ぐつわを嚙ませられている。濡れた髪は、海藻でできたモップさながら。流しているであろう涙は、顔にあたって溶け落ちていく霙にまぎれてしまっていた。

エリーは前に進み出て「お願いよ」と言った。それは、〝その子はなにもしてないわ〟〝ここに来てしまったのは、全部わたしのせいよ〟〝頭のおかしい真似はしないで〟と訴える言葉が凝縮されたひと言だった。

ハディが仮面をはずした。彼女の両目は黒い穴のようだった。その肌は、骨の上に色を塗っただけのような、薄くてもろい膜に見えた。そこでハディは、まだ語っていなかった話の続きをエリーに聞かせた。二十数年前の、あの出来事の顚末《てんまつ》を。崖から落ちた後、彼女は指がかかった岩棚に這い上がって、その狭い空間になんとか身を丸めたものの、そこから〝大釜〟の縁まで登る手立てはなく、身動きが取れなくなってしまった。そんな彼女を誰かが見つけてくれたのは、翌日になってからだった。低体温症にかかって、半分死にかけた状態だった。「当然の報いだって、あんたは思うでしょうね。だって、あたしがあんたをこの場所に連れてきたんだから。あんたをここから落とそうとしていたんだから。でも、あたしには選択肢なんてなかった。彼女のために、やるしかなかった」その言葉——彼女——を口にしながら、ハディは〝大釜〟を身振りで示した。鬼女はこの島の住民たちに取り憑き、もちろん彼女にも取り憑いて、食わせろ、食わせろと命じ続けているのだ。

「あなたがそれを本当のことだと信じているのはわかってる」エリーが言った。「でも、それは間違いよ」

波が岸壁に激しくぶつかり、三人の足元の岩が震えた。

「あたしを、ひどい奴だと思ってるでしょ。でも、あたしが落ちたあと、あんたはなにもしないで帰った。あたしを見殺しにした。あんただって、あたしと似たようなもんよ」

エリーは危険を承知で一歩、さらに一歩と、小刻みにハディに近づきながら、訴えるように両手を伸ばした。「あなたも言ってくれたじゃない。あの時は、ほんの子供だったのよ」

「さっきは、あんたを傷つけたくなかったからね。でも今は、傷つけてやりたい気分かも」

「あなたが信じてるのは、ただの言い伝えよ。だから、その通りにする必要なんか——」

「あんた、あたしたちが目に入らなかった？　この島に住む人間がどんなだか、わからなかった？　みんな病んで、弱って、困ってる。もし、あたしたちが彼女になにも——」

ハディの言葉が終わる前に、エリーはいきなり突進すると、娘の身体に手を伸ばし、片方の腕をつかんだ。するとハディが、すかさずもう片方の腕をつかみ、左右に引っ張られたライラが悲鳴をあげた。

崖の縁のすぐそばで、握っていたライラの腕が手からすっぽ抜けたハディは、たたらを踏みつつ前に重心を戻すと、タックルでエリーを押し倒した。「彼女は、腹をすかせているんだよ！」

エリーは負けるものかと抗《あらが》い——のしかかる相手を横に振り払い——そうするうちに、激しくもつれ合うふたつの身体は、ぽっかり口をあけた淵のほうへ、しだいに近づいていった。互いに相手を殴りつけ、手に触れた髪をつかんでむしり、ごろんと上下が入れ替わり、また上下が入れ替わって、さらにもう一度、転がった。そして、そこで——〝大釜〟の縁を越えて——ハディの身体が滑り落ちた。

その瞬間は、彼女が死んでしまったとしか思えなかった。満杯の水が白く泡立つ大鉢に消えてしまったはずだと。しかし、エリーが身を乗り出して崖下をのぞくと、こぶのように突き出た岩に片腕を巻きつけてぶら下がっている姿が見えた。

昔のエリーは助けるための行動を起こさなかった。でも、今度は違う。ここでハディを救えば、きっとふたりは、過去のことも、この夜のことも、水に流せるかもしれない。「ほら、早く！」彼女は手を伸ばして、ハディの手首をつかんだ。「わたしの手をしっかり握って。助けるから」

しかし、濡れた手は滑りやすくなっていた。それに、ハディも重すぎた。なんとか引き上げようとしたエリーの努力もむなしく、ハディの身体は飛沫をあげて下の水に落下した。それから一、二分ほどのあいだ、ハディは沈んでしまわぬように、波間で手足をばたつかせていた。ところが、そのあと——とてもあり得ないことに——水中からなにかが現われた。海藻のような長くて黒い髪をした、なにかが。そのなにかは、ハディの喉元に腕を巻きつけて海中に引き入れ、苦しげな悲鳴が響いたあとには、ゴボゴボと浮いてくる泡だけが残った。

鬼女。

エリーはよろけながら立ち上がり、大声で娘を呼んだ。見ると、ほかの島民たちが、霙が激しく降っているのを忘れたかのように、崖沿いに並んで立っていた。数十人はいるだろうか。みんな、カモメの仮面をつけている。彼らは、娘を連れて去っていくエリーを止めようとはしなかった。

港に向かってひた走るエリーの車は、あまりのスピードにタイヤが横滑りして、道をはずれかけることも一度や二度ではなかったが、その間も、彼女の右手が助手席のライラの身体から離れることがなかったのは、今になにかがガラスを突き破って、娘をさらっていくのではないかと、そんな気がして怖かったからかもしれない。

最初は、フェリーに着いたらそのまま車を乗り入れるつもりでいた。でも、出航までどれくらいの時間がかかるかは不明だし、まして、運行責任者を説き伏せ、早く船を出させることもできない。そこで彼女は、水上スキーや釣りを愛好する家庭で育った経験を頼りに、埠頭に着くなり車を乗り捨て、ライラを急かして、嵐の海で波のうねりに上下しているロブスター漁船に乗りこんだ。そうして、もやい綱をほどき——慌てすぎて、指の爪を一枚はがしてしまった――それからエンジンを始動させた。船首が別の船の船尾をこすって、耳ざわりな音を立てる。エリーは舵輪《だりん》をまわし、スロットルを開け、船体の向きを変えながら外海に出ようとした。

　すると、急に船が傾いて、モーターが情けない音を出した。錨だ。錨を忘れていた。この島はそう簡単に自分たちを解放してくれない。

　錨を巻き上げるためのハンドルを捜して、エリーは船尾へ急ぎ、そこでぱっと足を止めた。桟橋の端に、男がひとり立っている。サッチャーだ。暗闇の中、降りしきる霙の隙間を縫って、じっと彼女を見つめている。船はまだ波止場から十ヤードほどしか離れていない。彼はやにわに海に飛びこみ、大きな腕で鋭く水をかきながら、みるみる迫ってきた。

　エリーは「だめ、だめ、だめ」と口走り、リールのロックを解除して錨を巻き上げはじめた。精一杯の速さでリールのハンドルを動かしながら、おそるおそる船尾の先に目をやると、水中から大きな手が伸びて、藻がべったりとついている防舷材《ぼうげんざい》にしがみつくのが見えた。三角波を割って、ひげの生えた顔が現われる。サッチャーは口から水を吹き、船べりに身体を引き上げようとした。

　その時、エリーの背後からライラが猛烈な勢いで現われた。その手はフィレナイフを握っていて、錨につながれたロープを必死に切りつけた。一回、二回、三回――そこで、ロープはプツンと切れた。エンジン音が軽くなり、船がいきなり前進しはじめる。同時にエリーは船べりに突進し、サッチャーの口元を力いっぱい蹴った。船から蹴り落とされた男は、とがった歯のようにせりあがった波の中に沈んでいった。

外海に向かって勝手に進んでいく船の上で、エリーは霙の向こう側にいる娘を、目をしばたたいて見つめながら、自分が娘にもたらしてしまったであろう心の傷を、早くも案じていた。この島での出来事が、娘にどれほど痛ましい影響を与えたことか。少女はまだナイフを握ったまま、風が吹きすさぶ夜の闇にうつろな視線を投げて、つぶやいていた。「やっと帰れるんだ。だって、食わせてやったんだもん。これで彼女も、あとしばらくは、お腹をすかせたりしないはずだから」

（渡辺庸子訳）

ご自由にお持ちください

ジョイス・キャロル・オーツ

ジョイス・キャロル・オーツ（Joyce Carol Oates）は一九三八年ニューヨーク州生まれ。プリンストン大学教授。一九六六年に最初の長編を発表。一九七〇年に長編『かれら』（角川書店）で全米図書賞フィクション部門を受賞。一九九六年に『生ける屍』（扶桑社ミステリー）でブラム・ストーカー賞長編部門を受賞。二〇一九年にはエルサレム賞を受賞するなど、世界的に高く評価されている。

（編集部）

きっと時間をまちがえたのだろう。その子はあまりにも早く昼寝からさめてしまった。

そうしないほうがいいのは、よくわかっていた。以前あまりにも早く目がさめて、母親の予定を狂わせたので、こっぴどく叱られたことがあったからだ。そしていま、ふわふわのピンクのスリッパ・ソックスを履いて、予想外の時間に階下へ降りていくと、電話で話す母親の声が聞こえてくる――「いいえ、産後のなんたらとはちがう。体のせいじゃまったくないし、心のせいでもない。遺伝のせいでもないし、わたしのせいでもない。あの子のせいなのよ」

電話の相手の声が驚きか疑い、あるいは不信の念を表明したにちがいない。母親の口調が激しくなる――「あの子のせいに決まってる。あの子はおかしいの。ひねくれてる。隠してるのよ――本性を」またしても間があり、「あなたにはわからない。あの子の父親にもわからない。でも、わたしにはわかるの」

そして、ふわふわのスリッパ・ソックスを履いた子供が、階段の上で立ちすくみ、親指をしゃぶろうと口をまさぐっていると（ただし、この家ではいやらしい親指のおしゃぶりは厳しく禁じられている）――「もちろん義理のお母さん、孫を猫かわいがりするお祖母《ばあ》ちゃんは『わかろう』としない。あの女《ひと》は端《はな》から認めようとしないのよ」

とそのとき、階段に立っている子供に母親が気づく。その顔がさっと紅潮して、緑の猫の目が憤怒《ふんぬ》でギラリと光る。子供が昼寝からめざめて階下へ降りてくるのが（またしても）早すぎて、母親のプライヴェートな時間に押し入ってきたからだ。「あの人にいったのよ、あの子かわたしかって。あの子を選ぶのかって」

片手で受話器を握った怒り狂った母親が、子供の手首をつかんで、階段のいちばん下まで引きずりおろし——「ちょっと！　立ち聞きまでするの？」——軽く揺すって叱るいっぽう、激昂《げっこう》した声で電話に向かって話しつづける。「こんなことのために婚姻届を出したわけじゃない。どういうことか、わかってなかったのよ——『母親業』ってものが。なにが起きているのかわからないうちに、あの子がわたしのなかにいて、どんどん大きくなっていき、いまはどこにでもいる——四六時中。いつもあの子のことを考えなくちゃいけない——わたしの肺から全部の酸素を吸いとろうとするあの子のことを」

子供はうしろめたく感じて謝ろうとする。小柄で幼い少女、たったの四歳だ。涙が顔に染みをつける。ちょうど、にじんだ水彩絵具のように。もうわかっていて当然だ——じっさい、もうわかっている。《まちがった時間に目をさました。まちがった時間に降りてきた。悪い子！》

竜巻のようにあわただしい一連の行動で、母親が一週間分のゴミと子供をいっしょにして、スタイヴェサント通りの歩道に出す。歩道の前には淡黄褐色の煉瓦《れんが》造りのテラスハウスが建ち並んでいる。この界隈《かいわい》には老朽化した家財道具を歩道に出しておくという長年の習慣があるのだ——古着、クッションの破れた椅子、へこみだらけのベビーカー、子供のおもちゃ、ときには便座、あるいは便器全体さえ——わきには手書きの看板が添えてあり、ご自由にお持ちくださいと書いてある。この慈善まがいの習慣をあざ笑うかのように、母親は泣きじゃくる子供を不要品の山のまんなかに置く。不要品のなかには何週間も歩道で雨ざらしになっているものもある。

「ここにすわりなさい。もじもじしない。表の窓から見てるから」

すすり泣きをやめようとし、悲しみの発作で顔の下側がねじれるのを感じながら、子供は日が暮れるまで冷たい歩道にすわりつづける。そのあいだ見知らぬ人たちが通りかかり、足を止めて彼女をまじまじと見たり、（失礼にも）ためつすがめつさえしたりするか、彼女が透明であるかのように、まったく無視するかだ。引きつった笑い声をあげる者もいる——「おいおい——なんてこった！　本物の女の子じゃないか」。錆《さ》びた三輪車、汚れたランプシエード、縁《へり》にプラスチックのフラ・ガールがついている赤いプラスチックの灰皿、古い服や靴や本のはいった箱のほうが、ぶるぶる震えている子供よりも引き取り手があらわれそうだ。氷雨《ひさめ》が降りはじめたあとになっても、彼女は母親に置かれた場所から動こうとしない。せめて昼寝からさめるのが、あんなに早くなかったら！——子供は思い起こして残念な思いに駆られる。あれがまちがいだった。あれのせいで罰をくらったのだ。

歩行者が近づいてくるたびに、罪悪感を抱えた子供が、切望と不安の表情でじっと見あげる——切望というのは、だれかが彼女を憐《あわ》れに思って、その人の家へ連れていってくれないかと思っているから。不安というのは、だれかが彼女を憐れに思って、その人の家へ連れていってしまうのではないかと思っているから。むなしい期待だとわかっているけれど、こう考えずにはいられない。あと二、三分もしたら、母親が態度を軟化させて、家の玄関ドアから身を乗りだし、明るい、たしなめるような声をかけてくる――「さあ！　ばかな真似はやめて！　雨に濡《ぬ》れるから、いますぐ家へはいりなさい」と。

ついに陽《ひ》が沈み、夕闇が垂れこめる。いまは歩行者も減っている。子供が希望を捨てかけたころ、背の高い人が近づいてくる――「なんてこった！　ここでなにしてる？」

それは子供の父親で、平日はこの時間に仕事から帰ってくるのだ。自分のかわいい愛娘《まなむすめ》が、ご自由にお持ちくださいと書かれた粗末な手書きの看板のわきで、不潔で濡れそぼった歩道の上で丸まって眠っているのを見つけて仰天している。

「さあ、お家《うち》へはいろう。泣かないで――だいじょうぶだから」

しかし、子供は泣きはじめ、父親に抱きあげられて、家のなかへ運ばれるあいだ、その腕にしがみついている。家は暖かな光に照らされ、おいしそうな食べ物のにおいがするので、子供の口に唾が湧く。

「あらまあ！　こんどもその子を欲しがる人はいなかったのね」

ダイニングルームで母親は夕食のためにテーブルのセットをはじめている。怒りに燃える父親と、その腕に抱かれて気をもんでいる子供には一瞥《いちべつ》をくれただけ――ふたりの登場にはまったく驚いていない。

父親が母親にいう。「冗談じゃすまないぞ。よくわかってるだろう、ぼくらがこの子を望んだのは――ぼくらの望みなんだ」

「どういう意味――『ぼくら』って。あなたよ――わたしじゃない」

「そうか、それなら――このぼくの望みだ」

「でも、この子を望んだの？　どういう子になるのか、わかっていたはずがないじゃない」

「わかっていた」

「あら、よしてよ――ばかいわないで。わたしたちは、あたえられたものを『望む』の、それともあきらめて受け入れるだけなの？　子供は宝くじよ――当たる者、はずれる者――『運命は盲目』っていうでしょう。この子ができたからといって、わたしたちがこの子にふさわしいわけじゃないし、わたしたちがこの子にふさわしいから、この子ができたわけでもない。この件でこの子には発言権もない――どうせ、まだ理解できないし。いつか理解できるようになるでしょうけど」

「どうしたらそんな結論になるんだ。この国のような文明国では――子供ひとりひとりが尊《とうと》いんだぞ」

「文明国！」

母親が嘲りの笑い声をあげる。その笑い声は、滝となって落ちるガラスのように鋭くて残酷だ。

父親がひるむ――「いっただろう――冗談じゃすまないって。いますぐやめるんだ」

「そっちこそやめて。あなたはこの家のプラトン主義者よ」

母親はそっけない口調、非難がましい声でしゃべっているけれど、本当は不幸せというわけではない。不機嫌だと子供が知っている状態にあるわけではない。ガラスめいた緑の猫の目に宿るきらめきは、前ほど悪意に満ちていない。

というのも、子供が外で雨に打たれているあいだ、暖かく照らされた居心地のいい家のなかで、母親は特別な食事を用意していたように思えるからだ。大皿には汁気たっぷりのピンクの肉が載っており、新鮮なパセリが散らしてある。子供の見たところ、それはグリルで焼いたサーモンだ。シイタケを添えたマコモ、オリーヴ油でソテーした芽キャベツ――ご馳走《ちそう》だ。母親はつやつやした黒髪にブラシを当てており、すねたような口を赤い口紅で輝かせ、普段着にしているくたくたのスラックスから、足首まで届く、ヘザー色のやわらかなウールのスカートに穿《は》き替えている。ほっそりした首には、無毛の小さな頭に似せて彫られた木製ビーズのネックレス。

ダイニングルームのテーブルには、席がいくつ用意されているのだろう?――子供は目をしばたたいて涙をこらえ、必死に見きわめようとする。

（中村融訳）

パリへの旅

——リチャード・キャドリー

リチャード・キャドリー（Richard Kadrey）は一九五七年ニューヨーク生まれの作家、写真家。〈ニューヨーク・タイムズ〉紙のベストセラーリストに入ったスーパーナチュラル・ノワール小説 *Sandman Slim* シリーズ（二〇〇九年～）で知られ、同作は映画化企画が進行中。そのほかに複数の長編と多数の短編を発表している。

（編集部）

一九六三年　テキサス州ヒューストン

ロクサーヌ・ヒルは、皿洗いのときに割れたティーカップで指を切ってしまった。洗面所へ行って傷口にヨードチンキを塗りたくり、焼けつくようなその感覚に顔をしかめる。だが、声はいっさいたてなかった。この痛みは、亡き母のティーカップのひとつを割ってしまうほど不器用な自分への罰なのだ。手当てを終えたロクサーヌはキッチンにもどったが、残りの皿は水につけたままにしておいた。傷口に注意深く巻いた包帯をだいなしにはしたくない。食器を洗い終えるのは明日にして、そのときは蛇口のうしろの壁にカビが少し生えてきたところもこすってきれいにしよう。

家のなかは静かだった。いまはいつだって静かだ。だけど、いつもより静けさが重く感じられる日もある。今日みたいに。ロクサーヌは、食器棚の扉にあるカレンダーをちらりと見てその理由に気づいた。家族のみんなが死んでからちょうど一年になるのだ。そんな日を忘れているなんてことがどうしてできたのだろう。でも、自分を許すことにした。夫と子供たちを亡くして以来、考えることがたくさんあったのだから。たとえば警察のこととか。警察のことが毎日気にかかっていたが、その不安はここ数カ月のあいだにだいぶ小さくなっていた。ロクサーヌ自身が家族に毒を盛ったことを、いま警察に知られていないのなら、この先もずっとばれない可能性が高い。そう考えるとぞくぞくした。自分は自由なのだ。その言葉を一度口に出してみる。

「自由よ」

そんなふうに静寂を破ったことで、これまでの三百六十五日間あたりをとりまいていた闇の呪縛が解けたような気がした。ひとつ深呼吸してやかんを火にかける。教会へ行かなければならなくなる前に、紅茶を一杯飲むくらいの時間はあるだろう。

水曜夜の礼拝のあと、ロクサーヌはほかの女性四人とともに教会の地下室へとおりていった。そして、教区の古着寄贈活動のために寄付されたものの箱をみんなで仕分けしはじめる。自分以外の四人はぺちゃくちゃとおしゃべりしていたが、その声がいつもよりひそめられていることにロクサーヌは気づいた。今日という日の重要性を少し前のロクサーヌ自身が忘れていたのに対し、ほかの女性陣が忘れていなかったのは明らかだ。ジャネット・モーガンがロクサーヌを会話にひきこもうと、箱のひとつに入っていた上品なイブニングドレスについて意見を求めてきた。もちろん、その問いかけにはなんの意味もない。自分はファッションにはあまり詳しくないし、ましてやイブニングドレスのことなどなおさらなのだから。ジャネットはあからさまにこちらの口をひらかせようとしているのだ。そこでロクサーヌは、室内で高まりつつある緊張感をやわらげるためにこう言った。「すてきなドレスね。そんなのをわたしの結婚式でも着られたらよかったんだけど」

　思ったとおり、ロクサーヌの結婚の話を持ちだされたほかの女性陣は静かになった。その晩が終わるまでのほとんどは、比較的口数少なく作業する。やがて午後八時ごろ、デリラ・モンゴメリーがロクサーヌをわきへひっぱっていって、彼女もみんなも心配しているのだとうちあけてきた。

　デリラがこんなふうに言う。「ねえ、あなたは一年間ずっと強かったわ。だけど、つらくもあったんだろうってわかるのよ」

「どういうこと？」とロクサーヌはたずねた。相手の言葉がひとかけらも気にいらない。

「ほら、あなたのその肌。すごく青白いじゃないの。目だってそう。きっと眠れていないんでしょうね」

　実際には、ロクサーヌは毎晩ぐっすりと眠っていた。それでも、ほうっておいてもらえることを願って、ほかの女性陣の心配ぶりに調子を合わせることにする。この一年でみんなのことが耐えがたくなってきていたのだ。なんともちっぽけな生活をしているなんともちっぽけな人たちで、家をきれいにして仕上げに芝生を刈ることしか望んでいない。だが、ロクサーヌはよけいなことは言わず、感謝しているように見えるはずのほほ笑みをデリラに返した。

「たぶんつらかったんだと思うわ」と応じて、それでやりとりが終わることを祈ったが、そうは行かなかった。

　まるで合図でもあったみたいに、ジャネットが大きなアルミ製の鍋を持って近づいてきたのだ。その鍋は、日曜学校用のジュースや軽食を入れておく冷蔵庫からとりだされたものだった。

「今夜はあなたが料理をしなくてもいいようにしたかったのよ」とジャネットが言う。「だから、みんなで集まって、あなたのためにビーフシチューを作ったの。何日か食べられるくらいたっぷりあるわ。それに、鍋を返す必要もない。あなたのものよ。わたしたちからのプレゼントなの」

ロクサーヌは、感謝のほほ笑みを絶やさずに鍋を受けとって応じた。「本当にありがとう。なんていい友だちなのかしら」

その言葉こそが鍵となって、ほかの女性陣が頬へのキスやハグの攻撃で襲いかかってきたが、ロクサーヌはそれをがまんした。もうすぐみんなとは二度と会う必要がなくなるとわかっていたからだ。

そのあと、ロクサーヌは地下室から追いだされ、家に帰って休むよう強くすすめられた。再度聞かされるまでもない。ロクサーヌはシチューの鍋を助手席にのせて車で帰宅し、まっすぐキッチンに向かった。シチューのにおいを嗅いでみると、実際けっこうおいしそうだ。ちょっとスパイシーな感じなのは、きっとデリラのしわざだろう。彼女は、料理にハラペーニョのかけらを少し入れることで自分は大胆なシェフになれると信じているのだ。その愚かしさにあきれて首をふってしまう。

ロクサーヌは、シチューをあたためてワインをグラスについだ。教会グループのほかの女性陣のなにが本当にいやなのかと言えば、わが身を救う行動をとっていなかったら、自分も結局はあんなふうになっていたかもしれないと思えることだ。

《馬鹿な人たちね。怠惰と運命にとらわれたままになっているなんて》

ロクサーヌは初めての妊娠を医者から告げられたときのことをおぼえていた。当時は気を失いそうになったが、パウエル先生の助けで椅子にすわらせてもらったおかげで、ばったり倒れたりせずにすんだのだ。どういうわけか夫のショーンにまんまとしてやられたにちがいない。赤ちゃんを産む心の準備などできていなかったし、子供が欲しいのかさえよくわかっていなかった。なのに妊娠した。不公平だ。

《わたしは溺れかけていたのよ。溺れかけていたら、どんなことをしてでも沈まないようにするものだわ。溺れている者がただ生きたいと望むのを、だれも責めることなんてできない》

シチューがあたたまると、ロクサーヌはそれを深皿にたっぷりと盛りつけた。そして、ソファーにすわってシチューを食べながら、旅行のパンフレットに目を通す。何カ月もかけて集めたものだ。一年たったいまこそ、ひっこすころあいだろう。でも、どこへ?

一時間がすぎても前とおなじようにまだ決めかねたまま、ロクサーヌはシチューの食べ残しを捨てて深皿を水にひたした。そうしながら思い出したのは、シンクのうしろの壁に生えてきていた親指大のカビのことだ。ロクサーヌは貯蔵室から漂白剤をとりだして、壁がすっかりきれいになるまで徹底的にごしごしとこすった。そのあと二階にあがってベッドに入り、気持ちのいい深い眠りについた。

木曜はいつだって買い出しの日だった。短い買いものリストをポケットに入れて、スーパーマーケットへと車を走らせる。

ひとり暮らしをしているこのごろは、スーパーマーケットで長時間すごすことはなく、カートも三分の一以上はめったに埋まらなかった。それは今日も変わらない。早く家に帰って旅行のパンフレットを見たかったからなおさらだ。ニューヨークへひっこすことに気持ちがかたむいていたのだが、いまはヨーロッパも考慮に入れていた。決める時間はたっぷりとある。ここを離れる前に家を売らなければならないし、それには何カ月もかかるはずだからだ。ヒューストンでもう一夏すごすことを考えると気が重くなったが、ロクサーヌはしんぼう強くあろうと決意した。自分はしんぼう強く家族の相手をしてきたのだ。もう一度そうすればいいだけのことだ。

今日カートに入れた品数は充分少なかったので、会計を早くすませられる対象者専用レジへと向かったが、途中で教会グループのジャネットに行く手をはばまれてしまった。

意外な出会いを喜ぶ相手の笑顔にこちらも明るくほほ笑みかえし、ほぼ満杯になったむこうのカートを見て、《荷物運びのラバみたいね》と思う。

「今度の日曜にデリラのところでやる婦人昼食会にあなたも行く?」と、ジャネットがわくわくしているように言った。「バラが咲きはじめているらしいわ。きっときれいよ」

ロクサーヌはうなずいた。「デリラはあのバラが本当に大好きだから」

「なら、あなたも行くでしょう?」

《いっそ死んだほうがましだわ》と思う。「行けたらね」

「図書館の古本寄贈活動のことは頼まれた?」

この店と馬鹿げたおしゃべりからなんとしても逃れたかったロクサーヌはこう応じた。

「ええ、もちろん。一箱か二箱ぶんを今週まとめるつもりなの。ほとんどはショーンと子供たちの本だけど」

「あら」ジャネットがそこでちょっと口をつぐむ。「そんなことをして大丈夫?」

ロクサーヌはひとつ息を吸いこんで言った。「健全なことだと思わない? 手放して先へ進むべきときなのよ」

ジャネットが首をふる。「あなたはとても強いのね。わたしだったらおなじようにできたかわからないわ」

《ええ。わたしはあなたより強いの》とロクサーヌは思った。

うんざりしていてもう会話を終わらせたかったので、なにかを買い忘れたみたいにちらりとカートに目をやる。「あのね、冷凍食品をいくつか買って帰らなくちゃいけないから」

「もちろんそうして。じゃあ、日曜にまた」

「さよなら」

帰宅したロクサーヌは食料品をしまい、例のビーフシチューのいくらかをあたためて残りを冷凍した。しばらくして深皿を洗いにいくと、壁にまたカビが生えていた。今回は前よりも大きくて、掌大《てのひらだい》くらいある。

いらだったロクサーヌは、今度はアンモニアを使ってそれをふきとった。

そのにおいを避けるためにリビングへ行き、本を棚からひっぱりだしてソファーの上に積みあげる。ジャネットとばったり会ってからはずっと不愉快な気分だった。みんなを相手に穏やかな表向きの顔をたもつのがどんどん難しくなってきている。古本寄贈活動が本当に天の恵みと思える理由はそれだった。旅行のパンフレットが連れていってくれるところへようやく逃げだせるときには、本の片づけという心配事がひとつ減っているはずだから。

翌朝、壁にはまたカビが生えてきていて、これまでより大きさも濃さも増していた。カビは、木の枝みたいにあらゆる方向へとひろがり、枝分かれしている部分が一番濃くて小山のように盛りあがっている。その不潔できたならしいものをながめているのは、空に浮かぶ毒々しい雲を見つめるのに似ていた。いやなよごれのなかにいろいろな形を認識できそうで、見ていると胸が悪くなる。

シンクの下からバケツとたわしをひっぱりだしたロクサーヌは、貯蔵室から持ってきた漂白剤と熱湯とをまぜて壁のカビをふきとろうとした。前回は簡単にとれたのに、今回はその不快な木の幹を下の壁まで掘り進められるくらい強くこするはめになる。しつこくこすったおかげでようやくカビは消えたが、壁紙を傷めてしまったのがわかった。いままでは壁紙の合わせ目がめくれあがって、傷口からはがれたかさぶたみたいに接着剤が垂れさがっている。もっと悪いことに、カビの一部が壁のボードにまで入りこんでしまっているのに気づいた。カッとなって肉切り包丁でそれをこそげおとそうとする。でも、すぐにはとれなかったので食器棚の扉をさっとひらき、すでに試した漂白剤やアンモニアよりも強力な薬品をさがした。

そのとき見えたのだ。

〝ガーリックソルト〟というラベルのついたスパイスの小さなガラス瓶だが、なかに入っているのはもっと強いものだ。ロクサーヌはそれをじっと見つめて、夫のショーンや子供たちのことを考えた。自分は確かにその毒を処分したはずだ。なのに、百万年たっても使うつもりのないスパイスの瓶に入って、あの晩家族に盛った調合物がここにある。ロクサーヌは問題の瓶を食器棚からとって手に握りしめた。

《このあいだは家族の命日を忘れていて、今度はこれ。いままではとてもうまくいっていたのに。世間の人はなんて言うんだった？　殺人犯のなかには逮捕されることを望む者もいる？　いいえ、わたしはちがう》そう思いながらも、自分はほかになにを忘れているのだろうと軽いパニックに襲われる。

ロクサーヌは壁に目をもどした。きたならしいもののなかに見えるいろいろな形は、動物や人間のシルエットに似ていた。カビでできた木の枝には、確実に人の顔がいくつも浮かんできている。ロクサーヌはとくにそのひとつをじっと見つめた。

《ショーンだわ》と思う。

とたんに恐れだけでなく怒りもおぼえたロクサーヌは、ガーリックソルトの瓶のふたをひねってあけた。

《どうして死んだままでいてくれないの？》

カビでできたその顔に瓶から直接毒をふりかけてやると、一瞬ぶくぶくと泡立ったのちに縮んで分解しはじめた。ほとんど消えたところで、そこをふたたび漂白剤でこする。作業を終えたロクサーヌは、問題の瓶を台所ゴミのなかに注意深く投げいれて袋の底まで押しこんだ。疲れはてて吐き気もしていたので、リビングに行ってソファーに横たわれるよう本を押しのける。

これから先はもっと慎重にやらなくては。わが家の悲劇に対する世間のしつこい関心が薄れるのを何カ月も待ったのだ。どんなミスもおかすわけにはいかない——この馬鹿げた町やふざけた人たちからついにあともう少しで逃れられそうないまは。

くつろぐために旅行のパンフレットに目を通したロクサーヌは、最初の行き先はパリにしようと決めた。家族の生命保険金と家の売却金とを合わせれば、きっとむこうで楽しく暮らせるだろう。

さっきより気が楽になったので、キッチンに行って自分用のカモミールティーをいれる。

ベッドに入ると、エッフェル塔やシャンゼリゼ通りの夢を見た。パリのおかげで幸せな気分になるのとおなじくらい、暗い空のせいで気が沈む。パリの街はいつだっていまにも雨が降りだしそうに見えるのだ。もっと悪いことに、頭上を流れていく雲のなかに幻が見えた。

動物のシルエットだ。近所の犬や、子供のころに乗った馬。人の顔も見える。おなじみの顔もあった。渦巻く霧のなかで顔立ちは変化しつづけている。その口がしゃべろうとしているみたいに動いていたが、聞こえるのはただ風の吹きすさぶ音だけだった。

翌朝、カビはシンクのうしろの壁のほぼ全体を覆って天井にまでとどいていた。濃いカビのなかに、ねじくれた体や顔の輪郭がはっきりとあらわれている。ロクサーヌの子供たちの顔だ。ぐねぐねとひろがったカビの下端が突きだして、まるでこちらに手をのばしてきているかのようだ。

動悸《どうき》があまりにも激しかったので、キッチンテーブルの席にすわって呼吸をととのえなければならなかった。この悲惨な家から逃げだしてしまいたい。もっといいのは、家を焼きつくしてしまうことだ。銀行口座に保険金がいくら残っているかを頭のなかで計算する。充分ではない。ただここを離れて家を捨てたら、お金は一、二年くらいしかもたないだろう。それに、逃げるだけでは怪しまれてしまう。ひどく苦労してうわさ話を抑えこんだのに、いまさらひろめたくはなかった。だめだ、カビがあってもなくてもこの家を売らなくては。しんぼうして、〝夫と子供を亡くして打ちのめされた女性〟をもうしばらく演じるのだ。しかし、そうするにはちゃんと使えるキッチンが必要なのだが、カビやら自分で壁に加えたダメージやらのせいで、だれかに手助けしてもらわないともうどうにもならない。

ロクサーヌは三十分ほど電話帳をぱらぱらとめくってすごしてから、ジェイムソンという名前の修理屋に依頼することに決めた。電話をかけて、翌日の午前中に来てもらうよう手配する。

リビングにひっこむ前に上のほうへ手をのばし、みがいた爪でカビをとんとんとたたいてみると、湿ったかけらが少しはがれおちた。手をあげて息子の顔にふれたあと、その顔立ちがわからなくなるまで爪でひっかいてやる。ショーンと娘の顔はあまりにも高いところにあって手がとどかなかったので、そっちのことはあきらめた。ソファーに向かう途中、指先にカビのかけらがこびりついているのに気づいて、それを布きれできれいにふきとる。そして、その布きれをほうりこんだ袋を、私設車道の端におかれたゴミ容器に入れた。

修理屋のジェイムソンは翌朝九時にやってきた。簡潔な礼儀正しいあいさつをしたあと、彼をまっすぐキッチンに案内する。問題の壁を見た彼は、道具箱を下においてひゅうと口笛を吹いた。いまではシンクの上の天井にまでカビがじわじわとひろがっていたからだ。

「もっと早く呼んでくれるとよかったんですけどね。そうしたら、こんなにひどくなる前に手を貸せたかもしれない」

「なんとかできそう？」とロクサーヌはたずねた。

一瞬眉をひそめたジェイムソンが、両手にゴム手袋をはめてから壁に近づいていった。彼がカビの一部を指でつまんで、ロクサーヌの息子の不潔な脚の細くなっている部分をはぎとる。そのきたならしいものをシンクに落とした彼は、指先を壁にあてててそっと押した。そこが少しへこんで、彼が首をふる。

「シンクのすぐ上の壁をこのまま残せるかは怪しいですね。とりかえる必要がありそうだ」

ロクサーヌは、刺されるようなパニックをのみこんだ。この家のなかを他人がうろつくという考えは気にいらない――死んだ家族三人がこちらをじっと見おろしているのがはっきりとわかるいまはとくに。ジェイムソンにはカビのなかになにが見えているのだろう。

「本当に？」とロクサーヌは問いかけた。「ほかにできることはないの？」

「トラックに積んである化学洗剤でカビをやっつけることはできます。でも、それで修繕できるわけじゃない。ほら、シンクのそばのカビがこんなにひどいとしたら、もっとひろがっている可能性が高いんです。壁全体をとりかえなきゃならないかもしれない」

《だめ、だめ、だめ、だめ、だめ》とロクサーヌは思ったが、口ではこうたずねた。「どれくらい時間がかかりそう？」

「ぼくひとりだと二、三日。作業チームを呼べば一日か二日」

ふたたびパニックに襲われて冷たい波に全身を洗われたロクサーヌは、死んだ家族三人に目をやって言った。「作業チーム？　だめよ。何人もの人がこの家のなかをばたばた歩きまわるなんて困るわ。ちょっと考えさせて」

「ゆっくりどうぞ」とジェイムソンが応じる。「トラックから道具をいくつかとってきます。このきたならしいものをきれいにできるか試してみましょう。こんなカビは吸いこまないほうがいい」

ジェイムソンがもどってくると、ロクサーヌはキッチンテーブルの席にすわって彼の作業をながめた。どんな洗剤を使っているのかは知らないが、わが家にあるものよりはるかに強力なようだ。壁や天井を彼がモップでふくなり、たちまちカビが消えていく。家族三人がキッチンからいなくなったのを見たロクサーヌは、いつもの自分にもどれた気がしてきて言った。

「まあ。ずいぶんよくなったわ。壁全体をとりかえる必要なんてないかもね」

ジェイムソンがあたりを見まわす。「どうかな。とりあえずはこいつが乾くのを待ちましょう。明日またうかがいますよ。この洗剤は強力なんです。あのきたならしいものになにかが効くとしたらこれしかない」

ロクサーヌはキッチンテーブルに両肘をついた。急に疲れをおぼえたのだ。それでも、壁がきれいになったおかげでほほ笑みが浮かぶ。

「今日の料金はおいくら?」とロクサーヌはたずねた。

ジェイムソンが片手をふって応じる。「いただきません。明日どうなっているか、ようすを見てみましょう」

「あなたはお客さんにいつもそんなふうにしているの?」

相手が肩をすくめた。「ここはいい町ですからね。かまわないのでは?」

「だれかに料金を踏み倒される心配は? つまり、うちの壁はもうきれいにしてもらえたわけだもの。もしも壁がきれいなままで、明日わたしに締めだされたら?」

ジェイムソンがこの家に入ってきてから初めてほほ笑んだ。「あなたはそんなことはしませんよ。いい人ですからね、ヒルさんは」

ロクサーヌは不安になって彼を見た。「なぜわかるの？　どういう意味？」

ジェイムソンが道具をかきあつめながら応じる。「あなたはぼくのことをおぼえていないみたいだけど、おなじ高校に通っていたんですよ。あなたとショーンとぼくはね。だから、あなたはいい人だってわかるんです。義理もないのに、あなたはぼくに優しくしてくれた」

ロクサーヌは記憶をふりしぼり、やがて思い出した。「まさか、ビリー・ジェイムソンじゃないわよね？」

ジェイムソンが帽子をとって軽く会釈する。「うちの学年で一番頭の悪かった〝びりっけつのビリー〟さ。それで今回ぼくに電話してくれたのかなと思っていたんだ。同級生の名前だって気づいてね」

「気づいていなかったわ。ごめんなさい」ロクサーヌはそう応じてリラックスした。自分のおぼえているとおりのビリーだとしたら、タールとおなじくらい鈍重なはずだからだ。「でも、いまはあなただとわかって嬉しいわ。この家にだれかを入れるなら、昔の友だちのほうがいいもの」

ジェイムソンが道具をひろいあげながらうなずく。「ほらね？　いい人だ」

ロクサーヌは彼を外まで送り、翌日の午前中に寄ってもらうということで話がまとまった。

「運がよければ、あれでおしまいになるよ」とジェイムソンが言う。

トラックのエンジンをかけた彼にロクサーヌは手をふった。「ありがとう、ビリー」

家のなかにもどってキッチンをしげしげとながめると、カビをモップでふきとったそこかしこに黒いよごれが残ってはいるが、それを除けば壁の状態はそんなに悪くないように見える。

ロクサーヌはふたたびキッチンテーブルの席にすわって電話帳をぱらぱらとめくり、不動産業者のページをさがしてそもそもこの家を買った先の会社を見つけた。その社名をまるでかこみ、明日の午後に電話してここを売りに出す相談をしようと決める。

興奮がおさまると紅茶を飲みたくなった。そこでやかんを火にかけたが、ティーバッグをとろうと食器棚の扉をあけたとき、その箱に立てかけられていたなにかを倒してしまった。〝ガーリックソルト〟というラベルのついた瓶だ。息がのどにつかえる。これは確かに捨てたはずなのに。いいえ、それもまた別の思いちがいだった。もう紅茶を飲む気分ではなくなってやかんの火を止め、瓶をゴミ容器のところへ持っていって袋の底に再度押しこむ。ロクサーヌはゴミ容器のふたをしっかりと閉めてから家のなかにもどった。

午後は映画を見に出かけた。いまは自宅にこもっていることに耐えられなかったから。家に帰ったときにも壁はきれいなままだった。紅茶をいれて旅行代理店に電話し、今週末にパリのことを相談する約束をとりつける。紅茶を手にして旅行のパンフレットを二階のベッドへ持っていったロクサーヌは、一日が終わるまでずっとそこにとどまっていた。

翌朝にはまたカビがあらわれていた。家族三人のあざけるような顔もだ。やってきて壁の状態を見たジェイムソンが、道具箱を下においてうめき声をあげる。

「悪いけど、ヒルさん、こんなカビはいまだかつて見たことがないよ。壁のボードごととりかえる必要がありそうだ」

ロクサーヌは、彼のうしろに立ってそわそわと両手をもみしぼっていた。「壁全体を？」

「シンクの上の一番ひどい部分をはずしてみないとわからないな」

「いいわ」とロクサーヌは応じた。「だけど、あなたひとりで作業してほしいの。知らない人やうるさい音でこの家がいっぱいになるなんて、いまはとても耐えられそうにないから」

「わかった。壁のボードを調達してきたら、明日の午前中には作業を始められる」

「二、三日かかるって言っていたかしら？」

ジェイムソンが壁に目をやる。「壁の傷みぐあいによりけりかな」

「もちろんそうよね」

ふたりで話しているあいだ、ロクサーヌの注意はカビの輪郭へとひきもどされつづけていた。カビが脈動して形を変えていると断言してもいいくらいだ。大きく盛りあがったそのきたならしいものが家族三人の体になっているので、彼らがもだえ苦しんでいるみたいに見える。

《わたしの頭がどうかしているのかしら。それとも、カビは前からずっと動いていたのに、わたしがそのことにも気づかずにいただけ？》

そこで陰鬱《いんうつ》な考えに襲われた。自分にカビの動きが見えているのなら、ジェイムソンにだって見えているのでは？　ショーンや子供たちのよじれる体が見えていても黙っているとか？　ロクサーヌはジェイムソンに目をやった。とくに変わったようすはないが、確かめなくては。

ロクサーヌは、横のほうにあるカビを指さして言った。「カビがこんなに雲に似ているなんて不思議ね。いろいろな形でいっぱいだわ。あのあたりが腕みたいになっているのが見える？」

ジェイムソンが、指し示されたところをしばしながめてからあごをかく。「本当だ。腕に見える。おもしろいもんだね？」

「そして、あっちは脚」

「ああ、わかる」

つづけてロクサーヌは、カビが天井にとどいているあたりを指さした。「それに、あの上のほう。ほとんど顔みたいだわ。男性の顔よ。そう思わない？」

「あれの話を持ちだされるなんて不思議だな」とジェイムソンが応じる。「じつはぼくももっと早くに気づいていたんだよ。でも、ちょっと変だから黙っていたんだ」

「変って、どんなふうに？」

ジェイムソンが首を上にかたむけてふたたびカビをながめた。「うーん、あの顔はほんの少し――こう言うのはおかしな気分だけど――なんとなくショーンみたいに見えるんだよな。

あれはショーンの目だって断言してもいいくらいだ」

ロクサーヌは冷たくて重たいものを腹部に感じた。自分の幻覚ではなかったのだ。家族全員があそこにいる。こちらを見おろして監視している。しかも、彼らの姿はいまやジェイムソンにも見えていた。頭をフル回転させて、その意味やそれについてどうするべきかを考えようとする。だけど、なにも思いつかなかった。

ジェイムソンが眉をひそめる。「悪かった。口に出さなきゃよかったよ。ただ、驚いてしまったんだ。でも、ああいういやな記憶を呼びさますのはまちがっていた」

「心配しないで」とロクサーヌは応じた。「話を持ちだしたのはわたしなんだから」

「まあね」そう言ったジェイムソンはまだ眉をひそめている。彼が道具箱をひろいあげて急いでまた家の外へ出たので、ロクサーヌはトラックのところまでついていった。

「明日も来るんでしょう?」とたずねる。

「ああ、そうする。さっきも言ったけど、悪かった」

「ぜんぜん気にしなくていいから」

ジェイムソンがトラックで走り去ると同時にロクサーヌは思った。《なにが起こったのかばれてしまったのかも。彼がいますぐ警察に行かなかったとしても、きっと近いうちに向かうはずだわ。彼を殺さなければならなくなりそうね》

ロクサーヌはキッチンに入ってあたりを見まわし、使うのにちょうどいい道具をさがした。ひきだしをあさって、肉切り包丁や大きなはさみや金づちを見つける。だけど、そのどれも役には立たないだろう。たちまち逮捕されてしまうにちがいない。なにかもっと気づかれにくいものが必要だ。

フライパンなら？　彼に襲われたと言えばいい。だめ。そういえば、〝頭からっぽのビリー〟はいつもいい子だった。彼が町内の別のだれかになにか不適切なことをしていたら、うわさが耳に入っていたはずだ。

フライパンをおろしたロクサーヌは、リビングに行って表側の窓のそばに立ち、大嫌いな家並みをながめた。おなじ芝生におなじ郵便受け。芝生の上におかれた子供用自転車。見ていると気分が悪くなる。

そのあとしばらくして思ったのは、自分はジェイムソンの言葉に過剰反応しているのではないかということだった。たとえ彼がなにかを怪しんでいるとしても、証拠は奇妙なカビくらいしかないのだ。それに、うながされなければ彼はカビのことなど一言も口にしなかっただろう。頭のなかでさらに何回か考えてみてから、ロクサーヌはこう結論づけた。《そうよ。彼は危険な相手じゃないわ》

後刻、旅行代理店の営業所に電話をかけて、月末にパリへと発《た》つ飛行機の片道航空券を購入すると、すぐに気持ちが浮きたった。壁の修繕がすんだら、あとはぜんぶ不動産業者にまかせればいい。自分がここにいる必要はないのだ。ロクサーヌは、深く息を吸いこんでゆっくりと吐きだした。飛行機に乗るのは初めてだ。

《うまくいっている。本当にやっとうまくいくのよ》

ベッドに入ったときの気分は軽かったが、見た夢は不安なものだった。死んだ家族全員がひとりずつ順に壁からおりてきて、彼らに盛ったのとおなじ毒を食べさせられてしまうのだ。ジェイムソンがロクサーヌを押さえつけてそれを手伝っていた。

朝早く目ざめたロクサーヌは洗面所に行った。顔を洗っているときに、爪のなかや指先にカビが少しついているのに気づく。そこで、アルコールとお湯で両手をごしごしとこすってきれいにした。

あとで料理をする気にはなれないだろうとわかっていたので、ロクサーヌは例のシチューを冷凍庫からとりだして自然解凍した。午前九時にやってきたジェイムソンのトラックには、灰色の壁のボードがずっしりと積まれている。彼はキッチンでシンクの上あたりの寸法を慎重に測り、作業着の胸ポケットにいつも入れている手帳にメモをとった。

「紅茶はいかが?」とたずねたロクサーヌは、ジェイムソンのあらゆる動きを観察し、カビから飛びだしている人影に相手が反応するかどうかようすをうかがっていた。家族三人はいままではずっと動きつづけていて、空気をつかもうと手をのばし、叫んでいるみたいに口を大きくあけている。なのに、ジェイムソンはそのいずれにも気づいていないようだ。

「いや、いらない」と彼が応じた。「ぼくはコーヒー党でね」

「コーヒーもあるわよ。インスタントだけど、お湯を沸かせばすぐいれられるわ」

ジェイムソンが巻き尺をのばして壁にあてながら言う。「ありがとう。そうしてもらえるとすごく嬉しいな」

ロクサーヌは食器棚にインスタントコーヒーをとりにいった。食器棚の扉をあけたときに、あれがまたそこにあるのを見つける。ガーリックソルトの小瓶だ。腹部に冷たいしこりができたように感じられた。片手をカウンターについて体を支え、コーヒーを棚からとりだす。

ロクサーヌはほほ笑みを浮かべたが、心のなかでは叫び声をあげていた。

《だれかがわたしにこんなことをしているんだわ。これは捨てたはずなんだから。何度も。わかっているわよ。だれかが毎回もとの場所にもどしているんだって》

ジェイムソンのほうをすばやく見ると、彼はこちらに背中を向けていた。

《わたし以外にここに入って、カビでできた顔を見たのは？　まぬけのビリーしかいないわ。彼はいったいどんなゲームをしているの？》

ロクサーヌは、コーヒーをいれるお湯をコンロで沸かしながらフライパンにちらりと目をやった。ジェイムソンはまだこちらに背中を向けている。

《やれるわ。いまよ。自分の顔にひっかき傷をつけて服を破くの。正当防衛だってみんなに言えばいい。きっとやれるはず》

そのとき、ジェイムソンがふりむいた。彼の顔を見たとたんに勇気がくじけてしまう。いいえ。別の方法があるにちがいないわ。なにか絶対確実な方法が。

壁では家族三人が身をよじって悲鳴をあげていた。

シンクの縁の上に立ったジェイムソンが、天井にまでとどいているカビをつついたので、ロクサーヌの腹部の冷たいしこりがきゅっとひきしまった。彼はほとんどショーンと顔を突きあわせている状態なのに、なにひとつ気づいていないようだ。ジェイムソンはたんに頭が悪すぎて、顔の真ん前にあるグロテスクな驚異など見えていないのだろう――そう考えてロクサーヌはリラックスした。

お湯が沸いたところで、それをインスタントコーヒーの粒にそそいでジェイムソンにカップを手渡す。自分用のコーヒーもいれようかと思ったそのとき、相手がこう言った。「ご家族は病気になったんだってね。ちがうかい？」

ロクサーヌはじっと動かずにいた。それからジェイムソンのほうに向きなおってカウンターにもたれ、くつろいだ雰囲気をかもしだそうとする。

《彼にはわかっているんだわ。このろくでなしにはわかっている。わたしをもてあそんでいるのね》

「そうよ」とロクサーヌは応じた。「どうしてそんなことを訊くの？」

ジェイムソンが不安げに眉をひそめる。「ごめん。この話は持ちだすべきじゃなかった」

「かまわないわ。だけど、なぜあなたがそういうことを考えたのか知りたくて」

ジェイムソンが、巻き尺をそわそわと両手で何度もひっくりかえした。「ぼくの姉とその子供たちがリンゴ狩りに行ってね。リンゴを山ほど食べて、すごくぐあいが悪くなったんだ。もしかしたらリンゴが腐っていたのかもしれないし、あるいは農薬のせいだったのかもしれない。いずれにしても、姉たちは結局入院するはめになったんだよ」

ロクサーヌは案じているふうを装って両眉をつりあげた。「もう大丈夫だといいんだけど」

「みんな元気になった。とはいえ、幼いアンディーは一日長く入院しなきゃならなかったんだ。吐きつづけていたせいでね」

「でも、いまはよくなったんでしょう？」

「そうだよ、ヒルさん。すっかり元気だ」

「まあ、すてき」

ロクサーヌは頭をフル回転させていた。農薬のことを持ちだすなんて、これも彼のゲームの一部なの？　棚にあるガーリックソルトの瓶に目をもどして考える。《知る必要があるわ。確かめないと。彼が本当に馬鹿なだけだったら？》

ジェイムソンが言った。「気を悪くしないでくれるといいんだけどな」

「なんのこと？」

「あのさ、今回の仕事があまりにも奇妙だったから、二、三人の仲間に話したんだよ。そのなかにジェフ・デラノもいてね。彼のことは知っているかい？　ジェフもぼくらとおなじ高校の出で、いまは警官なんだ」

「いいえ、知らないわ」と、ロクサーヌは静かに応じた。

「ジェフはときどきぼくの仕事を手伝ってくれるんだよ。ほら、非番の日のこづかい稼ぎとしてね。彼が午後に来るかもしれない。かまわなければだけど」

ロクサーヌはキッチンテーブルの席に腰をおろした。これであとなにがあったら、家族の

■創元推理文庫

騎士団長アルスルと翼の王

鈴森 琴　定価１２１０円 Ⓔ

アルスル率いる鍵の騎士団は、城郭都市アンゲロスの救援にむかう。一方護衛官ルカは身分の違いからアルスルへの恋心を告げられずにいた。好評『皇女アルスルと角の王』続巻。

シャーリイ・ジャクスン・トリビュート 穏やかな死者たち

ケリー・リンク、ジョイス・キャロル・オーツ 他／渡辺庸子、市田 泉 他訳　定価１６５０円 Ⓔ

当代の幻想文学の名手たちが書き下ろした傑作十八編を収録した、鬼才に捧げるトリビュート・アンソロジー。シャーリイ・ジャクスン賞特別賞、ブラム・ストーカー賞受賞作。

東京創元社が贈る総合文芸誌

紙魚の手帖

A５判並製・定価１５４０円 Ⓔ

SHIMI NO TECHO vol.13 OCT.2023

第三十三回鮎川哲也賞選評、および第一回創元ミステリ短編賞選評&受賞作掲載。本誌初登場・新野剛志、連載スタート。今村昌弘による〈明智恭介〉シリーズ最新短編ほか。

※価格は消費税10％込の総額表示です。Ⓔ印は電子書籍同時発売です。

ケンブリッジ大学の途切れた原稿の謎

ジル・ペイトン・ウォルシュ／猪俣美江子 訳　定価1210円 Ⓔ

ケンブリッジ大学の貧乏学寮セント・アガサ・カレッジ。ある数学者の伝記執筆をめぐる不可解な出来事とは？　好評『ウィンダム図書館の奇妙な事件』に続くシリーズ第二弾！

サスペンス作家が殺人を邪魔するには

エル・コシマノ／辻 早苗 訳　定価1540円 Ⓔ

オンライン掲示板で何者かが元夫の殺害を依頼した！　作家のフィンレイは同居人のヴェロと、殺害を阻止しようと奔走する。巻きこまれ型ジェットコースター・サスペンス！

野外上映会の殺人　マーダー・ミステリ・ブッククラブ

C・A・ラーマー／高橋恭美子 訳　定価1496円 Ⓔ

クリスティの『白昼の悪魔』を映画化した『地中海殺人事件』の野外上演会で殺人が。〈マーダー・ミステリ・ブッククラブ〉の面々が独自の捜査を開始する。人気シリーズ第三弾。

illustration:duncan1890/Getty Images

遺体が検視のために掘りおこされることになるのだろう。まぬけの言葉ならきっとありえないが、おせっかいな警官の証言ならあるいは。

「完璧に問題ないわ」とロクサーヌは言った。

「手をどうかしたのかい?」とジェイムソンがたずねてくる。

指に目を落とすと、またしても爪のなかや指先がカビでよごれていた。食器用洗剤を使ってシンクでそれを洗い流してからこう応じる。「おかしいわね。キッチンに入ったときに壁にさわっちゃったのかしら」

「気をつけたほうがいい。そのてのカビは体に悪いから」

《そうよ。彼は演技をしていて、警官が到着するまで素知らぬふりをしているの。いつかこうなるってわかっているべきだったわ》

直感にしたがえばよかったのだ。ただこの家をあとにして、不動産業者に修繕と売却をまかせればよかった。自分は何日も前にパリへと飛びたてていただろう――頭の悪い怪物や叫び声をあげる家族といっしょに自宅にとらわれたりなどせずに。それでもまだ逮捕されたわけではない。

ジェイムソンが壁のボードのサイズを手帳で計算しているあいだに、ロクサーヌは例のシチューをコンロの弱火にかけた。

そして言う。「ジェイムソンさん、シチューは好き?」

彼が鍋をちらりと見た。「ビリーと呼んでくれ」

「ありがとう、ビリー。わたしのこともロクサーヌって呼んでね。それで、ビーフシチューは好き？」

「好きだよ。すごく」

「だったら、ぜひお昼を食べていってもらわないと」

「ありがとう、ロクサーヌ。嬉しいな」

「お友だちの警官は何時ごろに来るって言ったかしら？」

「今日の午後あたりだ」

ロクサーヌはキッチンの時計にちらりと目をやって提案した。「彼がいつ来てもいいように、わたしたちふたりで早めにお昼を食べちゃうべきかもね」

ジェイムソンがこう応じる。「かまわないよ。じつは朝食をとりそこねたんだ」

「じゃあ、できるだけ早く食事を楽しみましょう」

ロクサーヌは、キッチンで相手がそばをせわしなく動きまわるなか、コンロにのせたシチューの鍋の底が焦げつかないよう注意深くかきまぜた。シチューがあたたまって心安らぐにおいがキッチンに満ちたところで、食器棚から小瓶をひとつとってその中身をすべて鍋に投入する。

「それはなんだい？」とジェイムソンがたずねてきた。

リラックスしてあきらめ気分で鍋をかきまわす。ふたりのささやかなゲームにジェイムソンが勝ったのだ。警官がこっちに向かっているのだから。

「わたしたちのお昼にちょっぴりスパイスを加えただけよ」とロクサーヌは応じた。

シチューを深皿ふたつにたっぷり盛って、ジェイムソンといっしょにキッチンテーブルの席につく。彼は待ちかねたようにスプーンを突っこんで口いっぱいにシチューを頰張《ほおば》った。ロクサーヌ自身は深皿の横にスプーンをおいたまま、家族がこちらに向かって叫んでいるあたりの壁をじっと見あげる。

ジェイムソンが咳払《せきばら》いして言った。「このあいだ初めてここへ来たとき、リビングに旅行のパンフレットがたくさんおいてあるのを見たよ。どこかへ行くのかい?」

「ええ、そうよ。パリへね」

ジェイムソンが食べるのをやめて椅子の背にもたれる。

「すごいな。ぼくはうちから車で一時間くらいのところまでしか行ったことがないんだ。パリのことを教えてくれる?」

「わたしだってまだ訪れた経験はないのよ」

「うん。でも、ぼくよりはずっとパリのことに詳しいはずだ」

「たぶんね」

ロクサーヌは一本の指をスプーンにあてて静かにすわっていた。頭をフル回転させて逃げ道をさがしたが、なにも浮かんでこない。警官がこっちに向かっている。逃げてもきっとジェイムソンに止められてしまうだろう。《ええ。彼はまさしくそうするにちがいないわ》とロクサーヌは思った。

ジェイムソンが言う。「ジェフもこのシチューをすごく気にいるよ。少し残しておいてやれるかな？」

ロクサーヌはあまり長くは考えなかった。「わたしたちふたりでシチューをたいらげちゃって、彼にはレシピを教えてあげるっていうのは？」

「いいとも。でも、ロクサーヌは食べていないみたいだね」

自分の指についたカビに目をやってから家族の姿を見あげ、スプーンを手にとる。「どうしようか迷っていたんだけど、結局そうすることになるのかしら」

ジェイムソンがシチューを半分口に入れたまま言った。「パリに着いたら最初になにをするつもりだい？」

しばし考えて応じる。「ホテルにチェックインして、エッフェル塔の見えるバルコニーに出るの。それから、外の空気を吸いこんで思うのよ。わたしは自由だ、っ、て、ね」

ロクサーヌはシチューを一口食べた。おぼえているとおりのおいしさだ。

ふたりはいかにも旧友らしく、鍋がからっぽになるまで食べて語りあった。

（新井なゆり訳）

パーティー

ポール・トレンブレイ

ポール・トレンブレイ（Paul Tremblay）は一九七一年コロラド州生まれ。二〇一五年の*A Head Full of Ghosts*でブラム・ストーカー賞長編部門を受賞。二〇一六年の*Disappearance at Devil's Rock*で英国幻想文学大賞ホラー長編部門を受賞。『終末の訪問者』（竹書房文庫）で二〇一八年のブラム・ストーカー賞長編部門と二〇一九年のローカス賞ホラー長編部門を受賞。同書は「ノック　終末の訪問者」として二〇二三年に映画化された。

（編集部）

「シートの下にハンドバッグを置いていくから。忘れないように声をかけて。もう、こんなに遅くなっちゃったわ」ジャッキーが言った。マサチューセッツ州ケンブリッジのセントラルスクエアに近いアパートからのドライブのあいだ、五分ごとに遅れると宣言していたのだ。(もっと速く運転してよ)という暗黙の非難だった。

遅れるという予言は果たされ、ふたりは車を降りた。フランシスは言った。「大丈夫。どんなパーティーでも遅すぎるってことはないから」

「道路と私道にあれだけ駐車してるのを見てよ。みんなもうここにきてるのよ」

ジャッキーはたいていの場合魅力的だったが、外交的で社交を気にかけていた。その不安が爆発しそうになったときは、いやがらせすれすれの単純な質問をすると、いくらか気をそらすことができた。「みんなって誰?」フランシスはたずねた。

ジャッキーはせせら笑い、半眼になった。「あなたがどういうつもりなのかわかってるわ。ありがとう、やめていいわよ」フランシスが選んだメルローのワインの瓶をつかむ。ふたりとも、これが上司の好みに合うかどうか確信がなかった。

「わたしがかわりに答えてあげよう――仕事仲間。毎日会って話してる人たち。あんたのことが好きで、感心してて、ときどきオフィスの冷蔵庫からお昼をくすねたりする人たちだよ」フランシスはジャッキーの空いている手をとると（指が驚くほど冷たかった）、SUVや高級セダンでふさがっている、木立にはさまれた長い私道をひっぱっていった。ジャッキーは手をひねって引き離し、襟もとにゆったり巻いていたスカーフをそわそわと直して言った。「最後に到着したくないのよ。入っていくときみんなにじろじろ見られるから。外に残ってたほうがいいかもね——あなたは煙草《たばこ》が吸えるし——そのうち誰かがきて、その後ろにくっついてこっそり入れるでしょう」

フランシスは肩までのびた白髪混じりの髪に手を走らせた。「へえ、間違いなくわたしたちが最後だと思うけど」その台詞《せりふ》を笑顔で言おうと試みる。あるいはジャッキーから笑顔を引き出そうと。

「あたしたち、帰ったほうがいいわ」とジャッキー。「このワインがあるし」

「ワインは好きじゃない」

「あたしが飲むつもりだったのよ」

ふたりが一緒に暮らすようになってからほぼ一年、つきあいだしてからは二年近い。出会ったのは、昼は小さなカフェ、夜はビール専門のバーになるフランシスの〈醸造館〉にジャッキーが猛然と入ってきたときだった。ジャッキーはブラックコーヒーのラージサイズを持ち帰りで注文し、うっかり携帯とハンドバッグをカウンターに置き忘れた。二十分後に戻ってきたとき、フランシスは携帯とハンドバッグに加え、二枚の小皿にそれぞれペストリーを載せて、小さなテーブルの前に腰かけていた。エプロンを外し、開店中の六十時間ずっとカウンターの奥にいたというより、もっとオーナーらしく見えるように黒いブレザーを着ていたものだ。ジャッキーは電話会議を逃し、ふたりはそこに腰かけて、ジャッキーがコーヒーを飲み終わるまで話をした。フランシスの強い勧めで、ジャッキーはその晩遅く、無料のビールを一杯飲みに訪れた。フランシスは五十一歳で、ジャッキーより十五歳上だった。その差が一時代に相当するように思われるときもある。遅れたことに対して、ジャッキーがこんなふうに反応する根底にあるのは不安だが、それは別に、仕事のパーティーで年上の女性と一緒にいるのを見られるのが恥ずかしいからではない、とフランシスにはわかっていた。だが、〝じろじろ見られてもかまわないじゃない〟という会話にはあきあきしていたし、自分自身の思春期めいた不安な気持ちにたえず悩まされ、忘れることができないことにもうんざりしていた。

「いま帰るわけにはいかないよ。〝仕事仲間〟に――」フランシスはそこで間をおき、遊び心から意図的につけたあだ名を強調した。「――もう見られてるから」

ジャッキーが声をたてて笑ったので驚く。まるでこちらの心を読み、わざとひっぱるかのように、ジャッキーは言った。「あなたがあたしのいいひとよ」そして、フランシスの手をひっぱりあげ、騎士のキスの真似をした。

個人所有の丘陵地のてっぺんに広がる七〇年代風の大牧場は、インクの染みによく似ていた。私道の終わりに石畳の通路が続き、その先にある焦げ茶色の家の外壁ともども、一対の投光照明に照らし出されている。家の外観は古びてはいないにしろ、ニューイングランド地方の極端な天候と毎年闘ってきたことを示していた。正面入り口の両脇には、綿密に配置された灌木《かんぼく》が並んでいる。

フランシスは言った。「すてきだけど、想像してたより小さいね」

「中を見るまで待ってよ。あの女《ひと》に何枚も写真を見せてもらったの」

「そうだろうね」

「あなた、おもしろくないわよ」正面のドアは少しあいており、パーティーの会話と笑い声がもれてきていた。「そのまま入るべきよね」

「あんたのパーティーなんだから。やりたければ泣きわめいたっていいよ」ジャッキーに続いて中に入る前に、フランシスは背後をふりかえった。投光照明と通路の向こうは闇に沈んでいた。通りも私道の長さも見通せない。口には出さないが、これから舞台に出て、見知らぬ集団に――フランシスの考えでは――自分の存在を正当化しなければならない、という不安を反映している。ばかげた考えだが、まるであの家といまこの時点の先にはなにも存在していないかのようだった。

「これはオープンな間取りというやつだね」とフランシスは言った。玄関ホールから見えるかぎり、家の壁は外壁しかない。開放的なキッチン、ダイニング、リビングが互いに流れ込むように重なり合って続いており、境界は曖昧で気まぐれだった。内装はあざやかな明るい色で、派手な印象を受けるほどだ。黄色とこがね色が、あかがね色や、もっとくすんだ色合いと混じり合っている。天井からは上品で現代的な照明器具がさがっていた。巨大なアイランドキッチンの天板はクオーツストーンで、深くて大きな農家風の流しがついている。左手の壁には床から天井まで一面にガラス張りの窓が並んでおり、ランタンに照らされた裏庭の景色がうかがえた。リビングエリアの奥の壁は本棚に覆われている。その場には着飾った人々があふれ、みな酒を飲んで歯をのぞかせて笑いながらどんちゃん騒ぎしていた。

　客のひとりが駆け寄ってきてジャッキーを抱きしめ、フランシスにこんばんはと手をふった。挨拶に続けてひと息で、コートとワインを受け取ろうと申し出る。パーティーがひらかれている家では、つまずきながら手探りでなんとかルールを把握しなければならないのが習いだ。フランシスは靴を脱ぐべきか訊こうとしたものの、年下の女性はふたりのコートを腕いっぱいにかかえて姿を消した。ジャッキーはいつも通り短い黒のドレス姿で、はっとするほど美しかった。フランシスは白いボタンダウンのシャツの裾を出し、すりきれたブレザーを重ねて、いちばん上等のスキニージーンズをはいていた。

　グレーのスーツを着た年上の男性が隣に現れた。タンブラーに入った赤っぽい色の飲み物のトレーを持っている。これはこのパーティーのため特別に作ったカクテルです、と男性は説明した――フォアローゼズ・バーボン、カンパリ、甘いベルモット酒にオレンジの皮。この飲み物は名前があるんですか、とフランシスはたずねた。「たんに〝終わり《ジ・エンド》〟と呼ばれています」

「一杯飲んだら、夜は終わりになる、みたいな?」ジャッキーが軽く頭をさげてグラスをひとつ受け取った。

「にぎやかだね」フランシスは言った。運転してきたのでアルコール度の高い飲み物は遠慮する。ビールがないかと訊いてみた。ホップが強ければ強いほどいい。男性は窓の壁際にぽつんと設置されたテーブルを指さした。

ビールをとりに行ってジャッキーのそばに戻ると、家の持ち主でジャッキーの会社の最高《C》財務《F》責任者《O》であるジーン・ビショップが広大な部屋の真ん中に立ち、パーティーの参加者が静かになるまでフォークでグラスを叩いた。それから口をひらく。「みなさん、お越しいただきありがとう。基本的にスピーチは苦手なのだけれど」パーティーの客はその皮肉ないし自虐に対し、当然のように笑った。ジーン・ビショップを好きになれないのは必ずしも公平な見方ではない、と認識する程度の自覚はあったが、どの角度からも鋭くけわしい印象で、外見と同じく冷淡な乾いた声だと考えると、多少の満足感をおぼえた。「短く要領を得たものにしておくわ。食べたり飲んだり――」ジーンは言葉を切り、半分からになったグラスから長々と中身をすすった。「――一戦交えたりしてちょうだい、どうせ明日は死ぬ身なのだから」

広大な部屋にあふれる客たちは大喜びで拍手喝采した。

「人事部長はここにいる? 苦情を申し立てたいんだけど」フランシスはジャッキーの耳もとにささやきかけた。

「あの一節は『コリントの信徒への手紙』じゃなかったと思うわ」ジャッキーは答えた。パーティーの前に襲われていた不安の波は通り抜けたらしく、あきらかにさっきより肩の力が抜けており、フランシスと腕を組んできた。

その触れ合いにフランシスはついほほえんだ。「あの人はニュー・リビング翻訳の聖書を使っているんだよ」

「なんであたしたち、ここにいるんだったかしら？」

「あの人はあんたの上司だよ」

「そうね。あなたが断れって言うべきだったのに。まったく、こういうことからあたしを守ってくれるはずでしょ」

「役に立たなかったね。あの乾杯はちょっと変だったと思わない？」

「金持ちの白人は変なのよ。会社ではあんなふうじゃないわ」

「金持ちの白人じゃないってこと、それとも会社では飲まないってこと？」

「しーっ。こんばんはって言いに行かなきゃ。そういうルールでしょ？」

スパンコールをちりばめた赤いドレス姿のジーンのまわりには、挨拶しようと客が集まっていた。ふたりはその非公式の列に並んで礼儀正しく待った。グレーのスーツの男性がまたひとり、藁《わら》で編んだピクニックバスケットらしきものを持って、携帯電話を預かりにきた。周囲の人々の大部分はからの手をあげてみせ、もうバスケットの要請に応じたことを示した。

ジャッキーが期待するようにこちらを見た。それとも、問いかけるようにだろうか？　フランシスにはわからなかった。ジャッキーはさっき、ハンドバッグと、たしか携帯も、わざわざ助手席の下に置いてきた。こうして携帯電話を預けるようにという要請がくることを知っていたのだろうか。フランシスは言った。「あいにく、携帯を手放すつもりはぜったいにないね」

ジーンがふたりのあいだに割って入って言った。「私が会社で決めているルールのひとつよ。集まりがあるときは、携帯を手の届かないところに置いてもらうの。できたら邪魔されずにしっかり話し合ってほしいからよ。こんばんは」ジーンはすばやくジャッキーを抱きしめた。「きてくれてほんとうによかった」腕をのばした距離からじっと見つめる。ジャッキーは遅くなってごめんなさいと謝り、予想よりドライブの時間がかかったからというようなことをつぶやいた。ジーンはフランシスに注意を向けて言った。「あなたのことはとてもたくさんお聞きしているのよ、フランシス、ようやくお会いできてとてもうれしいわ」

ふたりは抱き合った。居心地の悪そうなフランシスをおもしろがっているらしく、ジャッキーが目をみひらいた。

「こちらもお会いできて光栄です、ジーン」フランシスは答えた。「携帯電話の件は申し訳ありません。でも、わたしのカフェでなにかあったら、たとえば火事になったりしたら――」自分の冗談に声をたてて笑う。それほどおもしろくないことは承知の上だ。「――知る必要があるので」

「ええ、もちろんよ。でも、たとえ今晩、とんでもないことだけれど、そのカフェが炎上してしまったとしても問題ないわ。あした世界は終わるんですものね」ジーンは笑い声をあげた。

「それもひとつの見方でしょうね」フランシスはビール瓶から飲んだ。この冗談がこちらには通じないものか、自分が冗談の的になっているかのどちらかだ。

「あらやだ、フランシス、ごめんなさい」ジャッキーがそわそわとふたりの女性を交互に見た。「どうして忘れちゃったのかわからないけど、忘れてたわ。このひとに――」言葉を切ってフランシスを示すと、直接ジーンに話しかける。「このひとに、パーティーのテーマがあるって伝えなかったんです」

ジーンのこわばった姿勢が一瞬やわらいだ。「伝えなかった?」

「まったくだよ、わたしに伝えなかったって?」フランシスの声は意図したより高くなってしまった。こんなにあからさまに傷ついた言い方はしたくない。

「驚いた? ごめんなさい。最低な気分だわ。ジーン、お話ししてなかったと思いますし、ほんとうに、たいしたことじゃないんですけど、あたしはこういう――こういう集まりの前にはストレスを感じて、頭がうまく働かなくなりがちで――」

「まあ、ジャッキー、ごめんなさいね、ぜんぜん知らなかったわ」

「いえ、いいんです、どうか謝らないでください。大丈夫です。ただパーティーに行くのにちょっと努力が必要なだけで。いつも一度きてしまえば平気なんです。すごく楽しんで、たいてい帰るのは最後なんですよ、そうでしょ、フランシス？」ジャッキーはフランシスの手をとって握りしめた。

「ともかく、あなたがきてくれてよかったわ、ジャッキー、なにか必要なものがあったら言ってちょうだい。それから、そうなの、フランシス、このパーティーのテーマは世界の終わり。黙示録そのものを祝っているわけではないし、ぞっとするようなものにするつもりはないのだけれど。これはむしろ、いまここに生きていることへのお祝いだと思っていただけるかしら。こういうふうに言うと、ひどいテーマね？」

フランシスは言った。「いいえ。そんなことはまったく。そのうちうちのカフェでも試してみるかもしれません。みんなにコーヒーの最後の一杯か、ビールの最後の一パイントを提供すると申し出て」

ジャッキーが言った。「ううん。最悪なのはあたしよ。ふたりともごめんなさい」

ジーンはおおげさに気を遣い、謝るのはやめなさい、と主張した。フランシスはそうしなかった。

しばらく沈黙が続いて、礼儀正しい笑顔が消え失せ、当惑と憤慨がふつふつと沸きあがってきたあと、ジーンは言った。「誰もマッドマックスやフュリオサ大隊長（映画『マッドマックス 怒りのデス・ロード』の登場人物）みたいな服装をしてこなかったのはがっかりだわ」

フランシスは言った。「知っていればよかったんですが。コスプレは大好きなので」

ジャッキーがあきれた顔をして言った。「このお宅は文句のつけようがないぐらいすてきですね、ジーン。ついあの壁を見ちゃいます、あんなにきれいな窓がたくさんあって」

「ありがとう、ジャッキー。ご親切に。けっこうたいへんだったのよ。結局はそれだけの価値があったと思うわ。でも――」ジーンは言いさしてグラスからすすり、飲みながら細い指で示した。「――あれだけガラス張りだと、あした世界が終わるときには、完全にこちらがまる見えでしょうね。もしかしたら、私たちは水槽の魚みたいにペットとして飼われることになって、じわじわと飢えていったり、正気を失っていったりするところを観察されるのかもしれないわね。ただの冗談よ、ごめんなさい。この部屋にずっといるつもりはないの。あんまり無防備だから。わかったわ、冗談はやめましょう。どうも自分のテーマに引き込まれてしまうのよ。たぶん夢中になりすぎるのね。ジャッキー、今晩泊まっていったら、という提案はフランシスに話していないんでしょうね？　部屋はたくさんあるし、車で街へ戻るのはとても時間がかかるわ。いったいなんのためなの？」

「どうしてわたしにテーマを言わなかった？」フランシスは〝テーマ〟のあたりで指を引用符の形に掲げてみせた。「大げさに受け取りすぎているのかな？　そうは思わないけど。伝える暇は何週間もあったんだし」

「わからない。ごめんなさい」

「わからないってどういう意味？　理由はあるはずだよ。わたしがばかにすると思った、それとも行きたくないって言うと思った？」

「ほんとうに、わからないの」

「なんでわからないのか理解できない」

「嘘はついてないわ」

「ここに着いたとき話せたよ。あの男が〝終わり〟のドリンクを持ってきたとき話せたよね？　まったく、どうしてあのとき言わなかった？」

「ねえ、悪かったってば。社交の集まりの前にあたしがどうなるか知ってるでしょ。どんなに訊き続けてもあたしの答えは変わらないから」

「携帯を集めてるのは？　あんたは車に携帯を置いてきた。そうしたのを見たよ。なんでわたしにそのことを注意しなかった？　わたしが言いたいのは、まるで——秘密のカルトパーティーに連れてこられたみたいだってこと」

「まじめに言ってるの？　ばかみたいよ」

「そう？」

「そうよ。〝秘密のカルトパーティー〟は去年のテーマだったわ」

「知ってた。まるっきりカルトだね。仕事仲間のカルト。あんたは自分の分、ジム・ジョーンズ（カルト教団人民寺院の教祖。多数の信者とともに集団自殺した事件で知られている）のジュースをもらった。それに、水槽の中にいるとかってばかげた話は、いくらなんでもふざけてる」

「今度は不愉快な態度をとるわけ。いまはあなたにつきあってられないわ」ジャッキーは胸の前で腕組みして薄ら笑いを浮かべた。おそらく内心より困惑しているふうに見せようとしているのだろう。

「ああそう。やめる。でも、ひと晩ここでカルトに参加する気はぜったいにないよ」

「ええ、わかってるわ。ちょっとぐらい信用してよ」

このぐらいで充分だろう。やりすぎたくらいかもしれない。短いが真剣な言い争いは、傷ついた感情から、あきらめ混じりのユーモアへの試みに移ったものの、またもや心を傷つける方向へと戻りそうになっていた。フランシスは後悔をこめて、ビールの空き瓶をふった。

「煙草を吸いに外へ出たら、最初の生贄《いけにえ》にされると思う？」

「運がいいときだけね」


キッチンを通りすぎてせまい廊下を進むと、現在手荷物預かり所になっている寝室が見つかった。

天井の電灯はつけてあったが、装飾すりガラスの曇りのせいで光がかすんでいる。腰板の上の壁はクリーム色がかった黄色だった。キングサイズのベッドの上部にある濃い色のヘッドボードが奥の壁の大半を占めている。キルトに覆われた白いマットレスの上に、客のコートやジャケットが異常にきっちりと、とは言わないまでも、ていねいに並べられていた。コートの数に圧倒されそうだ。これほど多くの人がここにいるのだろうか？ それに、コートの広げ方には、どこか戦利品の毛皮を飾っているような雰囲気がある。もっと早くパーティーに戻るつもりだったが、自分のコートを探し出すのは、考古学者が発掘現場で針を一本見つけるようなものだった。あとでジャッキーにそう冗談を言おう、と心に留めておく。もっとも、オーバーコートはすぐ見つかったので、その中から煙草とライターをとりだした。ベッドに向かい合った部屋の一隅は、大きな窓の下が休憩所になっていた――フラシ天の椅子、小さな本箱、そして一本脚の木製丸テーブルがひとつ。テーブルの上には、そう――なんなのかよくわからないものがある。ころんとして表面のなめらかな赤いものは、苺《いちご》のような形をしているが、バースデーケーキの大きさだ。実のところ、もっと大きい。ベッドをまわって休憩所に近づきながら、あれはケーキだとフランシスは結論を出した。

心の中ではっきりケーキだと決めたので、外側の赤はフォンダンのアイシングだろうと思っていたものの、よく見ると表面はなめらかではなかった。柄も茎もないが、じっくり見れば見るほど有機体のようだ。表皮には小さなこぶが盛りあがっていたり、黒い点のようなくぼみや穴になっていたりする箇所がばらばらと不揃《ふぞろ》いにあった。少しのあいだフラシ天の椅子に腰かけて、この皮は下に敷いたクッションのようにやわらかいのか、それとも固い外皮なのだろうかと首をひねる。やけに甘ったるい、ほとんど煙くさいような堆肥のにおいがして、最初は不快さに目がひりひりした。すぐに慣れたが。そのしろものは磁器の大皿か器の上に置いてあり、根もとには紫に近いほど濃い赤の、つやつやと光る液体が溜《た》まっていた。フランシスは椅子から離れたが、しゃがみこんだままテーブルの向かい、窓に面している側に移動した。こちら側の表皮は吹き出物ができてじくじく爛《ただ》れている。

フランシスは立ちあがると、上の空で両手をもみしぼりながら、ふらふらと二、三歩休憩所から離れた。とはいえ背を向けて寝室を出ようとはしなかった。そのかわり、椅子に戻って腰をかがめ、いちばんなめらかな、傷のなさそうな部分に指をのばす。表面は藁紙でできているかのように破れた。指先サイズの穴から液体がにじみ出てくる。腐ったトマトにさわったような感触だったが、もっと悪かった。トマトではなかったからだ。

寝室の外、廊下の真ん中にジーンが立っていた。「必要なものは全部見つかった?」と問いかけてくる。

フランシスは「はい」と言い、片手で煙草の箱を持ちあげてみせた。もう一方の手をジーンズでぬぐう。軽妙な切り返しは脂っぽい指先の上で消えた。

「どうぞ裏へ出て。端にスタンド灰皿を置いておいたわ、煉瓦《れんが》とガラスの境にね。細長い鳥の水浴び用の水盤《バードバス》みたいなものよ。見逃しようがないわ。パティオへのガラス戸に鍵はかかっていないから」

「ありがとう。お言葉に甘えて」フランシスはどんなわずかな接触でも避けようとして、ほとんど壁に体を押しつけながらジーンの脇を通り抜けた。

「無理なのは承知だけれど」ジーンは言った。「あなたとジャッキーに今晩泊まっていってほしいという申し出はまだ有効よ。よかったら私の寝室を使ってちょうだい。かまわないわ」

よく晴れた寒い夜だった。街にいるのとは違い、光がほかにないので、空の星がよく見えた。針でつついたような光点のいくつかはほかの点より大きい。ちらちらとゆらぐ星もあれば、しっかりと腰をすえて瞬《またた》きもしない星もあった。

そよ風が芝生と木々をざわめかせた。フランシスは芝生を避けて——芝生を踏むつもりはない——煉瓦敷きのパティオの端に立ち、家に背を向けて、木立の中をのぞきこんだ。くるぶし丈の芝生はこんもりと茂った林へ続いている。木々の高さや梢《こずえ》を見て、いつから生えているのか、枯れるまでどのぐらい残されているのかと考えたりはしなかった。かわりに、幹の根もとをごちゃごちゃと囲んでいる不格好な塚を確認しようと目を凝らし、それ以上耐えられなくなるまでじっと見つめた。

パーティーの参加者からは、フランシスがここにいるのが見えるだろうか。こちらのほうは相手に気づかれることなく——ジーンはどう言った？——客が水槽にいるうちに楽しんでいる様子を観察できるだろうか。

フランシスはつぶやいた。「テラリウム、って言うべきじゃないかな、ジーン？」煙草の吸い殻を灰皿ではなく芝生に投げ捨てる。ささやかな反逆行為に、唇がゆがんで微笑をかたちづくった。

フランシスはふりかえり、人々がごった返しているあかあかとした家の内部をながめた。ジーンとジャッキーがパティオのドアのところに立って中庭を見渡している。おそらくフランシスを見ているのだろう。距離があるせいで、ふたりの顔はのっぺりとぼやけていた。手ぶりや上下に動く頭からして、話しているのはジーンだけらしい。
飲み物のトレーを持った男性がやってきて、〝終わり〟の赤いグラスをもう一個ジャッキーにさしだした。ジャッキーは受け取った。そしてタンブラーを宙に掲げ、中庭のほうへかたむけて、フランシスに乾杯してみせた。

（原島文世訳）

精錬所への道

スティーヴン・グレアム・ジョーンズ

スティーヴン・グレアム・ジョーンズ（Stephen Graham Jones）は一九七二年テキサス州生まれ。これまでに二十五冊以上の長編と短編集を発表しており、コミックブックも手がけている。二〇一七年の *Mapping the Interior* でブラム・ストーカー賞中編部門を受賞。二〇二〇年のノヴェラ *Night of the Mannequins* でブラム・ストーカー賞中編部門とシャーリイ・ジャクスン賞ノヴェラ部門を受賞。同年の *The Only Good Indians* でブラム・ストーカー賞長編部門とシャーリイ・ジャクスン賞長編部門を受賞。二〇二一年の *My Heart Is a Chainsaw* でシャーリイ・ジャクスン賞長編部門、ローカス賞ホラー長編部門、ブラム・ストーカー賞長編部門を受賞している。

（編集部）

何年もたってから、ジェンセンが会社の指示で三日間滞在したホテルのバーでトリビアクイズがおこなわれ、あらゆるスクリーンに『愛と青春の旅だち』が映し出された。タイトルもポスターもだ。質問がなんだったのかはよく憶えていないが、答えはこの映画だった――ジェンセンは本気でゲームに興味を持っていたわけではなく、たんに声援やうめき声を乗り切り、なるべく人にもまれずに酒を飲み終えようとしていただけだった。部屋代も食事代もタクシー代もすべて経費で落ちたが、この酒は、九ドル分のすべてが自分だけのものだった。

その酒は、バーテンダーへの二ドルと一緒にその場に置いていった。別に、もっと速く反応していればそのゲームで勝てたというわけではない。たとえちゃんと注意を払っていても、答えとしてあの映画を挙げはしなかっただろう。なにしろ最後まで観てさえいないのだ。依然として四方から迫ってくるスクリーンによれば、『愛と青春の旅だち』は一九八二年の上映で、リチャード・ギアとデブラ・ウィンガーが出演していた。だが、一九八八年に十七だったジェンセンは、ビデオデッキに突っ込んだとき、ギアとウィンガーの名前も顔もまるで知らなかった。ただ、高校二年生で観た『トップガン』はなかなか気に入ったし、これも戦闘機パイロットの話だとビデオの箱の裏に書いてあり、スーパーのレンタルで九十九セントだったので、試してみようと思っただけだ。

ちょうどおもしろくなってきたところで、カーラが電話してきた。どこにいるか説明を受けているあいだじゅう、ジェンセンは画面上で停止している『愛と青春の旅だち』を見つめていた。トラッキングや雑音で軍曹の訓練シーンが激しくぶれ、ビデオはかろうじて保っている状態だった。

テープにはよくないが、それでもジェンセンはそのまま停止しておいた。

なぜその場で即刻迎えに行かなければならなかったかというと、カーラが左手首の内側にタトゥーで死んだ弟の名前を入れ、右手の指先で触れられるようにして帰ってきたせいで、父親に逆上され、思いつくかぎりの言葉で罵倒されたからだ。おまけに、とうとうカーラが玄関から飛び出すと、父親は溶接作業用トラックのエンジンをかけ、その街区《ブロック》の空き地という空き地を追いかけまわして轢《ひ》き殺そうとした。中断したのは、カーラがたまたま鉄道の線路に行き着いたからだ。長くて中央の高いトラックは線路に乗りあげ、前輪も後輪も空回りさせるはめになった。

ジェンセンがガソリンスタンドで車に乗せたとき、カーラは座席にうずくまり、とにかく走って、どんどん走って、もうここにいたくない、と告げただけだった。唇が殴られていた。

ジェンセンはセンターコンソールに母親が置いた小さなティッシュのパックの中から一枚さしだした。明確に許可を得ないかぎりこのビュイックに乗ってはいけないことになっていたが、今回は緊急事態だ。すでに頭の中で自分の言い分を組み立てていた。しかし、車を使ったことで叱られたとしても、それがなんだというのか。ここにいるのはいちばんの親友カーラだ。ジェンセンが遊び場でおもらしした四年生のとき、その場にいてくれたし、ジェンセンの好きな子に嫉妬させようとして、ショッピングモールで手を握ってくれたこともある。去年カーラの弟がドラッグを過剰摂取して寝室で死んだときには、午後いっぱい肩を貸してやった。数分ごとに激情に耐えかねてこぶしを胸や肩に叩きつけてくるのを、黙って受け止めてやったのだ。

カーラが充分落ち着くと、ふたりはモートを迎えに行った。モートの両親はハロウィーン用に家の正面を飾りつけていた。モートが玄関のドアの鍵をかけているあいだ、ジェンセンがヘッドライトを消しておいたのは、ハロウィーンの飾りつけをしてくれるような気の利いた父親がいるというのを、なにもいまカーラに見せる必要はなかったからだ。

モートは銀行強盗してきたばかりという様子でこっそり後部座席にすべりこんだが、必ずしも的外れではなかった——父親のビールを六本持っていたのだ。

「どこ行く?」ジェンセンはまわりに問いかけた。

「とにかく出て」カーラが言った。

三人はいつものコースをまわった——通りを上っていき、自動車部品店のところでUターンしてまた戻る。だが、夜はしんと静まり返っていた。今日は火曜日だ。

「見せてみな」モートが言い、カーラの顎をつかんだ。

血だらけの唇の下に指の関節を走らせる。

「腫れるぞ」と、後ろにもたれかかって言った。

「ありがと、アインシュタイン」カーラが言い返し、ちょうどモートがさしだしたビールを受け取ったとき、知らない警察の車がライトを点滅させながら隣に寄ってきた。

「くそ」ジェンセンは言い、両手でハンドルを握った。

「しーっ、しーっ」とモート。

カーラはそろそろと瓶をおろし、腿《もも》の脇に隠したが、警官はこちらが目的でライトをつけたわけではなかった。すでに加速して離れつつあり、信号を突破して遠ざかっていった。

「見に行こうぜ」モートがジェンセンに言った。

「なんだよ、おれたちは蛾《が》か？」とジェンセンは返した。母親の言う〝やっかいなできごと〟に引きつけられると、いつも母親からそんなふうに言われるのだ。

「むしろ蛍じゃないの」カーラがそっと言い、ジェンセンはそちらを盗み見た。声のように表情も悲しげなのだろうか。

赤信号が変わるのを待ち、右折だと呼びかけるモートに従って、警察の車のあとを追う。

そうすると、カーラを拾ったガソリンスタンドのそばに戻ることになった。

「うそ」カーラがフロントガラスに身を寄せて言った。

「どうした？」ジェンセンはたずねた。

「あいつ、どこ行った？」モートが前の座席に身を乗り出して訊いた。指からぶらさがったビールが誰の目にも見える。

「左」カーラがあまりにも確信を持って言ったので、ジェンセンはその通りにするしかなかった。

一ブロック半も手前から、警察の車の青と赤のライトが見えた。

あの線路だ。

カーラの父親の溶接作業用トラックは押しつぶされてひしゃげていた。町を通り抜けてきた電車はスピードを落としていたはずだが、速度が遅くても、線路にはまったトラックを蹂《じゅう》躙《りん》するには充分だったのだ。

ジェンセンはヘッドライトを消し、見つかってもうまく逃げられる程度の距離に忍び寄った。

消防士たちがそのトラックから遺体をひきずりだしていた。

「あいつ、そのまま中にいたのか?」ジェンセンは言ったものの、本気で信じてはいなかった。

「飲んでたもの」カーラが左肩をすくめて答えた。

「くそ、おまえの親父ってことかよ?」モートがようやく悟って言った。

「自業自得よ」カーラは言い、ジェンセンとモートが止める間もなく、座っていた側から車をおりて二、三歩走ると、半分入ったビール瓶をほうりなげた。

そのあとから、言葉にならない叫びをあげる。瓶は線路の反対側に飛び出し、消防士と警官全員の目を引きつけた。

みんなの視線が瓶の描いた曲線をたどり、ジェンセンの母親のビュイックへと戻ってきた。

「まずい、まずいぞ」モートが言い、バックミラーの中で可能なかぎり身を縮めた。

「こいよ、こっちにこい」声が届かないほど距離があったが、ジェンセンはカーラに呼びかけた。

それでも戻ってきたカーラは、両脇でこぶしを固め、足取りはまるで急ぐ様子がなかった。車に乗せた瞬間、ジェンセンは勢いよくバックして、後ろ暗そうに見えなければいいがと願いつつ方向転換すると、ふたたびヘッドライトを点灯し、ゆっくりと遠ざかった。

「どういうつもりだよ?」と問いただす。

「憎らしくてたまらないんだもの」カーラは言い返し、後部座席に手をのばしてもう一本ビールをとった。

「なあ、オレはこのままおりて――」モートが言いかけたが、ジェンセンは急ハンドルを切ってとりあえずその口をふさいだ。

「いま、あいつらみんなこっちを捜してるぞ」と言う。さっきの通りに戻ったら、路肩に止めてほしいと誘っているようなものだ。そのかわり、もっと見つかりにくそうな細い通りを進み、あちこちで行き止まりや袋小路を経て、とうとう街の境に出た。

「なるほど、ど田舎か」とモート。「すげえ。最高だ。この辺じゃ悪いことなんか起きたためしがないよな。オレみたいな肌の色ならさ」

「おれの色でもだよ」とジェンセン。

「でも、ここじゃ女の子はぜったいに安全だよね」カーラが調子を合わせて言った――にやっと笑っているようにさえ見える。

ジェンセンはその笑顔を検分した——そもそもなにが起きているのか認識しているのだろうか？　父親が死んだというのに。列車に轢かれて。

いや、もしかしたら認識しつつあるのかもしれない。だからあんなふうに笑っているのかもしれない。

「大丈夫か？」助手席のほうに声をかける。

「上々」カーラはまっすぐ前を見て応じた。ある意味、その態度が言葉を裏切っていた。

それでも、ジェンセンはぎこちない雰囲気を壊そうとして、「お袋がガソリンメーターを見るだろうな」と大声で言った。するとどういうわけか——理由は決してわからないだろう——その台詞《せりふ》でカーラが泣き出した。激しい泣き方ではなく、実のところ、声を出そうとさえしていない。だが、もはやどうしようもなく涙が顔を流れ落ちていった。カーラはそれをぬぐい、唇をきゅっとひきしめたまま、なおも真正面をみすえている。

膝に手をかけるなりなんなり、なにかするべきだとわかっていたが、ジェンセンはただ運転を続けた。その口実にしたのは、母親に言われたように、車に乗っている人すべての命を預かっている以上、気を散らしてはだめだということだ。ほんの一瞬の不注意で全員が死ぬかもしれないのだから。

「おまえのせいじゃないって」モートがたんなる事実を述べる口調でカーラに言った。「どうせ、おまえの親父は……オレが言ってるのは、別にその——」

「このほうがよかったんだ」ジェンセンがひきとった。「もう親父のことを気にしなくていいだろ」

「そうだよ」ジェンセン以上になにを言うべきか困っている様子で、モートがあいづちを打った。

「母さん」カーラが落ち着こうとするように目を閉じて言った。「最初は弟、あの子はあたしが面倒を見るはずだったのに。それから今度は父さん、父さんは——」

「おまえを轢き殺そうとしてたんだぞ」ジェンセンは指摘した。

「電車が神の手みたいなもんだ」とモート。「世界が罰金を払わせてるんだ、な？　おまえのしたことなんかじゃないさ、ケアベア」

カーラは下を向き、また少しにやっとした。笑顔が本物になるか、本物に近くなるまで笑っているふりをしようとしているようだ。頭をもたげたときには、自分を罰しているかのように長々と瓶からビールを飲んでいるところだった。

「あの子、あの——うちの弟のことだけど」と言ったあと、げっぷするために言葉を切る。

「昔おばあちゃんから写真を見せてもらったことがあって。あの子、同じぐらいの年の父さんにそっくりだった」

　それがおかしかったらしい。ともかく、そう言ったあと笑い声をあげた。

「あそこで育ったの」と言い、ジェンセンが見たことのない砂利道の先に顎をしゃくる。

「弟が？」ジェンセンはたずねた。

「父さん」カーラは答えた。ほんとうはひとりごとを口にしているだけだと言いたげな、どこか超然とした口ぶりだった。

「マジで？」モートがたずね、その砂利道を見渡した。

カーラがその光景を目に収めておけるように、ジェンセンはスピードをゆるめた。そのあと、前方には暗闇しかなかったので、ブレーキをかけ、方向転換するためにバックでその道に入った。

「だめだ、止まれ！」モートが言った。「ヘッドライト！」

理由を訊かず、ジェンセンはヘッドライトを消した。

すでに赤と青の光が木々を染めていたが、それが警察の車に変わり、速度をあげて道路を走ってくるところだった。

「どうやってこんなに早く見つけたんだ？」動悸《どうき》が激しくなるのを感じながら、ジェンセンは問いかけた。

「あたしを捜してるんでしょ」カーラが言い、道に出て裁きを待とうとするかのように、助手席側のドアハンドルに指をかけた。

ドアがひらきはじめてルームランプが光ったとたん、ジェンセンは横に手をのばしてドアを閉め直し、体をシートベルトがわりにして、カーラを押さえつけた。

「だめ、だめ、行かないと――！」カーラは言ったが、いまやモートの手がその口をふさいでいた。もしあの警官が車の警告灯をフロントガラス越しに向けてきたら、なにが起きているかは明白だろう——男がふたり少女を拉致しており、ひとりが体を押さえつけ、ひとりが黙らせている。

警察の車が猛然と脇を駆け抜けた。夜を引き裂いてその奥へ突っ走っていき、サイレンの音が一瞬だけあとに続く。

カーラがなんとか落ち着くと、ジェンセンは運転席に体を戻し、バックミラーでモートを確認した。

「安全か?」とたずね、モートがうなずくと、ヘッドライトを再度点灯する。

スピードを出してかどをまがっていった警察の車が、その時点で青と赤の警告灯に加えて、自分のヘッドライトをつけた。

ギアはパーキングに入っていたが、それでもジェンセンはブレーキを踏み、背後の暗がりを赤く照らし出した。

警察の車は、こちらが目の前に出てくると思っているかのように速度を落とした。その後、およそ二百ヤードほど先で、向こうのブレーキライトがぱっと光った。

「あたしを捜してる」とカーラが言う。「あたしが父さんを殺したから。あたしがふたりとも殺したから」

「黙れって!」ジェンセンは命令した。

「行け、行け、行け!」モートがしゃべり続け、事態をさらに悪化させた。

ジェンセンは首をふって拒んだものの、車に乗っている全員の安全を守るのが自分の役目ではないだろうか？　またもやヘッドライトを消し、母親のばかでかいビュイックのギアをバックに入れ、アクセルを踏む。回転力が伝わった後輪は二、三秒空転してから動き出した。

五十ヤードさがったところで、また勢いよく方向転換した。車の先端が砂利に突っ込んですべり、ギアをドライブに戻したとき、ボディ後部が左右にゆれた。

「この後ろは行き止まりだ、動けなくなるぜ」モートが言った。もはやふたりと一緒に前の座席にいるも同然の恰好だ。

「この道、精錬所を通って町に戻るよ」カーラがぼんやりと言った。「おじいちゃんが生きてたときに働いてたところ」

ジェンセンはその〝おじいちゃんが生きてたとき〟に気づいてひっかかりをおぼえた。ほんとうにその言葉をつけたす必要があっただろうか？　そうすると……生きていないときにカーラの祖父はなにをしているのだろう？　こういう田舎の人々にとっては、死の意味が違うのだろうか？

ジェンセンは訊かなかった。

ヘッドライトもつけずにせまい砂利道を運転するだけでせいいっぱいだ。

モートはいまやひらいた窓のそばで上体を起こし、やや高くて見晴らしの利く位置から、追われているかどうか背後を確認していた。

「なにかあるか？」ジェンセンは後ろに声をかけた。

「運転しろよ」モートが言い渡す。

ジェンセンはスピードをあげた。

カーラはさっきより静かになっていた。体の中のなにかが切れてしまったかのようだ。ショック状態とはこういうものだろうか？　これほど近くで目にしたことはなかった。わかっているのは、捕まろうが捕まるまいがどうでもいいらしいということだ。もしかしたら、むしろそれを望んでいるのかもしれない。

（今晩はだめだ）ジェンセンが内心でつぶやいた、そのときだった……カーラは嘔吐《おうと》した、というより、ただ口の中身がぼたぼた出てきた。泡立ったビールのあちこちに血の筋が走っている。おそらく唇の血だろう。

「おい、やめろ、窓だ！」ジェンセンは言い、車を脇に寄せて止めた。

カーラは両手をまるめた中に吐いたものをできるだけ溜《た》め、モートが車からすべりおりて助手席のドアをあけてやった。カーラは転がり出て両手と両膝をつき、三本線のフェンスの脇で胃に残っていた内容物をからにした。

ジェンセンは無意識に動いて――カーラに見えるようにしなければ――ヘッドライトをつけてから、自分たちが派手な目印になっていることに気づき、同じぐらい急いで消した。

「見張ってろ」と言うと、モートはうなずき、頭をぐるっと動かした――道の先と、きた方角と。

ジェンセンはビールをこぼさないよう注意して、するりと座席を横切った。外に出ると、カーラの隣に膝をつき、なるべく上手にカーラの髪を持ちあげて顔から離してやる。ようやくカーラがふるえながらもたれかかってきたので、背後に手をのばし、口をすすげるようにビールをとってやった。

その頭越しにフェンスの向こうを見ると、家の形をした星のない空間があった。

カーラもゆっくりとその存在に気づいた。

含み笑いしたあと、さらに声をたてて笑い、その正体不明の影の中に立ちあがった。

「当然だよね、ここにいるの」と言う。

「おまえの親父が住んでた家か?」モートが言った——自明のことを。

その家はからっぽで、長く放置されていたように見えた。

「あたし、父さんが大っ嫌いだった」カーラは言い、あたりを見まわすと、燃えるような目をジェンセンに向けた。そよ風に髪が舞いあがり、体を取り巻いた。

「おまえのせいじゃない」ジェンセンは告げた。それしか言うことを思いつかなかった。

カーラはジェンセンのビールを口に含んですすぎ、吐き出してから、前方へ走り出し、ビール瓶も正面に向かってほうりなげた。

瓶はほぼ一瞬のうちに消え失せ、数秒後、家にぶつかって砕けた。

三人ともその光景をながめた。ジェンセンは明かりがついたらまずいと頭をふった。それはつまり、カーラの父親がすでに自分の育った家へ還《かえ》ってきたということだ。

だが、それはただの田舎にある古い空き家にすぎなかった。どの窓も暗いままだ。

「精錬所か?」ジェンセンはふたりをうながした。

カーラはもうしばらくじっと家を見つめてから、うなずいて背を向けた。三人はぞろぞろと車に戻った。

「ふたりとも、うちの家族のばかげた修羅場につきあわせてごめんね」とカーラ。

「史上最高のハロウィーンだよ」モートが自分のドアを閉めながら答えた。

「なにがあったって一緒にいるさ」ジェンセンは言い、車のギアを入れた。

モートが残った二本のビールを座席越しにさしだしてきた。

「おまえ、親父さんに――」ジェンセンは盗んだビールのことを言いかけたものの、〝どやされるぞ〟と口にする前に自制した。

そこで、その台詞はただふたりのあいだにひっそりと漂った。

「大丈夫」カーラが言い、シートベルトの金具でカチッとビール瓶をあけた――父親の技だとジェンセンは知っていた。だが、それにしても悪くない。

助手席の窓があいていて、カーラの髪の先端がジェンセンの顔の側面にちくちくあたった。こんな直線コースならもっと速度を出せるだろうが、そうはしなかった。

(いい感じだ)ジェンセンは自分に言い聞かせていた。

この三人だけだ。昔からそうだった。この先もずっと。

ハンドルに置いた手を入れ替えると、バックミラーが違う角度で映った。

最初に見えたのは、モートがさっきの場所にいないということだった。助手席側のいちばん端まで体が押しつけられている。

「なんだ――?」ジェンセンは言い、バックミラーを動かして真後ろの座席を見ようとした。

カーラの死んだ弟がそこに座っていた。

アクセルから足が離れ、ジェンセンは遠ざかろうとして車の反動のままに前のめりになった。

「カ、カ、カ――」と押し出すと、カーラがこちらを向いた。同じ動きを幾何学のクラスで、金曜の夜にあの道路で、数えきれないほど目にした。ふたりが知り合ってから十二年間、ずっと見てきた動作だった。

こちらがハンドルに覆いかぶさっている様子を目にして――のろのろと、少しずつ理解しつつあるかのように――ジェンセンから後部座席へ、ジェンセンが逃げようとしているものへと視線を移す。

その表情は変わらなかった。

「ベン」といたって冷静に言う。「ここでなにしてるの?」

ふりむいたジェンセンは、カーラの弟が、それは間違った質問だと言わんばかりに左肩をすくめてから、モートに視線をやるのを見た。

ルームランプがついたので、モートが逃げようとしてドアをあけたのがわかった。

だが、ベンはすでに席の向こうへ手をのばし、モートの手首をつかんでいた。

触れられたモートは咳《せ》き込み、薄い血の膜が顎を覆った。

今度はベンも手を離した。

もはや前方を見るどころかまるで違う方向に注意を奪われたジェンセンは、乗客の安全など考えもせず、タイヤを四本ともロックした。

母親のビュイックは道を横切って止まり、巻きあがった砂塵《さじん》が遠い精錬所の影をのみこんだ。その姿はたったいまジェンセンの目に留まったところだった——ぼんやりとした街の明かりを背に、尖塔《せんとう》がいくつも黒々とそびえている。

あそこまでたどりついて右折すれば、解放されて家に帰れるとわかっていた。

ただし、カーラはまだ後部座席に腰かけている死んだ弟と話している。

「あんたのこと、もっとよく見てればよかった」と言っていた。瞳が大きくなり、一瞬、隣の窓が粉《こ》をふいたように白くなった。

ベンが次に自分にさわるだろうとわかっていたので、ジェンセンはさらに前かがみになった。だが、接触したのはカーラだった。

カーラは身を乗り出していた——そっと弟の頰にキスしている。

「ありがとう」と言い残し、気がつくと車から出て、モートの側のドアを弟のために押さえてやっていた。

バックミラーの中で、ベンが片側から反対側へと移動したのが見え、続いて両側のドアが同時に閉まった。

「あんたのお母さんに謝っといて」カーラは腰をかがめて窓越しに声をかけてきた。いまではベンの手を握っている。血を吐いてはいなかった。まだ。

「だめだ、だめだ、カーラ、やめろ！」ジェンセンは声をあげた。

答えるかわりに、カーラは道路の先をふりかえり、収まりつつある砂塵の向こうをながめた。「モート」ただ出てこいというふうに声をかける。

ジェンセンも目をやり、モートがいなかったので、またカーラに視線を戻した。

すでにその姿はなかった。あっという間のことだった。

ジェンセンはぱっと窓から身を乗り出し、ドアに腰かけて車のルーフ越しに見渡した。てっぺんを覆う白い塵《ちり》に両手をひきずった跡がついたものの、まわりには夜しかなかった。

呼吸が荒くなり、手も心臓も静まらなかった。モートを捜しても見つからなかったが、そんなはずはない。カーラとベンの姿を求めて、母親の車のヘッドライトで周囲の暗闇を照らしたあと、とうとうジェンセンは、先の尖《とが》った高いフェンスに囲まれた精錬所の前で例の右折をして、ゆっくりと町へ戻った。

だが、一、二マイルほど進むと、その精錬所も視界から消えた。

こっそり家に忍び込んだとき、母親はすでに眠っていた。テレビは消してあり、家の明かりもすべて消えていた。

ジェンセンはその晩出かける前に座っていたソファに腰をおろしたものの、『愛と青春の旅だち』の再生ボタンは押さなかった。自分がなにも理解していないことは、ほぼ確実だった。

翌日になっても事態は変わらなかった。

列車が衝突した溶接作業用トラックから消防士がひっぱりだしたのは、カーラの父親だけではなかった。カーラとモートもそこにいたことが判明したのだ。

そうじゃない、モートは車の後部ドアから落ちたんだ、カーラの父親のばかげたトラックなんかに乗ってなかった、と必死で訴えようとするジェンセンを、母親は抱きしめた。

「あの車で出かけたの？」母親はたずねた。

「ベンもいたんだ、ただ、あいつはベンじゃなくて、子どものころのカーラの親父だった、ふたりともそっくりだったんだ！」ジェンセンは言い張った。

「ベン？」母親はジェンセンをつかんだまま腕をのばして問い返した。「ねえ――ベンは何か月も前に亡くなったのよ、まさかそんな――」

ジェンセンはその週のあいだ学校に行かず、葬儀にも参列しなかった。もはやなにひとつ意味をなさなかったが、数年たつと、少なくとも毎日肩越しに迫ってこない程度には、この記憶を抑えつけることができるようになった。

就職し、別の仕事に移り、その後福利厚生と出張のある会社に雇われた。まわりじゅうでトリビアクイズのゲームをしているホテルのバーに流されてきて、またもや『愛と青春の旅だち』の前で座っている。

それから、気がつくと別のところにいた。

すでにホテルから二ブロックも離れている。さらに一マイル遠ざかり、ちょうどこの街の工業地帯が途切れかけたところを通りすぎたとき、暗がりに星のない影が見えた。

ジェンセンはそこに立ち、その影をながめて、すでに正体を確信しているものかどうか確かめようとした――精錬所だ。ぬっと立ちはだかっているわけではなく、ただ遠くにある。あれがふたたびそこに存在している以上、なんらかの形でまだあの晩の精錬所への道端に停車しているのだ、とわかっていた。仕事で訪れたこの町の境を越えたわけではない……記憶の中に踏み込んだということだ。いや――それ以上だろう。過去だ。亀裂、継ぎ目、ひらいたままの扉を見つけてくぐりぬけたのだ。ひょっとすると、内心では決してここを離れたことがなかったからかもしれない。

「おい」ジェンセンはこの瞬間、この夜、道のこの部分に向かって呼びかけた。挨拶がわりにビール瓶を前方にかたむける――ホテルから出たときにはその瓶を持っていなかったが、いま起きている異様なできごとの中ではいちばん些細《ささい》な問題だ。

ジェンセンがアスファルトの道路からふらふらと離れたとき、四分の一マイルほど後方をパトカーが走りすぎた。青と赤のライトが点滅し、黄色い草と木々とフェンスの輪郭を照らし出す。

「こんばんは」ジェンセンはその警官に声をかけ、ついでにビールもそちらへ持ちあげてみせた。

かすかな風にそよぐ草をふりかえったとき、母親のビュイックのブレーキの焦げたにおいが風に乗ってきた――石油くさくてつんと鼻をつくが、まあ悪くない。少なくとも最初のうちはちょっと心地いい痛みに似ている。

なにかが自分のせいだと知っているときに必要なたぐいの痛みだ。乗っている人々の安全を守ることになっていたのではなかったか？ ジェンセンは母親にうなずいてみせた。そう、そうだ、それが自分の肝心な、唯一の役目だった。

それなのに、その役目を果たさなかった。

だから、この世でいちばんの親友ふたりを失って、たったひとりで世間に出なければならなかったのだ。

だが、いまこそ戻ることができるのではないだろうか。

これはそういうことだ――やり直し。

ジェンセンは長々とビールをあおった――生ぬるくて気が抜けている――それから、脚の脇に瓶をぶらさげて前かがみに歩き、溝を越えて草地に入った。もはや正しいと感じられるのはそこだけだ。どんなにスピードをあげて運転しても、どんなに必死で走っても近づかない、地平線に突き立つ精錬所の影。あれがなければ、このまま止まることなく空へ転がり込んでしまうのではないだろうか。

膝丈の草がそよぐなか、二十ヤードほど離れて立っているのは、よく知っているふたつの影だった。

まず少女がビールを掲げて挨拶し、続いて男のほうが、こんなところにいるのは気まずいと思っている風情で同じことをした。いまやジェンセンはほほえんでいた。微笑をたたえ、さっさっと草を踏み分けて歩いていく。持っていた瓶は背後に落ち、みずからの血が顎を濡らしているが、それはたんに生きて戻ることができないからだ。だとしても、大切な相手みんなと一緒に、ヘッドライトを消したまま、どっしりと大きな車で暗闇を駆け抜けるのがどんな気分か思い出すことはできる。だったら、この道の先で溶接作業用トラックの運転席に座ることになろうと、列車の唯一のヘッドライトで世界が真っ白に輝き、夜をつんざいてけたたましく警笛が鳴り響こうと、それがなんだというのだろう？

その溶接作業用トラックのハンドルの前では、たったいま目覚めた男がドアをひらこうと奮闘していた。自分ひとりだと思っていたのと、列車がすぐそばに迫っているためにあわてふためいている。しかし、その隣につめこまれた三人は、ただ落ち着き払って目の前のレールをながめ、互いに手を取り合っていた。永遠とはこうして生じるものだからだ。

この先はきっと最高だろう。

ずっとそうだった。

（原島文世訳）

柵の出入り口

――ジェフリー・フォード

ジェフリー・フォード（Jeffrey Ford）は一九五五年ニューヨーク州生まれ。ニューヨーク州立大学ビンガムトン校で創作を学ぶ。世界幻想文学大賞、シャーリイ・ジャクスン賞を複数回受賞している。日本ではオリジナル編集の短編集『言葉人形』『最後の三角形』（東京創元社）、《白い果実》三部作（国書刊行会）、『シャルビューク夫人の肖像』（ランダムハウス講談社文庫）、『ガラスのなかの少女』（ハヤカワ・ミステリ文庫）が刊行されている。

（編集部）

子どもの頃、家の裏手に年寄り夫婦が住んでいた。名前はローリーとリータといった。彼らの敷地はうちの裏庭の柵の反対側に広がっていた。そのあたりは郊外の住宅地で、それぞれの庭は千平方メートルぐらいの長方形の芝生で木はないのが普通だったが、彼らの土地はそれより広く、樹木に覆われていた。ローリーは背が低く、がっしりした体つきで、いかつい顔に三日分の白い無精髭《ひげ》を生やしていた。眼鏡をかけ、大抵は赤い顔をして、額の汗が横一本の筋をなしていた。今から思うと、ヘミングウェイ自身よりもずっとヘミングウェイらしい風貌だった。奥さんのリータは無口なたちで、くすんだ薄茶色の普段着のワンピースを着て、エプロンをつけていた。黒っぽい髪はまだ白髪になる気配がなく、鼻の下から両口角にかけて、うっすらと口髭があった。彼女は幼い私たちをかまいつけなかった。多少とも親切げがあるのは、ローリーのほうだった。

ローリーは、私たち子どもが好きなときに庭に入って彼の手製の大きなブランコ椅子にすわれるように、うちの裏の柵にドアを設《しつら》えてくれた。そのブランコ椅子は戦闘用二輪馬車《チャリオット》のようで、乗って揺らすと風が起きた。六十年も昔のことながら、私は今もその爽快な気分を覚えている。もうひとつ、ローリーの持ち物で、私たちに柵の出入り口を通り抜けさせる魅力があったのは、車輪つきの大砲の模型だった。その大砲は小さかった。おもちゃのトラックぐらいの大きさだった。だが、その大砲でタマを発射すると、大きな音がして迫力があった。時刻により、またローリーが酔っているかどうか（彼は井戸小屋にシーバスリーガルを保管していた）にもよるが、時折、私たちは彼に頼みこんで、大砲を撃ってもらった。

土曜の午後、うちの父が裏庭に出て芝刈りをしたり、落ち葉を掻《か》いたりするとき、父は柵の出入り口を通って、ローリーの庭に入るのが常だった。父は井戸小屋でローリーと無駄話をしてシーバスリーガルを飲んだ。一度、私は父がローリーを訪ねるのにくっついていき、蓋のない井戸のまわりの石組みを前にして、ふたりの間にすわった。井戸を覗《のぞ》いてごらん、とローリーが言った。どのくらい深いか、誰も知らないんだと彼は言う。ローリーに促されて父が私の体を支え、井戸の中を覗きこませた。「井戸がおまえを引っぱりこむよ。奥深くまで」とローリー。私は井戸の周りの石組みから身を乗り出し、つるべに下がっているバケツの下に頭を突き出した。一様に真っ暗なのではなく、もっとサイケデリックな眺めだった。井戸の内壁がまだらに輝いているのだ。当時、私たち兄弟がもっていたブラックライトポスター（ブラックライト（紫外線）に反応して赤・緑・青に光る蛍光体を含んだ特殊なインクで印刷されたポスター。一九七〇年代に米国で流行した）のようだった。「光っているところがいっぱいある」と私は言った。

「コケとかカビとか、そういった類いのものだ」とローリーは言った。「その井戸はずいぶん昔からここにある。家が建てられたのは百五十年前だ。井戸は、形が変わっているにしても、それよりずっと古いに違いないと俺は思っている」

「この井戸の水を飲んでいるのか」と父が尋ねた。

「馬鹿言わないでくれ。俺の水はこっちだよ」ローリーはグラスに残っているウィスキーをぐいと飲んだ。父もそれに続いた。彼らはさらに二、三回、ウィスキーをついだ。

私がローリーに初めて会ったのは五歳ぐらいのときだった。私が十歳ぐらいのとき、彼は誰もがいずれたどる道をたどった。ローリーが第二次世界大戦当時の自分の写真や、おたふく風邪《ブス》という名の犬の写真を見せてくれたことを覚えている。葬式には行かなかったと思う。両親は行っただろう。私の覚えている限り、ローリーはそこにいると思っていたのに、ふと気がつくといなくなっていた、という感じだった。大砲はおそらくそこに残っていただろう――ローリーと一緒に埋葬されたのでなければ。ブランコ椅子もそこにあった。だが、私たちはもはや、柵の出入り口を通り抜けることはなかった。ドアは反対側から、板を釘で打ちつけられて開かなくなっていた。リータがしたに違いない。私たちを自分の庭で遊ばせたくなかったのだろう。ドアが打ちつけられるとともに、私の人生のひとつのエピソードがまるごと崩れ落ち、風に吹き飛ばされていった。ごくたまに――大抵は冬に、うちの家の二階のバスルームの窓際に立ち、裸の枝の間から彼らの庭を見下ろすことがあった。いつ見ても、雪の上には足跡ひとつなかった。誰もすわっていないブランコ椅子が前後に揺れていた。それを見るたび、私の記憶の中にあるどこかの遠い国で発射される大砲の音が、心に響くのだった。

次の夏の終わりに、母の運転する車に乗っていたときのことだ。食料品店を出てうちに帰ろうとしていたとき、一台の自転車が脇道から私たちの車の前に飛び出した。母は急ブレーキを踏んだ。その拍子に、吸っていた煙草《たばこ》が膝の上に落ちた。それを拾い上げながら、母はうめいた。「よくもまあ、こんなことを……」と。それは、ろくでもないことが人生に降りかかってくるたびに母が口にする常套句《じょうとうく》のひとつだった。後部座席にすわっていた私は――後部座席にすわる子どもにシートベルトを着けさせることが義務づけられる以前の時代だったので――前の座席のヘッドレストに顔をぶっつけていた。額をなでながら、正面のガラス窓に目をやると、自転車の乗り手の顔がはっきり見え、誰だかわかった。母の肩をつつき、指さした。「リータね」と母は言い、私たちはリータが白いムームーをなびかせて、ペダルをこいでいくのを黙って見つめ、それから彼女の後に続いた。リータはエプロンをしておらず、膝丈の白いスポーツソックスと緑色のモカシンを履いていた。私たちの車が私道にはいる直前、リータは両脚を上げ、自転車のハンドルの上に置いた。母はその妙技を讃《たた》えてクラクションを鳴らした。

夕食のとき、母は目撃した光景を父に語った。父は目を丸くしただけで、何も言わなかった。「たぶん、六十代半ば過ぎってとこよね」と母は言った。「ローリーが亡くなってから、そういうふうに人生を楽しむことに決めたんでしょうね。ローリーがいた頃は、ヘアネットで頭をきつく締めつけて、膝の上で手を組んでブランコ椅子にすわっている姿しか見たことがなかったけど」

その夏の終わりまで、それから秋と冬を通して、夜となく昼となく、リータがその古い自転車に乗っているのが見られた。その自転車は高さがあり、ハンドルが大きく張っていた。

ペダルを逆回転するとブレーキがかかる方式で、後部に反射板、前面に籠があり、ホーンの代わりに親指で鳴らすベルがついていた。雨や雪が降っていてもものともせず、リータは猛烈な勢いでペダルをこいだ。太陽と月と星々の進行が自分の脚の働きにかかっているかのようだった。冬になると、ホッケーチームのレンジャーズのニット帽子をかぶって、パッド入りの断熱ジャケットを着こみ、モカシンに重ねて黒いゴム長を履いた。その頃、母が「リータ、やるよね。すごく颯爽《さっそう》としてきた」と言うのを、私は一度ならず聞いた。葉っぱを落とした木々の枝の間から、裏の家の庭を見下ろすと、ガレージに通じるコンクリート舗装の私道の雪掻きをしているリータの姿が見えた。やがて、雪をすっかり取り除《の》けると、リータは私道に沿って、体を横方向に移動させ、カラオケステップ（おそらくさまざまなスポーツの練習やウォーミングアップで用いられるキャリオカステップ（上体を動かさず、横に移動するステップ）のこと）を踏むのだった。当時、フットボールの練習でよくやらされたあれだ。リータが拳を冷たいコンクリートに押しつけて腕立て伏せをしているのを見ることもあった。

　そういったことはすべて、一九六〇年代後期にはかなり奇妙なことだった。老齢にさしかかった女性の話ならなおさらだ。だが、実のところ、リータを観察するのはおもしろかったとはいえ、私がほんとうに興味をもっていることのリストの中では後のほうにあった。彼女についての私の認識は、むしろ、たまに引き起こされる驚きの発作のようなものだった。彼女の姿は私の視野にはいってきたかと思うと、速やかに出ていき、十代の私の頭はすぐにほかのことでふさがり、彼女のことはどうでもよくなった。しかし、早春に起こったある出来事が印象に残っている。私はやはり車に乗っていて、このときは父が一緒だった。もう少しで家に着くところで、すでに自分たちのブロックに面した道にはいっていた。目の前の車道の真ん中を、私たちに背を向けて走っている男がいたので、のろのろと進まねばならなかった。父はこういう状況では、非常に冷静だった。クラクションを鳴らさず、腹も立てず、ただゆっくりと車を進めた。軍隊じゃ、何につけても列に並ばないといけないからな、と父は私に言ったことがあった。軍隊でそういう態度は軍隊で身についたんだ、と父は私に言ったことがあった。

両袖を切り落としたスウェットシャツにスウェットパンツ、スーパーマーケットで売っている安物のスニーカーという恰好のそのランナーは、やがて一メートルばかり後ろに車がいるのに気づいて脇に寄った。私たちはランナーの横を通り抜けた。驚くまいことか、それは男ではなく、リータだった。だが、黒っぽい髪を角刈りにしているし、以前から気配のあった口髭も今やしっかり伸びている。腕が細い割に、盛り上がった上腕二頭筋が逞《たくま》しい。赤いヘッドバンドをつけ、首からホイッスルを下げている。「誰だ、あれ?」と父が言い、「リータだよ」と私は答えた。父は少し車を進めてから、バックミラーに目をやり、「うへえ」と叫んだ。

リータがランニングを続けて一年ばかり経《た》った頃のことだ。母が手に煙草をもち、グラス五杯目の甘口シェリーを飲みながら、食堂の自分の居場所から意見を述べた。「きのう、リータを見たわ。どんどん若返ってると思う」

「クレージーなのは健康にいいに決まってる。ひとところにじっとしていないから、死神だってさらっていけない」と父が言った。このふたりは十五年後に、六十歳と六十一歳で亡くなることになる。リータは七十歳に近づいているだろうに、チャールズ・ブロンソンばりの外見だった。年を取っているのは見ればわかるが、筋骨隆々で、動きが素早く正確だ。もっとも優雅さにはかける。というのは、リータが通りかかったのに気づかず、ローリーが大砲を発射して、彼女の太腿《ふともも》にあとあとまで影響する大打撃を与えて以来、彼女は少し脚を引きずるようになっていたからだ。走っているときに体が左右に揺れ、腕が動くようすは、蟹《かに》がバイオリンを弾いているかのようだった。

また夏が来て、夏休みが始まって最初の土曜日のことだった。私は朝早く、自分の自転車で、角を曲がったところにある小学校に行った。小学校には、自転車に乗るのに具合のよい、コンクリート敷きのところがたくさんあった。バスケットボールのコートを横断して、校舎に目をやると、メインの建物から突き出したレンガ造りの巨大な箱のようなジムと、それより低いカフェテリアの外壁との間の凹部《おうぶ》に、リータがいた。自分自身を相手に、ウォールハンドボール（平手で壁にボールを打ちつけ、跳ね返るのを敵に打たせて打ち合いを続けるゲーム）をしている。私は自転車をこぐのをやめて、それを眺めた。リータは指のない黒い手袋を両手にはめ、男物の白いTシャツの上に黒いレザーベスト、そして例の赤いヘッドバンド（髪は伸びて縮れている）、左脚に地元の高校のマスコットのライオンがついた短パン、そしてあの安っぽいスニーカーという出で立ちだった。リータはアスファルトの上を動き回り、不意に左右に跳んだり、独り言を言ったりした。うまく打ちこんだのを喜んでいるようだった。「それっ、行くぞ！」とリータは言い、左手でボールを壁に叩きつける。少なくとも彼女の頭の中では、ゲームが進行中なのだ。私は彼女に気づかれる前に立ち去った。

私がそのように、折に触れ、半ば無意識のうちにリータの変化を感じ取っていた間、私たち一家の誰かがリータと言葉を交わす機会はついぞなかった。ランニングをしたり、自転車に乗ったりしているリータの脇を、母が車で通りながら、手をふったり、クラクションを鳴らしたりすることがあっても、リータはその挨拶代わりの行為に対して何の反応も示さなかった。それは奇妙なことだった。というのは、リータはもともと多弁ではないものの、ローリーの生前には、裏の柵の自分の側に立ち、それぞれに洗濯物を干しながら、母と雑談していたのだ。

六月下旬のある日、スーパーマーケットから帰ってきた母が、リータがそこで華々しく闘ったと私たちに話した。どうやらデリカテッセンの担当者を壁に押しつけて、脅しつけたらしい。ハム用のはかりが客の買うものの重さを表示しないことが理由だった。そのはかりはずっと前から故障していて客たちの悩みの種だったが、デリカテッセン担当の男が、図体《ずうたい》も態度もでかい奴だったので、誰も何もできないでいた。母が言うには、「リータはあいつのネクタイをつかんで、あいつの顔を自分の顔の高さまで引っ張りおろしたの。そして口から唾を飛ばしながら、どなりつけてた。暴走族の服装で」母は、リータの革のベストとウォールハンドボール用の手袋のことを言っていたに違いない。警察が呼ばれた。パトカーが店の前に停まるのを見て、母はリータに近づき、腕をとった。そして静かにささやいた。「もう十分よ。これであいつも思い知ったでしょう」母はリータに寄り添って通路を歩き、彼女を裏口から外に出した。警察官たちが正面から店内にはいってきたちょうどそのときに。母は私たちに言った。「リータは私には一度もひと言も、口を利かなかったわ。でも、外に出るとすぐ、全速力で走り去った。リータの腕、石のように硬かったわ。ほんとよ」

晩夏の午後、校庭を自転車で通り抜けるとき、私はいったん止まって、ジムの横の凹部でウォールハンドボールをやっているのを見るのが常だった。そこで遊んでいる男女のほとんどは不良グループにはいっていた。黒い革の服を身につけ、コルト45（モルトリカーの銘柄。ビールに似ているが、一般のビールよりアルコール度が高い）を飲み、煙草やマリファナを吸い、ナイフで喧嘩《けんか》したり、瓶を叩《たた》き割ったりする連中だ。私のようなガキが立ち止まって見ていたら、ボコボコにされ、持ち金全部巻き上げられるのが普通だが、私は例外だった。ここにたむろする不良たちのリーダー格のボビー・レノンに目をかけられていたからだ。そうなったのは、あるとき、私の父がヒッチハイクしていた彼を拾って、ベイショア（ロングアイランド南岸の集落）まで連れていってやったかららしい。父のその親切のおかげで、私はハンドボールコートにいる誰にも絡《から》まれることがなかった。

レノンは長髪のタフガイで、強かったが、肥満してもいた。ハンドボールをするときは、汚れた白いランニングシャツに黒いジーンズ、殴って倒した相手を蹴るときのために爪先に鉄をしこんだ黒ブーツという出で立ちだった。いつもひどく酔っていた。コルト45を四十オンス瓶（四十オンスは約千二百ミリリットル）二本ぐらい飲むと、よろよろしながら、敵の顔を無残に殴りつけることが珍しくなかった。そういう場面を、そしてそこへのリータの登場を思い浮かべてほしい。リータはある晩、ウォールハンドボールをプレイするつもりで現われたのだった。私は彼女の変化を追ってきたから、ほかの連中よりは事態がのみこめていた。最初のうち、そこに居合わせたティーンエージャーたちには、彼女が何者なのか見当もつかなかった。「何だ、あれ？　子どものような、婆《ばあ》さんのような」私は背後で誰かがそうつぶやくのを聞いた。そのつぶやきには、嘲りと忍び笑いが含まれていた。

リータはゲームとゲームの間に来た。そして状況に鑑《かんが》みることなく、コートにはいって、直前に勝った者と試合をすると宣言した。彼女が話すのを聞くのは、私にとって数年ぶりだった。その声は甲高くて、ビブラートがかかっていた。昔の内気そうなささやき声とはまったく違う。彼女の申し出は、ここの慣行とは異なっていた。午後と夜のほとんどの時間が、試合の予定で埋まっていたのだ。レノンがもたれていた壁を押して離れ、もっていた瓶を置いて、ゆっくりと彼女に近づくのを私は見た。「悪いが、婆ちゃん」と彼は言い、煙草の煙を彼女に吹きかけた。「あんたはプレイできない」彼は彼女のすぐそばに来て見下ろした。「何様のつもりだよ、まったく」

リータは左右の手のそれぞれにレノンの髪束を握りこんで彼の頭を引き下げ、突き上げた自分の膝小僧にぶちあてた。レノンは石ころのはいった袋のようにくずおれ、気を失ったまま、コートに倒れた。リータは口をぽかんとあけ、遠くを見るように目を見開いた。老齢と不安の刻まれた木彫りの仮面さながらだった顔が、つやつやに磨かれた薄板のようになり、生気にあふれていた。リータは、あおむけに横たわっているレノンを見下ろし、ホイッスルを鳴らした。レノンの鼻から血が噴き出し、不良仲間が寄ってきて、彼を取り囲んだ。やがて、ふと気づいてリータを探した私の目に、彼女が野球グラウンドを駆け抜けている姿が遠くに見えた。

その後しばらく、私はリータの消息を追えずにいた。ハイスクールの最終学年で忙しくもあった。彼女がジョギングで家の前を駆け抜けたり、図書館の脇を自転車で通ったりするのを見かけることはもはやなかった。一度か二度、二階のバスルームの窓から枝を通して、雪に埋もれたリータの家の敷地を見下ろしたが、彼女がいる形跡はなかった。何もなかった——四月の風が町のピザ屋での強盗未遂のニュースをもたらすまでは。ふたりの男が、頭からストッキングをかぶり、銃を手にしてその店にはいってきたとき、リータがたまたまカウンター席にすわっていたという。そしてたまたま、彼女のコートのポケットに、ブローニングの口径九ミリの自動拳銃がはいっていた。彼女はふり返って、何が起こっているか見て取った。そして、カウンターの奥にいたピザ屋の店主のフィルがのちにインタビューされて語ったところによれば、彼は銃を持った男たちが、彼女の顔を見てあっけにとられたのがわかったと言う。フィルは彼女の顔をこう形容した。「やつれてはいるが滑らかで、ワックスを塗った車みたいに、皺《しわ》もつやつやしていた」強盗のひとりは「何だ、こりゃ」と叫びさえした。リータは拳銃を取り出し、強盗たちの頭部を相次いで撃った。ひとりは倒れた。もうひとりは、もう命が絶えているはずなのに歩き続け、天井に向けて一発放ったあと、テーブルに倒れこんだ。フィルは、リータがいなかったら自分は死んでいただろうと、警官たちに語った。警官たちはリータ本人から事情聴取したかったのだが、彼女はすでに去っていた。

長い年月が流れた。その間、一度か二度、悪夢に現われた以外には、私がリータについて見聞きすることはなかった。リータのことがまったく頭に浮かばなかったわけではない。ただ、人生がものすごいスピードでふりかかってきたのだ——学業、結婚、子どもたち、といったことが。ある夜、ソファーの私の傍らで妻が眠っていた。私たちは三十代後半だったに違いない。というのは、この記憶のはしっこに、子どもたちが二階のそれぞれの部屋で寝ているという意識があったから。私は『仮面の米国』を見ていた。この映画では、ポール・ムーニーが刑務所から脱獄し、常に追われながら逃走している男を演じている。最後にこういうシーンがある。夜、彼の恋人が自分のアパートメントの外で、どうやって暮らしているの、と彼に訊く。「盗みによって」と彼は苦々しくささやく。それから、あおむけに後方に倒れるかのように、闇の中に吸いこまれていく。それを見たとき、なぜかリータのことが頭に浮かび、彼女の奇妙な物語は終わったのだという気がした。それから、また時が猛吹雪のように降り積もり、あの常軌を逸した経緯全体を覆って、私の目から隠した。

その状況に変化が生じたのは、今世紀の初めの頃のある夜、私が創作を教えていたニュージャージー州中部のコミュニティー・カレッジの教室でだった。ちなみに、私はこのカレッジで、約二十五年間、英語を教えた。おおむね、良い職場だったが、目を通して評価しなくてはならない提出物の量がすごかった。その学期、私は火曜日の夜の遅い時間に、創作のクラスを受けもっていた（授業が終わると十時半になっていて、それから二時間かけて車で家に帰るのだった)。その授業が行なわれるのは、一番端っこの駐車場のそばの三階建ての建物の最上階にある奇妙な形の部屋だった。その建物は、郡の公職についていたブラッドリー・サンクという立派な人物にちなんで、サンク・ビルディングと名づけられていたが、学生たちは「草臭《スタンク》・ビルディング」と呼んでいた。そこでマリファナをやってハイになっても、大学警察がパトロールに来ることは決してないからだ。

それは春学期だったので、始まったのは冬だった。その冬はすごく雪が多かった。夜、通り道は氷で覆われ、広い駐車場にヒューヒューと風が吹き渡った。このカレッジの夜のクラスには、十八歳から二十五歳の通常の年齢の学生たちに加えて、年長の学生もそこそこいることが多かった。私は教室を歩き回り、出席を取った。みんな、講座が始まるのを楽しみにしているようだった。最初の夜なので、お互いを知るという意味もこめて、自分の半生の物語を手書きで、三枚にまとめてほしいと、私は学生たちに告げた。授業は三時間だ、最初の二時間は書くのに使ってよい、そのあと、何人かに作品を朗読してもらおう、と私は言った。学生たちは書き始め、私も自分のノートを開いて、書いているふりをした。

二時間が経ち、私は言った。「さて、誰か読みたい人は?」皆、あいまいな笑みを浮かべて首をふった。だが、後ろのほうで一本の腕がすっと上がった。そこはふたつの部屋がつながっている部分で、私の位置から、その学生の体全体は見えなかった。その腕は紫色のジャケットの袖に包まれていた。彼は自分の机を左にずらし、自分の姿が私に見えるようにした。

それは老人で、なんと、サルバドール・ダリそっくりの見かけだった。彼の顔は皮膚がたるんでいて悲しげだった。服装は比較的地味な海賊風——白いシャツの袖口の周りと、前立てに沿って、ひだ飾りがついている。口髭はワックスで固められて外側にはねている。私が名を訊くと、「サムズィバー」と答えた。

「それはファーストネームですか？　それともラストネーム？」

「名前はそれだけです」

「そうですか。では、始めてください」

彼は自分の原稿を読み上げ始め、早くも二行目から、自分はニューヨーク州北部の小さな町で生まれ、リータと名づけられたという事実を投下した。その名を聞いただけで、リータについての記憶が、竜の歯《ドラゴンズ・ティース》（鉄筋コンクリート製の四角錐の対戦車防御用障害物）の陰から現われる兵士のように、私の想像の世界に姿を現わした。リータの物語は一九三〇年代を時の流れとともに歩み、ローリーと出会って恋に落ちるところまで行った。リータは、身ごもったものの、無事に出産に至ることができなかった子どもたちについて語り、犬のマンプスの名前も出した。それから自分たちの敷地にあった小屋の中の井戸の話をして、しょっちゅう、その水を飲んでいたと語った。ローリーは飲もうとせず、リータにも飲むなと言った。井戸の内壁が、奇妙な光る地衣類に覆われていたからだ。だが、リータが感じとっていたのは、美しい輝きとそれがもたらす温かみだけだった。水は氷のように冷たく、その清らかさは、口に含むと電気が走るかのようだった。それには色々な意味での快感があった。その水が彼女にもたらした変化が語られ始めた、まさにそのとき、朗読が止まった。「ここで紙幅が尽きました。きっと私は長く生きすぎたのでしょう」とサムズィバーが言った。学生たちは彼の想像力に敬意を表して拍手した。彼は頷《うなず》いて椅子の背もたれにもたれた。

さらに数人が自作を朗読し、私たちはそれらの人生の物語について議論した。そして、私は授業を終わりにした。学生たちがぞろぞろと出ていったあと、提出作品や本を鞄《かばん》にしまいながら、ふと顔を上げると、サムズィバーが私のほうに向かってやってくるのが見えた。私の背筋に冷たいものが走り、右の目に抜けた。

「私が誰だか、わかっているんですよね?」と私は訊いた。その建物の三階に私たちはふたりっきりで、外で風がうなる音が聞こえた。

彼は頷いた。「柵の出入り口を通って、ブランコ椅子に乗りに来ましたね」

私は教室のドアに目をやった。いざというときに逃げ出せるように。リータ、またの名はダリがどういうわけで、私の教える教室に姿を現わしたのか、見当がつかなかった。これが夢でないことには、ほぼ確信があったが。「どうしてここに?」と私は言った。

「頼みがあります」

「まず、いくつか質問に答えてもらわなくては」と言ってから、私はボビー・レノンを痛い目に遭わせた人間に対して高飛車に出ている自分に驚いていた。その同じ人物が、ピザ屋で強盗をしようとした男たちを撃ち殺したことを思えばなおさらだった。

彼は頷き、ため息をもらした。彼が近くの椅子に腰を下ろすのを見て、私は口を開いた。

「あの水を飲んだせいで、男性になったんですか?」

相手は声を立てて笑った。「あの水は私をエナジーで満たしました。長い年月をかけて、そのエナジーが私の中に蓄積し、ちょうどローリーが死んだ頃に、その力が花開いて、私は人間以外のものになったのです。男のようななりをしたり、口髭を蓄えたりしたのは、ずっと前からそうしたいと思っていたからです——ローリーに出会うよりも前、あの井戸の水を味わうよりも前から。男になりたいと思ったことはありません——そう望んだらなれたとしても。私が望んだのは、単に、自分独特の種類の女になること。それはあの水とは無関係です。年を取るにつれて、死にかけているということしか考えられなくなる人たちがいる一方で、自由を見出《みいだ》す者たちもいるということです」

「あの水は、あなたをとても逞しく……攻撃的にしたように思うんですが」

彼女は頷いた。「私は自分の身体能力を最適化し、危険な存在になりました」

「どうして銃をもっていたんですか?」

「あれはローリーのものでした。銃は究極の個人的攻撃手段です。私は銃をもって、ろくでもないもののはびこる世の中を渡り始めたのです」

私は二、三秒間、黙って彼女の顔を見た。変化の前の彼女の顔が浮かびあがってくるような気がした。「どうしてダリなんです?」と私は尋ねた。

「どういう意味?」

「画家のサルバドール・ダリそっくりに見えるようにしているでしょう?」

「私をばかにするのはやめなさい」と彼女は言った。かなり動揺しているように感じられた。

「いやいや、申し訳ない。お詫《わ》びします。勘違いしていました」

「誤解されるのは慣れています。とにかく、あの水を飲むのをやめてから、身体的な勢いが弱まり、再び、年を取り始めました。あの水の圧倒的な作用を自分の体からふり払い、人間に戻ったのです」

「本来なら、もう百二十歳とかのお年なのでは？」

「たぶん、そんなところでしょうね。私がここに来たのは、私の回想録を編集してくれるよう、あなたに頼むためです。書き終えたら、拳銃で自殺するつもりです。もう、たくさんなんです。死が私に追いつくのを待っていたら、あと百年生き続けるかもしれません」

私には信じられなかった。この壮大な謎の終結での私の役割が、これまで常にしてきたように、他人の書いたものを読み、チェックすることだなんて。「どうして私に？」

「あなたは私の話がほんとうにあったことだと知っているから。それにあなたは作家で、作品が出版されているから」

彼女は肩かけ鞄に手をつっこみ、薄い紙束を取り出した。それを私に差し出しながら言った。「これはほんの一部だけれど、これを読んだら、全体がどういうものになるか、見当がつくでしょう」

私がその紙束を受け取ると、彼女は立ち去った。彼女の秘密の力の作用によるものだったかはわからないが、私は一分ほどぼうっとしてしまい、身動きできなかった。裏庭の柵のドア、輝く井戸、大砲の轟《とどろ》きの記憶が蘇《よみがえ》り、圧倒されたのだ。われに返って立ち上がり、窓辺に寄って駐車場を見下ろした。彼女の黒っぽい影が、わずかに足を引きずりながら歩いているのが見えた。丈の長い海賊コートの下に着こんだ白いシャツのひだ飾りが、防犯灯の光をとらえて輝いていた。その人影が車の脇で足を止めることはなかった。ひたすら歩き続けて、アスファルトの駐車場の端に到達すると、境界線を越えて森の中に入っていった。

次に掲げるのは、彼女が私に託し、私がその場で読んだ原稿だ。

一九八三年のことだった。私は自分のさまざまな力の真っ盛りにいて、ギャングたちのために働き、彼らが片づけたいと考える人々を殺した。心に留めておいてほしい。私が殺したのは、ほかのギャングたちだけだ。女や子どもは殺していない。だが、ギャングである男を殺すのはためらわなかった。ろくに報酬を与えられずとも、喜んで殺したぐらいだ。私はあらゆる種類の方法を用いた。絞殺から、額を一発殴っただけで両耳から血を噴き出させることまで。そして心に留めてほしいのは、私が八十代後半だったということだ。

こういう言い習わしを聞いたことがあるだろうか？　絶対的な力は絶対的に腐敗する。道徳性は皆無だ。自慢するようなことだとは思わないが、私の人格は、ある生物学的存在に乗っ取られていたのだ——私が何を言いたいかわかってもらえれば良いのだが。仲間の誰もが、私を男だと思っていた。最初に、自分は独特な種類の女なのだと説明しようとしたが、彼らはただにやにやして頷くだけだった。大方は、まともに反論して、私の攻撃の才能を自分に向けられては困るという気持ちからだったろう。当時、私は頭を剃《そ》り、ぴったり体に沿う黒いスウェットスーツを着ていた。おまけに、黄色いレンズのスキーゴーグルをしていた。あれほどシャープな外見だったことは、その後一度もない。

さて、ある時、私のボスだったやつ——シャツにケチャップのしみをつけ、自分の能力を過大評価している糞《くそ》野郎だった——が、おまえに向いた、いい仕事があるぞ、と私に言った。やつらは私にそれをやらせて、ぼろ儲《もう》けをするつもりだったのだ。それはちょうど、私が犯罪にまみれた自分の生活を疎ましく思い始めていた頃だった。ピザ屋であのふたりのチンピラを撃ち殺した瞬間から、私は裏社会に潜り、殺したり、破壊したりをくり返す生活を続けていた——あるギャング団のために働いたかと思うと、別な時には、その同じギャング団を攻撃したりもした。私はアクションに——いわゆるタフガイたちと闘う機会に魅了されていた。私が殺したり、大けがをさせたりした男の数は百五十人にのぼる。

その時、もちかけられたのは、要するに、ほかのギャング団の親玉の子飼いの特別なファイターと、私を闘わせようという話だった。賞金は二百万ドル。私の試合相手にはさまざまな噂があった。そいつは「スリラー」と呼ばれていた。前年の暮れに世に出た、あのマイケル・ジャクソンの歌にちなんだ呼び名だと思う。あれはものすごく流行《はや》っていた。私の仲間は、対戦相手について私に講釈しようとしたが、私はそうさせなかった。

その日がやってきて、われわれはニュージャージー州の果てのある地点まで、車で移動した。そこはシェルパイルと呼ばれる町の近くの、もはや使われていない倉庫だった。とても侘《わび》しい場所だった。その古い建物の中には、円形の大きな金網の檻《おり》が設えられていた。ボスが私に、中に入るように命じた。言われた通りにすると、背後から「死ぬ気でやれ。わかってるな？」という声がかかった。私はふり返らなかった。中に立って二、三分すると、どこにあるのかわからないスピーカーから音楽が鳴り響いた——マイケル・ジャクソンのあのヒット曲が。大勢の人が倉庫内にはいってきた。私は対戦相手を探そうとはしなかった。やがて、背後に誰かが立っているのを感じ、それが彼、スリラーだとわかった。それまで気づいていなかったが、金網の檻の、私の入ったのとは反対の側にもうひとつの出入り口があって、彼はそこから入ったのだった。瞬時にして、私の防御機構が作動した。アドレナリンほか、井戸の水に由来する、さまざまな化学物質が分泌された。当時、このような状況でよくそうなったように、私はうなり声をあげていた。そして、飛びかかろうと身構えたが、とたんにその場に凍りついた。私の対戦相手である殺戮者《さつりくしゃ》、スリラーは子どもだったのだ。せいぜい十二歳というところだ。

彼は素っ裸だった。その体は長い金色の毛に被《おお》われていた。耳は人間の耳ではなく犬の耳で、先が尖《とが》っていた。こんなに悲しげな犬の顔は、見たことがないと思った。そのとき、彼が襲いかかってきた。押し返すと、彼は自分の尻尾の上に尻餅をついた。彼はまた、私にかかってきた。口から泡を吹き、かみつこうとする。私が親愛の情をこめて、彼の顎に拳をコツンとあてると、彼は大の字に伸びた。その頃には、どんなに凶暴なガキだろうと、子どもを殺すわけにはいかない、という気持ちが自分の中でははっきりしていたので、私は十メートル近い高さの檻の天井まで登り、中心にある小さな穴から脱出した。そしてその高さからジャンプし、宙返りしながら、檻の側面に沿って降下した。この一連の動作は稲妻のように素早かった。だが、私のボスとその手下たちも、私が試合を放棄しようとしていることを一瞬で悟った。彼らは拳銃を抜き、私を逃がすまいとした。私が飛びはね、身をかわしたので、少数ながら流れ弾に当たる者もいた。

倉庫から出て、何もない地面を走り抜け、パイン・バレンズ（ニュージャージー州南部から南東部にかけての沿岸地方の広大な湿地）の松が密生する中に駆けこんだ。松林にはいると、私はペースを落とし、息を整えた。ほんのひと呼吸、休んだところで、背後で小枝の折れる音がして、スリラーが追ってきているのだとわかった。私は倒木をまたぎ、小川を飛び越え、弾丸のようにバレンズを疾走した。しばらくの間、足跡を残さぬように枝から枝へと飛び移りもした。それでも、あの子は私についてきた。夜が明け始めた頃、背後に何の気配もないのに気づいて、私は速度を落とした。走って去ることができれば楽だったろうが、私の心には、久しく抱いたことのない種類の考え、自分自身にかんするものではない考えがあった。それは、あの子がひとり林の中で方向を見失っているのではないかと心配する気持ちから来るものだと思われた。

走ってきた道筋を戻り、ブラックジャックオークの高い木の下で、背中を丸めて眠っている彼を見つけた。私は彼に寄り添って横たわった。そしてふたりして目覚めたあと、彼は私についてきた。私は彼をペット兼息子として受け入れた。その時から、私は再び、他者の面倒を見るようになったのだ。彼はもりもり食べた。トイレで用を足すよう習慣づけることができなかったので、猫用の砂に大変な額の金がかかった。ふたりで住むアパートメントを確保するために、私は仕事につくことが必要になった。彼は短い間しか生きなかった。それからほんの数年で、骨がぼろぼろになり、臓器もだめになって死んだのだ。彼はギャングお抱えの科学者たちの、バイオエンジニアリングによって完璧な暗殺者をつくる試み――失敗に終わった秘密の科学実験――のお粗末な産物だった。結局のところ、この一連の出来事の成り行きは私の心を打ち砕いた。私は彼をヘクターと名づけて、その名で呼んでいた。私たちは愛し合っていたと今も思う。

白状すると、老朽化したサンク・ビルディングの中を通り抜け、午後十一時半の暗く、冷たい駐車場を歩きながら、私は背後をふり返らずにはいられなかった。そして、覗きこむ人を引きずりこんで放さない石造りの井戸の佇《たたず》まいが、しきりに思い出された。家まで二時間、車を走らせながらも、あの物語が事実だということがありうるだろうかと自問し続けた。リータの存在そのものが謎に満ちたものであるけれど、その彼女にかかわる話としても、いささか、信じがたさの度が過ぎるのではないか。冷静に考えよう。自分はフィクションの書き手で、創作を教えている立場だ。彼女はあれを回想録と呼ぶが、あの文章には、彼女が培《つちか》った皮肉なユーモアのセンスが示されているのではないか。彼女の身体的能力のすべてが、輝かしい知性へと転化したのだろうか。あるいは、フィクションこそが、彼女が自分の人生の驚くべき物語を語ることのできる唯一の形式なのだろうか。真相がそのいずれであるにせよ、あるいは、ほかの何であるにせよ、私は一週間、思い悩み、彼女の原稿を何度か読み返した。もう少しで妻に、すべてを打ち明けるところだったが、説明するには複雑すぎた。次の火曜の夜、草臭《スタンク》・ビルディングで、私はリータが現われるのを待った。彼女にまた会えるのを期待して、授業の開始を遅らせさえした。もちろん、彼女は二度と再び、現われることはなかった。

さて、今、私はオハイオ州にいる。住んでいるのはトウモロコシ畑が広がる中に、老朽した赤い納屋が点在しているようなところで、見渡す限り、人っ子ひとり見えない。割合近くにある大学でたまに教えることはあるものの、教職からほぼ身を引いている。目があまりよく見えないが、犬たちにたくさん話しかける——とりわけ、天気が良い日にリンゴの木の下で、ゆったりと椅子に腰かけ、三キロも続く緑の畑と向かい合っているときには。ノートとペンを携えてはいる。書き物をしていることになっているから。だが、正直なところ、書いているより、考え事をしていることのほうが多い。この年になったら、リータを巡るわけのわからない話など、どうでもよくなっているに違いないと、人は思うかもしれない。だが、実のところ、望ましい以上に頻繁に、彼女のことが頭に浮かんでしまうのだ。目の前の広大な畑の真ん中の防風林に停めたトレーラーでリータが暮らしていると、私は夢想する。ホワイトオークとヒッコリーの木立の中で、リータは短からぬ、輝かしい老後の歳月を過ごし、年を取るという経験、崩れ落ちていくという経験を楽しんでいるのだと。彼女は回想録を書いている。そして私は、彼女が氷のように冷たい水のはいった水差しをもってきてくれる日を辛抱強く待っている。彼女のホイッスルの音が聞こえないかと耳を澄まして。

（谷垣暁美訳）

苦悩の梨

ジェマ・ファイルズ

ジェマ・ファイルズ（Gemma Files）は一九六八年イングランド生まれ、トロント出身のカナダの作家。一九九九年に短編"The Emperor's Old Bones"で国際ホラーギルド賞を、二〇一五年の *Experimental Film* でシャーリイ・ジャクスン賞長編部門とサンバースト賞長編部門を受賞している。

（編集部）

苦悩の梨って知ってる？　とイモジェンはわたしにたずねた。あの最後にいっしょにすごした日のことだ。わたしは首をふった。見せてあげる。ほら。

彼女は持っていた本のページを素早くめくって端を折ったところを開いた。その左右のページの片方には線画、もう片方には写真があった。どちらも彼女がいった名前のとおり梨のような形をしていた——右側のは妙に生きものめいた花びらが開いた姿、左側のは黒い鉄製で全体にスパイクがついている。内側より外側のほうが鋭い。

このネジを回すの、と彼女はそこを指さしていった。これをぎゅっと入れて、なかにぐいぐい押しこむの。これが入る大きさのところならどこでもいい。口に入れれば猿轡《さるぐつわ》みたいになるから、オランダでは窒息梨っていうんだけど……魔女狩りの時代には女の人に使ってたという説もあるの。あそこに入れたんだって。

うわっ、ひどい、とわたしはいった。まじめな話、どんな——どうして？　どうして——

——なかに突っこんでネジを回して大きく開かせて、どうなるか見ようなんて思ったりするの？　彼女の目はまだ本に釘付けで、まるで催眠術にでもかかったように半開きでとろんとしていた。手首とかを切るのとおなじよ、ウーナ……ただ外側じゃなくて内側を切るの。傷はないわ。見えるような傷は。

それに、自分で自分にするんじゃなくて、ほかの人がやるんでしょ、とわたしは指摘した。切る、といいたかった——その後この手のことをどう話せばいいのかわかってからだったら、そうしていたにちがいないが——自傷行為はまったく思いどおりにならない世界で唯一思いどおりにできることだった。くるとわかっている痛みを弱めたり止めたりするのが目的で自分を傷つけるのだ。こんなのでなにが思いどおりになるというのだろう？

ばかみたい、とひと呼吸おいてからわたしはいった。そんなことしたら死んじゃうじゃない。ぜんぜんちがうわ。

するとイモジェンは微笑《ほほえ》んだ。口が左斜め上にきゅっとあがっていて、なんだか発作を起こしているような感じだった。一度も考えたことがないみたいないい方ね、と彼女はいった。ママのお酒や薬をあまり害がないくらい盗んで、うまいこと手首を切ってすぐに見つけてもらうとかさ。あたしは前、ガナノークにいたときにパパが納屋に置いてた携帯用のガソリン・タンクを使って自分に火をつけようと思ったことがあったけど、ここじゃそういうのはむずかしくなっちゃった。

そこまで考えるなら、橋から飛びおりちゃえば？

そうね、いつかはね。いつかは。

ザ・ラヴィーンと呼ばれる峡谷群はわたしたちがいるあたりでは、まったくちがう種類の騒音に満たされているといえるほど静かなわけではなかった。トロントのダウンタウンを頂点とする水系領域の一部のわたしたちがよく知っている部分は、セントクレア・アヴェニュー・イースト橋の下を通ってわたしたちが住むあたりを一マイルにわたって左右に二分していた――それをさらに南にたどっていくとローズデールに入り、やがてドン・ヴァレー・パークウェイの一部になる。やる気満々のハイカーならこれをそのまま進んでいけばほぼまっすぐにオンタリオ湖までいける。木々が密に茂って空を窒息させ、水の流れは奔流となって岩や塵芥《じんかい》を洗い、排水トンネルのコンクリートの壁を激しく叩いている。傾斜地のいちばん下になるこの薄暗い緑陰の上にはほんものの闇が降りつつある。虫たちが歌い、葉擦れの音が響くなか、一瞬、頭蓋骨を焼き串さながらに貫くほど大きな蟬《せみ》の声が聞こえたような気がした。

まじめな話、とわたしはようやく口を開いた。そんなばかなこと考えないで――いくらかでも価値があるなんて思ってるふりしないで。そんなの死んだも同然だわ。

そうね。でも、もしあたしたちがやったらみんなどう感じるか考えてみて。

〝あたし〟から〝あたしたち〟へ、小さくするりとスライドした。いかにもイモジェンらしい。

みんな笑うわ、イム、それでおしまいよ、とわたしはしばらく間をおいてからいった。人前では悲しそうな顔をして、裏ではばかにするわ、高校に入るまで生きられなかった弱虫のおばかな負け犬だって。いつもとおなじよ。

だがイモジェンは完全にわたしを無視して、まるでこんど試験に出る問題でも見ているかのようにおぞましい絵と写真をまじまじと見つめたままじっとすわっていた。

イモジェンとはじめて出会った日、わたしは迷うことなく彼女のあとをつけてセントクレア・ウエスト橋の下を通り、渓谷のまんなかへと進んでいった。彼女は校庭のフェンスが壊れた隙間から外に出て、緑陰のなかへと向かった。低木に負けないほど背の高い雑草の茂み、刺草《イラクサ》や有毒なベラドンナの藪《やぶ》、幹から裂けた樹皮が包帯のように垂れさがっている樺の木立。小道があるのに彼女はわざわざそれを避けて思いのままに歩いていった。

わたしが彼女を見かけたのは昼食からもどる途中のことだった。彼女はまだ校庭の片隅で、いつも机の下で大事に温めているあの本を読んでいた。近くにいる〝ふつうの〟女の子たちのことは無視している。女の子たちは彼女を話の種にしていることがはっきりわかる程度に近いけれど、そのことで彼女がわざわざ文句をいいにいくほど近くはない程度に離れたところにいた。わたしはその子たちの顔は見知っていたものの、名前はまだひとりも知らなかった——それどころか知り合いなどひとりもいなかった。転校することすらママから一週間前に聞いたばかりだったのだから。メルボルンからもどったわたしをママが空港でピックアップしてくれて、〝家〟に帰るといって連れていかれた先が一カ月前に住んでいたのとはべつのところだった。

「きっと楽しいと思うわよ、ウーナ」とママはいった。「まったく新しいスタートを切るんだもの」

「そうね」とわたしは答えた。あれこれいっても無駄。

あれこれいってうまくいったためしがなかった。

新しい家の近くの学校に転校した初日の午後一時の時点で、先生——背はわたしとおなじくらいだけれど幅は二倍、冒険心あふれる赤いプラスチック縁の眼鏡、首元には大きな十字架をさげたミス・ウェルガス——以外でクラスで名前がわかるのは、どうやらみんなに嫌われ、怖がられているらしいイモジェンだけだった。わたしはまるで怖いとは思わなかったけれど、それはそうに決まっている。それまでずっとわたしがそういう子どもだったからだ。

それだけで、わたしは彼女についていく気になっていた。どんなごたごたを抱えているのか知りたいと思ったのだ。

「この夏はなにをしていたの、イモジェン？」あの朝、ミス・ウェルガスは国歌斉唱が終わって全員が着席すると、そうたずねた。彼女がにっこり投げている視線をたどると、その先にいたのはわたしのすぐ近くにすわっている女の子だった。首を傾《かし》げていて顔は半分が長い淡い色の髪の陰になっている。目はなんだかわからないけれど手にしているものに釘付けだ。そしてほとんど顔をあげずに視線を上下させてから彼女は答えた。

「ずっと神話を読んでました。北欧、ギリシャ、エジプト、アステカ、アフリカ。キリスト教も」

「キリスト教は神話じゃありませんよ」とミス・ウェルガスはいった。

イモジェンは片方の肩をくいっとひねった。肩をすくめたとはいいがたいものの、そうではないともいいきれない動きだった。「はい」と彼女はいった。

ひとりの女子生徒がフンと鼻を鳴らして、「でも、なんで?」といった——それはあんたが誰が見ても世界一のとんでもない変人だからよね、という答えが透けて見えるようないい方だった。一瞬、彼女がそのまま先をつづけるかに思えたが、ミス・ウェルガスが手をあげると同時にパチンと指を鳴らして黙らせた。

「ジェニファー・ダイアモンド」とミス・ウェルガスはいった。「このクラスでは軽々しく勝手に発言していいのかしら? いいえ、だめよね」そして彼女は出席簿を見ながらわたしのほうを向き、「では」と切りだした。「ウーナ、よね? あなたの夏休みはどんなふうだったのかしら?」

全員がわたしのほうを見た。どうかそうなりませんようにと思っていたとおりの展開で、肺のなかの息と脳のなかの思考がたちまち凍りつき、辛く長いその一瞬のあいだにわたしは必死で文章をひねりだした。「オーストラリアにいってました」とわたしはやっとのことで答えた。「パパがオーストラリアに住んでいるので」思ったとおり、フフッと軽い笑いがひろがった。さっきの女の子とおなじニュアンスの笑いだ——オーストラリア? マジで?

わたしは顔が熱くなってニキビがひとつ残らず燃えあがるのを感じ、彼女になにか投げつけてやりたいという衝動から気をそらすためにイモジェンのほうをふりかえった。イモジェンの視線はすでに本にもどっていた。好都合だった——タイトルが知りたい、わたしが読んだ本かどうか知りたいという一心で首をのばしたのをよく覚えている。ところがイモジェンは本をそれほど大きく開いているわけでもなかったのに本の背に当たる光が強すぎてタイトルはまったく読み取れなかった。

わたしたち二人のまわりではミス・ウェルガスの質問と生徒の答えが巣のなかの蜂の羽音のように絶え間なくせわしなくものうく響きつづけていた。おかげでわたしはふたたび自分自身に埋没することができた。目に見えない存在、というかできるかぎり人目につかない存在に——わたし、背は大人並み、思春期の変化のまっただなかにいる十歳と半年、もう少しで十一歳というわたしに。ぎごちなくて、自分でも困るほど発育がよくて、トロントにもどる便に乗る前にいったビーチでヒリヒリするほど日焼けしてしまった顔のわたしに——わたしはまだ家に帰るまでの一昼夜着ていたぞっとするようなネイビーブルーのアクリル製タートルネックのままだった。とにかく、手首の内側の傷はもちろんのこと、うなじから胸元にかけて何本も走る赤茶色の筋を誰かが見てハッと息を呑むようなことになってほしくなかったからだ。

どう考えても快適ではないけれど、それをいえばほかもおなじようなものだ。分厚いレンズの眼鏡はまえかがみになりすぎるとずり落ちるし、歯列矯正器の上下の犬歯にかけてあるゴムバンドはあくびするとバチンとはずれることが多い。なぜだかこの八月後半の二週間で急に大きくなって肉割れができてしまったCカップの胸は、ダウンタウンのイートンセンターまで新しいブラを買いにいっている時間がなくてママのをつけているせいで、だらんと楽な姿勢になるたびにアンダーのワイヤが食いこむ。

それにあの忌々しい血。あれが最悪だった。はじめてきたとき以来、いつも突然にやってきた。ニキビが燃えあがり、偏頭痛気味になり、わたしがまだこの周期に慣れていないことを告知するお触れのように股間にパンチを食らわせる、その感覚がずっとつづいていた。もちろんそれといっしょにやってくる怒りもだ。なにかを訴えるその怒りは、前よりも強まっていた。

わたしはそのすべてがいやだった。自分の身体を嫌い、自分自身を嫌っていた。自分はモンスターだと感じずにはいられず、そのうち傍《はた》からもモンスターだと思われるようになった——ある日ふと気づくまで、わたしは自分が物笑いの種になっていることなどまったくわかっていなかった。誰でもセットできるタイマーがついた時限爆弾のようなやつ、金切り声とふりまわされる拳と壊れた家具でできている嵐のようなやつ。おかしな目で見るだけで爆発させることができるやつ。そうなるのを見るのはすごくおもしろいから、けっきょくは誰もがそうしたくなってしまうのだ。

前の学校では一年のときからずっとそんなふうだった。あなたはすぐひっかかっちゃうから、とママはよくいっていたし、自分でもたしかにそうだったと思う。ずっとそうだった気がする。

だから、そう——もしこの新しいクラスで嘲りの対象になる除け者《の》の席がもう埋まっているのなら、きょろきょろ獲物を探す社会の悪意の目がこんどこそ自分に向かないようにするために、その子がわたしがからかう標的にすべき子なのかどうか、どうしてもたしかめたかった。

というわけで、わたしはイモジェンのあとをつけて渓谷に入っていった。そのときは彼女の名字も知らなかったが、それはどうでもよかった——彼女がなにをするのか、それが見たかっただけだ。彼女の行動を盗み見てメモを取って〝ふつうの〟女の子たちに教えてやる、それがわたしの計画だった。どんな得があるのかわからなかったけれど、現実的になって、まっとうな側から新しいスタートを切る。

が、けっきょくそうはならなかった。

ねえ、ずっとイモジェンといっしょにいるわよねえ、とジェニー・ダイアモンドがいった。水泳の授業のあとでシャワーを浴びて髪を乾かし終え、眼鏡をかけたときのことだ。わたしはまだ裸のままのでかい図体《ずうたい》をさらしていた。瞬《まばた》きしてしっかり見ると彼女がすぐそこにいてぎょっとし、〝ふつうの子〟軍団が全員いることに気づいてぞっとした——ファジア・ムアクロフト、ニニ・ジョーンズ、ペリ・ボイル。あのね……あたしたち、あなたが道をまちがわないうちに彼女のことを知っておいたほうがいいと思ってたの。まだまにあうから。

また顔が赤くなっていることはもうわかっていた。きっと真っ赤だったにちがいない。わたしは濡れたタオルをつかんで楯のようにしながら、彼女をぶん殴ってやりたいと思っていた。彼女が血を吐くほど激しく、わたしが口を開く前に深呼吸しなければならないほど激しく。まにあうって、なにが、とわたしはやっとのことでたずねた。

ニニとファズが顔を見合わせてにやりと笑った。あのね、知ってる？　あの子は魔女なのよ、とファズがいった。

魔女なんているわけないじゃない、とわたしはいった。

魔女はそういうのよねえ、とニニがいう。あなたも魔女なの、ウーナ？

ちがうわよ、とピシリといいかえしたが、まずい答えだということはわかっていた。

そのあと彼女たちがいってしまうと――彼女たちに向かって金切り声で、自分を傷つけるほど、唾を飲むと喉の内側がなにかでこすられるように痛むほど激しく叫んで、やっとのことで彼女たちがわたしをひとりにしていなくなってくれたあと――わたしはトイレにひきこもってしゃがみこみ、ぐずぐず泣きながら熱い涙を流して、トイレのドアの内側に書かれた落書きを上から下まで連禱《れんとう》のように何度も読み返した。変人てオシャレ〜、オシャレな子はチンポチュパチュパ、あんたは自分でスリスリね、イモジェン＝クロマジョのプーさん。すぐにわたしの名前が、たぶんまちがった綴《つづ》りで、ここに書かれるのだろうと思った。だから親指を噛《か》んだ。しょっぱい味がするまで。歯形が爪の奥深くに届くまで。黄色のなかに灰色がかった紫が混じった傷が二週間は残ると確信できるまで。たとえていえば、相手はいないけれど、誰かと血の誓いを結んで義兄弟になるような気持ちで。

わたしがしたこと、自分につけた傷を見たイモジェンのいつもはなにも読み取れない目は、まるでわたしが指輪かなにかを渡したかのように大きく見開かれ、やわらかみを帯びていた。

そして——わかってたわ、とだけ静かにいった。あたしとおなじだって、わかってた。なにもいうことはなかったけれど、そうよね、あたりまえよね、と思いながら口には出さずにただうなずいた。この瞬間からわたしたち二人は誰の目にも同類と映るだろうとわかっていた。そうならないようにできると思っていた自分を蹴飛ばしてやりたかった。

わたしがなぜいまのわたしになったのか、理由はわかっているし、わたしのなかの、その理由をついに突き止めた部分は、忘れてしまえとわたし自身にいいきかせていた——その時間、その頃の出来事、子ども時代そのものから距離を置け、そういうものは傷だらけの曇った舷窓の向こうに置いてなんの感情も抱かずに眺められるように、さもなければ当時の感情がなにによって引き起こされたのか思い出すことなく物事を感じられるようにしろと説いていた。その頃、経験したことを思い出してもその記憶に搦《から》め捕られたりしないようにしろ、何時間たったのかと思うほど長いことその出来事を何度もくりかえし経験する羽目に陥らないようにしろ、その出来事のあとにつづく無益で際限のない困惑や怒りや憎しみの嵐に釘付けにされないようにしろ、といっていた。

いまのわたし、大人のわたしの視点から見ると、前は他人の資質にたいする苛立《いらだ》ちだと思っていたものが実は、もし彼女たちがわたしをずっと異常な存在でいさせるつもりなら、彼女たちが自分の地位を守るためにしがみついていた正常な存在の基準とはいったいなんなのか、という恐れだったことがはっきりわかる。わたしたちは全員、少なくとも将来的には、女だった……とはいえ思春期なので、はっきりした女性的特徴をそなえていたのはわたしだけで、わたしひとりが目立っていた。だから〝ふつうの子〟たちは犯罪者になるより警察官になって、どうせ一年かそこらでみんなが犯すことになる罪をあげつらって背高のっぽの弱虫を取り締まるほうがいいと思ったのにちがいない。だから、自分は脊椎のてっぺんにのっている脳だと思っている女子、男子のことは騒がしくて迷惑な存在としか思っていない女子をスラット・シェイム（性の社会通念からはずれているという理由で非難し、制裁すること）した――ロッカーの鍵をいつも忘れてくるその子のロッカーを漁《あさ》って多い日用のナプキンを取りだし、その子の机の天板の裏に貼り付けて、その子が天板をあけると目に飛びこんでくるようにしたのだ。ナプキンの下にはドラッグストアで万引きした口紅で書いたメッセージが添えてあった――これ、あなたのよね、ヒッヒッヒ。彼女たちはみんなそれがなんなのか知らないふりをしていた。だって、まだ知る必要がないんだもん、ということだ。

　同時に、当時は持って生まれた罪悪――いうまでもなくイモジェンと分かち合っていた、彼女をわたしに呼び寄せ、わたしを彼女に呼び寄せた罪悪――だと思っていたものは、長いこと吹きこまれて信じていた思いこみにすぎなかったこともはっきりわかる。自分は生まれたときからなにかまちがっていたとか、いじめられっ子でいじめっ子だとか、頭でっかちの世間知らずだとか――思春期に入ると暴力的になって、いつもコントロール不能状態、正しいとはどういうことなのかわからないのがおもな理由で正しいことができるとは誰にも思われていない利己的な嘘つきになっていった。何年もセラピーを受け、薬の力を借りてきた末に、いまわたしにはわかっている。わたしは悪くなかった、人とちがってなどいなかった、たいていの人間は生まれながらにこのひどい世界への適応の仕方、うまくやっていくすべを心得て生まれてくるということに気づいていないわけではなかった、といまは思っている。

だが舷窓越しにちらりと見ただけでも、なににたいしてなのかもわからないまま、ただ感情のみが波のように押し寄せてくることがある。わたしは大波に呑まれてしまうが、その波には顔もなければ形もなく、どの出来事に結びついているわけでもない。感情の亡霊に取り憑《つ》かれているような感じだ――誰にたいして、どうして、怒っているのかわからない、なんで憎んでいるのかわからない、でもたしかに怒り、憎んでいる、そしてそれは不合理で自分勝手でおかしなことだという気がするのだ。だからそれは反転してわたし自身に向かってくる。人を信じたい、友だちをつくりたい、そもそも親の離婚で壊れてしまった家族の輪の外に愛を見つけたいと思うような弱い自分を憎み、怒りをぶつける。愚かにも何度も何度も性《しょう》懲《こ》りなく自分をさらけだしてきた自分を憎み、怒りをぶつける。

両親はお互いに相手のことを親友だとも思っていた。だからほかには誰もいらないと思っていたのだが、突然そうではなくなった。ところがその気持ちを向ける相手もいなかった。そしてわたしはその頃でさえ、そんな生き方は絶対にしないと自分にいいきかせ、もしそうできれば……ほんとうに、物事がちがうふうになってくれたらとどれほど願ったことか。両親は人のなかで人を傷つけずに生きていくすべを教えてはくれなかった。反面教師ですらなかった。
あなたはみんなを怖がらせてしまうのよ、ウーナ。（そうでしょうとも）
あなたはみんなを怖がらせるようなことをしてしまうのよ。（そうでしょうとも）
（そりゃあ、怖がるでしょうよ）
その瞬間、自分がなにをしたにせよ、それは嵐のようにわたしのなかを駆け抜けていってしまっていた。あまりの速さ、激しさに、自分が相手になにをしたのか、あとになってもろくに思い出せないありさまだった。なんというか――ああそうね、そんなことがあったわね、という感じだ。わたしは人の服に穴をあけた。人の靴におしっこをした。人のバービーの頭をはずしてわたしのなかに突っこみ、そうとわかるようなかたちで元にもどした。自分の血を壁に塗り付けて、そこに字を書いた。イモジェンと出会った年にはヘッドホンでレコードの曲を聴きながら猫の尻尾をつかんで持ちあげたりしていたけれど、その頃はママはどうしてわたしがやっていることを知ることができたのか、まったくわかっていなかった――イモジェンを置き去りにしたあとも、わたしはわたしのクジラがオタマジャクシみたいだといったという理由で、その女の子と取っ組み合いになり、その子の頭を床に打ちつけた。その後、またべつの〝あたらしい〟学校では、クラスの子たちにロボトミーのことを詳しく説明して――フランシス・ファーマー（米国の女優）の伝記から拾った知識だ――ひとりの子にコンパスでやってやると脅し、授業を妨げたという理由で校長室に呼びだされたりもした。
わたしがなぜいまのわたしになったのかはわかっているが、それはたんにわかるようになるまでなんとか生きていたからにすぎない。実に単純な真実だ。そしてわたしはイモジェンのために祈っている——彼女も、わたしも、二人いっしょでも、いろいろやらかしたけれど——彼女もそうなっていてほしいと心の底から願っている。

最後にはそうなっていてほしいと。


「出てらっしゃい」と、あの最初の日、イモジェンはいった。わたしは藪のなかにしゃがんでじっと彼女を見ていた。「ウーナでしょ？　見えないと思ってるの？　あたし、なんでも見えちゃうんだから」

そんなことがあるはずはなかったが、わたしはすぐに隠れているのがばかばかしくなって立ちあがった——腕組みして、しかめっ面で彼女をにらみつけた。彼女が怖がるように、ないんなのよと凄《すご》みをきかせて。ところが彼女はまるで怖がっていなかった——有無をいわせぬ勢いでわたしを手招きして、なにをしているのか見せてくれた。渓流で洗われた石が円形に並べられていて、そのまんなかにプラスチックの赤ちゃん人形の首が置いてある。上を見ている青い目は、橋のまわりから洩《も》れてくる暗緑色の乱反射する陽光のなか、なにも見てはいない。

「なに、そのクソみたいなの？」とわたしがいうと、彼女はくすくす笑った。

「男子みたいないい方するのね」と彼女はいった。「背が高いから？」

「知らない。そういうのが好きなだけ。で、なんなの、それ？」

「占い鏡をつくってるのよ。ほら」

彼女は人形の首をひっくりかえして、なかに慎重にはめこんである小さな丸い鏡を見せた。きっと誰かの化粧品入れにあったものだろう。「まず養生しなくちゃいけないの、ね――落ちないように縁を火で炙《あぶ》って溶かすのよ。それが火のしるし。そのあとひと晩、風にさらされるところに置いておくの。とくに墓地を通ってきた風がいいのよ。それが夜のしるし、気のしるし。つぎは川の流れで洗って、こういう葉っぱの陰に置くの。土のなかが見えるように下向きにね。それが土のしるし、水のしるし。やることはあとひとつだけ――聖別して、ちゃんと使えるかどうか試すの」

「なにで聖別するの？」

またくすくす笑い。「なんだと思う?」彼女はそうたずねて、わたしの手首を指さした。しわくちゃの袖が汗でぴたっとはりついて手首の内側の傷が見えている――人に聞かれたときはいつも猫にひっかかれたと答えていたが、聞かれることはめったになかった。消毒液とバンドエイドで手当てしたちょっと深めの傷はもちろん、このいくつもの傷のことを人に話したことは一度もなかった。

わたしは、前に傷痕を引き裂くためにママの刺繡《ししゅう》セットから盗んだ鉤針《かぎばり》を持っていた。そしてイモジェンは折りたたみ式の小型ナイフを持っていた。柄にはテープが巻いてあって、黒く塗られていた。彼女はその刃先をてのひらの人差し指の付け根あたりに突き立てた。感情線と頭脳線のあいだだ。そして刃先をぐっとねじり、横向きに抜いた。血が出てきて十セント硬貨ほどの大きさになる。「はい、あなたも」と彼女は命じ、わたしは従わないことなど考えもしなかった。そのときはとにかく興味津々だった――うまくいくのかどうか知りたくてしかたなかった。それまで自分でいろいろやってみたもののどれひとつとしてうまくいったためしがなく、いつもどうしてだろうと思っていた。

（女の子はけっきょくみんな魔法を試してみようとするものよ、と大学二年ではじめてできたガールフレンドはいっていた。魔法は力をくれる。女の子はぜんぜん力がないからね……魔法は、ほんとうに強く願えば物事は変えられると教えてくれる。そんなのはおとぎ話だってことが、おとぎ話は現実じゃないってことが、小さいときはまだわからないのよ。

そのときわたしはうなずいたのを覚えているが、それはわたしが同意したくなるほど酔っていて彼女が美しかったからだ。わたしはうなずきながら、その気になれば簡単に反論できると考えていた。そうする権利があるという気になりさえすれば。

友だちで、そうは思っていない人がいたわ、というのがやっとだったが、小声だったので彼女に聞こえていたとは思えない。）

イモジェンは傷口をギュッとしぼって鏡の表面に三角形を描いた。「はい、あなたも」と彼女はいった。「でも反時計回り（太陽の運行と逆方向で不吉とされる）でね。反対向きよ。頂点が下になるのを」

「反時計回りぐらい知ってるわ」わたしは不機嫌そうにいいながら、人差し指と中指のあいだに鉤針を突き立てた。すると彼女はまた笑った。こんどは近くにいた鳩が驚くくらい派手な笑い声だった。

「そうに決まってるわよね」と彼女はいった。

それで占い鏡でなにが見えたの、ウーナ、と心の奥深くから声がたずねる――たぶんママが最初にわたしを送りこんだ悲しげな聡明《そうめい》そうな目をした精神科医の声だと思う。わたしは心のなかで答える――なにも。なにも見えませんでした。まるでなにも。見えたといったときも、見えていませんでした。

では、イモジェンはなにを見たんだと思う？

それはわたしには知りようがない。知っているのは彼女がなにを見たといったかだけだ――出口、逃げ道が見えたと彼女は何度も何度もいった。わたしたちは二人ともこの一歩進んだら二歩もどってしまうクソみたいな世界にとらわれの身になっている、ここよりましなどこかへいける出口が見えた、と。この世界ではほかのみんなはなにをしても許されて、わたしたちはなにをしても許されない。せっかく似た者同士の二人の変人が互いを見つけ、共感し合い、いっしょに物語をつくり、その物語を信じているかのように自分を欺き……とにかく信じているかのようにふるまっているのに。とりあえずわたしのほうは。

そう、わたしたちは自分を傷つけ、互いを傷つけた。当然の話だ。痛みはすでにつねに変わらずそこにありつづけるものだった。イモジェンのおとぎ話は、少なくともその痛みを制御して活用できそうだ、通貨として利用できそうだと教えてくれた。神霊界への入り口と交換できるかもしれないと。そこはほかの宗教と変わりない――神話と変わりない。わたしたちが互いを見つける前に勉強し、捨て去ったあらゆる宗教や神話となんの変わりもない。

つまり、痛みにはなんらかの価値があるはずなのだ、そうでしょう？　どれほど痛いかを考えれば。

考えてみて、とイモジェンはいった。ほかの人たちはどうしてあたしたちを傷つけるのか？　自分たちがほしいものを手に入れるためで、それはあたしたちが傷つくことなの。それが原因と結果。じゃあ、ウーナ、あたしたちは自分を傷つけて、なにを手に入れたいのか？　あたしたちはいったいなにを手に入れたいのか？

……うーん……もう二度と傷つかないようになりたい、とか？　彼女は答えず、ただ待っていた。わたしの答えに失望しているからにちがいないと思った。そうよね、ちがうわよね、ぜんぜんちがう――それじゃ単純すぎる。向こうを傷つけること、向こうも傷つくかぎりは。向こうがわたしたちを傷つけるみたいに、こっちも傷つけてやるの。

それで、と彼女は先をうながした。

それで、うまくやりぬける。

たしかに、それもあるわ……魔法、とかでね。ちょっとだけ前進。でもあたしはもっと遠くへいきたいの。できるだけ遠くへ。痛みがあたしを女王に、女帝にしてくれるところへ。痛みがあたしを――

——なにに、クソ神さまにでもしてくれるところへ？　せいぜいがんばってね。彼女は目をそらせようとはしなかった。だからけっきょくはわたしがそらせるしかなかった。一拍おいて、わたしはたずねた——それで……あたしはどうなるの？

そりゃあ、あなたもよ、ウーナ——やだ、そうじゃないと思ってたの？　あたしたちはもう姉妹なのよ。もちろん、あなたもに決まってるじゃない。

（あなたがよろこんでおなじ犠牲を払ってくれるなら、とは彼女はいわなかった。いう必要などなかった。）

この、わたしたちが追い求めていたものには名前などなかったが、出会えばわかるとわたしたちは確信していた。どんな感じかというと……当時わたしが感じていたやり場のない思春期の怒り、子どもを産むということにたいする憤《いきどお》りの頂点と思えるものといえばいいだろうか。わたしは子どもを産むということを真の性とはまったくべつのものとしてとらえていた。他者とのつながりという枠組みで考えたことがなかった。他者を憎み、他者から憎まれていたからだ。ニニやファズは競っていわゆる〝イケてる〟男子の注目を集めようとしていたが、かれらは物事の仕組みというものを彼女たち以上に知らない——わたしはセックスのことをまったく考えていなかったわけではない。ただあのおばかな連中とどうこういうことは考えられなかっただけだ。つまり自慰のやり方はもう知っていた——わたしはそれをなぜか〝えぐりだし〟といっていた。たぶん、その頃のわたしが惹《ひ》かれていたもののせいだろう。わたしは秘密、屈辱、復讐《ふくしゅう》、因果関係にとらわれないこと、血と金と宝石に包まれた有毒で古風な妖しい魅力にかかわるものに惹かれていた。そして力にも。力、力、力と、のちにガールフレンドになった彼女ならいったにちがいない。

よくバスルームでシャワーの下に立って上を見あげ、頭から血の気が失せて失神するまであそこを触っていたのを覚えている――そういう感覚だった、イモジェンがわたしといっしょに見つけたがっていたのは。わたしはバスタブのなかで寒くて濡れた状態で気がついた。磁器に当たっている後頭部がガンガン鳴っていたが、信じてほしい、脳細胞を殺したいとか、頭が割れてしまえばいいとか思っていたのかもしれないと考えたことは一度もないといったらたぶん嘘になる……。

だがとにかく気持ちがよかったから、わたしは何度もおなじことをくりかえした――あの甲高い、どんどんつのっていくバズ音、ピクセル化、力が抜けていく感覚、すがすがしい暗闇を追い求めて。ささやかな死そのものというより、死にゆく感覚だったような気がする。

「血はドアを開けてくれるものなの」とイモジェンはいっていた。「なにも払わなくていいと思う？　なにかすばらしいものを手に入れるのに」

「ううん」

「そう、そのとおり。わかってると思ってた。だからあたしたちは友だちなのよ」

というわけでわたしたちは毎日、渓谷にいって占い鏡をのぞきこみ、世界がすり切れて薄くなっているところを、どこかよそへたどりつける割れ目を見つけようとした。そこらじゅう探しまわった。橋の下、木立のなか、下り斜面になった土手のなか、流れのいちばん深いところ。南北両方向、一マイル程度までのところにあるものを綿密に調べた。南はローズデールまで、北はマウント・プレザント墓地まで。鞭《むち》のようにしなる柳や棘《いばら》だらけのブラックベリーの藪をかきわけて進み、下から見るとそうかもしれないと思える場所に出たものの、けっきょくそれはツインガレージのある家とスピードバンプが並ぶ、よそからのアクセスを最小限にするため横道はぜんぶ行き止まりになった、よくあるあまりにも静かな側道にすぎなかった。

もちろん、最初に見つけるのはいつもイモジェンだった――彼女は大声で叫ぶとあいているほうの手で指さし、わたしをひっぱって駆けだす。合わさった手と手の傷はぴったりと押しつけられ、軋《きし》りあい、ズキズキと痛んだ――大股のゆるやかな駆け足とよろよろの千鳥足、速く、どんどん速く、肺が熱く燃え、もうすぐたどりつくというところでゆっくりと消えてしまう。わたしは身体を二つ折りにして地面に唾を吐き、咳《せ》きこむ。イモジェンは思いつくかぎりすべてのものを罵《のの》り倒す。

「また閉じちゃったわ」罵り以外の言葉をいえる程度に落ち着くと、彼女はそういった。「もっと速くなくちゃだめだった。もっと速く走らなくちゃ」

そしてわたしは息を詰まらせながらうなずくのだった。「そうね」とわたしは応じる。「つぎは、きっと。こんどこそ、きっと」

そして三つめの声が聞こえる――もちろん、イモジェンの声だ。ほかに誰がいる？

なにも見えなかったんでしょ、ウーナ？　でもあたしにはそういわなかったわよね。

いや、ちがう。

なぜなら、ときどき……ときどきは見えたのだ。完全にではなかったけれど。

たぶん互いに自己催眠をかけていて、おなじ幻想を共有していたとか、そういうことなのだろう――が、しばらくするとわたしは恐怖を覚えるようになった。ある特定の角度から目をすがめて見ると、イモジェンが導いていく先から発せられている超自然的なビーコンの上の空中になにかが形をとりはじめるのが見えそうだと思い込むようになってしまったのだ。ある日、薄明がまさに薄暮に変わるその瞬間、まちがいなく入り口が見えた……まばゆく光る細い線が動いて空中高くに枠としか思えないものができ、そこに取りつけられたドアが束《つか》の間、ほんの少しだけ開くと、もうひとつの世界から光が洩れてきた。ドアがふたたびバタンと閉じるまでの一瞬の出来事だった。

　立ち尽くすわたしたちに爪の先のような新月の光が降り注ぎ、星は、数え切れないほどたくさんの星は、女の髪のきらめきのように木々の闇にとらえられていた。そしてイモジェンはわたしの手首に親指を食いこませ、すでにズキズキ痛む手を痙攣《けいれん》するほど強くしぼりあげてきた――もっとクソ急がなくちゃだめよ、ウーナ。あれじゃまるでいきたくないみたいじないの。

でも、いきたいのよ、イム。誓うわ。あなただってわかってるじゃないの。

彼女は長い溜《た》め息を洩らし、唸《うな》るような声を出した。ざらつく、不快な声を。わたしの内側をサンドペーパーでこすられたような気がした。

本気でやらなくちゃ、とだけイモジェンはいった。


わたしがたしかにわかっているのは――理由はなんであれ、人が姿を消すとそのあとには穴が残るということだ。充分に長い時間がたつと、残るのは穴だけになる――穴以外なにもなくなる。人がいってしまった、そして二度ともどってこない、という想定。それは、ほかのあらゆる異常な出来事同様、それ自身の重力を生みだす。そして残されたものはすべて、その周囲を回りつづける。永遠に。

レコードを引っ掻《か》いたようなもので、溝が残る。二度とまっとうな演奏は聴けない。だからその消えてしまった人にまつわる傷ついた曲を聴くたびに、彼女はほんとうにいってしまったのだ――もしかしたら死んでしまったのかもしれない――と改めて思い知ることになる。その思いは全身を、身体のそこらじゅうを打ち据える。石ころが詰まったかばんのように、あなたをゆさぶる。あなたはひとつの大きな打ち傷になる。

死者は生者を憎む。わたしたちはかれらが持っていないものを――時間を――持っている。

わたしたちには選択肢がある。チャンスがある。死者はつねに飢えている。かれらはわたしたちのなにもかもに腹を立てている。わたしたちの痛みにさえ。

忘れていたことを思い出すことで、なにが起きたのか客観的に見ようとすることで、あなたの人生になにを取りもどそうとするのか？　ドアを開けて亡霊を呼びだすのか？　喜んで取り憑かれてあげると宣言するのか？

過去は罠、そして記憶はドラッグ。記憶はドアだ。


血はドアを少し長く開けておくのに役立つ、とイモジェンは気づいた。あと少しのところでうまくいく、というのを何回かくりかえして統計のようなものがとれたあとのことだ。もっとたくさん必要だわ、それが鍵よ。というわけでわたしたちは『拷問と処刑の歴史』という本を熟読することになった――イモジェンはそこで例の〝苦悩の梨〟を見つけたのだ。わたしも彼女がそれを手に入れられると本気で信じていたわけではなかったが、彼女になにができるか、あるいはわたしになにができると彼女が思っているのか、誰にもわかりはしない。わたしは〝ナルニアにいこう！〟みたいなイカれたのりで自分の（でなければ彼女の、あるいはわたしたち二人の）ヴァギナを突き刺すことなどまるでしたいと思ってはいなかった。それとおなじように、橋の下の空気が薄いところにドアが開くかもしれないというありそうもないチャンスに賭けて彼女といっしょに橋から飛びおりるということも……。

でも彼女にいうつもりはなかった。それは選択肢になかった。

しかしその夜、わたしの身体がわたしたちに代わって決断してくれた。わたしはキッチンから広口の空きビンをくすねて、電気を消したあとそのビンの上にしゃがみこみ、寝室の窓から洩れてくる街灯の明かりで『呪われた町』（一九七五年に発表されたスティーヴン・キングの小説）を読みながら一時間ほどすごした。成果はぬらぬら、どろどろした赤黒くて恐ろしく不快なもの――わたしはそれがビンの半分まで溜まったところでふたをしてきっちり閉め、ビニール袋で三重に包んでバックパックのいちばん下に詰めこんだ。

結果はというと、屍肉《しにく》とおなじで体外に出た子宮内膜は冷蔵庫に入れておかなければならないとは誰も教えてくれなかった、とだけいえば充分だろう。

ニニ・ジョーンズ。もし誰かが銃をくれたら、たとえ十二歳でも、あの意地悪女の顔を撃ち抜いていたにちがいないと心底思う。奇妙なのは、いま彼女のことを考えると、ありのままの彼女の姿が浮かんでくるということだ――ガリガリに痩せていて、どんよりした薄茶の髪、気味の悪い目、おかしなものの見方、とくに可愛くもない十人並みの子。ところがあの頃の彼女は自分のことを完璧で、あらゆるものを〝イケてる〟か〝イケてない〟か正しく判断できる裁定人だと人に思わせるのがほんとうにうまかった。ジェニー・ダイアモンドは、たぶんおなじ名前のタクシー会社の一族なのだろう、金持ちだった。ファズは生まれながらに魅力的な美しい褐色の肌の子で、輝く白肌のセミプロ級おばかトリオのセンターをとるにふさわしかった。そして、ペリ・ボイル、この子は、時間がたつうちにわかったのだが、ただ自分で判断するのを避けて、保護色というわざを使ってほかの三人のうしろにくっついているだけだった。低レベルのわざだとは思うが、わたしは使えなかった……イモジェンも。だから、彼女にとってはよかったのだと思う。

「それ、いったいなに？」翌日、渓谷でニニがいかにものうげな口調でいった――そして、イモジェンからビンをひったくった。イモジェンはちょうどビンのふたを開けはじめたところで、ひったくられた勢いでふたが回ってきれいにはずれ、嗅いだことのない凄《すさ》まじい悪臭があふれでた。暑い夏の日、たっぷり一日近くかけて発酵した、あれの臭いだ。ニニは飛びすさってビンを地面に落とした――ビンが割れて腐りかけた生理の血がべったりついた石や土やガラスの破片が四方八方に飛び散り、ニニの白いキャンバス地の靴にもたっぷり降りそそいだ。「うわっ、最悪！」彼女がそう叫んでイモジェンに向かって汚れたほうの足を蹴りだすとイモジェンも蹴り返し、ニニの膝をとらえた。ニニは倒れそうになってファズにつかまり、ファズは両手をふりまわし、そのはずみで二人ともひっくりかえりそうになった。少しうしろに立っていたジェニー・ダイアモンドは、その波が伝わると咳きこんで吐きそうになりながらいった――「うわあ、くっさい、最悪、それって――？　ウーナ、このクソ変人」

わたしは大声で長々とハイエナのように残酷に笑ってやった。「クソ女たち、これはね、医療廃棄物よ」とわたしは唸るようにいった。「あんたのママが毎月、捨ててるのとおなじもの。あんたたちはまだおばかで遅れてるお子さまだもんねえ」それにたいして即座に答えたのはファズだった。片腕でニニの腕を支え、片手でジェニーのスカートのウエストをつかんでいたが、いまは二人を突きはなそうとしている。彼女は大きすぎるほどの声でいった――「ねえ、あんたたち、まじめな話――なにがほしいわけ？　たとえば……セントクレア魔女団提供の病気とか？　タンパックス（生理用タンポンの商標名）菌がうつっちゃう病気とか？」

「そんな菌はないわよ、ばかじゃないの」とわたしはいいかえした。「魔女もいないわ」

「あら、そう？　じゃあ彼女にそう教えてあげたら」

肩越しに見ると、ちょうどイモジェンが中腰の姿勢から立ちあがろうとしているところだった。彼女は両手にひとつずつ川床の石を持っていた。濡れてつるつるの重そうな石だ。彼女はそれを下手投げで〝ふつうの子〟たちに向かって投げたが、まったくの暴投で世界最低レベルのソフトボールの試合で投げているピッチャーのようだった。ひとつはニニの肩をかすめてジェニーの胸に当たり、二人がギャーギャーわめいていると、ファズは二人をひっぱって駆けだした。それまでずっと近くの木の陰からのぞいていたペリ・ボイルのすぐ横を通りすぎて走っていく。ペリがくるっとふりむき三人の背中に向かってなにか叫んだが、なんといったのかはわからなかった。

なぜなら、もうひとつの石がわたしの側頭部に当たったからだ。頭皮が切れて耳の上の端が裂け眼鏡が吹っ飛んで、わたしは地面に突っ伏した。血が目に入ってなにも見えなくなり、唸り声をあげていた。そもそも半分ハルクの気分だったわたしは、自分が破裂するのを感じた。頭のてっぺんが爆発して燃えあがったような感覚だ——わたしは両手を鉤爪《かぎづめ》のようにして、イモジェンを八つ裂きにしてやる、頭を地面に打ちつけて砕いてやるという気で彼女につかみかかっていった。「**殺してやる!**」そう怒鳴ったのをうっすら覚えている。イモジェンはわたしの顔を見て、なかば罪悪感から、なかば恍惚《こうこつ》として、不気味な鳥のような叫び声をあげた。あれはまるで……。

新鮮な血よ、ウーナ。必要なのは新鮮な血なの。あなたが持ってきたあんな古いのじゃ、生ゴミじゃ、だめなのよ。——新鮮でないと。だって簡単すぎたら価値がないんだもの、そうでしょ?

(そのとおりよ)

痛みを伴わなくちゃね。

けっきょく、わたしがいつまでもつづくイモジェンの金切り声を背によたよたと渓谷から出たあと、わたしの眼鏡を拾って学校の保健室まで持ってきてくれたのはペリだった——とくに敵対したこともなかったペリは数年後、おなじオルタナティブ・ハイスクール(従来とは異なるカリキュラムや教育法を取り入れた高校)に入ったのがきっかけで友だちになった。彼女の母親は自分はすごく教養があると思っているフランス語の教師で、あとでわかったことだが、イェーツ（アイルランドの詩人、劇作家）やロベール・ブレッソン（フランスの映画監督）についていつもくどくど話していて、文無しだけれど文化人のあいだでは認められているろくでなしの作家と結婚した――彼には受賞歴がある、その一点を支えに、彼女は長い年月、〝ただの〟ジャーナリストにすぎないペリの父親との暮らしに耐えていた。二人はタッグを組んでペリのあとを追い回し、それこそ九時五時の仕事のように彼女に干渉して、彼女は頭脳派ではなく肉体派、つまり生まれつき頭が悪いのだと本人に思い込ませていた。たしかにペリには学習障害のようなものがあったかもしれないが、そのいけすかない母親の全身に詰まっているより多くの心がペリの指には詰まっていたとわたしは思っている。

おとなになってしばらくのあいだペリはわたしと会うたびに、わたしがどれほど勇敢だったか、自分はなにもできなかったのにわたしがくじけずに学校にもどったことをどれほどすごいと思っているか、くりかえし口にした。そしてその話が出るたびにわたしは彼女はほんとうはなにがいいたいのだろうと考えていた――そしてある夜、過去につながる汚れた舷窓をのぞいてみてついに気がついた。ペリの母親、そして義父もいっしょに夕食を食べていたときのことだ。二人が彼女のことを執拗《しつよう》になぶるのを聞きながら鬱屈《うっくつ》した気持ちをくすぶらせていたわたしは三皿目でついに爆発して、ありったけの声をふりしぼって二人に向かって叫んだ――「彼女はばかじゃないわ。でもあんたたちは孤独に死んで当然のどあほカップルよ！」

でも、みんな知らないのよね、とイモジェンがときどき、傷痕のある耳のなかからたずねる。あなたは勇敢じゃない、勇敢だったことなんか一度もない、でも怒り狂ったら誰も手がつけられないということを。あなたはすぐ怒り狂う。ウーナ、なんだかんだいって、あなたは簡単に怒り狂うのよ。昔からずっとそうだった。

ざけんなよ、イム。

ほらね。わかった？

彼女自身の血がついにドアを開け、そのドアを通してわたしは彼女と会っている。会えると思っている。彼女はなにか黒い宝石をちりばめた玉座からわたしにやさしく微笑みかけ、長い金箔《きんぱく》を被《き》せた鵜《う》の鉤爪のような爪でわたしを指さしている。そして肩をすくめ、なにかは知らないが割れ目の向こう側で果たさなければならない務めを果たすためにもどっていく——もしかしたら人の皮膚の燻製《くんせい》でできた巻物を集めて図書館をつくっているのかもしれない。それとも砂金と水銀であたらしい呪文を書いているのか。敵を生きながらミイラにしているのか、皮を剝《は》いでいるのか、それとも何人かは皮を剝いで、それを使ってほかをミイラにするのか。宝冠をかぶって神々に仕え、怒りと憎しみと痛みに動かされて走りつづけ、まだ幼くて儀式用ナイフがなければ自分の血を流すこともできない十二歳の社会病質者《ソシオパス》。ついに、その気になれば思いのままに雨を降らせ山をつくることができるほどの力を得た子——は、いまもこれからも永遠に孤独だ。

彼女があれだけ努力したことを思えば当然の報酬だと思う。が、肝心のところでけっきょくわたしたち二人ともおなじように。

というわけで学校の保健師がママに連絡し、ママがわたしを見たときの顔といったら……あれは思い出そうとする必要もないほどだ。ママはわたしからほかの子たちの名前をすべて聞きだすと校長室にのりこんで娘は一週間休ませると宣言し、クラーク精神医学研究所に予約を入れた。研究所の医師たちはわたしの状態の評価をすませると、もしわたしが自分は魔女だと本気で信じているのだとしたら自己愛性パーソナリティ障害から早期発症型統合失調症までのどれかの可能性があると思われる、と告げた。そして診断を確定するため、わたしを預かりたいと提案したが、ママは「それはお断りします」と答えた。だからママはわたしのヒーローだ。医師たちはわたしを預かる代わりに小児精神科医を紹介してくれて、わたしはけっきょくそこに五年間、通った。さらに医師たちはイモジェンにはもう会わないほうがいいと示唆し、ママもそれには同意した。

そしてまた月曜日がきて、わたしは学校に向かっていた。登校するのはその日が最後。置いてあるものを持って帰るのがおもな目的だった。わたしは橋を渡って脇道を歩いていた。〝ふつうの子〟たちに会わないようによく通っていたルートだ。峡谷の西側の斜面とL字形に配置された二棟のマンションがかたちづくる三角形の風洞のようなところで峡谷の側面に沿っていて最後は校庭の裏のフェンスにつながっている。ところがその日、いつもは人通りがない道に人だかりができていた。子どもや学校の先生、用務員さんまでいて、みんなフェンスのそばに押し寄せ、木々の隙間から緑陰の密に茂った雑草や藪のほうを見おろしていた。人だかりの端には救急車が一台停まっていて、その横には警察車両が二台。パトライトがチカチカまたたいている——すでにフェンスの端から端まで立ち入り禁止のテープが貼られ、イモジェンとわたしが渓谷におりるときに使っていた穴もふさがれていた。

みんながなにを見ているのか、わたしが立っている場所からではわからなかった。そこで人だかりのうしろを進んでいくことにした。低学年の子たちが二人、三人、四人とかたまりになっている。やがてひとりでいる男の子をみつけた。たぶん一度も会ったことのない子で、わたしはその子に近づいていった。「なにがあったの?」とそっとたずねる。「みんなここでなにしてるの? あれはおまわりさん?」

「うん」と男の子は答えた。「誰かが呼んだんだって。けさ学校へいくのに渓谷を抜ける途中で。下で女の子の服を見つけたんだってさ。それが血だらけで、喉を切ったとか、そんな感じなんだって。女の子はいなくて、服だけあるんだって」

「死体はないってこと?」

「そう」男の子は少し間をおいて、わたしを見もせずにつけ加えた——「おまわりさんたちは、先週いなくなったってお母さんが届けてた女の子じゃないかと思ってるんだ——イモジェンていう、みんな魔女だと思ってる子。みんな、友だちのウーナっていう子がやったのかもしれないと思ってるんだってさ」

わたしの場合、事実を元にでっちあげたのではないと確信を持っていうことができない記憶はあまり多くないが、これはそのひとつだ。たとえそのことを一連の説明的な文章として、なんの感情も、イメージさえもつけ加えず、ただこれがあって、つぎはこれがあって、そのつぎはこれがあって、という具合に出来事の連なりとして、長いこと考えつづけてきたとしても。イモジェンになにがあったのか、事実を突き止めたはずだということはわかっている。少なくともほかの人たちが知っている程度には事実を見いだしていたはずだが、新聞を読んだりテレビを見たりしたほうがよかったのかもしれない。そのすぐあとに転校したのはまちがいないが、引っ越したのはその三年後のことだった。あたらしい学校はそれまで通っていた学校とは正反対に向かうバスルート上にあった――つまり、わたしがそうしたいと思わないかぎり、それまでの知り合いとも場所とも出会わずにすんだのだ。そして、そうしたい理由などどこにもなかった。

だが、あれはたしかにあったことだと思っている。あまりにも淡々とすぎていった、まさにそのことが、あれは実際に起きたことなのだということの証明なのかもしれない。

現実の生活では、物事はイモジェンやわたしがそうであってほしいと望んでいたほどドラマチックではないということに疑念をさしはさむ余地はない。それはたしかだ。

わたしはまだここにいる。彼女はいない。わたしにわかっているのはそれだけだ。そしてわたしは自分のことをわかっている。彼女はそこに至る道にたどりつけなかった。なにがあったにしろ、わたしはそこにはいなかった。あれはわたしにはなんの関係もないことだった。いまもそうだ。

なんの関係もなかった、でなければすべてに関係していたのか。

だからときたま手首の内側に触れてとっくの昔に治っている閉じた傷痕に沿って指を走らせたところで、閉じたままにしておくかぎりはなんの問題もない。傷をこじあけて血を流し、どうなるか見てみようと、ただ考えるだけなら、なんの問題もない。どんな光が洩れてくるのか、それは見えないドアのリンテル（二本の柱の上にわたした水平梁）の向こうのどんなところから洩れてくるのか？　自分の鍵は自分でつくれとばかりに彼女をひとり置き去りにしてしまったわたしが通れるドアがあるとしたら、分かち合った傷の後光のなか、いったいどんなドアが姿をあらわすのか、考えるだけならなんの問題もない。

対価を払う、痛みをともなう対価を——そしていつかは報いを得る。魔法はそういうものだと昔から聞かされてきた。

そうでしょう？

（小野田和子訳）

晩《ばん》餐《さん》

ジョシュ・マラーマン

ジョシュ・マラーマン（Josh Malerman）は一九七五年ミシガン州生まれ。二〇一四年のデビュー長編 *Bird Box* はシャーリイ・ジャクスン賞長編部門とブラム・ストーカー賞第一長編部門の最終候補となった。二〇二〇年の"One Last Transformation"でブラム・ストーカー賞短編部門を受賞している。シンガーソングライターとしても活動している。

（編集部）

今年もまた数学を知らないふりをしなければならない時期がやってきた。

わたしたち家族は食卓についていた。わたしは自分の席にすわっている。肘がテーブルの天板にやっととどくかどうかというところだ。馬鹿みたいなつんつん頭をした兄のブラッドが向かいにいた。パパは左にいて、ママは右にいる。だけど、右とか左とかいう話をするのは好きじゃない。方向のことはちょっと数学に似すぎていて怖いから。

うちは何人家族?

それは言いたくない。

わたしたちはチキンのバター包みを食べていた。わたしの好物だ。だって、鶏肉からバターがふきだすのが笑えるし、その味が大好きだし、ママが「エイミー、おまえがこのチキンを愛しているのとおなじくらいなにかを愛している人なんて見たことないわ」って言ってくれるから。すてきじゃない? ほんの小さな褒め言葉だけど。

でも、分量のことを話すのはやめておこう。

話すのなら、家族やごちそうやテレビのこと。リビングにあるテレビでは、『バックル・アップ』という番組が音なしで流されていた。パパがレコードをプレーヤーにのせていたから、弦の音とかうねりとかゆったりした雰囲気とかに満ちた曲がかかっている。テレビの光でママの全身が青く染まっているのは、キッチンとリビングのあいだに壁がないせいだ。この家のなかでわたしがすごく気にいっているのが、壁があってもいいのに実際にはないその場所だった。

ブラッドはチキンのバター包みが嫌いだけど、前にパパが『あの子はなにに対しても遅れている』って話していて、ママは『〝遅れる〟の意味を知っていても大丈夫なの？』ってたずねていた。

そのときの会話をわたしはよくおぼえている。パパとママはわたしが聞いているとは思っていなかったらしい。でも、うちみたいに小さな家のなかだと聞こえてしまうのだ。ママが心配していたのは、パパが数学を使ったことだった。『〝遅れる〟は時間の経過を含む言葉よ』――ママがそう言っていた記憶がある。時間のことを知っていても大丈夫だとパパは主張していたけど、そんなはずはないとママは反論していた。

数学を学びながら育ったパパとママにとって、それを知らないふりをするのはずっと難しいことなのだ。

「インゲンもあるぞ」と、パパがわたしの皿にいくらかのせてくれた。チキンのバター包みとほとんどおなじくらいインゲンも大好きだ。なんだか誕生日のごちそうみたいだけど、もちろん自分がいつ生まれたのかを確かめるわけにはいかない。

わたしたちはしばらくのあいだ静かに食べていた。ブラッドがどのみちあまりしゃべらないのは、友だちのメラニーがトラブルにみまわれたせいだと思う。友だちから〝数学を知っている〟って告白されたときのことをずっとおぼえていたら、わたしだってきっと無口になるだろう。そんな秘密をうちあけられたブラッドはどうすればよかったか？　ブラッドはやるべきことをやった。

　つまり、メラニーのことを通報したのだ。

「牛乳がもうないみたい」とママが言った。うちの会話はよくこんなふうに始まる。こまごましたもののことだ。なにが必要で、なにがなくて、なにを使いきってしまったか。

「わかった」とパパ。

「ほかのものもね」

「ああ」

　そう、ママの顔の半分はテレビの光で青く染まっていた。半分という言葉には気をつけなければいけないことをそこで思い出す。

　わたしは食べものを頬張《ほおば》るのに忙しくて、雰囲気が変なことを意識していなかった。ブラッドが目を合わせてこないのはいつものことだからかまわない。だけど、パパとママもどこかおかしかった。テーブルごしにずっとわたしのほうを見ていて、大丈夫かもっと欲しいかとたずねてきてはまた口をつぐむようすとか。レコードが止まってもそのアルバムをひっくりかえしにいきもしないとか。ふだんならどちらかがこう言うのに――『反対側もかけようか？』

　だって、A面かB面かを知っているなんて言ったら、つかまっちゃうかもしれないでしょう？

「車も変な音がしているわ」とママがつづけた。ママにはそういうことがぜんぶわかっている。必要なものはなにか、変な音がしているのはなにか。それに、ママは毎回しゃべる前にいつもちょっとためらって、どんな言葉を口にしようか思案するのだ。あるときわたしは、パパがママにこう話しているのを耳にした——『考えすぎだ。数学を知ってはならないと言われたとしても、正午がいつなのかを知ってはならないということではないはずだ』って。ママはそんなパパを黙らせようとしたけど、つづけてこんなふうに言われていた——『数学はあらゆるもののなかにある。文字どおり、あらゆるもののなかにな。〝カップル〟が〝二〟を意味することを知らずにいるのが当然だなんてありえない』って。

パパのその言葉を聞いてとりみだしたママは、ブラッドとわたしを急《せ》きたてて地下室に連れていき、そこのドアに鍵をかけて待った。地下室にいるあいだ、ママは色の話をしていた。電球の下のスツールにすわって、気分とか感情とか色とか、〝問題なくあやふやな話題〟とパパが呼ぶようなもののことばかり話していたのだ。そのときパパは上の階にいた。ママはサイレンが聞こえるのを待っていたんだと思う——〝カップル〟が〝二〟を意味することについてパパがなにを知っているのか、だれかがやってきてたずねるのを。

パパは腹を立てていて、上で行ったり来たりしていた。パパはわめいたりしないし、わめくようなタイプじゃないけど、いらだっているときにはそうとわかる。パパはじっとすわっていられなくてぶつぶつとつぶやいていた。でも実際には、下にいる家族にも声が聞こえていると知ったうえで、ママに話しかけていたのだ。わたしたちの人生のその時点では、ブラッドはまだメラニーに対してやるべきことをやっていなかったから、色についてママと語りあっていた。

だけど、わたしはパパの言葉に耳をかたむけていて、こう言っているのを聞いた――『あらゆるもののなかにあるんだ。年齢、時間、空間、宇宙、自然、仕事、休息。あらゆるもののなかにな！』

『感情は別だわ』と口にしたママの顔は天井に向けられていて、相手に聞こえていてもいなくても、それはパパへの言葉なんだってわかった。

あれはひどい夜だったけど、パパがどういうつもりで〝二〟と言ったのかをだれもたずねにはこなかった。

「インゲンをもっとちょうだい」わたしはそう催促した。いくらだって食べられる。チキンのバター包みにインゲンにロールパン。なんてすてき。わたしの食べすぎをママは心配するけど、パパの反応はこうだった――『いや、かまわん、いいんだ、見ていて楽しい』

「おっと、待った」パパがそんなふうに告げてテーブルの席から立ちあがり、冷蔵庫のところへ行ってグレープジュースのピッチャーを持ってもどってきた。

「あら、忘れかけていたわ」とママ。

「エイミー」とパパが言った。「おまえの大好きなやつだ」

「今日はわたしの誕生日なの？」と訊いてみる。

そこでブラッドがしばし目をあげた。ママがパパと視線をかわしてからわたしにほほ笑みかけてくる。その顔は半分に割れてしまいそうに見えた。

またしてもこの言葉だ――半分。

それは数学だった。

数学はあらゆるもののなかにある。

「今日がなんの日か本当に知らないのかい？」とパパがたずねてきた。「知らなくてもかまわないんだが」

「知らないわ」と答える。「つまらない話はやめて」

「エイミー、あのね」とママ。「おまえは今夜テストを受けるのよ」

わたしはフォークをおろした。

ああ。

一年がもうすぎたの？　ところで〝一年〟ってなに？

「手紙を受けとったでしょう、何日か……」ママはそこでどう表現しようか考えた。「このあいだ手紙が来ていたわよね。手紙のことを話してあげたのをおぼえている？」

パパはいまにも泣きだしそうな顔をしている。

「もちろんよ」と応じたわたしは、またフォークを手にとって食べはじめた。このごちそうを永遠に食べていてもいいと思えるくらいおいしい。「試験官の人たちはいつ来るの？」

「さあな」パパがそんなふうに答えてグレープジュースをついでくれた。「そういうことはわからないんだ。正確には」

「まあね」

ブラッドのフォークが皿をこするいやな音がする。

「今夜よ」とママが言って、またさっきみたいにほほ笑んだ。

パパが席にすわる。

「それでな」とパパ。「エイミー、試験官が来る前におまえに訊かなきゃならないことがあるんだ。いいかい？」

「ええ」

「その質問がどんなものかわかっているんでしょう？」とママがたずねてきた。

「ええ」と応じてから、つづける。「パパとママは、わたしが数学を知っているかどうか訊かなきゃならないのよね」

沈黙がおりたのは、わたしがショッキングなことを言ったせいではなかった。思ったとおりそれこそがわたしへの質問だったけど、口にしてしまったいまでは実際に問われたようになっていて、パパもママもブラッドさえもがその答えを待っているのだ。

わたしが数学を知っているのが家族にばれていないなんてことがあるのかって？　たぶん、子供が幼くていろいろなものに興味を持つことと関係しているんじゃないかしら。子供がいつもどんなことをして考えて感じとっているのかだって、だれにもわからないわけだしね。あるいは、子供がどんなことを独学しているのかだって。

それこそがわたしのしたことだった。数学を自力で学んだのだ。本を読んでではなく、パパとママの言葉にしっかりと耳をかたむけて学んだ。パパとママはそんなつもりはないときでさえしょっちゅう数字を使っている。もちろんパパの言うとおり、数学はあらゆるもののなかにあるのだ。ずっと静かにして耳をかたむけていれば数学が聞きとれる。例を挙げてほしい？　外が嵐だったある夜、パパとママの寝室でブラッドとわたしもおなじベッドに入っていたときのことだ。いつまでもそうやって両親の部屋にいて冗談を言ったりテレビを見たりしていられるかとブラッドがたずねると、パパはこう答えた――『いいや、ブラッド。いつかおまえが一人前になったら、パパやママは必要なくなって、自分の二本の脚で歩むことになるんだ』

気づいた？　もちろん気づいたわよね。一、一人前。二、二本の脚。ブラッドには二本の脚がある。つまり、わたしもそうなんだろう。

パパのその言葉にママは気づかなかった。ママが気づかないことはたくさんある。たとえば、犬を飼ってもいいかとわたしが訊いたとき、ママはこう言っていた――『この小さな家に四本脚の獣がいるところなんて想像できる？』

四。

そんなふうに長い時間をかけて訪れた数字たちをわたしは受けいれた。二、四、七、三、九、一、八、五、六、といった数をその順に学んだと思う。順番があるのかどうか確かなことはわからない。たぶんあるのだろう。だって、うちには靴が八個あることをわたしは知っているから。各自に二個ずつだ。ほらね？　これが数学。ママはよくほほ笑みながらわたしの髪をくしゃくしゃにして、『家族全員の靴で遊ぶのが好きなところがかわいいわ』って言ってくれる。でも、わたしは靴の数をたしたりひいたりしてカーペットの上で学んでいたのだ。メラニーはどうやって数学を学んだのかしら。数学を知っているってブラッドに話したときの彼女はどんな顔をしていたのかしら。

「いいえ」とわたしは答えた。もちろん嘘だけど、家族がやるべきことをやらなければならなくなるような状況にはしたくない。それに、わたし自身が連行されたくないからというだけじゃなくて……パパとママには無口になってほしくないのだ。ブラッドがメラニーにやるべきことをやってしまったせいで無口になったみたいには。となれば。

「いいえ。数学なんて知らないわ」

「よかった」とパパが言った。

だけど、パパとママがまたちらりと視線をかわしたので、嘘だとばれているのがわかる。

「デザートはあるの？」とわたしはたずねた。

「もちろんさ」とパパが応じる。「チキンはもういらないのかい？」

「いいえ。そんなことないわ。ただデザートのことを知りたかっただけ」

「エイミー、あのね」とママが言った。「別の質問をしてもいい？」

「ええ」

「おまえが手に持っているフォークはいくつ？」

そう、パパとママにはばれている。

「わからないわ」とわたしは答えた。「わたしのフォークよ」

いまではブラッドがじっとこちらを見つめていた。パパとママは、わたしの人生最高のごちそうをあいだにして不安げな視線をかわすのをやめられないらしい。

「エイミー」とパパが言った。「パパの立てている指は何本だい？」

三本。

「そんなことをしないで」とママ。

「さあ、答えてごらん」とパパ。

「お願いよ」とママがつづけた。「別のたとえを使って」

恐ろしい沈黙がおりる。パパが内心ひどく気分を害しているのがわかるときみたいに。

「エイミー、おまえの部屋には窓がいくつある？」とパパがたずねてきた。

「とにかくもうやめて」とママ。

立ちあがったママが冷蔵庫のところへ行ってそのドアをあけた。パパはわたしを注意深く見つめて顔全体に悲しみを浮かべている。心配しているのだ。パパはまだ質問の答えを聞きたがっているように見えた。

答えは〝ひとつ〟だ。

「ただの窓よ」とわたしは応じた。「わからないわ」

パパはうなずいたけど、わたしを見つめつづけている。そのとき、ママが冷蔵庫のそばからもどってきてこう言った。「チーズがもうないみたい」

ママがそんなふうに数を数えずに在庫を管理しているのは、数学を知らないことを自分自身（や世間）に絶えず証明するためなのだと思う。だって、パパとママが数学を知らなければ、どうしてブラッドとわたしが知っているわけがあるの？

「これは人生最高のごちそうだわ」わたしはチキンとインゲンをさらにがつがつと頬張ってロールパンの半分を口に詰めこみ、そのすべてをグレープジュースで洗い流すようにして胃におさめた。

ママがまた席について、体の半分が青く染まる。

「家族みんなのはいている靴はいくつだい？」とブラッドが言った。

あまりにも唐突に。あまりにも意地悪く。

わたしは真っ赤になった。顔が赤らむのを止められたためしはない。それをパパとママに見られて部屋全体が暑くなったように感じられ、わたしは思わず泣きだしてしまった。涙のむこうに、ブラッドの顔に浮かんだ怒りが見える。そして、罪悪感も。すると、ママがわたしのそばにやってきてカーペットに膝をつき、おなじく泣きだしたブラッドの肩にパパが片手をおいた。

「このことは話しあったよな、ブラッド」そう告げたパパの声はおびえているかのようだ。

「おまえはもうあんなことをしないと約束したはずだ……」

「エイミー」とママが言う。「おまえの書いたものを見たのよ。あの数字をね」

人間が凍りつくなんてことがあるのかしら？　たとえ寒くなかったとしても？

わたしは凍りついた。

家族のだれかが例の紙を見つけたのだろう。ブラッドが？

きっとそうだ。あれを遊び部屋のひきだしにしまっておいちゃいけないことはわかっていた。書きとめたりしちゃいけないことも。だけど、数学を頭のなかだけでやるのは楽じゃないのだ。そこでママが目くばせして、パパが例の紙をポケットからとりだしたので、わたしはますます真っ赤になった。だって、わたしが嘘をついていることが実際にばれていたのだから。

つまり、わたしが数学を知っていることが。

パパがレコードプレーヤーのところへ行ってアルバムをひっくりかえし、テーブルのわたしの席のほうにやってきてママとおなじく膝をついた。ママがわたしの片側にいてパパがその反対側にいるけど、右とか左とか言うのは好きじゃない。

「いいか」とパパ。「今夜おまえはだいじな教訓を学ぶことになるんだ。わかるな？」

うなずいたものの、気分はよくなかった。テーブルの下でブラッドにキックをおみまいしようとする。でも、ブラッドにまで脚がとどかなくて、ただテーブルを蹴って自分のジュースを倒してしまっただけだった。

パパが汗をかいている。

「やめなさい」とママ。「いますぐパパの話を聞くの。これはおまえの人生でなによりたいせつな話なのよ、エイミー。いいわね？」

だけど、いいわけがない。嘘がばれていたのだから。わたしは顔が赤らむのを止められなかった。

「おまえが嘘をついたのは正しいことだ。その理由をこれから教えてやる」とパパ。

そう言われて驚いてしまう。

「正しいことなの？」とわたしはたずねた。

「そう、とても正しいことだ。すでにやってしまったことは変えられないんだよ、わかるな？」パパは小声で話していて、その口がわたしの耳の近くにあった。「おまえがあれを学んでしまったというのはもう起きたことだ。それは変えられない」

パパの声は言葉ごとにどんどん小さくなっていく。

これも数学なの？

「おまえは嘘をついた」とパパがつづけた。「しかも、じょうずにな。パパとママがもっとよく事実を知らなかったら、おまえの嘘を信じていたかもしれない」

パパがそこでママのほうに目を向けた。ママがわたしの嘘を信じる可能性があったようにはとても見えない。

「そして今夜、試験官たちがあらわれたら？」そう言ったパパの唇は、そのときには実際にわたしの耳にふれていた。「おまえはまた嘘をつくんだ」

ブラッドに目をやると、まだ泣いているのが見えたけど、いまは食べるふりをしている。

ブラッドの皿のチキンはおいしそうだった。すべてのごちそうがとてもおいしそうだ。

「本当に?」とわたしはたずねた。

もちろん、もともと嘘をつくつもりだった。それがわたしのしようとしていることだ。だけど、パパやママやブラッドは嘘をつくべきじゃなくて、わたしが数学を知っていることを試験官に伝えるべきなのだ。

「そうよ」とママが言った。いきなり、切羽詰まった口調で。ママの唇がわたしのもう片方の耳にふれている。「おまえは数学なんて知らないふりをするの」

前回もおなじことをしたなんてわたしは話さなかった。ばれているのかしら? パパのポケットに入っている例の紙がどれくらい前に書かれたものなのかわかるの?

「そんな紙は燃やしてしまって」とママがささやいた。

アルバムの曲が流れている。

パパがうなずいた。

パパが立ちあがってオーブンのところへ行き、チキンを調理するためにすでに火のつけられていたそのなかに紙を入れた。とにかくいろいろなことが起こっていたけど、すべてが燃やされてしまうと思うと悲しくなる。遊び部屋で靴とすごすのは、わたしにとってすばらしい時間だったからだ。

そして、パパがわたしのそばにもどってきた。パパとママの両方の唇が耳にふれる。

「試験官の質問はもっと厳しいはずだ」

「おまえをひっかけようとするにちがいないわ」

「さっきパパの質問に答えたみたいに答えるんだぞ」

「急いで答えなくてもいいのよ」

「じっくり時間をかけろ」

「でも、かけすぎないようにね」

そのとき、紙の燃えるにおいがした。

「ねえ」と声をあげる。

だけど、そこで玄関ドアがノックされた。

ママがぱっと身を起こし、ブラッドが涙をぬぐい、パパがわたしの耳にキスしてから立ちあがって言う。

「パパが出よう」

わたしは自分の皿を見た。チキンのバター包みにインゲンにロールパン。人生最高のごちそうだ。

ママが空気のにおいを嗅ぎ、オーブンのほうに目をやった。

パパが玄関ドアをあける。

「いらっしゃい」とパパがあいさつした。「エイミーの好物をみんなで食べていたところなんです。どうぞなかへ」

試験官は六人いた。数字を出して悪いけど、実際にそうなのだ。

彼らは去年とおなじ服装だった。ワイシャツにネクタイ、コートに帽子。ひげはなくて、指輪もない。

わたしが〝ゼロ〟の意味を知っていることがばれてしまうのではないかと不安になる。

「こんばんは、奥さん」と試験官のひとりに言われ、ママが会釈した。

パパとママはこの人たちをひどく嫌っていて、殺せるものなら殺してやりたいと思っているらしい。

ブラッドは自分の皿を見つめたままだ。

「かまいませんか?」そうつづけたさっきの男性は眼鏡をかけていた。そこで帽子を脱いだ彼は、パパよりも年をとっている。

これも数学なの?

「ええ、まったく」とママが応じた。

でも、本心はちがうのが声でわかる。

眼鏡の男性がママの椅子をつかんでわたしの近くに持ってきた。もうひとりがパパの椅子にすわる。もうひとりが玄関ドアの横に、もうひとりが表側の窓のそばに、もうひとりがキッチンとリビングのあいだの壁のない場所にそれぞれ立った。そして、残るひとりが家のもっと奥へ入っていく。

ほらね? 六人よ。

「エイミー」と眼鏡の男性が言った。「わたしの立てている指は何本だい?」

一本。

わたしはその指に目をやった。指の曲がる部分にしわが見えたので、そっちの数も数える。

「わかりません」わたしはそう答えてちょっと笑った。「あなたの指だと思います」

「きみのうちは何人家族かな?」

わたしはパパとママとブラッドのほうを見た。みんなが見つめかえしてくる。ママの髪の生えぎわには汗が浮かんでいた。

「わかりません」と応じて神経質にくすくすと笑う。「わたしの家族だってことしか」

「きみは何歳だい?」

これは本当に知らない。

「わかりません。子供です」

「きみは何時間くらい眠るのかな?」

この答えはなんとなく知っていた。だって、パパとママは自分たちで気づいている以上に時間のことを話しているから。たとえば〝午後〟とか〝夜半〟とかいう言葉を口にするので、そこからやがて答えにたどりつけるのだ。

「わかりません。眠るけど」

「リビングにいる男ふたりのことが怖いかね、エイミー?」

これにはあやうくひっかかるところだった。本当にあぶなかった。いつの間にかソファーにすわっていた男性に目をやったわたしは、窓のそばにいるもうひとりを見る前に自分を止めた。そっちも見たら、〝ふたり〟の意味を知っていることになっちゃうでしょう？

「ふたりって？」とわたしはたずねた。

そんなことを訊くべきじゃなかったのかもしれない。あからさまだから。ただ〝わかりません〟と答えればよかったのだ。

「きみのママは夜に何回〝愛している〟と言ってくれるかな？」

またしてもあやうくひっかかるところだった。答えは一回だ。ママは一回そう言ってくれる。毎晩。

「わかりません。愛しているわ、ママ」

ママが目をそらした。いまではママの頬にも汗が浮かんでいるのが見える。

キッチンとリビングのあいだの壁のない場所に立っていた男性が、空気のにおいを嗅いでオーブンに目をやった。

「あのなかにはなにが？」と彼がパパにたずねる。

パパがオーブンのほうを見た。

「どこです？　オーブンですか？」

ソファーにすわっていた男性が身をひねってオーブンに目を向け、全員がおなじようにする。

「そう。ブラッドさえもが。

「そう。オーブンです」

「チキン料理を作るのに使ったんですよ」とパパが言った。「エイミーの好物の」

「チキンのにおいじゃないですね」と男性がつづける。

すると、パパの椅子にすわっていた男性が立ちあがってオーブンのところへ行き、その扉をあけてなかをのぞきこんだ。

数え終わらないことをあらわす数字はあるのかしら？　時間がいつまでもつづくことをあらわす数字は？　それくらい長いあいだ男性がオーブンをのぞきこんでいたように感じられた。

彼がオーブンの扉を閉める。

「なにもない」と彼が言った。

ゼロ。

「質問はあとひとつだよ」と眼鏡の男性。

「よかった」とわたし。

部屋のなかが静まりかえった。

みんながわたしのほうを見ている。全員が。

「なぜ〝よかった〟なのかな？」と眼鏡の男性がたずねてきた。

ひっかかってしまったことにそこで気づく。

わたしが〝あとひとつ〟の意味を知っていることがばれたのだ。わたしは真っ赤になった。止められない。顔が赤らむのを止められたためしはない。

「エイミー？」とパパ。

オーブンのそばにいる男性がパパを制止するように首をふった。

「エイミー?!」とママ。

リビングとキッチンのあいだに立っている男性がママを黙らせるように片手をあげた。

だけど、眼鏡の男性はただわたしの答えを待っている。

「エイミー?!」と彼がうながしてきた。

「なぜ〝よかった〟なのかわかりません」と答える。「とにかくそう言ってしまっただけなんです」

ソファーにすわっていた男性がレコードプレーヤーの音楽を止めた。

「エイミー」と眼鏡の男性。「きみは数学を知っているのかな?」

実際のところわたしは数学を知っていた。知っているし、好きでもある。家のなかのものを数えたりひとつをとりのぞいてまた数えなおしたりするのは楽しかった。いろいろなものが半分とかぜんぶとか九つとか八つとか五つとかになると考えるのは楽しかった。家にあるもののサイズを靴で測るのは楽しかった。靴を積み重ねて壁にしるしをつけ、わたしの背とおなじ高さにとどくまでさらに積み重ねるのだ。わたしの身長は靴九個ぶんで、四回も測った。楽しくない？　前にパパがママにこう話していた――『数学を知ってはいけないのは、それが科学の兄だからだ』って。ブラッドはわたしの兄だけど、自分は彼のことをよく知らないんじゃないかってときどき不安になる。

「やるべきことをやりたい者はこの部屋にいないのか？」と眼鏡の男性が問いかけた。

「数学なんて知りません」とわたしは言った。

だけど、眼鏡の男性はただ待っている。うちの家族が返事をするのを。

「どういう意味です？」とママ。「エイミーは数学なんて知りません」

でも、眼鏡の男性はパパのほうを見ただけだった。

「こんなのは馬鹿げていますよ」とパパ。「エイミーは数学なんて知りません。子供なんですから」

眼鏡の男性がブラッドに目を向けてたずねる。

「きみはどうかな？　やるべきことをやりたいのでは？」

ブラッドがわたしを見て、自分のフォークを見て、眼鏡の男性のほうを見た。メラニーに対してやるべきことをやったときの状況を思い出しているのだとわかる。

「エイミーは数学なんて知りません」とブラッドが応じた。

眼鏡の男性が立ちあがってコートを身につけ、ほかの試験官たちもおなじようにする。

「どうも」と眼鏡の男性が言った。「お邪魔しましたね」

そうして彼らは玄関ドアから外へ出ていった。そのうしろでパパがドアを閉める。

さっきまでは六人の男性がいたが、いまはゼロだ。

わたしたち家族は黙ってすわっていた。わたしは自分の皿を見つめている。人生最高のごちそうだ。チキンのバター包みにインゲンにロールパン。グレープジュースもあるけど、テーブルの上にこぼれてしまっている。

パパがレコードプレーヤーのところへ行った。

「デザートはどう？」そう言ったママの声はふるえている。

「ええ」とわたしは応じた。「デザートをちょうだい」

そこでブラッドが立ちあがる。

「ブラッド？」とママ。

「ブラッド？」とパパ。

わたしは自分の皿を見つめていた。

「ぼくはやるべきことをやるよ」とブラッドが言う。

「ブ、ブラッド！」とママが叫んだ。

だけど、ブラッドはすでにキッチンを出ていた。玄関ドアの近くで争っているようだから、パパは走っていったにちがいない。つづけてママもそっちに向かう。

わたしは自分の皿を見つめていた。

パパのどなり声がして、だれかがだれかをなぐり、ママが絶叫する――ブラッドはもうやるべきことをやったりしないと言ったはずだって。

わたしは自分の皿を見つめていた。

玄関ドアがひらいて、パパとママが叫ぶ。

わたしは自分の皿を見つめていた。

なんてすてきなのかしら。チキンのバター包みにインゲンにロールパン。グラスのなかにはグレープジュースもちょっぴり残っている。とりあえず、すすれるくらいは。

外ではブラッドが、うちを出ていったばかりの男性たちに大声で呼びかけていた。サイレンの音がする。パパとママも大声をあげていた。わたしの名前や〝数学〟という言葉が聞こえる。

ブラッドがやるべきことをやったのだ。

わたしが自分の皿を見つめているあいだに。

男性たちが家のなかにもどってリビングを横切り、テーブルにぽつんと残ったこちらに向かってきたときでさえ、わたしは自分の皿をじっと見つめていた。

チキンのバター包みにインゲンにロールパン。

人生最高のごちそうだ。

「この子は数学を知っている」と男性のひとりが言った。

ひとり。一。

ふたり。二。

「家族も承知していた」ふたりめの男性がそうつづける。

彼らに連行されてリビングとキッチンのあいだの壁のない場所を通りすぎながらも、わたしは自分の皿をじっと見つめていた。

「わたしは数学が大好きよ」と言ってみる。

そう口にする気分はすばらしかった。今夜の食事みたいに。

それは人生最高のごちそうだった。

（新井なゆり訳）

遅かれ早かれ
あなたの奥さんは……

ジュヌヴィエーヴ・ヴァレンタイン

ジュヌヴィエーヴ・ヴァレンタイン（Genevieve Valentine）は一九八一年生まれ。二〇一一年の第一長編 *Mechanique: A Tale of the Circus Tresaulti* でネビュラ賞長編部門の候補となり、新人ファンタジー作家に贈られるクロフォード賞を受賞している。ＤＣコミックスの「キャットウーマン」でライターも務めている。

（編集部）

ベスはノックをする勇気を奮い起こすまで、十分ほどガソリンスタンドの外に立っていた。太陽が沈んで視界から消えていくあいだに、ヒールは泥のなかに沈みこんでいった。ようやく心を決めた頃には、ぐちゃぐちゃになった泥のなかから慎重に靴を持ち上げ、まるで潮の流れに逆らうかのように引きずっていかねばならなくなっていた。

雨はやんでいたが、もはや手遅れだった。彼女の車はもうスリップして道を外れてしまっていたからだ。車は自らがつくった溝にはまりこんで地面が乾くのを待っており、既にベスはそのことを絶対に父親には黙っていようと心に決めていた。父親は女性が車を運転することについて、ましてやひとりきりで運転することについて、彼なりの考えを持っていたのだ。ベスはもう少しで彼に花瓶を投げつけるところだった。男たちがみんな家にいるときには持ち出してはいけない話だが、彼女は三年間、工場まで相乗りする車を問題なく運転してきた。さっきも土砂降りの雨のなかで、いちばん傾斜が緩やかなほうへ車のハンドルを切ったではないか。無事に車の外へ抜け出したではないか。助けを求めに出かけたではないか。このスタンドを、ちかちかしてはいるが点灯しているネオンサインを目にするまでに、彼女はぬかるみのなかをひとりきりで一キロ半あまり歩きとおしていた。

彼女はよりきちんとして見えるように、ジャケットの下襟を整えた。ベスは身なりには気を使っていた。自分の器量は十人並みで、自然にかわって自分自身に隅々まで気を配る義務があることを理解していた。だらしない女に敬意を払う男はいない。彼女のストッキングの縫い目は完璧にまっすぐだったし、雨がやむとすぐに新しく粉おしろいをはたいていた。手袋はどうにもならなかったが裾についた最後の泥を払うと、ベスはガソリンスタンドのドアをノックした。

ノックに応えて出てきた男は、彼女を見てもまったく驚いた様子はなかった。だが彼は若く、こめかみにニキビの痕があり、薄い色の髪を後ろにべったりなでつけて、どことなく目を合わせたくないような表情をしていたから、もしかしたら不意を突かれたように見られるのをいやがるタイプの若者、というだけかもしれなかった。彼はベスの両手にちらっと目をやった。

ベスは微笑《ほほえ》んだ。男の人になにか用事があるときは、レディはいつも礼儀正しく接することからはじめるものよ、と彼女の母親はいっていた。

若者のシャツには名前入りのワッペンがついていたが、彼女は馴れ馴れしい態度を取るのは避けたかった。「こんばんは、店長さん。わたしの車のことで手をお借りしたいんです」すぐに若者は脇にどいた。ベスはまるでなにか大事なものをあとに置いてきたような気分でなかに入った。

ひんやりとした暗い部屋に入ると、ドアがそっと閉じた。ネオンサインが消えた。彼女と若者はふたりきりだった。

リジーは車のドアを少しだけ開けて、ビートルが車軸まで泥に埋まっているのを確認した。きた道をあえて徒歩で引き返そうとはしなかった。夜間に安全な自分の車から離れてうろうろするのはばかのやることだ。リジーは父さんから、タイヤ交換の仕方や男が背後から近づいてきたときに相手の鼻を折る方法を教わり、いくら友だちの多くが試していても絶対にヒッチハイクはしないように注意されていた。彼女は当然そういうことを心得ている男の手で注意深く育てられていたのだ。彼女は朝まで待って、明るくなってから探索に出かけるつもりだった。

リジーは車のなかで雨の滴《しずく》を切り、寝袋を広げて、食べ残しのスナック菓子をつつきまわした。ポテトチップスに、レッドバインズ（ねじれた棒状のソフトキャンディ）が三本。彼女はそれを何度も何度もよく嚙《か》んで食べた。やっぱり前の学期にサバイバル訓練を受けておけばよかった（彼女が男の子たちと一緒に森で過ごすのを父親がいやがったので、あきらめたのだ。登録所の外に立って申し込むことを考えるたび、なぜか彼の声はリジーの声より大きくなっていた）。

レッドバインズしか持たずに愛車のビートルのなかで身動きが取れなくなってしまったことを、リジーは絶対に父親に話すわけにはいかなかった。食べる物がないのは暗闇よりも恐ろしかった。彼女は現実的に育てられていた——いったん飢えて弱ってしまうと、なにもかもがどれだけ急速に悪化するかはよくわかっていた。それに彼女の父親はけっしてビートルが好きではなく、真に受けることはできなかったが、そんな車ではなにも運べないじゃないかといっていた。リジーは気にしなかった。雑誌の広告には、そのいまいましいブレーキを使うのは女性には難しそうなことが書かれていたが、彼女はいざとなれば自力で押せる車がほしかったし、まさにそういう状況になっていた。

四時間後、一台のトラックが停車して傘を手にした男が滑り降り、緩い駆け足で道を渡ってきたとき、リジーは歓迎しているように見せようとした。彼女は空腹で、ひとりぼっちだったし、彼女の父親は可能なかぎり道端で立ち往生している女性を助けてあげていた。この人は子どもがいそうな顔をしていた。助けてくれようとしている人に失礼な態度を取るわけにはいかない。それに、こんな外にひとりきりで、もし状況が悪化したら、どんな選択肢があるっていうの？　たぶん、いざとなればレンチで頭を殴れるだろう。彼女は必要になればすぐ手に取れるように、レンチを片方の脇の下にぎゅっと挟んだ。

「どうやら文明社会まで送っていったほうがよさそうだな」男はにっと歯を見せて笑った。彼には娘がいそうに見えた。

リジーは寝袋をあとにした。じきに暖かくなるだろう。

ベティは眉をひそめてモーテルを見た。雨のなかで看板の灯《あか》りが空気ににじみ、誰かがランプに青いスカーフをかぶせたようだった。去年パーティーに出かけた家に住んでいた女の子たちが、そういうことをしていたのだ。みんなが声をあげて笑い、シタールのレコードの音をかき消すような大声でしゃべり、おたがいに体が触れあうほど近くに立っているのを眺めながら赤と青の照明のなかにぼんやりと立っているのは、彼女にしてはとても思いきったことだった。その自由奔放な女の子たちは、気に入った男の子がいれば誰彼かまわずべたべたしていた。怖いもの知らず。みっともない。怖いもの知らず。

ベティの車は嵐がひどくなるにつれて湿っぽいガタガタいう音を立てはじめていた。それで彼女は、路上で身動きが取れなくなる危険を冒すよりはと——道で出会う男は誰も、たとえそれが警官であっても、いっさい信用するなと兄からいわれていた——ここに停車していたのだ。道路から見た看板は、明るく安全そうに見えた。

ローファーを履いた足をもぞもぞ動かすと、スカートがふくらはぎをかすめた。このモーテルは道路から見えた看板の印象とは違っていた。つい、幽霊屋敷みたいだと思ってしまい、ベティは急いで想像力を抑えこんだ。彼女は兄に、ひとりきりで出かけても自分を見失ったりしないと約束していた。姉の家まではほんの五時間の距離で、雨が降らなければもう着いているところだったし、車の異音に気づくとすぐに、兄にいわれたとおり停車していた。絶対にひとりきりで、路上で立ち往生しないこと、というのがルールだった。

ふたつの部屋に灯りがついていて、空っぽの口のなかの黄色い歯のようだ。

ベティが車を停めたとき、夜勤のフロント係がドアを開けていた。いま彼はベティのためらいを見抜いているように、部屋の列に目を走らせながら霧雨のなかで顔をしかめて立っていた。

ふさがっている部屋のひとつに掛かったカーテンの陰で、男のシルエットが影絵芝居のように動きを止めた。ここからでも男の視線が自分に注がれているのが感じられた。白い手袋をはめ、髪を夜会巻き《フレンチツイスト》にして現れたベティに意地悪く微笑んだ、あのすらりとして自由奔放な、アイメイクをした女の子たちとは違ったが、男の思いやりのない視線がどんな感じがするものかは彼女も知っていた。ひとりきりなら、そうでなくてはならない。

「部屋をお願いします」そういったベティにはもう、誰の隣の部屋をあてがわれるかはわかっていた。フロント係は女性に居心地悪い思いをさせて喜びそうなタイプに見えた。

だからベティは部屋にじっとしていなかった。彼女は大学生で、信用ならない男たちがいる場所にとどまるようなばかではない。あの自由気ままなパーティーからも、男の子たちの誰かからろくに知りもしない男にべたべたするタイプだと思われる前に、帰りのバスにまにあうように一時間後には抜け出していた。まずい状況から抜け出すべきときは心得ていた。

モーテルの横にレストランがあった——ほとんど人はいなかったが、暖かくて明るかった。ほかにテーブルはふたつきりで、ベティがなにか注文しようと考えただけでも毎回、まるで魔法のように、ミシュランのひとつ星店のように、ウェイターが音もなくすぐ横に現れた。ベティは彼に見られていることさえまったく感じなかった。

リズは、夫が一緒にこないのはかえって幸いだと思った——彼女が実家を訪ねることに気を取られているといつも、ひどく不機嫌になるからだ。夫は彼女が出かけるのもいやがったが、そのことは離れれば離れるほど気にならなくなった。なにか夫がやりたがらないことがあるときは、いつもそっとしておくほうがよかった。帰ってきたら口論になるだろうが、少なくとも運転中は少しは静かに過ごせる。

「こんな遅い時間に長距離ドライブに出かけるべきじゃない」と夫はいった。彼が車で帰ってきたときにはもう七時で、いまは最後の日の光が消えかけているところだった。「そもそもおまえがこんなことのために出かけていくのがおかしいんだ。あいつとはかろうじてきょうだいっていう程度の関係じゃないか」

それはいつものけんかで、また繰り返すにはもう暗くなりすぎていた。リズの父親は、彼女が記念写真の撮影のために帰ってくることを期待しているとはっきりいっていた。予報では明日まで雨は降らないことになっていたし、ヘッドライトの調子もよかった。リズも気は進まなかったが――女ひとりで夜間に車を運転するのは怖かった――実家に帰らなくてはならなかった。卒業式はたとえ雨が降ろうと待ってはくれないだろう。

「わたしは大丈夫だから」そう彼女はいった。

リズはそれを約束するようにいった。自分の言葉が夫になにかを約束しているように聞こえるときは、そういうしかないのだということを、彼女はずっと前に学習していた。

（前の冬のある晩、飼っていたセッター犬のレイチェルのことで泣いているところを、帰宅した夫に見られたことがあった。犬が車に轢《ひ》かれてしまったのだ。正直なところ、リズは別に気にしていなかった。犬を飼うのは夫の考えだったし、あの犬はしょっちゅう車を追いかけていたから、いずれそうなることは目に見えていた。でもレイチェルという名前は、犬と同じ色の髪をした高校時代の同級生にちなんで彼女が名づけたものだった。そのレイチェルは濃い赤毛で、学校帰りにあの手の女の子たちがいくどこに向かって歩いていても、いつも大勢のなかから見つけることができたし、彼女がノートを盗み見るために身を寄せてくると、リズの視界は赤く染まった。

「だから人間の名前をつけるのはやめろといったんだ」夫はそういいながら、借りてきた二本のビデオをキッチンテーブルに叩きつけた。彼はデート気分で夜を過ごそうと決めていた。それがリズの涙で台なしになってしまい、サプライズを楽しむことができなかったのだ。あの犬が死ぬのを一日待ってくれればよかったのに、とリズは本気で思った。夫の言い方がレイチェルを知っていたように聞こえたことにひどく怯《おび》えた彼女は、「わたしは大丈夫」という、それがあまりに明るく響いたので、自嘲するように笑いだした。たとえ夫がますます険しい顔をして、二階でひとりで観ようとビデオの一本を手に取っても）

リズがスーツケースを持ち出しても、夫はソファから動かなかった。そして受け止めた彼女の手のひらがずきずきするほど強く、車のキーを投げつけてきた。

リズは緊張のあまり、震える手を開くために私道の途中で停まらなくてはならなかった。怖いと思う余裕さえなかった——この先には州間高速道路があり、信号機があり、検問があって警官がいた。出かければなにかに屈することになり、とどまれば別のなにかに屈することになるだけで、彼女がほんとうに望んでいたのは車に乗ってどこでもいきたいところにいき、二度と誰からもなにかを要求されないことだった。それは彼女が、女はそんなことをするものではないと教わる前に癇癪《かんしゃく》を起こしていた類いのことで、そのすべてが喉のずっと上のほうまでつかえて、吐いてしまいそうな気がした。

リズは高速の出口がいくつか通り過ぎるのを眺め、指の関節が白くなるほど強くハンドルを握りしめたが、停まらなかった。実家に帰らなくては。みんなが彼女を待っていた。

ボーイフレンドが出ていったあと、エリーは本の片付けに取りかかる前に、気を静めようとタバコを吸った。

最初は彼が投げていたのはグラスで――いや、最初はなにも投げていなかったのだが、それはいったん男とつきあいはじめると相手を機嫌よくさせておくのが難しくなることに、エリーが気づく前のことだった――そのうちコーヒー用のマグカップで水を飲むはめになるのではないかと心配になるほど、ひどいものだった。だがいまでは、彼は以前よりも自分を抑えるのがうまくなっていて、腹が立つとエリーの本に手をのばした。本は割れないのでより経済的だったし、月に二回、床のガラスを掃き掃除するよりも本を拾い上げるほうがはるかに楽だった。

エリーは黒い髪を後ろで編んで、目にかからないようにしていた。彼女の髪は長すぎ、通りでボブヘアにしている女の子を見かけるたびにいっそう長く感じられたが、彼の好みはロングヘアだった。「うぶに見えるだろう」彼はそういって笑ったが、エリーは笑えなかった。それは高校時代のことだった――彼女がいろんなことをあきらめて中退する前のことだ。

エリーが急いでいなかったのは、いったん彼がもぐりの酒場に出かけたら、もう朝まで帰ってこないからで、それだけの時間を埋めなくてはならないと思うと——突然、腕いっぱいに抱えた本を落としそうになるくらいの荒々しさで——彼が留守のあいだに車に乗りこんで最初に通りかかった遠くまで続く道に入り、この街が完全に視界から消えてけっして彼の手の届かないところまで西へ向かおうか、という考えが浮かんできた。彼女は無一物からやりなおすことになるだろう（できれば車も使いたくないところだが——彼はエリーを追ってこないかもしれないが、間違いなくフォードは追ってくるだろう——見ず知らずの男たちと一緒にバスに乗るのがどれだけ危険なことかはよくわかっていた）。

片付けを進めるにつれてその気持ちは高まり、やがてほうきがシフトレバーのように感じられ、そよ風に鳥肌が立った。シカゴまでなら一気にたどり着けるだろう。あそこには下宿屋がある。シカゴには下宿屋が山ほどあった——新聞には、ほんとうに多くの若い女性がそういうところでひとり暮らしをしていることを嘆く記事が載っていた。

この想像上の街では、エリーの髪型はボブだった。前髪を切り揃えたボブヘア、夜にセダ・バラ（アメリカ合衆国のサイレント時代の人気女優）の映画を観にいくために身につけたロングネックレス、私設秘書としての仕事。気が向けば夜に踊りに出かける。鉢植えを元に戻しながら、エリーはほんとうにいってしまおうかと考えた。もしかしたら潮時かもしれない。

彼が帰ってきたとき、エリーは荷造りをしていた。

車が故障し、携帯電話も使えないことに気づいたとき、ベットが最初にしたのは、街灯がちゃんとついていて道路からまだ見ることができる、車を停めるための見晴らしのいい場所を見つけることだった。それから、もう助けを呼びにいったように見せかけるためにリアウインドウを上着でふさぐと、万一の場合に備えて、まだクラクションに手が届く助手席側にうずくまって身を隠した。

ベットはばかではなかった。路上では男たちが手を貸そうとか、車に乗せていってやろうとか声をかけてきて、結局はあのロビンソン高校の女子生徒みたいになってしまうのが落ちだ。その子は校外学習の帰りに学校の駐車場からいなくなり、三週間後に川のなかで発見されていた。マギーなんとか。メレディスだっけ？　ブロンドのロングヘアで、街の新聞――郵便局で手に入るミニコミ紙みたいなのじゃなくて、みんなが配達してもらってる大新聞――の一面に載った写真は、警官たちが彼女は特別な存在だということをはっきりさせたがっているように、『イントゥ・ザ・ウッズ』に出てくる王女様みたいなドレスを着ていた。だがそれでも彼女をさらったやつにとっては、あんな川よりましな場所に死体を捨てるほど特別ではなかったわけだ。

しばらくのあいだは外出するだけでもひと苦労だった。この件は若い女性がひとり殺されただけではすまないだろう、とみんなが考えていた。まるで誰もが密《ひそ》かに若い女性を殺したくてむずむずしているように、大人たちはみな、誰かがその封印を破ったことで狩猟のシーズンがはじまってしまったと決めてかかっているようだった。ベットが歴史の課題の調べものをするために図書館にいくときは、一キロ半ほどの距離をさらわれずに運転するのも無理だとでもいうように、向こうに着いたときと家に帰ってきたときも、母さんに電話をしなくてはならなかった。

（ベットは歴史の研究課題で、女性をまったく救いがたい存在のように描いた昔の広告について調べることに決めていた。ある料理用のミキサーの広告を見てとても滑稽だと思ったし、論文を読むより広告を見るほうが手っ取り早かった。司書たちはそのアイディアを気に入ってくれた。とんでもない素材がほんとうにたくさんあって、彼女はそれを取り上げれば面白いだろうと思ったのだ。

実際、ひどいものだった。大破した車の写真とともに、交換可能な部品がどれも安価なことを自慢したフォルクスワーゲンの広告を見たあとで、ベットは自分の車を売ってしまおうかと考えた。「遅かれ早かれあなたの奥さんは、フォルクスワーゲンを所有する最大の理由を痛感させてくれるでしょう」広告はそう謳《うた》っていた。「彼女が車を停めるために使ったものは、なんでもお手軽に交換していただけます。ブレーキも含めて」だが、ベットが車を売ることはなかった。それは新しいビートルで、広告と同じものではなかった。最近の人はもっと分別がある。歴史はあくまでも歴史だった）

例の名前がはっきりしない女の子を殺した男は、いっこうにつかまらなかった。半年後には誰もが、あれはシリアルキラーの仕業で犯人はもう町を離れ、ほかの女の子たちはみな危うく難を逃れたかのように振る舞っていた。それでも多くの門限はけっして緩められることはなく、プロムの会場はホテルから体育館に変更された。ベットが大学に進むために親元を離れたときには、彼女が住むブロックの父親たちはみな、自分の娘が家を離れることに眉をひそめていた。ベットの父親は彼女が四歳のときに家を出ていっていたので、そういう面倒をいっさい経験せずにすんだことを——父親というのはおかしくなるものだ——ベットは喜んでいた。生物のクラスで一緒だったある女の子は、七年生のときに結婚までの心身の純潔を父親と誓いあう純潔の舞踏会《ピュリティボール》に出かけて以来、よく眠れていないようだった。

父親が娘に手をかけて、恐らくそれっきり誰も殺さないことはあり得るが、ベットにはそれを口にしないだけの分別があった。誰もそんなことは聞きたがっていなかった。

その年の秋、ベットは母親に手を振り、灰皿に護身用の唐辛子スプレーを入れて車に乗りこんだ。以上。三年間で、彼女はそのスプレーを二度使っていて——なかには「ノー」という返事を聞きたくないだけの男もいるから、そういうときはもう一度説明してやらなくてはならない——車が故障したのは今回が初めてだったが、大丈夫。車を持てばこういうこともある。これが人生というものだ。彼女は四十年前のフォルクスワーゲンの広告に出てきた、誰かのどうしようもない奥さんではなかった。恐怖というのは、彼女が見ていないときにほかの誰かの父親が娘を動揺させて植えつけた、ただのたわごとだ。

警官が車を停めてウィンドウをノックしたとき、ひどく驚いたベットは唐辛子スプレーをひっつかみ、まっすぐ相手に向けた。「くそっ！」

だが相手は声をあげて笑っただけで、身を屈《かが》めてさらに近づき、これはおたがい承知のうえのゲームだというように目を細めると、唐辛子スプレーに向かって指を振ってみせた。一瞬ベットは全身が冷たくなるのを感じたが、スプレーを脇へ押しやった。ほかの誰が相手でも噴射していただろうが――彼は警官だった。いったいどうすればいいっていうの？　拒否する？　彼の口のなかにスプレーを吹きかけて、高速道路を逃げ出す？　ベットはスプレーを車のなかに置いて、警官と話すために外に出た。逮捕される理由を与えても意味がない。

女の髪はぐっしょり濡れていた。地面を引きずられたせいで木の葉が絡まっている。検視官が彼女をひっくり返すと、イライザがこれまで聞いたことがないような恐ろしい音がした。女は右足の脱げかかった靴をのぞけば裸だった。その背中はずたずたに切り裂かれており、検視官は同情するように押し殺した声を漏らした。イライザは背中で組んだ両手を握りしめた。

「これは間違いなくわざとだな」刑事のひとりが靴を指しながらもうひとりにいった。「ずっと脱げないはずがない」

「すると、こいつはシンデレラ・キラーの仕業ってことか？　なんてこった」もうひとりの刑事は目をこすった。「ボブ、彼女がどこで殺されたか見当はつくか？」

検視官は顔をしかめて、ちらっとイライザに目をやった。彼女にはなぜだかわからなかった。イライザの両手は震えていたが、いまはもう驚きよりも寒さのせいのほうが大きかった。

あたりには空き地も、浅い池や森もたくさんあるし、トラックもたくさん走っていて、道路もたくさんのびている。女ひとりを殺すことは、事実上どこでも可能だった。

刑事のひとりが木のあいだをのぞいていた。ここはイライザの家の裏で森がいちばん狭くなっている部分で、いつか夜に道路まで下りていってヒッチハイクをしようと考えた彼女が、何年か前に細い道をつけていた。ある晩、兄に見つかってしまってからは、もうヒッチハイクは試みていなかったが。

「道路を何キロかいけば、あの交差点だ」彼はいった。

もうひとりの刑事がため息をついた。「くそっ。女たちはいつだってひとり旅をしようとしてるんだ」彼はイライザのほうを向き、鋭い目つきで上から下まで眺めた。「なにか聞きませんでしたか?」

イライザはなにも聞いていなかった。この一週間はずっとぐっすり眠っていた。兄は五日間うちに帰っておらず、そのあいだずっととても静かだった。

エリザベスの夫は幽霊が出てくる映画が大好きで、可能なかぎりたくさん観ていた。新しいものではなく、古き良き映画を。夫に連れていかれた映画のなかでは、誰もがまだ夕食のために正装していた。ただしその女性たちのほとんどは死んでいたのだが。

それは実にひどい旅だった——エリザベスの母親の具合が悪く、当然彼女ひとりでいくことはできなかったから(ひとり旅の女性の身になにが起こるかは誰でも知っていた)、夫に運転してもらっていたのだ。しかし彼女が母親の看病をし、泣きそうな気持ちを努めて表に出さないようにして、台所でみんなのためにコーヒーを淹《い》れているあいだ、彼にはなにもやることがなかった。

「しっかりしろよ」その週末に一度、泣いているところを夫に見られて厳しい口調でいわれたエリザベスは、うなずいて涙を飲みこみ、目をぬぐっていた。彼らがここにきたのはめそめそするためではなかった。ただ、母親が死にかけていて、彼女はとても怯えていたのだ。

「ずっと観たかったやつなんだ」夫は帰り道でそういうと、家からふたつ北の町の映画館に車を停めた。雨が降りはじめていた。夫はスリップしやすい道が苦手で、雨のなかを運転するのが嫌いだったし、怒っているときは絶対に彼女に運転させなかった。エリザベスは少し意地が悪いと思ったが——ひどく長い一日を過ごしたあとで、こんな遅い時間に、ろくに知らない町で、なにか恐ろしい映画を観ようなんて——どうせこの週末はずっと幽霊のことを考えていたのだ。もう一度くらい、どうということはないだろう。

だからエリザベスは夫の隣に座り、白い服を着た半透明の女たちが夜のお化け屋敷を好き勝手にうろうろしているのを眺めながら、それを怖がっているふりをしなくてはならない役者というのはおかしなものだ、と思っていた。

エリザベスは一度も映画を観て怖いと思ったことはなかった。ときどき夫が腹を立てるので（「まったく、おまえはなんでそうなんだ、鉛でできてるのか？　恐がりもしないんなら、恐怖映画を観る意味がないじゃないか」）、彼の手を握ることもあったのは、そうすると彼女が少しは怯えていると思って機嫌がよくなるからだ。

今回は、エリザベスはそうしなかった。たとえ夫が手をのばしてきても、たとえ彼のあごの輪郭を見れば腹を立てているのがわかっても。とはいえ、それは長い一日だった。彼女は長い週末を過ごすことを許されていた。

スクリーン上の女たちは男の話をしていた。どの場面でも、女たちはいつも男の話をするか、男のことを考えていた。男たちのひとりは殺人者だった。女たちのひとりは死ぬことになっていた。全編に流れる音楽や、脈絡のない筋書きにもかかわらず、みんなが既にそのことを知っているようだった。

夫は郵便配達員には妻のためだといって、映画雑誌を定期購読していた。そしてまるで彼女がそれを読んでいないような顔をして、映画製作についてあれこれ語って聞かせた。ときどき扮装《ふんそう》をした俳優たちがカフェテリアに座っている写真が載っている号があり、怪物と女たちが隣りあわせでパサパサのハンバーガーを食べながら、誰かがいかにみんな仲良くやっているかを語っているあいだ、カメラを見ないふりをしていた。

一緒にランチを食べたあとでその人たちに悲鳴をあげたり卒倒したりしなくてはならないなんて、ずいぶん奇妙な話だ、とエリザベスは思ったが――夫に腹を立てているときはいつもその気持ちを隠すことさえできず、向こうは必ずそれを敏感に察知して、彼女が謝るまで家じゅうに暗雲が垂れこめた――それができるから女優なのだろう。彼女ならどんな役でもいちばん簡単なのを選んで、ハンバーガーを買う列に並んでいるところだ。たぶん幽霊の役を。幽霊を演じる女たちは腕を上げて手を見せびらかし、ネグリジェの長い裾が邪魔にならないようにするだけでよかった。まだ生きている役の女優は走り、話を信じてくれない男たちに息を切らして事情を説明し、何度も何度も悲鳴をあげなくてはならなかった。死者に恐怖心はない。いくら非難されても平気だ。

殺人者はついに追い詰められた。ひとたび彼が死ぬと、幽霊の女たちは消え失せた（間違いなく幽霊だ、とエリザベスは思った。彼女たちはさっさとうちに帰っていた）。

夫は映画が終わるまでずっと、自分の脚に拳を押しつけていた。いずれエリザベスは手を握りたくなるだろうが、その機会はもうないと知らせたがっているかのように。

「楽しんでもらえてたらいいんだけどな」ふたたび照明がつくと彼は嚙みつくようにいい、エリザベスのほうは映画を観るのが誰の考えだったかをわざわざ言い返すことはなかった。彼女はまだ、いったん死ぬべき男が死ねば、女にとって姿を消すのはなんて簡単なことだろう、と考えていた。

映画館を出ると外は暗く、まだ雨が降っていた。うちまでは長いドライブになるだろう。

（佐田千織訳）

抜き足差し足

レアード・バロン

レアード・バロン（Laird Barron）は一九七〇年生まれ、アラスカ州出身。漁師を経て二〇〇一年に作家デビュー。*The Imago Sequence and Other Stories* と *Occultation* で二〇〇七年と二〇一〇年のシャーリイ・ジャクスン賞短編集部門を、*Mysterium Tremendum* で二〇一〇年のシャーリイ・ジャクスン賞ノヴェラ部門をそれぞれ受賞している。

（編集部）

わたしは一九六〇年代に子ども時代をすごした。三つのチャンネルか外か——どちらかしかなかった。暗黒時代の郊外には娯楽用のポケコンなどなかった。わたしたちはコミックをボロボロになるまで読みかえし、父と裏庭でキャッチボールをした。父は寝る前のお楽しみで壁に影絵を映してくれたりもした。象やキリン、狐《きつね》。昔ながらのやつだ。なんだかわからない動物もあった。父は両手をひねってそういう謎めいたものをつくり、これはミミスだといった。父は海外にいくことが多くて、ミミスのことはオーストラリアの会議で聞いたといっていた。関節を驚くほど自由自在に動かしてつくる父の影絵に、わたしも兄のグレッグも魅了されたものだった。母はたいして感心しているふうでもなかったが。

やがてわたしは写真と出会った。

母と父がカメラを買ってくれた。ひとつには二人とも子どもの向上心を大事にしてくれる親だったから。そしてひとつにはわたしがしつこくねだったからだ。わたしは六歳にしてすでに人生でなにを目指すべきか理解していた。

風景を撮るのは退屈だが、天体写真はおもしろい——一部が影になって中空に浮かぶ惑星の高解像度の写真、漆黒のプールから浮かびあがる光り輝く白い指先。人物も、その人の隠された部分がちらりとのぞくような気取りのない瞬間がとらえられたときはべつとして、そうおもしろいものではない。野生動物は好きなテーマになった。数ある動物のなかでいちばん好きなのは肉食獣だ。父はそれはいいといってくれた。人は肉食獣を悪くいう。肉食獣は血を流すからだ。なんとも不当な偏見だ。菜園の野菜に感情があるとしたらどうだ。ニンジンが二つに嚙《か》み切られて悲鳴をあげるとしたら……。ウッドチャック（リス科に属するマーモットの一種）はそれをムシャムシャ囓《かじ》るんだ、そうだろう？と父はいった。

こういう問題の答えを知っている人間がいたとしたら、それはうちの親父だったと思う。親父のそういうちょっと変わったところが、母は好きだったのかもしれない。それとも産業界の実力者としての能力を高く評価していたのか。わたしにわかっているのは、彼が他に類を見ない人物だったということだ。

わたしの名はランダル・ザークシーズ・ヴァンス。友だちには頭文字のことでからかわれる――RX（処方箋、処方薬の意）に効果が急激に薄れることを意味するV。父は、ハハハ、おまえはトラブルに効く薬なんだよ！といっていた。わたしはプロのネイチャーフォトグラファーなので、何時間もずっと動かずに寝そべっていたりすわっていたりするのには慣れている。が、ちょっと臆病なところがある。戦うか逃げるかを判断する反射神経が非常に鋭敏といってもいいかもしれない。ある人気雑誌との契約仕事で、撮影助手が――悪ふざけが好きなことで知られている男だったが――そっと忍び寄ってわたしの肩を叩き、ワッと叫んだことがあった。わたしは本能的にくるっとふりむいた。両手を大きくふりまわして。そのはずみで彼はひっくりかえってドブに尻もちをついてしまった。

仕事仲間たちはわたしの過剰な反応に困惑した。わたし自身、そうだった。その一件が情緒不安定のとば口になってしまった——不眠症になり、なんとか眠れても悪夢に悩まされ、パニックに陥ることもあった。精神《プシケ》にひびが入ってしまったような感じだった。つねにつきまとう不安はその爪をじわじわとわたしの鎧《よろい》の下にまで食いこませ、皮を剝《は》いでむきだしの神経にまで達した。わたしは仕事を休んで、この状態に関係がありそうな過去の出来事の総ざらいをすることにした。

自己分析は大量の酒となまめかしいほどに強く結びついていた。

まもなくして別れることになったガールフレンドが、力になるといってくれた。彼女はわたしの苦しみの原因は子どもの頃の根深いトラウマではないかと考えていた。わたしは子ども時代にはなんの問題もないと力説した。両親はわたしと兄をちゃんと養い、わたしたちの努力を陰で支え、教育に金をつぎこみ——なにからなにまですべてきちんとやってくれた。

なんだって、掘ればなにか出てくるものよ、と彼女はいった。あれこれつついたりほじったりしたあげく、子ども時代と現在のトラブルとをつなぐ環《わ》かもしれないものがひとつ頭に浮かんだ。わたしは彼女に父から教わった〝抜き足差し足〟という遊びの話をした。誰かひとり獲物の役がいて、その獲物にうしろから忍び寄って肩にタッチしたりお尻をつついたりする不意打ち鬼の変形だから、撮影助手がやったのとよく似ている。前提は単純だが、父は親の権限でいくつかルールをつけ加えていた。獲物は起きていて、なんの弱みもない状態でなければならない。忍び寄るほうはある決まった姿勢をとらなければならない――足の親指の付け根のところで立って両手をあげ、指をぴたりと合わせてナイフのような形にするか、大袈裟《おおげさ》に大きく広げるかどちらか。それ以外の細かい決まり事はよく覚えていない。

この奇妙な家族の伝統的遊びはとくになんの害もなかったと思う。ただ父の身ぶりが不気味だっただけだ。

〝抜き足差し足〟は物心がつく前からやっていたと思うが、ちゃんと参加したのは六歳のときだった。グレッグとわたしが自然もののドキュメンタリーを見ているところへ、あとから父が加わった。まだ会社から帰った格好のままで、帽子にコート姿、いつものように冷静でやわらかな表情を浮かべていた。ドキュメンタリーは肉食昆虫の狩りの習慣の話に移っていた。父はソファのわたしたち二人のあいだに腰をおろして、カマキリや餌を貪《むさぼ》り食うベネズエラのムカデ、スズメバチなどの映像をじっと見つめていた。そしてトタテグモのところで、にやっと笑ってわたしの肩をつねった。不器用な中年男にしては素早かった。腕が動くのすら見えなかった。ヘビのようにこっそり近づくとか、狐のようにずる賢いとかいうが、最高の狩人はクモだぞ。辛抱強くて素早いんだ。わたしはその話をとくに深く考えることもなかった。

それからまもなくのある日、部屋から出てきた父がわたしをつかまえてくすぐりはじめた。そしてわたしを宙に放り投げると、大きな手のなかで小さなわたしをくるりと回転させた。

父はわたしの首や腕や腹を噛むまねをしながらこういった。どこから食べてやろうかな？　イーニー、ミーニー、マイニー、モー！　わたしは大興奮して甲高い声で笑いころげた。父はくすぐることやくすぐられたときの反応は、命にかかわる危険が迫ったときの原始的な戦うか逃げるかの反応と関係があるんだ、と説明した。

〝抜き足差し足〟はもはや恒例の競技のようになり、父はグレッグやママにも仕掛けていた。トントンと軽く叩く程度のことだからたいした騒ぎにはならなかったが、一度だけ父が落ち葉の山のなかから飛びだしてきてわたしをぎゅっとつねり、ミミズ腫れになってしまったことがあった。もちろん、わたしは仕返ししようとした――ほんとうに数え切れないほど――そしてことごとく失敗に終わった。顔に迷彩ペイントをほどこし、靴下まで真っ黒のいでたちで忍び寄ることまでやってみた。じわじわと少しずつ少しずつ近づいて、ついにというところで父がくるりとふりむき、わたしの目をのぞきこんだ。父の顔にはかすかに失望の色が浮かんでいた。おまえが家のいちばん向こうから近づいてくる音が聞こえていたぞ。おまえは人間の考え方をしているのか、それともクモの考え方か？　狐か？　それともカマキリか？　もっとがんばらないとな。

またあるときは、わたしが部屋に入っていくと父が母をゲームの餌食にしようとしているところだった。父は母に近づきながら横目でわたしにウインクして抜き足差し足で進んでいった。二人のシルエットが壁でちらちら揺れている。父の腕の影がじわじわと長くなっていく――指の影が鉤爪《かぎづめ》の影になる。目の錯覚でクラクラして、吐き気がしてくる。父が母の首筋にキスした。母は驚いて、やんわりと悪態をついた。そして二人で笑いだし、父はまた不器用な冴《さ》えない男にもどり、無害そのものの顔で眼鏡を鼻柱の定位置に押しあげた。

子ども時代のあれこれのひとつとして、〝抜き足差し足〟は記憶にも残らないさまざまな理由でいつしか脇に追いやられていたが、あの仕事での一件がきっかけでいきなり舞い戻ってきた。恋人に打ち明けても、期待したほどの効果はなかった。彼女はこの過去の出来事はとんでもなくばかげていると断じて、すぐにほかのもっともらしい理由をあげていった。大きく関係しているのはたぶん、大量の飲酒、どんどんひどくなるむっつりした態度、そして彼女が部屋に入っていくとわたしがいつも飛びあがりそうになる事実、と彼女は指摘した。

いちばんまいったこと？ それはこのまぎれもないノイローゼ状態と母の健康問題とが重なってしまったことだった。ダブルパンチだ。脳卒中を患ったあと母の健康状態は徐々に下降線をたどっていった。母は家を売って、何年か前に祖母が隠居場所に選んだシニアタウンの快適な部屋に引っ越した。

義務をきちんと果たす穏やかな息子という役どころは厄介な発作を助長する方向に働いたが、いまだに行き来がある身内はわたししかいないということを考えれば、さして選択肢はない。わたしは覚悟を決めて髭《ひげ》を剃《そ》り、たっぷりコロンをつけてしつこく残る酒臭さを消し、二週間に一度オールバニーからポート・ユーイングのダイナーまで車を飛ばした。一九六〇年代から家族で通っていた店だ。母にチーズバーガーと紅茶、わたしはサンドイッチとブラックコーヒーをオーダーして、母がちびちびとバーガーを食べるのを見つめていた。会話は乏しかった——長い沈黙に辛辣なやりとりがピリッと混じるだけ。

母は就寝時、わたしに朗読をさせた。たいていはポオやその系統の作家の作品から一部だけという感じだった。なんだか病的な気分になっちゃったわ、というのが決まり文句で、ねえ、あの「アモンティラード」（ポオの「アモンティラードの樽」）を少し読んでくれない？とか、M・R・ジェイムズ（英国の中世学者、作家）をちょっとだけお願いといった具合だ。母をひとことで表せば知的好奇心と棘《とげ》のある態度ということになる。母はばかな真似には容赦しない人だった。若いときも、黄昏《たそがれ》を迎えても。つねに抜け目がなく、守りが堅く、自分の内面世界のことはけっして口にしない。そういう気質なので、〝そういえばあのとき〟というような話はしにくいし、もっと直接的に秘密を探るような質問は端《はな》からできなかった。

とはいえ、ある晩わたしはジェイムズの「秦皮《トネリコ》の木」の朗読を途中でやめて本を閉じた。

「ヴィッキ叔母さんはほんとうにああいう力があったのかな？」

叔母のヴィッキは、わたしの子ども時代に母と父のつぎに大きな位置を占めていた人だった。叔母は母や父とちがって大学にはいっていなかったかもしれないが、だからといって特別な才能がなかったわけではない。叔母は、疑い深い人間（わたしの母）はたんなる隠し芸だと切り捨てていたが、ある技を持っていた。誰かが持っているカードがなんなのか当てるとか、なくなってしまった鍵や財布がどこにあるか当てるといったマジックの定番だ。めったになかったが、ときたま退行催眠で友好的な霊と〝親しく交わる〟こともあった。得意分野？　体外遊離で、ときどきだが、行方不明者がいまどんな状況なのか、おおよそのことがわかるのだ。生きているか死んでいるか、どんな環境にいるのか。ただし正確な場所はわからなかった。父は当たり障りのない不可知論を展開し、母はあからさまに侮蔑的な態度をとっていたが、わたしはこれにはなにかあるにちがいないと思っていた――警察が二、三の案件でヴィッキの協力を得ていたらしいという話を耳にしたからだ。叔母がどこでそんな能力を身につけたのか誰も説明してくれなかった。母と父にはたずねても一蹴されてしまったし、叔母のヴィッキは子どもの相手をするのを面倒くさがっていたから、あえてたずねることはしなかった。

「そんなこと何十年も忘れてた」母はベッドに横になって首まで毛布をかけていた。読書灯の光が枕に反射して母の頭の影を明るく照らしている。「青天の霹靂《へきれき》だわ」

「このあいだ、たまたま叔母さんのことを考えたんだ。あのマジック。最後に恐怖《テラー》湖にいったときの……」

「インチキだったかどうか聞きたいの？」

「そんなきついことはいってないよ」とわたしはいった。「むしろその逆で、予言するのが異常なほど好きだったように見えたんだ」

「それはそうでしょう。あなたは子どもだったから」

「グレッグもそう思ってたよ」

「この話にお兄ちゃんを持ちだすのはよしましょう」

「わかった」

母はわたしのほんとうの関心がほかにあることに――フェイントをかけていることに――薄々気づいて、疑わしげな目つきでわたしを見た。「公正な目で見ていうけれど、ヴィッキは自分がもうひとつの世界とつながっていると本気で信じていたわ。でもまわりはみんな信じていなかった。とことん調子を合わせていただけよ」

「叔母さん、父さんのこと好きじゃなかったよね」

「ジョンのことは心底嫌っていたわ」母がなんの躊躇《ちゅうちょ》もなくさらりとそう答えたことに、わたしはぎくりとした。

「嫉妬だったのかなあ？　孤独だとそういうふうに……」

「嫉妬？ 冗談じゃないわ。ヴィッキはテオが死んだあと男には興味がなくなってしまったのよ」テオというのはヴィッキ叔母さんの夫だった人でコン・エジソンで仕事中に亡くなっていた。

叔母はそのあと再婚、再々婚したのだが、それは指摘しないことにした。指摘したところで母はあれは便宜上しただけだとあっさり片付けていただろう。「で、父さんは叔母さんのことをどう思っていたの？」

「目のまえにいないときは、ちらりとでも考えたことなんかあったかどうか。変わった人だからね、あなたのお父さんは。見た目は温かみがあってホワッとしているけれど、中身は冷たいタピオカだったから」

「よしてくれよ、母さん」

「タピオカが好きな女の子もいるのよ。二十の質問をやるんじゃないの？　なにかいいたいことがあるんでしょ、いってしまいなさい」

このあいだ見たばかりの悪夢のことを話すべきだろうか？　長く埋もれていた子どものときに見た恐ろしい光景を。でなければあの誰が見ても風変わりな父がその悪夢のなかでは主役を演じていることや、気持ちが落ち着かないけれどとくに害はなかった〝抜き足差し足〟ゲームのことを。あれは現在のわたしの感情の乱れにつながる不吉な前兆が浮き彫りになったものだったのだろうか。すべてを母と分かち合いたかった——ほかの家族が脱落してしまったいま、わたしたちの距離はようやく前より縮まったのだから。しかしそれでもわたしはいいだしかねて、ほんとうの動機を口にすることができなかった。話せば母は持ち前の辛辣な態度でわたしの愚かさを嘲り、二人の脆《もろ》い絆《きずな》はそこなわれてしまうだろうという気がした。

母が首をのばしていった。「彼とは会ってないの？」

「彼？」またしても不意を突かれて、わたしは愚かにも母に認知症の兆候があらわれて記憶があやふやになっているのだろうと決めつけた。そうではないという証拠はいくらでもあるのに。しかもさらに愚かなことに、わたしはこう口走ってしまった——「母さん、うーん、父さんは死んでしまったんだ。わかってるよね？」

「ええ、おばかさん」と母はいった。「グレッグのことをいってるのよ」

「兄貴のことは、話をするのもいやなんだろう?」母もわたしも兄とはしばらく顔を合わせていなかった。誰も彼もしばらく会わないと恋しさがつのる、というものではない。

「知ったふうなことをいって」そういいながらも、母はうっすら微笑《ほほえ》んでいた。


ひとり暮らしのワンルームの部屋でやけにはっきりした悪夢を見て、早朝に目が覚めた。いつしかぼやけて忘れていた子どもの頃の光景が恐ろしいほどの鮮明さを帯びていた。わたしたちが礼儀上あるエピソードと呼んでいた一件をしでかしてしまった叔母のヴィッキ——わた六時のニュースで映しだされた行方不明の女性の写真——眼鏡を拭きながらひそかに微笑んでいた父。父のうしろには太陽がまだらに映る湖、鬱蒼《うっそう》とした木立、そしてうねうねとキャッツキル山地へ入っていく山道……それともあれは煉獄《れんごく》に通じているのか。ほかにも周辺の黒い塊《かたまり》のなかでさらに不穏な記憶が渦巻きながら、こっちを見ろと叫んでいた。灰色のぎごちなく動く手、灰色の死人のような顔……。

わたしはグラスにウイスキーを注いで、写真を放りこんである靴箱のなかを探った。ほとんどが家族としていちばんしあわせだった頃を記録したスナップ写真だ。わたしは汚れた記憶を確たるものにしようと、その笑顔のなかにトラウマのかけらを、苦悩の兆しを探しもとめた。問題は古くて劣化した写真が不鮮明なことだ。緑青《ろくしょう》の下になにが隠れているのか、かならずわかるというものではない。なにもないか、それとも考え得るかぎり最悪のものが顔を出すか、誰にもわからない。

真実はどうあれ、これがわたしが覚えているキャッツキル山地の奥深くで家族ですごした最後の夏休みの記憶だ——

一九六〇年代後期、父はニューヨーク州キングストンにあるＩＢＭの工場で働いていた。母はミッドハドソン・バレーでの暮らしをつぶさに描いた辛辣でなにかと興味深いエッセイを書いて、おもに地方紙に、ときたまニューヨーカーやサタデー・イヴニング・ポストといった高級雑誌に売っていた。なにもかも順調だった。郊外の一軒家で車二台、そしてばかでかいカラーテレビ。わたしはカメラを首からぶらさげてシュウィンの十段変速自転車で近所を走りまわっていた。兄のグレッグはクロスカントリーさながら田野を走って通学していた。父は兄が夜のデートでガールフレンドを街にエスコートするときにはセカンドカーのビュイックを貸してやっていた。

ヴァンス一族の聖なる三大行事は——クリスマス、ＩＢＭファミリー・デー、そして恒例のテロン湖のキャビンでの避暑。わたしたち子どもにとって、ＩＢＭファミリー・デーはゲームをして観覧車に乗って走りまわってキャーキャー大声で叫んで油で揚げた甘いものをたらふく食べる午後のひとときだった。そして翌朝になると父がプリマス・サバーバンにわたしたちを乗せて山地を抜ける長いドライヴに出発した。湖畔での避暑の習慣はわたしが幼い頃にはじまった――あの黄金時代、都会の住人は暑さを避けてキャッツキル山地に向かった。多くの住人がいわゆるボルシチ・ベルトと呼ばれる一帯に点在するリゾート地でキャンプを楽しんでいた。父と父の会社の同僚のフレッド・マーサーとレオ・シュレーダーはリゾート地はぜんぶすっ飛ばすことにして前述の湖畔の土地を手に入れ、三軒の休暇用キャビンを建てた。かなりの金をつぎこむことになったが、近くのハーピー・ピークは冬の旅行先として人気があり、休日にはスキー狂いの連中が先を争って借りてくれたので多少の埋め合わせはできたようだ。

だが、話は夏にかぎることにしよう。わたしたちを比較的涼しいテロン湖へと送りこんだ恐ろしく蒸し暑い夏のことに。わたし、グレッグ、母、父、叔母のヴィッキ、そして犬のオーディン――うしろに食料品、屋根にカヌー。ファミリー・デーの騒ぎで疲れ果てて、グレッグとわたしはドライヴの道中ほとんど寝ているのがつねだった。たぶん父の休暇管理戦略の目玉だったのだろう。わたしたちが寝ていれば、父は絶え間なく煙草《たばこ》を吸いつづける母とそれに文句をいう叔母のヴィッキを相手にするだけでいいのだから。母や父とちがって、叔母のヴィッキはほとんどなにもしていなかった。夫が垂れさがった電線の修理中に感電死したあと、かなりの保険金を受け取ってマンハッタンからわたしたちが住んでいるエソパスの家に引っ越してきた。たぶん叔母の精神状態を考えて一時的に、ということだったのだろう。けっきょく叔母の精神状態は少しもよくならなかった――それをいえば、ほかの面々もおなじなのだが。

わたしたちが最後にキャビンに詣でたのはアームストロングが月面に足跡を残す前の年のことだった。グレッグとわたしはそれぞれ十七歳と十二歳。オーディンはわたしたち二人のあいだでおとなしくすわっていた。仔犬の時期を卒業したと思ったらもう老犬の域に入りかかる頃おいだった。父が人気のない未舗装の道に車を乗り入れ、一マイルほどうねうねと走って湖に着いたのは日没近くのことだ。マーサー家とシュレーダー家は先に到着していて、子どもたちは騒ぎまわり、大人たちはその騒ぎに果敢に耐えてキャビンのまえの草地に集まり、早々とボイラーメーカー（ビールベースのカクテル）やマティーニを口にしていた。グリルからあがる煙が岸辺のほうへ流れていく。鏡のようになめらかでひんやりとした湖面は赤味を増していく空を映して、まるで平行宇宙への入り口のようだった。

テロン湖は――わたしたちは愛着をこめて恐怖湖《テラー》と呼んでいたが――正真正銘の荒野の縁でキラキラと輝いていた。なぜ恐怖湖なのか？　誰かがいたずらで道路標識のTERRONのNをスプレー塗料でRに書き換え、それがそのままになって定着してしまったからだ。夜になるとポーチから五歩先は漆黒の闇。闇には騒がしい虫の音と藪《やぶ》を歩きまわる鹿の咳《せき》のような声が満ちていた。

うちのキャビンのつくりはかなりざっくりしたものだった――すべて板張りで、手洗いと主寝室、ロフトがあるだけの長方形の箱形の小屋だ。電気と基本的な給排水設備はあるが、電話やテレビはなかった。わたしたちはなんとか文明世界の娯楽らしきものを楽しもうと本やトランプ、ボードゲームを持ちこんだ。森林警備員のアドヴァイスで父はいつも戸口に十二番径の散弾銃を立てかけていた。森をうろつく熊がバーベキューや生ゴミの匂いに惹《ひ》かれてやってくるからだ。それに子どもの匂いにも！と母はいっていた。
基調音を奏でるのはバーベキューだった——最初の数時間は親しい者同士でわいわい盛りあがり、途切れることなく派手な笑い声が響き渡る。活動停止状態から蘇《よみがえ》ったわたしたち子どもは、親たちがのんびりすごしているあいだホットドッグをがつがつ食いコーラをがぶ飲みしながら、ひんやりした空気と穏やかな環境を楽しんでいた——蚊だけはべつだったが。蚊のことは全員、口をそろえて文句をいっていた。男たちは仕事の話はタブーだと心得ていた。うっかり口にした者はすぐに伴侶からじろりとにらまれていたものだ。ラジオから洩《も》れてくるニュース、とくにベトナム戦争がらみのこと——そこらじゅうの母親が十代の息子を胸にひしと抱き寄せたくなる話題——も誰も口にしなかった。〝恐怖キャンプ〟ではその手の陰鬱な話は我慢ならないものだった。二週間のあいだ、外の世界は少し離れたところに存在していた。

月がハーピー・ピークの上で輝く頃、シュレーダーさんが焚《た》き火をおこしはじめた。乾燥したヒマラヤスギが燃えて炭になってくると使い古しのミトンをつけた子どもたちひとりひとりにマシュマロの袋と先が尖《とが》った棒が渡される。会話の断片が脳裏に浮かんでくる。男たちのあいだでアポロ計画の話題が出ると話は必然的に文明の発達具合におよび、ライト兄弟の登場以来ずいぶん遠くまできたものだという話になっていった。

「みんなあたりまえだと思ってるよな」とマーサーさんがいった。

「なにが？」シュレーダーさんが棒の先の火がついてしまったマシュマロを手であおぎながらいった。

「快適さとか、安全とか。スイッチを押せば明かりがつく。キーを回せばエンジンがかかる」

「電気は自分はなんでもできるという幻影を提供してくれるよな」

「火薬とペニシリンは人を向かうところ敵なしという気分にさせた。いつも光があふれているから生まれもっているはずの暗闇への恐怖は消えてしまった。おれたちは松明《たいまつ》を持った猿だ」

「そうとも、諸君。おれたちは猿について話してるんだ。われわれ霊長類はおなじ祖先から進化してきた。つまりとんでもなく長い歴史を共有しているわけだ。えらく長い年月のことを考えはじめちゃったなあ。まぎれもない事実にもなにかほかの意味があるんじゃないかなんて考える羽目になるぞ」

マーサーさんが煙草に火をつけながら首をふった。「この先どうなっていくのかは推測あるのみだな」

「人間の特質や人間独特の行動様式をシミュレートすると不気味な領域に入っていくことになるんだ」と父がいった。

「おっと」シュレーダーさんがいった。「これはどうも御法度《ごはっと》のゴトシのナシハになっていきそうだぞ」

「ありがたいことにうちが完成させようとしているのはアンドロイドじゃなくてリベットガンを扱えるメカニカルアームだ。あれ以上わかりやすいものはないさ」

「よく聞けよ。日本人はもうすぐゴールに到達する」

「なにをいってるんだ、ジョン」

「研究者がロボットのプロトタイプをつくったんだ——生きてるみたいな顔をした赤ん坊のを。フォーカス・グループ（マーケティング・リサーチで情報を収集するために集められた顧客のグループ）は嫌悪感丸出しであとずさりしたそうだ。そこで研究者たちは人工的な顔立ちのものをつくった。するとフォーカス・グループは、ほう、うわあという反応だった。そして会社はそのプロジェクトに資金を注ぎこむことにした。一、二年後には大きな話題になるぞ」

「人間は人間にとてもよく似ているが人間ではないものを恐れるようにできている。遺伝子にそう組みこまれているんだ」

「どうしてか考えたことは？」

「いや、そう深く考えたとはいえないな」とマーサーさんはいった。「なあ、どうして人間は、なんというか、イミテーションを怖《おび》がるといわれているんだ？」

「鹿や鳥がデコイの気配を感じると怯えるのとおなじことさ。動物でさえおとりはけっしていいものではないとわかっているんだ」父はそれまでも何度か定期的にこの話をしていた。

その夜、父が話しかけていたのはマーサーさんでもシュレーダーさんでもないように思えた。父はまっすぐにわたしを見ていた。

「仕事の話！」ファウルを宣告する審判のような口調で母がいった。シュレーダー夫人とマーサー夫人もおしゃべりを中断して男たちに文句をいった。

「おっと、申し訳ない！」マーサーさんがなだめるように手をふりながらいった。「それはともかく、ジェッツ（ニューヨークに本拠を置いていたアメフトチーム）はどうなってる？」

そのあと誰かがゲームをしようといいだしたが、ジェスチャーゲームも雑学クイズもやりたいという人数が少なくて、けっきょくマーサー夫人が噂に聞く叔母のヴィッキの特技が見たいとリクエストした。クロースアップマジックでも奇術でも透視でも、なんでもいいからと。叔母は固辞した。しかしみんな口々にやってほしいと騒いで聞く耳を持たずにしつこくせがみ、ついに叔母が折れた。

あの神秘的な夜、原野を舞台に興味津々で見とれる観衆をまえにした叔母は絶好調だった。焚き火のそばに毛布を敷いてそこに蓮華座《れんげざ》を組んですわった叔母はトランス状態のようになって神経を集中させた。そしてシュレーダーさんのポケットに入っている小銭の額やマーサー夫人のクラッチバッグの中身、そしてマーサー家の男の子のひとりが妹の日記を盗んだことをいいあてたが、これはほんのウォーミングアップにすぎなかった。

マーサーさんがいった。「ジョンの話だと、警察の行方不明者捜索に協力したことがあるんですってね」

「二人、見つけました」頰を紅潮させ、傲然とした口調で叔母は答えた。「死体でしたけどね、なにはともあれ」

「アディロンダック山地に飛行機が墜落したでしょ。その飛行機に千里眼で狙いを定めることはできるのかしら?」

叔母はまたしてもいかにも恥ずかしげに断りつづけ、お願いの大合唱が充分盛りあがったと〝見定めた〟ところで、やってみると答えた。その場で両手を組み、身体をゆらゆらと揺らす。「土。石。流れる水。あちこちから声がする。何マイルも離れている」

「理にかなってるんじゃないかな」とマーサーさんがシュレーダーさんに話しかけた。「残骸は山全体に散らばっているにちがいないんだから」

シュレーダー夫人が小声で父にいった。「ねえ、これ意味があるのかしら? 彼女はなんでもいいたいことをいえるわけでしょ。でもわたしたちはそれが正しいかどうか証明できないんだもの」父はシーッといいながら彼女の尻を親しげにポンポンと叩いた。あの頃は誰もがいちおうは信心深い人間を装っていた。シュレーダー夫人はよく教会で奉仕していたから、叔母の、悪気はないかもしれないがオカルトふうのインチキ臭いパフォーマンスにとまどいを覚えたのではないかと思う。大酒を飲んだり、いちゃついたりはそれほど気にしないのに。

マーサー家の長女ケイティが、IBMの社員の妻でその年の春に行方不明になったデニース・ヴィンソンという主婦がどうなっているか詳しくわかるかとたずねた。彼女の夫のことは誰も知らなかった——つまりプラントを動かしている名もなき電気技術者のひとりということだ。かれら夫婦もおそらく会社の立食パーティなどには参加していたにちがいない。この事件は新聞で報じられていた。

「デニース・ヴィンソン。デニース・ヴィンソン……」叔母は〝トランス状態〟に入っていった。刻々と時がすぎていき、ピリピリと電気が走るような緊張感が高まる――雷鳴轟《とどろ》く嵐が近づいてくるときのぞくっとする感覚。大人たちの冗談まじりのおしゃべりがぴたりと止んだ。松の枝がキーキー軋《きし》む。梟《ふくろう》が鳴く。湖から風が吹き寄せ、波が桟橋を洗う。グレッグとわたしはそれを感じとっていた。グレッグの顔からいつも浮かんでいる得意げな笑みが薄れて、驚きの色がひろがりはじめる。そのとき叔母が身体を硬直させて金切り声をあげた。その悲鳴は湖に響き渡り、あたりの木々の巣から鳥たちが飛び立った。叔母は腕をまっすぐまえに突きだし、五本の指をぴったり合わせて手首を下に曲げている。そして激しく身体を揺らし、杯のようにした両手で大仰に宙を突く動作をくりかえす。目は真っ赤に充血している。けっして理路整然とした考え方ができていたわけではなかったが、わたしは叔母の姿勢と独特の動きから獲物に襲いかかるカマキリを連想していた。そしてまたなにかべつのものも。

カリスマ派の信者のようにべらべらしゃべる叔母の舌は大きくふくれあがっていた。叔母が手で顔をおおって大きくかがみこんだ。ふたたび背筋をのばしてわたしたちのほうをじっと見るまで、誰もひとこともしゃべらなかった。

「おいおい、ヴィッキ！」マーサーさんが目を丸くしている子どもたちのほうを見ていった。

「いや、おいおい、ルイーズ！」

「なんの騒ぎなの？」叔母がぼうっとした顔であたりを見まわした。

母が、いかにもどうでもよさそうに、なにが見えたのとたずねた。叔母は肩をすくめて、まぶたの裏がちらっと見えただけだと答えた。みんなよく我慢していたものだ。父はバーベキューの炉台のそばにひっそりとすわっていた。木炭のやわらかい輝きが眼鏡に映りこんでいて表情はよくわからなかった。

がっかりという空気がひろがって、三つの家族はおやすみの挨拶を交わしながらゆるゆるとそれぞれのベッドへ向かった。母はハイボールの酔いにまかせて叔母の透視能力なるものを有名なエドガー・ケイシー（米国の予言者、心霊診断家）のそれと比較し、みんながそれぞれのキャビンに引きあげたあとの夜も更けた頃、いい合いがはじまった。大声で目を覚ましたわたしは、まるで決められた仕事のようにロフトの階段の上の暗がりに身を潜めて聞き耳を立てた。

「ケイシーのいってることなんて、女のお尻をポンポン叩くのとおなじくらい下劣だわ」叔母の嫌悪感はふつふつと煮えたぎり、ついに噴きこぼれた。「あれは詐欺師。偽医者。舌先三寸のセールスマンよ」叔母の目は血走り、毛細血管が切れたシミまでできている。叔母はさっきのことは覚えていないと主張していたが、影響が残っているのはあきらかだった。

「ヴィッキ」不機嫌な年下を相手にするときのなだめるような口調で父がいった。「バーバラに悪気はなかったんだよ。そうだろう、ハニー」

「ええ、それは……もちろんよ」わたしがいる場所からはグラス片手に冷たい暖炉のそばに立つ母が見えていた。母は飲めば飲むほど意地が悪くなるたちだった。そして恐怖湖ではかなりの量をあおっていた。

叔母は蜂の巣のように高く結いあげた髪型にプラットフォームシューズ。のしかかるように大きく立ちはだかっている。「二度とわたしとあの……あのペテン師をいっしょくたにするようなことはしないで。ケイシーが死んでくれて清々したわ。わたしこそが本物なんだから」

「ほんとに？ だったらこんなところでキャンプなんかしてないで、さっさとヴェガスにでもいくことね」母は皮肉な笑みをグラスで隠そうとしていた。

「ご婦人方、もう遅いよ」と父がいった。「いまの話で子どもたちが目を覚ましていないといいんだけどね」

父のさっさと寝床にもどれというさりげないとはいいがたい合図を耳にして、わたしはどちらが霊能者なのか考えこんでしまった――叔母のヴィッキなのか、それとも父なのか？ パパは暗闇でも目が見えるのかもしれない――最後にそう思ったことだけははっきり覚えている。わたしはびくつきながらもクスクス笑っていた。

グレッグがわたしとビリー・マーサーに襲いかかったのは、キャビンの裏手の山道を歩いているときのことだった。ビリーとわたしは年齢がいちばん近かった。が、なんたることか共通点はほとんどなかったし、お互いいっしょにいるのが苦手だった。そんなものさ、しかたがない、と若い頃はよくいっていた。まさにそれだ。道は泉のところで二股に分かれてうねうね森の奥へとつづいていた。左へいくと鬱蒼と黒松が茂った急峻《きゅうしゅん》な切り通しで、われらが詩人の母は〝黒の峡谷〟と呼んでいた。親たちはボウフラが湧いているから泉の水は飲むなといっていたが、もちろんわたしたちは親のいいつけなど無視して、泉を見るやいなや両手で冷たい水をすくってピチャピチャと飲んだ。わたしが飲んでいるときだ、グレッグがアパッチのように忍び寄ってきたのは。

グレッグは、ガソリン代とデートの夜のハンバーガー代を稼ぐために近所の家の芝刈りをしていて、それで鍛えた握力でわたしの首根っこをがっしりとつかんだ。「ワッ！」グレッグは同時にビリーのうなじをバシッと叩いていた。ビリーは悲鳴をあげ、逃げようとして転んでしまった。こうして〝抜き足差し足〟の第一ラウンドは得意げな笑みがしゃくにさわる兄の勝利に終わった。きょうだいのいちばん上が持ち前の残酷さで自分より弱い下の子を威圧するのは世の習いだが、わたしはその頃の兄の態度により鋭く残忍に屈折したものを感じていた。わたしは安全な距離から——安全かどうか誰にもわかりはしないのだが——兄に向かって石ころを投げた。石ころは兄の耳をかすめて飛んでいった。わたしは一目散に森のなかへ逃げこんだ。兄はわたしたちに向かって中指を立て、ふりかえりもせずにいってしまった。

この出来事がなぜ注目に値するのか？　ビリー・マーサーが大人たちにいいつけたのが発

端だった。父は説明しなさいといって、わたしを脇へ引っ張っていった。わたしはしぶしぶ説明した——告げ口するやつをほめる人間はいない。父の得意げな笑みはグレッグの上をいく底意地の悪いものだった。やられたくなかったら死角をつくらないことだな、チビすけ。父は兄の肩に手をまわし、兄といっしょになって笑っていた。それから三日間、二人は森へハイキングにいったり湖でカヌーに乗ったり、ほとんどずっといっしょにすごした。嫉妬で胸が痛かった。グレッグに首をつかまれたときより鋭い痛みだった。

就寝時間が近づくと、わたしたちは裏庭にテントを張った。バドミントンのネットと蹄鉄《ていてつ》投げ遊びの砂場から数フィートのところだ。男の子たちを星空の下で（そして蚊の大群のまっただなかで）寝かせようという企画だった。シュレーダー夫人が熊がいることを考えると少し危険なのではないかとやんわり反対したので、シュレーダーさんとマーサーさんがポーチで見張り番をすると約束した。わたしはオーディンといっしょだった——これ以上優秀な警報器はない。どんな動物だろうと百ヤード以内に近づけばあの犬はまちがいなく猛烈に吠《ほ》え立てる。というわけで、こういうことになった——オーディン、ビリー・マーサー、シュレーダー家の子、そしてわたしがひとつのテント、ほかの子たちがもうひとつのテント。わたしたちは少しのあいだしゃべっていた。無駄話も尽きてくると——わたしは寝袋にもぐりこんで懐中電灯の明かりでマッド・マガジンをむさぼり読み、やがて眠りに落ちた。

目が覚めると真っ暗だった。顔のそばでオーディンが荒い息で低く唸《うな》っている。わたしはテントの入り口に寝ていた。オーディンが鹿に反応したのか熊に反応したのかもわからぬまま、わたしは寝ぼけ眼《まなこ》で本能的にたよりになる懐中電灯をつけ、入り口のフラップをあげて木立のなかを照らした——もしなにか危険なものを見つけたらすぐに大声をあげるつもりだった。オーディンの不安げな唸り声を裏付けるようなものは見当たらない。ぼうぼうと生えた雑草、藪、そして森の漠とした塊。オーディンがやっとおとなしくなった。わたしは眠りにつき、二つ夢を見た。二つとも生々しい夢だった。ひとつめはスポットライトを浴びて虚空に立つ叔母のヴィッキの夢。身体を揺らし、身ぶり手ぶりで語り、ぶつぶつとつぶやく彼女の目は飛びださんばかりに大きく見開かれている。夢の論理がまかりとおって、わたしには彼女がごちゃごちゃに発している言葉がちゃんとわかる——イーニー！　ミーニー！　マイニー！　モー！

二つめの夢のなかでは、わたしは宙に浮かんでいた——肉体から離脱した霊魂が下をじっと見つめている。ポーチに灯《とも》る玄関灯のぼんやりした明かりでかろうじて見えるのは父の姿だ。藪の下から這《は》いだしてテントのそばで横向きに寝そべる。フラップのなかへ手を入れる。腕がなにかをなでるように動いている。

どちらの夢も朝食前には忘れていたのに、何年もたってから蘇ってきた——悪夢のなかの悪夢として。

ブルーベリー・パンケーキを食べながら、父が釣りにいくかとさりげなくたずねた。まだ父親のカレンダーに書きこまれた予定は宝物だと勝手に思いこんでいた年頃のわたしは、水筒に水を入れて忠良なるニコンFを首からぶらさげ、父のあとについて急ぎ足で桟橋に向かった。とっくに卒業していた初心者用のカメラとはちがってニコンは高価だったから、わたしは敬意を持って扱っていた。フィルムも高かった。費用は肉体労働に加え、気前よくもらえていた小遣いやら、ちょっと甘えたりといったことでまかなっていた。ゆるぎない信念でアートを全面的に支持していた母は余分にお小遣いをくれた。作品を新聞や雑誌に提供してみろと勧めてもくれたが、わたしにはその気はなかった。その頃は写真という趣味は完全に個人的なものだったのだ。自分が見たものを世界と分かち合いたいという気持ちはまだなかったが、ひそかに抱いている夢はあった――『ワイルド・キングダム』（野生動物・自然をテーマにした米国のドキュメンタリー番組）のクルーといっしょにサバンナを駆け巡るという大きな夢だ。

太陽がまだ森の上にのぼりきらない頃、わたしたちは桟橋から出発した。父がパドルで漕《こ》ぎ、わたしは父と向かい合ってすわって、遠ざかっていくキャビンや湖面に舞い降りたり湖面から飛び立って空高くのぼっていったりする鳥の写真を撮った。父がパドルを置き、カヌーが暗い湖面をすべっていく。

「ここで釣るの？」とわたしはいった。

「きょうは釣りはしない」ひと呼吸おいて父はいった。「わたしはどちらかというと人間をとる漁師（『福音書』にあるイエスの言葉）なんだ」

「意味がわからないよ」

「おまえがどういう人間なのか、じっくり考える時間だ」

「パパ、ぼくは十二歳だよ」わたしは母譲りの利口ぶった口調でいった。

「だから、きょう結論が出るとは思っていない。ただよく考えろということだ」わたしがぴんときていないことは父もわかっていた。「おまえが写真に興味を持ちだしてから、なんとなくそろそろかなという気がしていて……」父は両手をカップ状にし、親指のあいだの隙間に息を吹きこんだ。二、三回めに神秘的な笛のような音が出て湖を渡り、近くの山々にこだました。父は手をおろしてわたしを見た。「この話をするのは来年まで待つつもりだったんだが、ヴィッキ叔母さんの……爆発で早いほうがいいと思い直した。怖い思いをしたんだったら、すまなかったな」

「叔母さんはどうしてカッとなっちゃったの？　目は大丈夫なの？」わたしは落ち着いた声に聞こえていますようにと心のなかで祈っていた。

「叔母さんの目は大丈夫だ。わたしが悪かったんだよ。なんとかヴィンソンという女の話は痛いところを突きすぎた。とにかく、叔母さんはひとりでは生きられない人だから、うちでいっしょに暮らしているんだ。弱い人なんだよ。精神的に」

「ヴィッキ叔母さんは頭がおかしいの？」

「いや。まあ、そうともいえるかもしれないが。ちょっと変わった人だし、家族が必要なんだ」

「叔母さんとママはお互いのことが嫌いだよね」

「けんかはする。だが、だからお互いが嫌いということではない。おまえはお兄ちゃんが嫌いか？　いや、答えなくていい」父はパドルを湖水に浸《つ》けた。「工場でわたしはどんな仕事をしている？」

「ロボットをつくって――」

「設計だ」

「ロボットの設計をしてる」

「わたしはロボット機器とロボット・システム専門のメカニカル・エンジニアだ。といってもそれほどすごいものじゃないけどな。わたしがその仕事ができるのはどうしてだと思う？」

「それは、学校にいって――」

「いや、ちがう。専攻は社会学だった。エンジニアリングの専門知識はぜんぶその場その場で学んだか、夜、勉強して身につけたものだ」

「へえ」話題ががらりと変わったことにとまどって、わたしはカメラをいじった。

「ほんとうのことが知りたいか？」

「うん」わたしは子どもの想像力を総動員して、父がじつはほんとうの名前はウラディミールでロシアから何年も前に送りこまれたスパイなのだと明かされたらどうしようと恐れおののいた。冷戦が国民の集団意識にもたらしていた潜在的パラノイアの影響をどの程度強調すべきかむずかしいところだ。兄とわたしは近所の人のことを密《ひそ》かに探って、あれは〝赤〟の諜報員《ちょうほういん》かもしれないなどとプロファイリングしていた。近所の人の半分が秘密の報告書を乱数放送の放送局に送っていると、しょっちゅう確かめ合っていたものだ。

「採用委員会をだまくらかしてやったんだ」と父はいった。父は母のまえではめったにこんな言葉遣いはしなかった――グレッグのまえではなおさらだった。わたしは父の信頼の神聖なる圏内に入ったということだ。「そうやっていまの仕事を確保したんだ。どうやったら人を動かせるか、それがわかれば欲しいものはなんでも手に入るぞ。おおっと、もう着いた」

父がカヌーを岸辺に向けると、船底が泥をこすった。わたしたちはカヌーをおりて藪をいくつか抜け、湖をぐるりと一周する小道に出た。毎年の休暇中、少なくとも一度はみんなで湖を一周していたから、この道は知っていた。

父があくびをして曲芸師のようにみごとに胴体をひねった。左手を前腕のほうへ曲げ、つぎに右手を曲げると、関節がポキッと鳴った。兄はわたしへのいやがらせでよく指の関節を鳴らしていたが、これはそれとはちがって、そう、肉屋が絞めた鶏の骨を折る音に近かった。父はいかにもほっとしたというようにひと息ついた。「いやまったく、つねにそこそこちゃんとした姿勢を保っていられる生きものというのはすごいな。欲しいものといえば。おまえは肉食の生きものの写真が撮りたいんだろう?」わたしはうなずいた。まさにそのとおりだった。父はかがみこんで顔を近づけた。「餌になる生きものには簡単に近づける。餌だからな。かれらは仕留められ、食われるために存在している。肉食のほうがしぶといんだ。おまえにも教えてやろう。グレッグには何年か前から教えてきた。ジャングルに入れるように鍛えてやったんだ」

「ジャングル？」とわたしはいった。話の前半は飛んでしまい、後半だけが耳に残って、そこに反応していた。「ベトナムってこと？」その言葉は禁句だった。「でも、ママと約束したよね――」

「グレッグは海兵隊の志願兵になる。心配はいらない。あいつには天性の才能がある。わたしとおなじだ」父はそこで言葉を切ってわたしの肩に手を置いた。重くて、抑圧された力に満ちた手だった。「おまえにはママにいわないだけの分別があると信じている。そうだろう？」

息子と父親にはいろいろとちがうところがある。それでもわたしは父といっしょだと安心していられた。たしかに父は変わり者だったし、反感を持つ人も多かった。気持ちの浮き沈みも激しかった。つまらないジョークを飛ばして周囲から気の毒なほど冷たい目で見られることもあった。エンジニアは社会との調整ができない、などと冗談でいったりするが、これはあながち嘘ではない部分があると思う。いろいろ欠点はあっても、わたしは父の愛情や意図に疑問を持ったことはなかった。それでもその瞬間、わたしは父の手の――父そのものの――大きさを、そして小鳥の鳴き声を、湖の反対側の森のなかに二人きりでいるのだということを、過剰なほどに意識しはじめていた。父の肉体のグロテスクさを意識したとたん、嫌悪感の波に襲われた。子どものわたしの素直な視点から見ても父の容貌は十人並み以上だったが、ストレッチをしてからの父の姿勢、表情はそれまでとは一変していた。顔は細長く醜悪なものになり、歯をむきだし、身をかがめていても背は高く、外見からは想像できないほど敏捷《びんしょう》な動きをしていた。スポーツ用品売り場で買った父の服に肉食獣が入りこんでいて、わたしを森の奥へと誘うのだった。さあ、おばあちゃんの家へいこう！

なんともお粗末な子どもっぽい妄想だ。とにかく口のなかがカラカラだった。話題を変えようと必死で、たぶん狼の仔が優位の狼にたいしてやるように敬意を示そうとしたのだろう、わたしはいった。「ヴィッキ叔母さんが頭がおかしいなんていうつもりじゃなかったんだ」

父はやけに大きい角縁《つのぶち》眼鏡の奥でまばたきした。「異常な心理状態を疾患の証拠と考えるのはまちがいだろうな」父はわたしがポカンとしていることに気づいていた。「チャールズ・アダムスは――」

「それ、誰？」

「漫画家だ。彼は『蜘蛛《くも》にとって正常な状態は蠅《はえ》にとってはカオスだ』といった。彼は正しかった。蜘蛛と蠅のあいだで、世界は真っ二つに分かれているんだ」父はなにかを探るようにわたしをまじまじと見つめていたと思うと、身体を揺すって背筋をのばした。父の手がわたしの肩から落ちた。なんと大きな手、なんと長い腕。「さあ、ちょっと歩こうか。静かにいけば、森の連中を驚かせてやれるかもしれないぞ」

わたしたちはぶらぶらと歩きだした。静かにいけばお目当ての森の生きものを驚かせてやれるかもしれないといったくせに、父はひとりでしゃべりだし、話はやがてドタバタ喜劇や肉体を使った演技のことになっていった。「ボリス・カーロフは最高だ」と父はいった。「それとロン・チェイニー・ジュニア。狼男の。知ってるか?」

「うん、知ってるよ」わたしはさっきのいわれのない恐怖から立ち直り、踏みしめている世界はまたいつもどおりの感触をとりもどしていた。

「チェイニーの人相の変わり方のなめらかさといったら。ほんとうにすごい。いろいろ不遇だったことを考えると彼に並ぶ者はいない。真似するのは——むずかしい」おいおいわかったことだが、親父のいいところのひとつは相手によって話のレベルを下げたりしないことだった。相手しだいでゆっくり話すことはある。だがむずかしい言葉が適当だと思えば、むずかしい言葉を使った。わたしの勉強机の横に置いてある大型辞書や類語辞典は端を折ったページだらけだった。

父が滔々《とうとう》としゃべりつづけているあいだに、わたしはなかなかいいショットを数枚撮った。そのなかには高い枝にとまってわたしたちの歩みを眺めているクーパーハイタカのショットもあった。ハイタカが飛び立って大空の彼方《かなた》に消えていき、カメラをおろすと、父も消えていた。わたしは、こういう場合誰でもやりそうなことをした——パパ、と呼びかけたのだ。そうすれば父が木の陰から顔を出してわたしのあわてぶりを笑うだろうと思っていた。ところが木の向こうから現れたのは昇ってきた太陽だった。まだらにできたひんやりとした影が濃くなる——湖面が陰ったり乳白ガラスのような硬質な輝きをまとったりしている。わたしはときどき父に呼びかけながら、カヌーを引き揚げた岸辺のほうへ重い足取りでもどっていった。

小道を曲がったところで、わたしは父につかまった。壁のようにみっしりした藪のなかから、手と筋肉質の腕がにゅうっとのびてきた。鉤爪がわたしの額を引っ掻《か》く。ほらな！　どうだ？　わたしは下生えをのぞきこみもせずに駆けだした。全速力で走った。カメラのストラップが首のまわりで飛び跳ねていたが、奇跡的に大事なカメラをなくさずに藪を突き抜け、岸辺にたどりついた。

父は流木に腰をおろして静かに湖を見つめていた。「やあ、ぼうず。こういうことなんだよ」父は罪のない冗談を仕掛けた意図を説明してくれた。「守ってくれる人がいないと、まわりのものがちがって見えるものなんだ。男の子はみんな管理された状況で、あのちょっとしたアドレナリンの爆発を経験しておくべきなんだよ。死角をつくるな、あたりをよく見ろということだ、わかったか？」

わたしは自分がただ低く出ていた枝にぶつかっただけで完全にパニックに陥っていたのだと気づいた。カヌーを漕いでキャビンにもどる頃には、あの分別とは無縁の荒々しい恐怖も雲散霧消していた。子どもというのは極端なものだ――疫病にかかって死ぬかぴんぴんしているか、派手に転んですぐ立ちあがるか足を骨折するか、泥だらけの足で歩いて帰るか車椅子で帰るか。感情面でもおなじことがいえる。父はモンスターではなく、ただの変わり者だった。叔母のヴィッキの狂気じみたふるまいで、わたしはすっかり不安に駆られてしまっていたのだ。嵐が吹き荒れていた。わたしはあまりにも大きな不安からあとずさりして、グレッグが戦争にいくつもりでいるが、それは絶対に秘密にしておかなければならないという父のさりげない打ち明け話のことをじっくり考えるようになっていた。母に秘密にしておくのは不本意だったが、密告する気はなかった。

父はずっと無言のままだったが、桟橋に沿ってカヌーをすべらせながらこういった。「ランディ、おまえを試したりしたのはまちがいだった。悪かったな。二度とあんなことはしない。誓うよ」

たしかに二度めはなかった。

湖畔での滞在も終わり間近になった頃、わたしたちは全員でぞろぞろと恒例の徒歩での湖一周に出掛けた。ピクニック・バスケットを持って〝黒の峡谷〟で集合。ただ、父だけはみんなで昼食をとる場所でいろいろ準備をするために先にそこへ向かっていた。ありていにいえば、またまたバーベキューの準備だ。マーサーさんは休暇中の記録を撮ろうとすごいカメラ（キヤノン！）を持ってきていた。彼とわたしにとっては〝本格的な〟写真家同士としての絆を感じるひとときだった。シュレーダーさんと父、それに子どもたちのうち二人はちゃちな安物のツーリスト・モデルをぶらさげていた。ど素人《しろうと》どもめ！　マーサーさんは松林を背景にしてわたしたちの位置決めをした。みんな上り坂のそれぞれの位置でポーズをとる。

彼が大声で指示を出し、いいショットが撮れるとみんなのあとについて歩きだした。そのあいだにわたしは何枚か写真を撮った――最初は彼のカメラで、つぎに自分のカメラで。小道を這うようにしてのぼっていくみんなのあとを、わたしはのろのろとついていった。

えっちらおっちら歩いてキャンプサイトに到着した。父はわたしたちを待っていたが、それほど長時間だったわけではなかった。ほかの大人たちはなにもいわなかったが、まだ火をおこしてもいないのを見て母が苛立《いらだ》ちをあらわにしたのは覚えている。母は父を脇へ引っ張っていってなにがあったのかとたずねた。どうしてそんなに服も髪もくしゃくしゃなの？　どうしてそんなに汗をかいているの？

父はパチパチまばたきしてずり落ちた眼鏡をすっとあげ、肩をすくめた。「近道しようとして、道に迷ったんだ」

「迷ったですって？」母は父の髪についた松葉をすき取った。「信じられないわ」

その冬、酔ったスキー客の失火でシュレーダーさんのキャビンが焼け落ちた。ああ、計画では春に建て直してこれまでどおりにということになっていた。が、ひとつなにかあるとまたひとつという具合に、子どもたちが大学生になって家を出たりマーサー夫妻が離婚したりいろいろとあって、わたしたちが湖畔のキャビンにもどることはなかった。父たちは湖畔の土地とキャビンを売ってかなりの利益を得た。こうしてわれらが恐怖湖時代は幕を閉じた。

グレッグは大学へはいかず、六九年に合衆国海兵隊に入隊した。母は書斎に鍵をかけて閉じこもり、一週間泣き暮らした。わたしは動揺した――母はどう考えてもめそめそ泣くような人ではなかったからだ。兄は二度にわたる外地任務のあいだもほぼ月に一度は葉書を送ってよこした。とはいえ最後のほうでは長いことまったく音信不通の闇に包まれた期間もあった。軍はなにも教えてはくれなかった。その頃の母の不機嫌そうなようすと、ろくに寝ていなかった事実を考え合わせると、母は崖っぷちを歩いていたのではないかと思う。

ある日、グレッグからもうすぐ家に帰れるという電話が入った。父に空港に迎えにきてもらえるか、ということだった。出発するときは騒々しい子どもだった兄は、物静かな思慮深い男になって帰ってきた。戦争で精神に傷を負った兵士は多い。兄もまちがいなくそのひとりだった。上陸許可をもらうと戦友たちがどんなばか騒ぎをするか、余計なお世話とも思えるようなことをあれこれしゃべりながら、自分の気持ちのほんとうのありかに迫るような深く掘り下げた個人的質問にはまともに答えようとしなかった。ばかなガキはばかなガキのままだったので、わたしは誰か殺したのかとたずねた。兄は微笑んで、指でテーブルをトントンと叩いた。一度、そしてもう一度。その微笑みは、いまは覆い隠されている十代の残忍さに耳を傾けているようだった。より狡猾《こうかつ》で、より洗練され、より成熟した残忍さに。兄はいった。〝抜き足差し足〟のいいところはなんだと思う？　人の道にかなっているところだ。たいていはすごく強い衝動を抑えられる。たいていはキャッチ・アンド・リリースですむ。たいていはな。わかるか、チビすけ？　兄が中西部へ移ってからは、二人で話す機会もだいぶ少なくなってしまった。兄はトラック運送会社に就職した。最後から二回めに兄を見たのは一九八五年の父の葬式のときだった。父は落ち葉を掃いている最中に心臓発作で亡くなった。父の父親や兄とおなじように、ばったり倒れてそれきりだった。グレッグはひっそりと参集者の端のほうにいて、わたしがつかまえる前にするりと姿を消してしまった。ほかの誰も兄がきたことすら気づいていなかった。

叔母のヴィッキは？　叔母は妙な教会にいくようになった。突飛なふるまいは一九七〇年代を通じて悪化の一途をたどり、一時期、施設に入ることになってしまった。八〇年代には復活して、のちに大流行する霊能者による電話相談の先駆けのひとりとしてそこそこの成功をおさめた。相手が聞きたいことをいってやって人気を博したのだ。不祥事を起こした前衛映画の制作者と再婚し、フロリダに豪邸を買って、いまはそこで海外にも知られたニューエイジのコミュニティを運営している。毎年クリスマスには邸宅をにぎやかにしたいからと、わたしの写真を二、三千ドル分、買ってくれる。啓発をもとめてやってくる連中がカリブーの腹を引き裂く狼のポスター写真をどう受け止めるのか、わたしには見当もつかない。が、叔母のいちばんあたらしい旦那が撮った勧誘用のビデオクリップと比べれば、わたしの作品が文句なくすばらしいものに見えるのはまちがいない。

そして話はやっと、もとにもどる。同僚に驚かされて、悪夢を見るようになり、むずむずするような不気味な記憶が蘇ってきた。そのとたん、それまでのしあわせな暮らしが崩れ去ってしまった。毎晩、決まったように午前二時にぱっちり目が覚めて、浴室の鏡で汗まみれの自分の顔をつくづく眺める。目の下のたるみを引っ張って静脈の目立つ白目をむきだしにする。痛みを感じるまで引き下ろす。なにも変わりはしない。いったいなにを期待していたのだろう？　自分の顔が仮面で、細い隙間から自分がこっちをのぞいているという光景か？　とことん、あの父の息子だというしるしか？　もし父が人以上のもの、あるいは人以下のものだとしたら、わたしはいったいなんなのだろう？

つぎに母を訪ねたとき、わたしは母をベッドに寝かせて毛布をかけてやりながら、母と腹蔵なく話さなくてはと肚《はら》を決めた。

「父さんの話をしたいんだけど」わたしはおずおずといった。人生も終わり間近になった母に真実を話すことは倫理的にどうなのだろう？　ねえ、母さん、六〇年代にあった行方不明事件――何件あったか知らないけど――、そのうちいくつかは父さんが関係しているんじゃないかと思ってるんだ。わたしはじわりと話を先に進めた。「とんでもない話に聞こえるだろうけど、父さんは……ふつうじゃなかった」

「いまさらなにをいってるの」わたしたちはしばし、刻々と幅をひろげていく深淵の両岸にいた。

「え、ちょっと待って。気がついてたの？」

「なにに？」

最悪の質問だ。「父さんにはべつの面があった。暗い面が。闇の部分、といったほうがいいかな」

「ああら、奥様、なにをご存知だったの？　いつおわかりになったの？」

「うーん、だいたいのことは」

「銀行強盗はふつう奥さんに、おれは銀行を襲ってるなんていわないものよ」

「奥さんにはなんとなくわかるさ」

「たしかにそのとおり。でも、なんとなくでは証拠にならないわ。そこが妥協のしどころよ。わたしたちは彼が亡くなるまで持ちこたえた。いまどきはそれも夫婦の美しきあり方なのよ」母の声はだんだん小さくなっていった。母の手招きに応えて、わたしはかがみこんだ。

「ハネムーンでロッジに泊まってね。夜明けに二人で一枚のキルトにくるまってテラスに出ていたの。そうしたら狐が一匹、軽い足取りで庭に入ってきたのよ。それであなたのお父さんに母なる自然のすばらしさを語りかけたの、というか小声で、わあ、狐よ、といったの。彼は微笑んだわ。いつものねじれたようなのじゃなくて、冷たい微笑みだった。そしてこういったの、動物は表情を変えないんだ。獲物を生きたまま食らっているときでもね。おかしいかもしれないけれど、わたしはそのとき、わたしたちは最高に相性がいいと思ったの」

「まいったな」わたしはぶるっと身震いした。父、その賢明な忠告、冷ややかな警告。尊敬され、賞賛され、崇《あが》められる。だが取り替えがきく。ＩＢＭの仕事の安定性について聞かれると、父はそう答えていた。そしてグレッグやわたしが友だちと子どもじみた悪ふざけをして、その説教をするときにもおなじフレーズを使った。おまえたちは愛されている、だが取り替えがきく。

「彼があなたたちを傷つけるわけないでしょ」母は目を閉じて毛布にいっそう深くもぐりこんだ。母のつぎの言葉はくぐもっていたので、ちゃんと聞き取れたかどうか確信がない。

「少なくとも、わざとは」

母が亡くなった。数人のジャーナリスト仲間と看護師さんたちが弔問にきてくれた。グレッグは、全員が帰るのを待ってから、わたしが涙をぬぐっている最中にだいぶ年季の入った方尖柱《ほうせんちゅう》の陰から踏みだしてわたしの肩をつかみ、「ワッ!」と低く囁《ささや》いた。兄はあまり健康そうには見えなかった。顔は青白く、頬がこけていて、鼻と口のまわりは赤く腫れていた。だが力強く、熱いエネルギーが煮えたぎっている。その年頃の、つまり心臓発作を起こす少し前あたりの父にうりふたつだった。グレッグは大きすぎる眼鏡までかけていたが、わたしはそれは偽装にちがいないという妙な感覚にとらわれた。

わたしたちは場所を変えて居酒屋に落ち着いた。兄がピッチャーをおごってくれたが、大半は兄ががぶ飲みした。最後にいっしょにビールを飲んでから長い年月がすぎていた。兄がなにを考えているのかわたしにはわからなかった。葬式のことか?　ベトナムのことか?

最後に兄が住んでいると聞いていたオハイオのある町の近くで十年前に起きた一連の失踪事件のことか？

「そういらいらするなよ、チビすけ」肉食獣には弱さを嗅ぎ分ける天賦の才がある。兄は、わたしがいろいろと苦しいことがあった末に母の死という局面を迎えたことを見抜いていた。

「親父にいわれただろ——おまえはおれたちとはちがうって」兄はくちびるをぬぐって温和な笑顔をつくろうとした。「おれはいい遺伝子をもらった。でも、おまえの目が欲しかったと本気で思うよ。おふくろもその目だった」二つめのピッチャーがくると、兄はひどく感傷的になった。「なあ、子どもの頃、いやなことばかりして悪かったな」

「忘れたよ」とわたしはいった。

「おれはいつもせこいいやがらせをして、もっと大きな黒い衝動をコントロールしていたんだ。煙草が吸いたくて歯が疼《うず》くときにガムを噛むみたいにな。人にチクチクいやなことをいっていた。仕事仲間、友だち、恋人。見境なしだった。相手が落ち着かない気分になると、かろうじて渇望を抑えることができるんだ。抑えきれなくなるまではな」兄は財布から写真を出してテーブルに置き、わたしのほうに差しだした。昔の家の庭で撮った母と父の写真だった。父の眼鏡が陽光で光っていた。目元が見えないと、笑顔にどんな意味があるのか推し量るのはむずかしい。わたしが写真を押しかえすと、兄は手をふった。「持っててくれ」

「兄貴のじゃないか」

「いいや、おれには思い出は必要ない。おまえは文書係だ。感傷的だからな」

「わかった。ありがとう」わたしは写真をコートのポケットにすべりこませた。

兄は通路をはさんだブースを片付けているウエイトレスをじっと見ていた。遠くからなら、やさしげな表情に見えたかもしれない。「モーテルはこの近くなんだ。乗せてってくれるか？　忙しいなら、あの子にたのんでみるけど」

実の兄のたのみを断れるわけがない。喜んで引き受けて当然だった。


兄が泊まっているモーテルは高速の近くの暗い通りに面した裏寂しい一角にあった。洞穴のような部屋に寄っていけといわれたが、わたしは、会えてほんとうによかったとかなんとかいいながら誘いを断った。もう少しで逃げ切れると思ったとき、兄がわたしの手首をつかんだ。距離がぐっと近づくと、兄はビールと銅を含んだ麝香《じゃこう》の匂い、そしてかすかに、なにかが腐って土になりかけている臭いがした。

「思い出すんだよ、グレードスクール（六年制もしくは八年制の小学校）、ハイスクール、それから大学のクラスメートのことを」とグレッグはいった。「ドラッグ中毒のやつ、詐欺師、離婚したやつ。大人になって、家庭というものから人としてこれ以上ないほど遠く離れてしまったやつは山ほどいる。どうしてそんなことになるのか？　家族が、そいつらの身にふりかかったどんなことよりひどいものだったからだ。それで思い当たった」

「思い当たった？」

「なんだかんだあっても、うちのおふくろと親父はなかなかりっぱな親だったってことだ」「兄貴の口からそんな言葉が出てくるなんて驚きだよ。子どもの頃はべつとして、家族そろって食事することなんて数えるほどしかなかったじゃないか」

「おれがいなかったのは愛情のあらわれだと思ってくれ。それと、おまえが気づいていなかっただけで、けっこう何度も近くにいたかもしれないってことも考えてみてくれ」兄はわたしの手首をぎゅっと握りしめた。

痩せこけているくせに、思ったとおり力は強かった。それこそ骨も砕けんばかりの力だった。グリズリーががっしりと腕に食らいついたも同然で、相手が許してくれないかぎり、わたしはどこへもいきようがなかった。「二人ともいい人だったよ」わたしは歯のあいだから絞りだすようにいった。

「アディオス、チビすけ」

兄が手をゆるめて解放してくれたときには心底ほっとした。重い足取りで階段をおりて駐車場を横切り車のキーを手にしたとき、首筋に刺すような痛みを感じた。ふりむくと、グレッグがいた。二十フィートほどうしろから音もなく抜き足差し足で近づいてきていた。膝を胸に近づけ、肘を頭より上にあげて両手を大きくひろげた格好で。兄は恐ろしく大きな一歩でその距離をぐっと縮めてきた。そしてぴたりと止まり、あのウエイトレスを見ていたのとおなじ目でわたしの顔を見つめた。

「上出来だ」と兄はいった。「森のなかをよたよた歩きまわって、なにか学んだらしいな」

兄は踵《きびす》を返して明かりが灯るモーテルのほうへもどっていった。わたしは兄が階段をのぼるのを待ってから車に飛び乗り、アクセルをいっぱいに踏みこんでその場をあとにした。家まで、長い道のりだった。運転しているあいだじゅうバックミラーをちらちら見ていたのはいうまでもない。

脳がスイッチを切るのを拒否しているせいで寝不足気味の寂寞《せきばく》とした深夜、わたしはバーボンの最後の一杯を飲みながら昔の写真を整理していた。なにも考えずに手を動かしているだけで、かさぶたをつつくとかジグソーパズルをするとか、そういうものに近い感覚だった。なにかがぴたりと正しい位置にはまるまで機械的にピースを回転させつづける。子どもにでも残そうかときちんとまとめるでもなくとってあったたくさんの写真のなかに、あの六八年の恐怖湖での最後の日のショットがあった。最初は〝黒の峡谷〟でみんなで手をふっている三家族(父はいない)の写真、そしてみんなが一列になって山道をのぼっている写真が数枚。わたしはそれをコーヒーテーブルに並べて、かなり長いこと見つめていた。わたしがとらえたのは少しピンボケのぼうっとした、三家族とはべつの人影だった。目がいいからだろう……それに悪化しつづける偏執症の影響で恐ろしい本能が研ぎ澄まされていたせいもあったかもしれない。いちど見えてしまったら、もう元にはもどれない。もどりっこなし。子どもの頃は、そんなふうにいっていたものだ。父は木の枝にぶらさがっていた——ごちゃごちゃした背景を隠れ蓑《みの》にした大きなゆがんだ姿。ふくれあがった体軀《たいく》、ひょろ長い手足、がっくりと落ちた顎。とても人間とは思えない体型だが、まちがいなく父だった。父の視線はまっすぐカメラに向けられ、左腕はだらりとぶらさがり、黒灰色の指がなにも知らずに鬱蒼とした松林のあいだの細い山道を進む子どもたちの髪を引っ張っている。そのくちびるがのたくっていた。

イーニー。ミーニー。マイニー。モー。

（小野田和子訳）

スキンダーのヴェール

ケリー・リンク

ケリー・リンク（Kelly Link）は一九六九年フロリダ州生まれ。一九九八年の「スペシャリストの帽子」で世界幻想文学大賞短編部門を受賞したほか多数の受賞歴があり、ジャンルと主流文学の垣根を越えて高く評価されている。邦訳書に『スペシャリストの帽子』（ハヤカワ文庫FT）、『マジック・フォー・ビギナーズ』（ハヤカワepi文庫）、『プリティ・モンスターズ』（早川書房）がある。夫ギャヴィン・グラントとともに出版社Small Beer Pressを経営していることでも知られる。

（編集部）

むかしむかし、四年生の夏になっても卒論を書き終えていない学生がおりました。専攻はなんだったのかって？　この話にとっては本当に些細《ささい》なことですが、その書きかけの論文の題名は「反応時間に影響する項目変数と指数の予備的分析」だった、といっておきましょう。

六月のなかばになっても、アンディ・シムズには、使いものになる部分がせいぜい六ページしかありませんでした。昨年、つまり完成した卒論がまだ単なる絵に描いた餅ではなく、自分のために選んだ立派な道に沿って生える多くの木の一本目、その枝になった実のうちでいちばん下にあるものに思えたころに細心の注意を払って立てた予定によると、この時期には草稿を完成させて、助言者たちから的確な意見をすでにもらっているはずでした。六月は、そのさし招く優雅な木々の陰でのんびり書き直しに勤《いそ》しんでいるはずだったのです。

この仕事をやり終えていないのには、いくつか理由がありましたが、それらが正当な理由でないことは、アンディが真っ先に認めたでしょう。なにより邪魔だったのは、レスターとブロンウェンでした。

アンディのルームメイトのレスターもＡＢＤ（論文未修了者）でした。レスターの専攻は教育学と人文科学。彼とアンディはうまが合うわけではありませんでしたが、レスターは気づいていないようでした。レスターはセックスに溺れていて、なにごとにもろくに気づかないのでした。二カ月前、飲みものを調達に行ったワワ（コンビニエンス・ストア&ガソリン・スタンドの大手企業）でブロンウエンという名の物理療法士と出会い、それ以来ずっとファックしていたのです。黙示録的な終末が目前に迫っているのに、それを知っているのは、いまのところレスターとブロンウェンだけと思わせるようなファックでした。セックスのにおいが、センター・シティのアパートメントに充満し、アンディは自分が発酵しているような気がしてきました。ちょうど塩水に漬かったピクルスのように。音も聞こえてきました。皿洗いをするあいだ、夕食をとるあいだ、バスルームへ行く途中、アンディはノイズ・キャンセリング・ヘッドフォンをつけました。ちなみに、バスルームでは、使い道のさっぱりわからない大人のおもちゃを二度見つけました。彼はいま人生で最高の体型をしていました。ブロンウェンが来るたびに、ジムへ行って、これ以上は無理というまでウェートをあげるのです。スカイルキル川遊歩道に沿って長距離を走るのです。それでも、帰宅すると、レスターとブロンウェンは、（アンディが幸運なら）レスターの部屋に閉じこもってファックしているか、ファックを再開する前の短い休憩をとっているかでした。

アンディは人の幸福をねたみはしませんでしたが、しあわせすぎるにもほどがあるとは思いました。セックスにふけるにもほどがある、と。レスターが絶頂に達したときに立てるさまざまな音を知ったことにも腹が立ちました。ブロンウェンにも腹が立ちました。彼女のルームメイトたちは、アンディほどには境界線を侵犯されてないようでしたから。

彼女が愛すべき人物であることはまちがいありません。アンディは、彼女の目をのぞきこむのが苦手でした。彼女に訊いてみたい質問がいくつかありました。ひと目惚《ぼ》れだったのか？　あの日、ワワの冷蔵庫コーナーに立っていた運命の瞬間、レスターの魂が言葉を使わずに彼女の魂に話しかけてきたのか？　いつもこれほど深く、これほどすみやかに、これほど多くの音と熱気と奔放さをともなって愛すのか？　というのも、アンディがレスターのルームメイトになってかれこれ四年が経《た》ちますが、二、三度の冴《さ》えない酔っ払ったうえでの交情をのぞけば、レスターはずっとひとり身で、それで平気でいるように思えたからです。いうまでもありませんが、レスター自身の卒論をアンディが話題にするたびに、レスターは順調この上なしといいはりました。本当でしょうか？　心の奥底で、アンディは本当であることを恐れていました。旧友のハンナに電話でこの件を洗いざらいぶちまけました。頼みがあるといって彼女が電話してきたときに、滔々《とうとう》と口からこぼれ出たのです。

「じゃあイエスね」ハンナがいいました。「やってくれるわね」

「イエスだ」とアンディ。それから、「これが悪ふざけじゃないかぎり。でも、頼むから悪ふざけはよしてくれ。ここから出ないといけないんだ」

「悪ふざけじゃないわ」とハンナ。「神に誓って。あんたに尻ぬぐいをしてもらうの」

ふたりが最後に顔を合わせたのは、すくなくとも二年前。彼女がインディアナ州のさる農業カレッジの社会学部に助手《アジャント》の地位を得て、ボストンを去る前の朝でした。「トウモロコシのおまけ《アジャント》」彼女はそういうと、たてつづけに三度シュートを決めました。彼女は仲間内で最高のディフェンダーでしたが、それでどうなったでしょう？　だれも聞いたことのない学校での三年契約。アンディは、そのことでしばらく優越感に浸ったのでした。

昨日、とハンナがいいました。カリフォルニアにいる離婚したばかりの姉が、自宅の屋根から落ちたの。入院してる。幼い姪《めい》ふたりの面倒を見るために、自分は明日の飛行機に乗る。姉の友人はそろいもそろって信用できないろくでなしか、自分の厄介ごとで手いっぱいかだ。姉の別れた旦那はオーストラリアにいる。これから三週間、ヴァーモントでの留守番仕事をだれかに代わってもらわないといけない。それが彼女のいったことでした。

「なにもないところのどまんなか。町の外にあって、いちばん近い町は、じつは町でもなんでもないの。交通信号さえない」とハンナ。「雑貨店はないし、図書館もない。道を行ったところに、ビールと電球と朝食のサンドイッチを買える店があるけど、お勧めはしない」

「車を持ってない」とアンディ。

「わたしだって持ってないわよ！」とハンナ。「車はいらないわ。日用品の注文をつづけてるから、買い出し用の車はいらない。セントオールバンズのハンナフォードから毎週火曜に配達してもらってる。変更があれば、メールを送るだけでいい。それに冷蔵庫にいろいろ残していくわ。卵、ミルク、サンドイッチ。コーヒーはたっぷりある。明日の午後五時にウーバーが迎えに来るの。三時ごろには来られる？　前もって地図を描いたの。だいたい七時間でここへ着くはず。指示を送るわ。三時には姿を見せて。引き継ぎをして、知らなきゃならないことを教えるから。でも、心配ないわ！　やることはたいしてないの。じつをいうと、ふたつだけ」

「事前告知はちゃんとしてくれよ」とアンディ。

「あんたのヴェンモ（個人間送金アプリ）の番号は？」ハンナがいいました。「いますぐ九百ドル送る。三カ月分の給料の半分よ」

アンディはヴェンモの番号を教えました。これまで彼がヴェンモした最大の額は、ええと、四十ドルぐらいでしょうか？　しかし、九百ドルが即座にはいりました、耳をそろえて。

「それじゃあ」とハンナがいいました。「ここへ来て。明日、三時までに。もしすっぽかしたら、あんたを狩り立てて、両脚の骨をとりはずすと約束するから。頼りにしてるわ、おばかさん」


片道のレンタカーをググっていると、ブロンウェンがキッチンにぶらりとやってきました。レスターの古いアカペラTシャツ（クエーカー・ノーツ）を着て、レスターのさらに古いボクサー・ショーツをはいています。彼女は冷蔵庫からイングリング（クラフト・ビール）をとりだし、ポンとあけると、アンディのうしろに立ち、スクリーンをのぞきこみました。

「旅行するの？」彼女がいいました。うらやましげな口調です。「いいわね」

「まあね」とアンディ。「そんなとこ。月末までヴァーモントで留守番の代わりをすることになって、明日の午後からなんだ。なにもないところのどまんなかで、たとえバスに乗ったとしても、まだ一時間は歩かなきゃならない。それで車を借りようかなって」

「それはよくない考え」とブロンウェン。「レンタカー業者にぼったくられるだけ、とりわけ夏はね。あたしは車があるし、つぎの二日は非番なの。レスターとふたりで送ってあげる」

「せっかくだけど」とアンディ。彼はブロンウェンとレスターと同じ部屋にいるのを避けようとしてひと月の大部分を過ごしてきたのです。彼女は気づいてないのでしょうか？「なんで？　なんでそんな親切にしてくれるんだ？」

「夏じゅうレスターの重い腰をあげさせて、どこかへ行かせようとしてきたのよ」とブロンウェンがいいました。「とにかくイエスといって。話はついたって彼にいうから。それなら彼も逃げられない。それでいい？　あなたを降ろしたら、帰り道のどこかでキャンプする。湖なんかいいかも、ヴァーモントには湖がたくさんあるんでしょう？」

「考えさせてくれ」とアンディ。

「なんで？」とブロンウェン。

じつは、考えることなどありませんでした。「わかった」アンディはいいました。「よし。きみがそれでよくて、レスターがそれでかまわないなら」

「決まりね！」ブロンウェンがいいました。アンディの役に立てるという見通しに心から喜んでいるようでした。「家へ帰って、テントをとってくる」

日が暮れるまでレスターを避け――ブロンウェンが、だいじょうぶよと請けあったにもかかわらず、レスターは明らかに不機嫌でした——参考書と資料の山に目を通して過ごしました。しまいにバックパックひとつとキャンヴァス・バッグ三つを荷造りしました。下着と靴下、トレーナー、最後のきれいなTシャツ二枚、ランニングパンツ、替えのジーンズにラップトップとプリンタと紙束をくるんでジム・バッグに突っこみました。防水ジャケットとティンバーランド（商標。防水ワークブーツで有名）一足とウェート。定期的にマサチューセッツ州に遠征して、いろいろな大麻ショップをまわり、商品を仕入れて、ほどほどの儲《もう》けを上乗せして地元で売りさばいている男が通りの先にいました。アンディはじっくり品定めしてから、ハンナにもらった金のうち百ドルをブツに費やしました。すこし考えてから、感謝のしるしとして、ブロンウェンに贈るベティズ・エディズのタンゴ・フォー・ピーチー・マンゴー・グミもひと袋買いました。

というのも、アンディが恨んで当然の相手は、本当はレスターだったからです。たとえば、アンディが帰宅していて、すぐ隣の寝室にいることを知らずに、レスターがアンディについてブロンウェンに大声で不平をこぼしていたときがありました。「悪いやつってわけじゃない。鼻持ちならない気どり屋だけど。あいつは、なにもかも細かく計画しないと気がすまない。でも、そうするのは、欲しいか欲しくないかを考えずにすますためだけ。あいつはなにが欲しいのか？　だれも知らない。アンディ本人が知らないのはたしかだ。内面生活ってものがない。無意識とイドについてどういわれてるか知ってるか？　屋根裏と地下室。人の行かない場所。アンディの心を絵に描いたら、自分の住んでいる家の外に立っているアンディになるだろう。あいつはなかへはいらない。ドアをノックさえしない」

レスターにしては含蓄のある言葉だ。アンディはそう思いました。それはともかく、レスターは心理学者ではありません。彼の専攻とはほど遠いのです。

彼はしばらく会っていない友人ふたりにテキスト・メッセージを送り、外出して、レスターとブロンウェンはヴァーモントをめぐって喧嘩《けんか》するか、ファックするか、平和にネットフリックスを見るかさせておくことにしました。世間へ出るのはいいことです。あるいは、もしかしたら、明日にはヴァーモントにいて、本当の仕事を片づけるのにどうしても必要な時間も空間もあるのだと知っているから気分がいいだけかもしれません。その家と家主にまつわる疑問すべてに対しては、「見当もつかない！　まったくなにも知らないんだ！」といいつづけるだけでした。そして謎めいた冒険のとば口にいるのだと思うと、やはりじつにいい気分でした。ハンナに再会するのも悪くはないでしょう。

まるでこの考えに呼ばれたかのように、テキストの着信で携帯がブーンと鳴りました。

《まだちゃんと来られる？》

《荷造り完了》と彼は返信しました。《だから、行けると思う》

《きっとここが大好きになる。約束する。じゃあ、明日。三時必着!!!》

予定では遅くとも午前六時には出発するはずでした。出遅れたのは、レスターが予備の吸入器、ついで虫除《むしよ》けスプレー、ついで缶切りを見つけるのに手間どり、それから二杯目のコーヒーを淹《い》れたがり、リサイクル品とゴミを出したがり、メールをチェックしたがったからでした。車に乗りこんだときには八時になっていて、当然ながら、六七六号線のランプに着きもしないうちに渋滞にはまりました。レスターは車に乗りこんだとたん、眠りに落ちました。

ブロンウェンが、リアヴュー・ミラーを確認しながらいいました。「八七号線に乗りさえすれば、遅れはとりもどせるわ」

「そうだね」とアンディ。「ああ、そのとおりだ」彼はハンナに《急行中》とテキストを送り、エアポッドを着けて、目を閉じました。また目をあけると、ニュージャージーで停車していました。時刻は十時半。携帯によれば、これで遅れは五時間です。

アンディがガソリン代を払い、「運転しようか」といいました。

「いや、だいじょうぶだ」とレスター。「まかせとけって」しかし、彼はサーヴィス・エリアからの出口をまちがえ、北ではなく南へ向かったので、五マイル引き返してからまた正しい方向へ進むはめになりました。

助手席のブロンウェンがふり返り、アンディの顔色をうかがいました。「いちど九五号線で出口を見逃して、DCを通り過ぎたんで、ぐるっと大まわりしてもどったことがある。大きな輪になるのよ。思ったよりもはるかに大きかった」

八七号線にはトラックがたくさんいて、そのすべてがレスターよりも速く走っていました。パトカーは見当たりません。

ブロンウェンが、「兄弟か姉妹はいるの？」といいました。

「いない」とアンディ。

「出身は？」

「ネヴァダ」

「行ったことない」とブロンウェン。「帰省はよくするの？」

「たまに」とアンディ。「両親は引退した大学教授。古典とロマンス語。だから、いまはもっぱらクルーズに出て時間を過ごしてる、教育関係のやつだよ。船室と多少の現金と引き換えに講義をしたり、セミナーを開いたり。ちょうどいまはラインの川くだりのさいちゅうだ」いや、それは十二月でした。両親がいまどこにいるのか見当もつきません。ギリシャでしょうか？　サルデーニャでしょうか？

「すごいわね」とブロンウェン。

「ふたりとも二回ノロウィルスにやられた」

「それでも」とブロンウェン。「クルーズに行きたいな。それにいちどノロウィルスにかかったら、一年くらいは免疫ができるし」

「両親もそういった」とアンディ。「本当は最初にノロウィルスにやられたあと、だいぶ落ちこんでたけど」

「その友だち」とブロンウェンがいいました。「ヴァーモントの友だちだけど、名前は？」

「ハンナ」

「デートしたことは？」

「ない」とアンディ。

「ある」とレスター。

「あれは本当のデートじゃない」とアンディ。「しばらくつきあってただけだ」

「で、それからハンナはどこかの乳牛カレッジへ教えに行った」とレスター。「アンディはそれ以来だれとも寝ていない」

「本気で卒論に集中しようとしてるだけさ」とアンディ。レスターを避けるあまり、レスターを避けるべき本当の理由を忘れてしまうときがあります。ブロンウェンとセックスだけではありません。レスターだけでも、理由は山ほどありました。

「なるほど」とブロンウェン。「それならいろいろと納得できる。ときには気を散らさないでいることが大事だよね」

彼女は本当にとても、とてもいい人でした。レスターとはちがいます。「兄弟か姉妹はいるの？」

「いない」とブロンウェン。「あたしだけ。両親はフィッシュタウンにいる」

「そいつはすてきだ」とアンディ。フィッシュタウンは、お洒落《しゃれ》な喫茶店や改修されたテラスハウスが建ち並ぶところです。

「まあね」とブロンウェン。「ママのママの家。でも、売りに出すっていってる。固定資産税がとんでもないの。でもね、家を売ったら、離婚することになって、夫も家も失うんじゃないかってママは心配してるみたい」

「気の毒に」とアンディ。

「やめて」とブロンウェン。「それだと、パパがろくでなしってことにならない?」

「そいつは保証する」とレスター。

「黙りなさいよ」とブロンウェン。「あたしはそういってもいいけど、あんたがいってもいいわけじゃない」

「なんにしろ」とレスター。「きみはおれを愛してる。ひと目惚れってやつだ。クープ・ド・フドル」

「あなたが大好きよ」

「彼女は愛してるってことを信じないんだ」レスターがアンディにいいました。「彼女がおれといるのは、たんにおれが幽霊除《よ》けだからだ」

「信じようと信じまいと、彼はあたしのふだんのタイプじゃないの」とブロンウェン。「じつをいうと、女の子のほうに惹《ひ》かれるのよね」

「話をもどそう」とアンディ。「幽霊除けってとこまで」

レスターがいいました。「ええと、おれたちはワワで会ったんだよ。冷蔵庫にはイングリングの六缶パックがひとつしかなくて、おれが買った。そうしたら、おれがカウンターにいるあいだにブロンウェンがやってきて、もっとないかと店員に訊いたんだ。あったんだけど、冷えてなかった。それでおれが彼女を誘って、おれたちはよろしくやって、彼女はその夜を過ごすことになった。でも、いつかの時点で彼女がこういったんだ。きっと別れるはめになる。なぜかというと、しまいには行く先々にある存在、ある幽霊が姿をあらわすから、仕事かなにかでその場を離れるわけにいかないかぎり、自分はさっさと出ていくからだって。でも、幽霊は姿をあらわさなかった。おれといっしょのときは、決して姿をあらわさない。だからなんだよ、おれたちが、のべつ幕なしにいちゃつくようになったのは」

「幽霊が姿をあらわすってのはどういう意味？」とアンディ。

「ただそういうことが起きるの」とブロンウェン。「子供のころからずっと。十四歳の誕生日のすぐあと。どうして起きるのかや、どうしてはじまったのかはわからない。そいつはほかのだれにも面倒をかけない。ほかのだれの目にも映らない。あたしの目にだって映らないのよ！　本当のところ、幽霊かどうかもわからない。それはただの、ええと、存在するもの。あたしがどこかへ行くと、そいつもそこにいる。なにもしない。そこにいるだけ。それはいいものだ、守護霊みたいなものだ、とママによくいわれた。でも、そうじゃない。それは恐ろしいもの。あたしが部屋を出るか、よそへ行くかすると、すぐにはついてこないけど、最後にはまたあたしといっしょにいる。一カ所に長くいると、たとえば長いこと眠ったとすると、目をさませばそいつがいる。そう、いるのよ。おちおち寝てもいられない。でも、レスターといっしょに家に行って、彼のベッドで眠りに落ちて、目がさめたら、いなかった」

「幽霊除け」とレスターがおつにすましていいました。すぐ前には、時速六十五マイルも出していない車がいました。レスターはそのあとについていくだけでした。

「永久に去ったのかもしれないと思った」ブロンウェンがいいました。「でも、家に帰って、シャワーを浴びたら、すぐに姿をあらわした。そう、去ってなかった。でも、レスターといると、いつだって寄りつかない。まあ、そういうこと」

「信じられない」とアンディ。

ブロンウェンはまた前を向いていました。「信じてもらえなくても当然ね」と彼女がいいました。「でもね、世のなかには夢にも思わないようなものがあるの」

「信じないわけじゃない」とアンディは言葉を濁しました。

しかし、これではブロンウェンを満足させられなかったようです。彼女がいいました。

「まあ、とにかく、説明できない変テコリンなことは、あなたの身にだって起きたことがあるはず。変テコリンなことは、だれの身にも起きるのよ」

「おれは別だけど」とレスター。

「でも、それがあんたの変テコなとこ」とレスターの腕を軽くたたきながらブロンウェンがいいました。「もしあんたの身に変テコなことが起きないんだったら、それはかなり変テコ」

アンディがいいました。「いちど子供がうちのドアをノックして、応対に出たら、その子には頭がなかった」

「そうだった」とレスター。「去年のハロウィーン。その子にトッツィー・ロールをやった」

「ふたりとも、どうしようもないまぬけね」ブロンウェンがいいました。彼女はアリアナ・グランデをステレオにかけ、首をのけぞらせると、目を閉じました。どうやら幽霊よりもまぬけのほうが無視しやすいと悟ったようでした。

三時ごろ、幹線道路を降りてすぐのところにあるマクドナルドで止まりました。地図アプリによれば、家に着くのは四時十五分ごろになりそうです。アンディは外のテーブルにつき、ハンナにテキストを送りました。すぐに彼女が電話してきました。「ギリギリじゃないのよ、このまぬけ」

「ごめん」アンディはいいました。「でも、ぼくの車じゃないから、どうしようもない」

「とにかく、引き受けてもらったから、あんたには借りがある。まずいわよ。こんなふうに出ていくはめになったのは。これはおいしい仕事なの。頼むから、へまをしないで、おわかり?」

「お姉さんの具合は?」

「まあまあかな。よく効く痛み止めを呑みたがらないの。その薬でひどい目にあったことがあるから。それで、だれにとっても楽しいことになる。あら、彼女から電話。すぐに会いましょう」

ブロンウェンが出てきて、ピクニック・テーブルの天板にすわりました。チョコレート・ミルクシェーキの残りにフライド・ポテトを浸しています。

アンディはいいました。「送ってくれて、どれほど感謝してるか、言葉にできないくらいだ」

「お安いご用よ」とブロンウェンがいい、首をのけぞらせて、太陽を仰ぎました。彼女は全身が金色がかった黄褐色でした。髪も肌も。前腕と脚は金色の産毛《うぶげ》に覆われています。幽霊がどこへでも彼女についていく理由が、アンディにはわかる気がしました。ハンナは長身で、青白く、そばかすがあって、好きな相手にも意地の悪いところがありました。とはいえ、愉快な人でした。気分しだいで髪の色を変えました。最後のインスタグラムの投稿では、彼女の髪は茶色で、赤とピンクの縞《しま》が二本はいっていました。ちょうどケーキのように。

「あっ」ブロンウェンがいいました。「あらあら、早かったわね。ふだんよりだいぶ早かった」

彼女はミルクシェーキを落としていました。たくさんこぼれないうちにアンディが拾いましたが、返そうとすると、ブロンウェンは受けとろうとしませんでした。彼女は数フィート離れた歩道の一角を見つめていました。

「なに？」アンディはいいました。「どうかした？」

ブロンウェンが、「レスターの用がすんだかどうか見てくる」といい、テーブルから飛びおりると、マクドナルドの店内にもどりました。

アンディはなにかを感じたでしょうか？　なんらかの存在を？　彼は――判断できるかぎり――ブロンウェンがじっと見つめていた場所まで行ってみました。なにもありません。つまり、ブロンウェンはなんらかの精神的健康上の問題をかかえているけれど、ヴァーモントまでの道のりの大半を運転して送ってくれたということでしょう。「おまえが現実だとはちっとも思わない」彼はいいました。「でも、現実だとしたら、立ち去って、ブロンウェンをわずらわせるのをやめてもいいんだぞ。彼女はいい人だ。幽霊につきまとわれるいわれはない」

彼にできるのは、せいぜいこれくらいに思えました。どうなっているかを確かめに店内へはいると、ブロンウェンがブース席にいて、両腕に顔を埋め、レスターがその背中をさすっていました。アンディは、彼女のためにアイス・ウォーターをとりに行きました。

ようやく彼女が上体を起こして、ひと口飲んで、「ごめんなさい」といいました。

「気にしないで」アンディはいいました。「でも、出発したほうがいい。ハンナの迎えが来る前に着かないといけないんだ。ギリギリになるのは避けたい」

「おいおい」レスターがいいました。「休ませてやれよ」なんと彼はアンディに腹を立てているようです。彼がブロンウェンを信じているということでしょうか？　幽霊がいるということを？

「ああ」アンディはいいました。「もちろんだ」彼は洗面所へ行って用を足し、出てくると、レスターとブロンウェンはブース席にいませんでした。車にもいなかったので、ようやく家族用の化粧室にいるにちがいない、と思いあたりました。なぜなら、マクドナルドの店内にはほかにだれもおらず、化粧室の鍵がかかっていたからです。ふたりが出てくるまで、また二十分近くかかり、どうやら幽霊は待つのに飽きて、立ち去ってしまったようでした。というのも、車にもどったとき、ブロンウェンはずいぶん機嫌がよくなっているように思えたからです。それをいうなら、レスターも。

その直後にアンディの携帯は圏外になりました。きっとそれがいちばんよかったのでしょう。なぜなら、ブロンウェンは制限速度をすくなくとも十マイルは超過して残りの道のりを飛ばしたのですが、ハンナに教わった住所に着いたときは五時をとっくにまわっていたからです。

ハンナが留守番をしていたところは、二車線の幹線道路――この二時間たどってきたようなやつ――を降りたところにありました。未舗装の道の両側に石の台座がふたつありましたが、なにも載っていませんでした。木がたくさん生えていました。アンディは木についてあまりよく知りません。もっと数がすくなければ、気にしなかったでしょう。六マイルほど行ったところに最初のわき道があり、それはハンナの指示にあったとおりでした。そのまま進めば、サンドイッチとガソリンが手にはいる店まで行けます。つまり、行き過ぎてしまうということです。けれども、ハンナの指示は明確で、いちども迷いませんでした。にもかかわらず、彼らは遅刻して、ハンナはとっくにいなくなっていました。

どこもかしこも木が生えているので、わき道からはなにも見えませんでした。トンネルにはいるようなものでした。白い砂利を敷いた狭い道の上で木々が湾曲した屋根と壁になっているからです。しかし、やがて小さな空き地に家が忽然《こつぜん》とあらわれました。絵に描いたような美しさです。幅広い灰色の板石を三つ重ねて、二本の白い柱にはさまれた緑のドアへ通じる階段にしてあり、その上にはとがった破風《はふ》。家そのものは明るい黄色で、多くの窓がある二階建てです。家の裏には、もっと木がありました。

「いいとこね」とブロンウェンがいいました。「すてきだわ」

アンディの携帯はあいかわらず圏外でした。これからの展開はいくつかあるように思えました。ひとつは、ハンナのウーバーが遅れた。緑のドアが開いて、ハンナが出てくるというもの。もうひとつは、いっさいが手のこんだいたずらだとわかり、ドアが開くと、見知らぬ人がそこに立っているというもの。けれども、じっさいに起きたのは、彼が車から降り、階段を登って、ドアに貼ってあるメモを目にしたというものでした。こういう文面です——**もう待てない。空港から電話する。指示を書いて、カウンターの上に置いていく。その指示にしたがって。**

アンディはドアを試しました。鍵はかかっていませんでした。ブロンウェンとレスターが車から降りて、トランクから荷物を出しはじめました。

「間に合わなかったみたいね。三十分くらい?」

アンディがいいました。「しばらく待ってたんじゃないかな」

「いつも思ったよりも時間がかかるものよね」とブロンウェン。アンディにはそのとおりに思えましたが、それは問題の一部でしかありません。

レスターがいいました。「さてと。アンディの荷物を家に放りこんで、出発しようぜ。予約したキャンプ場の近くにメイプルＩＰＡ(ビールの一種)を作ってる砂糖工場があって、今日は火曜だから、六時半に閉まるんだ」

「ここに泊まってもいいんだよ」とアンディ。「ベッドで寝られるのに、どうしてキャンプするんだ？」

「ねえ、アンディ」とブロンウェン。「親切はありがたいけど、今回でいちばん大事なのはキャンプすること。ベッドではいつでも寝られるでしょう」

「たしかに」とアンディ。「ごもっとも。行く前にちょっと見ていかないか？　それとも、バスルームを使いたくない？」

「ほらよ」とレスターがいいました。アンディにパックパックを渡してから、ジム・バッグとほかのものをとりに車へもどります。彼の物腰には、アンディが彼とアパートメントを共有するのにうんざりしているのと同じくらい、レスターのほうもうんざりしているのだと思わせるものがありました。

ブロンウェンとアンディはポーチに残りました。ドアごしに、間仕切りのないリビングルームが見えました。中央の暖炉と灰色火山岩を積みあげた煙突のまわりに家具調度が並べられています。いまは夏でしたが、暖炉のわきには薪がうずたかく積み重ねてありました。なにもかもが心地よさそうで、ちょっとだけ使い古されているように見えました。なかへはいらない理由はありません。

「せめて水の一杯でも」とアンディ。

「いらない」とブロンウェン。きっぱりした口調でした。「だいじょうぶだから」

「どういうこと?」とアンディ。「悪い波動《ヴァイブ》かなにかを感じてるの? ここは幽霊にとり憑《つ》かれてるの?」冗談のつもりでした。彼は冗談をいわない質《たち》でした。

「いいえ」ブロンウェンはいいました。「波動はまったくないわ。約束する。それでいいなら、なかへはいりたいと思わないだけ。ただそれだけ」

「そう」とアンディ。彼女を信じてもよさそうだ、と彼は思いました。「オーケイ、わかった」とはいえ、全体として見れば、超自然の権威だと知る前のブロンウェンのほうが好きでした。グミは自分のためにとっておこう、と彼は決めました。

「これで全部だ!」レスターがいいました。「楽しんでくれ、相棒。仕事をたくさん片づけて。二週間後に会おう」

「そうするよ」とアンディ。「地べたで寝るのを楽しんでくれ。さよなら」

ふたりはブロンウェンの車に乗りこみ、レスターがまた運転して、ぐるっと向きを変えると、木立の奥に姿を消しました。下のほうの枝が、車の屋根をいまにもこすりそうでした。フィラデルフィアよりもここのほうが涼しいのですが、別に意外ではありませんでした。冷気は木々に、一枚一枚の葉の下にある小さなポケットに集まるにちがいありません。風はそよとも吹いていませんでしたが、木の葉はじっとしていませんでした。たわんだり、向きを変えたり。小刻みに震える滝となって緑から銀色、そして黒へと変わるのは、まるで大きすぎて全体を見られないなにかの生きもの、うずくまっている生きものの鱗《うろこ》の生えた横腹をちらりと目にとらえているかのようでした。

アンディはキャリア・バッグを拾いあげ、家にはいりました。とても快適な家で、心から歓迎してくれるかのようでした。ハンナが彼のことを思いついてくれたのは幸運でした。アンディは彼女が残していった指示を探しにいきました。

《ここで携帯は圏外》と彼女は書いていました。《ただし、オンラインにすれば別。そうすれば一階でつながるはず。二階はあまり状態がよくない。ネットワークは見られる。Skinder's Veil《スキンダーのヴェール》。パスワードはなし。頼むからネットにつながないで、テキストを送って。そうすれば、あんたが着いたとわかるから。送ってもらえないと、引き返すしかなくなる。

どこでも好きな寝室で寝て。二階の裏側、左のやつにいちばん寝心地のいいベッドがある。いちばん大きいベッドもそれ。二階のバスルームはちょっと厄介。シャワーを浴びるつもりなら、トイレの水を流さないこと。

金曜日に食料雑貨が届くのを忘れないで。運転手は午前十時ごろに来て、いっさいがっさいをポーチに置いていく。なにかをつけ加える必要があれば、配達品リストとその他もろもろが冷蔵庫の上にある。

嵐が来たら、まずまちがいなく停電するけど、自家発電機がある。まわしているときは、十二時間ごとに給油を欠かさないで。キッチンの裏の小さな物置小屋にしまってある。インターネットは、遅いとしてもおおむね良好。

キャビネットのなかのものは自由に使って。洗濯機は二階で、バスルームの隣。

家主はスキンダー。ファースト・ネームなのか、ラスト・ネームなのかは知らない。変わり者だけど、なんにしろこの仕事は抜群においしいの。留守番にはルールがふたつだけあるんだけど、頼むから真剣に受けとって。たとえば、石板をたずさえて下りてきたモーゼなみに真剣に。会って説明すればはるかに簡単だったけど、あんたはもう大遅刻をしてるから、この家のルールをたたきこませてちょうだい。**ルールはふたつ**。**絶対に破らないで**。

ルールその一! **重要!** スキンダーの友だちが姿をあらわしたら、何時であろうと入れてあげて。それがだれであろうと、なんであろうと。世話をする心配はしなくていい。ただ入れてあげて、なんでもさせて、準備ができたら出発させる。変テコなのがいるかもしれないけど、害はないわ。なかにはかなりイケてるのもいる。あんたが親しくしたくて、向こうもそうしたいなら、親しくしてやって。そうでなければ、親しくしないで。なにもかもあんたしだいよ! 卒論を書きおえなくちゃいけないんでしょう? とにかく、ひとりも姿をあらわさなくっても不思議じゃない。スキンダーの友だちがつぎからつぎへと姿をあらわす夏もあれば、ひとりも見かけない夏もある。今年はいまのところだれも来ていない。

ルールその二! **こっちのほうがもっと重要!!!** スキンダーが姿をあらわすかもしれない。あらわしたら、**絶対に彼を入れないこと**。これは**本人が定めたルール**。なぜかって? 見当もつかないけど、彼がわたしに給料を払って、留守番をさせているあいだは、スキンダーは自分の家にはいってはいけないの。彼がなにをいおうと、入れてはいけない。おかしな話に聞こえるのはわかってる。でも、指を交差させて(幸運を祈るおまじない)。たいしたことは起こらず、スキンダーにはまったく会わないですむように。会ったとしたら、なかへ入れないだけ。単純明快。

アンディ――ここはわたしが世界でいちばん気に入っている場所で、これは世界でいちばん楽な仕事だから、わたしの顔に泥を塗るような真似はしないほうがいい。泥を塗るような真似を考えてるなら、わたしに一インチ刻みに殺されるってことを考えはじめてるのと同じよ。

愛してる、ハンナ。

追伸。夜中に外を見て、そこらじゅうの地面から霧が湧いてきていても、びっくりしないで！　この辺には天然の泉がたくさんあって、敷地に地下水がたっぷりあるの。その霧は自然現象。スキンダーのヴェールと呼ばれていて、それは家の名前でもあるわ。この家は長いあいだスキンダー一族のものだった。ついでに書いておくと、ここの水は井戸から来る。水源は泉だから、おかしな味がするけど、体にはよさそう。「あなたの内なる目を開いて」くれるらしいわよ、これは受け売り。だから、基本的に、無料のドラッグってこと！　味が気に入らない場合にそなえて、ペットボトルの水がたくさん用意してあるけど、わたしはいつも蛇口から水を飲むだけ。

追伸の追伸。真剣な話、スキンダーが姿をあらわしたら、彼がなにをいおうと、家のなかへは入れないで》

アンディは書き置きをポケットに入れ、「考えることが山ほどある」と声に出していいました。これは、彼が学部学生だったころ、教育助手のひとりが毎回授業の終わりにいう口癖でした。ある種の訛《なま》りがあり、ハンナとアンディは学期じゅう笑いこけたものです。ふたりは四六時中そういいあっていました。ハンナの卒論の仮題でもありました。その助手の名前をアンディは憶えてさえいません。

携帯でネットワークを見つけ、また数本のバーが立つまで待ちました。ハンナのテキスト・メッセージがありました。しだいに半狂乱になり、やがてそっけなくなっています。三通のヴォイスメール。彼は玄関ドアのバッグのところへもどり、バックパックのなかをかきまわして、グミの袋を見つけました。ひとつ食べて、ハンナにテキストを返信しました。

《着いた！　行きちがいになったんじゃないかな。ほんとにほんとにごめん。かけられるときに電話して。いくつか訊きたいことがある》

ハンナの電話を待つあいだ、新しい住環境を調べました。キッチンとリビングはもう見ました。間仕切りのない空間の片側に農場テーブルが寄せてあり、その正面の大きな窓から苔《こけ》むした石畳の小さな区画が見晴らせます。外ですわりたい場合にそなえてアディロンダック椅子がありましたが、そうしたいかどうか、アンディにはよくわかりませんでした。なにもかもが目のさめるような緑。苔むした石畳、椅子、羊歯《しだ》の生い茂った、急に落ちこんでいる地面、そのすべてを囲んで密生している木、木、木。アンディは、しばらく時間がかかったものの東海岸、つまり、いたるところに木が生えている風景に慣れました。しかし、これは桁ちがいです。ここには木と、この家しかなく、なんであれ木々のあいだに住んでいるものしかいません。小径《こみち》が木立の奥へのびてもいました。興味深いどこかへ通じているのかもしれません。もっと多くの木々があるだけ、ということのほうがありそうですが。

とはいえ、暖炉の反対側の壁に平面スクリーンTVがありました。そういえば、屋根に衛星用のディッシュ・アンテナがありました。これは期待が持てそうです。フィラデルフィアのアパートメントにはTVがありません。リビングには本棚もあり、小さな松ぼっくりのはいった青い陶器の鉢、なんの変哲もない花崗岩《かこうがん》のかたまり、数冊のペーパーバック――大部分はスティーヴン・キングとマイクル・コナリー――が載っていました。家族の写真はなく、感傷的なもの、あるいはここに住んでいるのがどういう人間かうかがわせるようなものはありませんでした。

アンディはプリンタと研究資料をテーブルに置きました。それから小さくまとめた衣服と洗面用具を二階へ持っていきました。寝室は四つ。家の表側にあるふたつのほうが小さくて、ベッドとカーテンは陽気な花柄の生地でできています。片方の部屋は赤と白、もう片方は緑と青。緑と青の寝室に素人《しろうと》くさい絵がかかっていて、川岸に二本足で立つなにかの生きものが描かれていました。そうすると、熊でしょうか？　二本足で立つ動物がほかにいるでしょうか？　しかし、それをいうなら、熊にはふさふさした長い尻尾は生えていません。赤と白の寝室には、絵の代わりに額装されたクロス・ステッチがかかっていて、**西、東、家は野獣**

といっています。ググってみないといけません。

各部屋のベッドの上には優美なベルがふたつ、天井蛇腹のすぐ下にとりつけてありました。ベルの吊り手につながったワイヤが、壁にうがたれた小さな穴の奥に消えています。召使いのベルと呼ばれているものでしょうか？

「考えることが山ほどある！」アンディはそういうと、ほかのふたつの寝室を見にいきました。表の寝室よりもこちらのほうが大きく、天井はかたむいて、ベッドの頭板にかかっていました。ここにもベルがありましたが、絵はなく、なんとなく悪魔的なクロス・ステッチもありませんでした。彼は左手の寝室を使うことにしました。ハンナが勧めていた部屋です。ベッドは丸裸でした。シーツは乾燥機のなかにありました。

アンディは夕食にグリルド・チーズをこしらえ、パスタ・サラダと判明したものをタッパウェアからとり出して食べました。冷蔵庫には白ワインがボトルに半分ありました。それを飲みきって、蛇口の水を試してみると、ちょっぴりカビ臭かったけれど、ハイになれるかもしれません。そのときハンナがようやく電話してきました。

「やっと着いたのね」と彼女はいいました。

「きみのパスタ・サラダをいただいた」とアンディ。「レーズンはいらないかも」

「ママのレシピ」とハンナ。「なにかを食べて育てば、それがお袋の味ってやつ」

「ぼくのはグリルド・チーズだ」とアンディ。「でも、スイス・チーズでないといけない」

ふたりともしばらく無言でした。とうとうアンディがいいました。「ごめん、遅刻して会えなくて」

「気にしないで」とハンナ。「とにかく着いたんだから。まったく姿を見せないかと思いはじめてた。で、どう思う？」

「セーターを何枚か持ってくればよかったと思う」とアンディ。「それであのルールはどういうこと？　スキンダー以外のだれでも家に入れろってことらしいけど、スキンダーってこの家の持ち主なんだろう？」

「まさにそのとおり」

「じゃあ、だれが姿をあらわしても、なかへ入れるのか？　でも、それなら、たまたまスキンダーを入れたらどうなるんだ？　彼に会ったことはなさそうだけど」

「ええと、ちょっと待って」ハンナがいいました。「ああ、忌々しい。会って説明できれば、話はずっと簡単だったのに。あのね、スキンダーの友だちは裏口に姿をあらわすの。キッチンのドア。だから、だれかが姿をあらわして、キッチンのドアをノックしたら、なかに入れる。玄関ドアをノックする人はスキンダーだけ。じっさいはすごく簡単。玄関ドアをノックする人がいたら、なかに入れない」

「彼は鍵を持ってないの？」とアンディ。「自分の家なのに」

「わかってる」とハンナ。「おかしな話よね。そのほうがわかりやすいなら、ゲームみたいなものだと思って。〈カタンの開拓者〉みたいな。さもなければ〈レッドローバー〉！　さもなければ、なんでもいいわ！　ルールがあって、だれもがしたがわないといけない。そういうふうに考えれば、ルールのいうとおりにするだけで、万事がうまくいく」

「わかった。でも、まちがえてスキンダーを入れたらどうなるんだ？」

「さあね」とハンナ。「わたしが夏の仕事を失う？　ねえ、わたしは契約書やらなにやらにサインしたの。払ってもらった分を返さないといけない。それはつまり、あんたに渡したお金を返してもらわなくちゃいけないってこと。とにかく彼を入れないで、わかった？　もし姿をあらわせばだけど、そんなことはまずない。この仕事をしばらくやってるけど、彼が姿をあらわしたのは三度だけで、最初の夏にいちど、一昨年の夏に二度。玄関ドアをノックするから、入れないこと。わたしは入れなかった。入れてくれと頼まれたけど、入れなかったから、彼はまた行ってしまった。ちょっと変テコだった、とりわけ二度目にもどってきたときは。でも、だいじょうぶだった。あんたもだいじょうぶ。彼を入れないだけの話」

「わかった」とアンディ。「それで、彼の外見はどんな感じ？」

「スキンダーのこと？」とハンナ。「ええと。彼だってわかるわ。頭がおかしいと思われるから説明はしないけど、わかるのよ。ただわかるの。たとえば、彼はいつも犬を連れてる。小さな黒犬。だから犬を見れば、彼だってわかる」

「犬を連れてなかったらどうするんだ？　それとも、犬が死んでいたら？　去年は会わなかったんだろう。犬は死んだかもしれない」

「本当いうと、それはどうでもいいの」とハンナがいいました。「彼の外見を知らなくたって、彼だとわかるわ。玄関ドアへやって来るのは彼ひとり。玄関ドアからだれも入れさえしなければ、万事がうまくいく」

「玄関ドアからはだれも入れない」アンディはいいました。カビ臭い水をもうひと口。ひょっとしたら、その味が好きになるかもしれません。「でも、裏のドアをノックする人がいたら、入れてやらなくちゃいけないんだよね？」

「そのとおり」とハンナ。

「じつはよくわからない」とアンディ。「一杯食わされたような気がする。なんというか、ただの留守番だと思った。昨日、きみは電話でほかのことにいっさい触れなかった」

「ええ」とハンナ。「あのときこれを持ちだしたら、せっかく絶好の機会をさし出してるのに、あんたが逃すのはたしかだと思ったから。それに姉さんのところへ行けるようにするために、どうしても、どうしてもあんたに来てもらわなくちゃいけなかった」

「じゃあ、これは本当に手のこんだいたずらじゃないんだ」とアンディ。

「あんたに九百ドル払って、人里離れた家にいさせるようにしてるのよ。ようやく卒論をちゃんと書き進められるところに」とハンナ。「これがいたずらに思える？」

「考えることが山ほどある」とアンディ。

「考えることは山ほどあるわよ、おばかさん」とハンナ。「一日か二日したら電話する、それでいい？　飛行機に乗り遅れちゃう」

「気をつけて行っといで」アンディはいいました。しかし、電話はもう切れていました。

冷蔵庫の奥に高級ＩＰＡの六缶パックがあり、流しのわきのカウンターにレッド・ヴァインズ（リコリスのグミの商標）のはいっている広口瓶がありました。彼はそれをふたつとビールひと缶を持ってリビングまで行き、農場テーブルにつきました。ラップトップの電源を入れ、ハンナと、ルールと、この家の家主のことは頭から締めだしました。ブロンウェンと、彼女のあとをついてくると彼女がいうものも頭から締めだします。彼女がなにを感じたり、考えたりしているにしろ、それは現実ではありません。だれかのあとをついてくるものなどありません。彼はなにも感じませんでした。もしなにかがいるとしても、まあ、ここにはいないでしょう。それは彼女の幽霊であって、彼の幽霊ではありません。だからブロンウェンの行く先々にあらわれて、レスターがいないときを待っているのです。

　アンディはさまざまな研究における罰則つきスプライン関数を比較して一時間働きました。やがて、食べたものがとうとう効いてきました。あるいは、ひょっとすると、彼のスプライン関数と、思考と、その日の奇妙なことすべてから来る興奮を静めたのは、蛇口の水だったのかもしれません。彼はTVを見て、九時になると二階のベッドにはいりました。ひと晩ぐっすり眠り、ブラインドを閉め忘れたので、いちどだけ目をさましました。窓から陽《ひ》が射《さ》しこんでいて、部屋じゅうを幸先《さいさき》のよい金色に染めあげていました。

　つづく二日間は卒論に手をつけませんでした。もっとも、朝食のあとにとりかかろう、昼食のあと、夕食の前に、と自分にいい聞かせていたのですが。論文にとりかかる代わりに、うたた寝をし、ドラッグでハイになり、マインクラフトで遊び、筋トレにはげみました。夕食のあとは古いSF映画を見ました。ベッドにはいるとき、TVはつけっ放しにしておきました。孤独なわけではありません。ひとりでいるのに慣れていなかっただけです。三日目の夜、寝室の窓から外に目をやると、糸のような霧が何本も木々の下の地面から湧きあがっていました。みるみるうちに、これらの霧がひとりでに縒《よ》りあわさって青白い柱となり、やがて濃淡のない鉛色の雲となり、中庭を塗りつぶしました。アディロンダック椅子が縮んでいき、ついには背もたれと肘掛けが白い虚無のなかに浮かぶだけとなりました。アンディは家の表側にある赤と白の寝室へ行き、私道がすでに消え失せているのを目のあたりにしました。こうなるとハンナから聞いていなかったら、この現象を無気味だと思ったでしょう。しかし、完全に自然なことでした。気味は悪いけれど、自然なことです。自然で、たいへん美しくもあります。彼は携帯でいい写真を撮ろうとしましたが、うまくいきませんでした。家から出て、地上で写真を撮れば、もっとましな結果が得られるにちがいありません。しかし、思いついたとたん、その考えを却下しました。自然現象であろうとなかろうと、外へ出て、スキンダーのヴェールと呼ばれるものに膝まで漬かる気にはなれませんでした。

代わりにベッドにはいり、二時間眠ったところで目がさめました。頭上のベルの片方が鳴っていたのです。リンリン、リンリンと。

玄関ドアにはだれもいませんでした。TVがついていました。彼はそれを消しました。ベルはいまだに鳴っていたので、キッチンへ行き、明かりをつけました。裏口に女の人が立っていて、なかをのぞいていました。彼女がベルを鳴らしたにちがいありません。アンディは良識に逆らって、しなければならないとハンナにいわれたとおり、ドアの錠を解いて、彼女をなかへ入れました。

「ああ、よかった」彼女はそういってキッチンに足を踏み入れました。「起こしちゃった？ごめんなさいね」

「かまいませんよ」とアンディ。「だいじょうぶ。ぼくはアンディ。ここの留守番をしてます。つまり、友だちのハンナが留守番してたんだけど、家族に緊急事態が起きて、いまぼくが代わりをしてるんです」

「わたしはローズ・ホワイト」訪問者がいいました。「はじめまして、アンディ」彼女は冷蔵庫をあけ、缶ビールをふたつとりだしました。ひとつをアンディに渡してから、リビングへ向かい、チンツのソファのひとつにすわり、革の大型バッグを床に降ろして、泥だらけのブーツをコーヒー・テーブルの上にどっかりと乗せました。

年上だとしても、アンディとさほど変わらないでしょう。長めで汚らしいブロンドの髪は、まるで何日も櫛《くし》を入れていないかのように見えました。ひょっとしたらバックパック旅行をしていたのかもしれません。とにかく、それでも魅力たっぷりでした。

「一杯つきあって」彼女がにっこり笑いました。前歯の一本がすこしだけ歪《ゆが》んでいます。

「そうしたらベッドにもどらせてあげる」

アンディは缶ビールをあけました。暖炉に面した肘掛け椅子に腰を下ろします。親しくしなくてもいいとハンナにいわれましたが、いっぽう、無作法な真似もしたくありませんでした。彼はいいました。「霧が晴れた」

「ヴェールのこと？　たいていそう」とローズ・ホワイト。「あのなかへ出るのはお勧めしない。あっという間に迷っちゃう。スキンダーの家のあがり段にちゃんと着いて、自分でもびっくりだわ。てっきり、あさっての方向に進んでいると思った」

「近くに住んでるの？」とアンディ。こんな夜更けに外にいた理由を尋ねるのは無作法に思えました。「ハンナは夏が来るたびに来て、留守番をするんだ。もしかして会ったことがあるんじゃない？」

「へっ」とローズ・ホワイト。「大いに疑問！　じつは、数年ぶりなの。ええと。最後に会った留守番はアルマだった。それとも、アルバ。でも、たいして変わってないわね。スキンダーの家はたいして変わってない」

「じつをいうと、スキンダーのことはよく知らないんだ」とアンディ。「本当は、なにひとつ」

「複雑な人よ」とローズ・ホワイト。「ルールは知ってるんでしょう」

「そうだといいけど」とアンディ。「彼が家へ来たら、なかへ入れてはいけないことになってる。なにかの理由で。彼がどういう外見かは本当に知らないけど、彼は玄関ドアにやって来る。だから、彼だとわかる。でも、裏口へだれか来たら、入れてあげる」

「それだけ知ってればじゅうぶん」とローズ・ホワイト。ブーツのひもをほどきはじめ、

「ビール、飲まないの?」

アンディはビールを置きました。「ぼくに用がないのなら、ベッドへもどらせてもらおうかな。早起きして、すこし仕事をするつもりなんだ。じつは、ここにいるあいだに、卒論を書いてるんだ」

「学者なのね!」とローズ・ホワイト。「鼠《ねずみ》なみに静かにしてるわ。ビールは置いていって。代わりに飲むから」

けれども、じっさいのところ、彼女は鼠なみに静かとはいきませんでした。アンディはベッドに横たわり、彼女がキッチンをうろついて、ガチャガチャ、バンバンと音を立てるのに耳をすましていました。ケトルでお湯を沸かしたり、さまざまな鍋をとり出したりしているのでしょう。ベーコンを焼くにおいが、かぐわしい雲となって閉ざしたドアの下から沁《し》みこんできました。ノイズ・キャンセリング・ヘッドフォンがあればいいのに、とアンディは思いました。けれども、それはテーブルの上、ラップトップのわきにあり、階下《した》へとりに行きたくはありませんでした。

彼はこう思いました。(明日は本当に仕事をするんだ、訪問客があろうとなかろうと。さもなければ、時間が溶けていくだけで、なにもできずに終わってしまう)

そんなつもりはなかったのですが、気がつくと、ローズ・ホワイトが階段をあがってくる音に耳をすましていました。とうとうあがってきたときは、三時をまわっていたにちがいありません。彼女はアンディの寝室の隣にあるバスルームにはいり、長いシャワーを浴びました。彼女はどの部屋を選ぶだろう、と彼は思いましたが、しまいに彼女が開いたのはアンディの部屋のドアでした。明かりはつけず、代わりに彼のいるベッドへもぐりこんできました。

彼は寝返りを打ちました。部屋には月明かりがじゅうぶん射しこんでいたので、こちらを見返しているローズ・ホワイトが見えました。彼女はシャワーを浴びたあと服を着る手間をかけていませんでした。「ガールフレンドはいるの？」と彼女がいいました。

「いまはいない」とアンディ。

「女とやるのは好き？」

「ああ」とアンディ。

「じゃあ、これが最後の質問」彼女はいいました。「わたしとやりたい？　あと腐れなし。ただのお楽しみとして」

「ああ」とアンディ。「やりたくてたまらない。でも、コンドームがない」

「わたしはなくてもかまわない」と彼女。「あなたは？」

かまわないことはありませんでした。統計の仕組みについてそれなりに知ると、そういう問題がついてまわります。「うん」アンディはいいました。「全然かまわない」

けれども、そのあとは、どうしたら失礼にならないのか、よくわかりませんでした。彼女のことをもうすこし知ろうとするべきでしょうか？　彼女がどれくらいこの家に滞在するのかさえ知らないのです。眠ることができたなら、話はもっと簡単だったのでしょうが、それは問題外に思えました。寝たふりをすることにしました。

「疲れてない？」ローズ・ホワイトがいいました。

「ごめん」アンディがいいました。「考えることが山ほどあって。下へ行って、しばらくTVを見ようかな」

「ここにいて」とローズ・ホワイト。「お話をしてあげる」

「お話だって」とアンディ。「つまり、子供が寝つけないときみたいにってことかな。そういうときは親が子供にお話をする。そういうお話ってことかな？」彼は子供ではありません。そのいっぽう、彼のベッドには会ったばかりの女性がいて、ふたりはセックスし、彼女はいまお話をしてあげるといっています。イエスというしかありません。ほかになにもなくても、あとで、面白い話をするときの持ちネタになるでしょう。「わかった。お話をしてくれ」

ローズ・ホワイトはベッドカヴァーを首まで引きあげました。仰向《あおむ》けになっているので、天井に浮かんでいるだれかにお話をしているような印象をあたえます。奇妙なほど堅苦しい感じがしました。まるでアンディがまた講堂にいて、教授たちのひとりの言葉に耳をかたむけているかのように。彼女はいいました。「むかしむかしのそのまたむかし、本を書いて生計を立てている女がおりました。自分自身が慎《つつ》ましく暮らせるだけでなく、同居して秘書を務めている妹も養えるだけの稼ぎがありました。彼女は小説を手書きしました。そして妹がまず原稿を読んでから、作家に返して書き直しをさせました。この妹は、表現の些細な吐け口にロマンを感じる質《たち》で、いちばん気に入った部分に風変わりな方法でしるしをつけました。針で指を突いて、自分の血でそこのところにしるしをつけ、いかにすばらしいと思ったかを示すのです。うまく書けている章句には小さな染み、小さな汚れがつきました。彼女が原稿を返すと、作家が訂正を加え、妹がとりわけ気に入った行や場面を割愛します。そのあと妹がなにもかもきちんとタイプして、作家のエージェントに送るのでした。

その作家の本は、ある特定の読者に人気がありましたが、批評家の受けはあまりよくありませんでした。作家は肩をすくめるだけでした。本のいいところはふたつある、と彼女は妹にいいました。まずは自分たちを屋根の下に住まわせてくれるペースで生み出すのが簡単なところ、そして生きるのがつらい人々を楽しませるという第二の目的をかなえてくれるところ。けれども、と作家はいいました。読んだ者が永久に変わってしまうほどの美しさと力をそなえた本が自分のなかにはある。自分はいつかそれを書くだろう、と。なぜいま書かないのかと妹に訊かれると、そういう本を書くには、いま割けるよりも多くの時間と思考と努力がいるのだ、と答えました。

とはいえ、時が経つにつれ、作家の本は人気が落ちてきました。届く小切手は額が減っていき、ふたりの暮らしはすこしずつ楽でなくなってきました。作家は、とうとう例の本に注意を向けようと決意しました。九一年と翌年の冬までかけて執筆にとり組み、ろくに眠らず、食が細くなり、健康を損ないました。夜中、姉が仕事をしているあいだ、うめいたり、咳《せ》きこんだりしているのが妹には聞こえるのでした。やがてある朝、夜が明けきらないうちに、作家が妹を起こして、いいました。『とうとう書きあげたわ。これから休まないといけない』

妹はすぐさまローブをはおり、暖炉に火を入れ、腰を下ろして原稿を読みはじめました。

ポケットには針がはいっています。しかし、最初の文章を読んだとたん、針を引っ張りだして、しるしをつけるために指を突きました。そして第二の文章にも血でしるしをつけました。そして読むにつれて同じようなことがつづき、ついにはキッチンへ降りて、皮むきナイフをとってくるはめになりました。読み進むにつれ、彼女はまず掌《てのひら》を切り、ついで腕を切って、どの行もどのページも妹の血でしるしがつきました。語りと人物の性格づけと作家の言葉づかいにはそれほどの力と美しさがそなわっていたのです。

何日かが過ぎ、作家と妹の友人たちは心配になってきました。しばらくふたりの音沙汰がなかったからです。家に押し入ると、妹が椅子にすわって全身から血を流しており、膝の上の原稿はその血ですべてが貼りついていました。作家の死体もベッドで発見されました。過労と休息不足からマラリア熱にかかって亡くなったのです。彼女が書いた本についていえば、一語たりとも読めませんでした」

「じつに興味深い」とアンディはいいました。話がはじまったときと同じくらい目が冴えていました。それ以上に冴えているかもしれません。すぐに彼はそういい、服を着て、階下へ降りるでしょう。「ありがとう」

「どういたしまして」ローズ・ホワイトがいいました。「じゃあ、お休みなさい」

目がさめると、アンディは一階のテーブルについていて、ラップトップが頭のわきにありました。

ローズ・ホワイトはカウチの上でした。「火を起こしたわ」彼女がいいました。「風邪を引くといけないと思って。ヴァーモントの天気は予想がつかない、夏だろうとなかろうと」

彼女が火を起こしたのは、ぼくが丸裸だからだ、とアンディは悟りました。肩がズキズキと痛み、尻は籐椅子《とういす》の座面に非衛生的に貼りついていました。「何時だ？」と彼女に尋ねました。「ぼくはどれくらいここにいたんだろう？」

「目がさめたら、あなたはいなかった」とローズ・ホワイト。「今朝、降りてきたらここで見つけたの。いまは正午をまわってる」

「夢遊歩行したにちがいない」とアンディ。ラップトップは開いていて、スクリーンを起動させると、プロンプトがあらわれました。《変更を保存しますか？》

「服を着なさいよ」ローズ・ホワイトがいいました。「サンドイッチを作ってあげる。そのあと、それにもどればいい」

彼は服を着て、前夜に書いた分に目を通しながら食べました。大筋でしかありませんが、書き直しのためのしっかりした基礎でもありました。それよりなにより、昨夜はなかった四千語があるのです。一日にしてはお釣りが来るほどの仕事に思えたので、ローズ・ホワイトの提案に乗って、昼間はベッドの上で、夕べはバーボンを飲んで過ごしました。鍵のかかる酒類キャビネットから調達したのですが、鍵のありかはローズ・ホワイトが知っていました。

つぎの数日と数夜は愉快なものでした。アンディはのんびりと昼寝をむさぼりました。とっておきのブツをローズ・ホワイトと分けあいました。交代で料理し、皿は積みあがるにまかせました。ローズ・ホワイトは彼の人生にほとんど関心を寄せず、自分自身について説明することにはまったく関心がありませんでした。セックスのあと、彼に風変わりでささやかなお話をすることを楽しんでいるのだとしても。とにかく、彼女のお話の大半は非常に短いものでした。なかには、お話とはとうてい思えないものもありました。たとえばこんなやつです――「そのむかし、広大な地所を所有する男がおり、結婚するつもりはさらさらありませんでした。とうとう、財務関連の助言者たちの意見を容《い》れて、街に出て最初に出会った適当な個人と結婚することにしました。そしてフィアンセといっしょに帰宅すると、彼の友人たちと助言者たちは、彼が亀と婚約したことを知ってがっかりしました。にもかかわらず、男は式を執り行ってくれる司祭を見つけました――大金を積んだからですが。彼らは数年間いっしょに暮らし、やがて男が亡くなりました。地所を相続する遠い親戚がようやく見つかり、その男はすばらしい新居での最初の夜、亀を殺させ、その甲羅にスープを入れて出させました。けれども、わたしが知っている結婚にまつわる話のうちで、これが最悪だということはまったくありません」

別の話はこうはじまります。「そのむかし、ブラッドソーセージとレバーソーセージがおりました。ブラッドソーセージがレバーソーセージを晩餐《ばんさん》に招待しました」ローズ・ホワイトのお話に陽気なものはありませんでした。どれをとっても、だれかが悲惨な結末を迎えるけれど、そこに教訓はありませんでした。にもかかわらず、話し終えて、彼女がアンディに「お休みなさい」というたびに、彼はすぐさま眠りに落ちました。そして、朝になって目をさますたびに、夢見の状態で卒論を書き進めたことにも気づくのでした。もっとも、二度目にこうなったあと、ラップトップとノートを赤と白の寝室にある洗面台つきのキャビネットに移動させたのですが。

食料雑貨は予定日にポーチに置かれ、卒論は進捗し、暖かくなった午後にはローズ・ホワイトがトップレスになって中庭で日光浴するいっぽう、アンディは筋トレにはげみました。ハンナがようすを聞くために電話してきて、姪たちはシュガー・シリアルとモッツァレラ・スティックしか食べようとしない。いっぽう姉は階段を上り下りできないので、ダイニング・ルームに膨張式のマットレスを敷いてキャンプしている。トイレにすわって立ちあがるのにもハンナの助けがいるのだ、と報告しました。

「こっちは万事が順調」とアンディはいいました。

「訪問者は？」とハンナが尋ねました。

「来たよ、ローズ・ホワイトって名前の女の人。いつまでいるのかは知らない」

「会ったことないわ」とハンナ。「それで、どんな人？」

「いい人」アンディはいいました。くわしい話をする気にはなりませんでした。「卒論に本気で集中してた。じつは親しくしてないんだ。でも、彼女は料理をしてくれてる」

「そう、それなら、いたってふつうね」とハンナ。「よかった。ときどき変わった人が姿をあらわすから」

「どれくらい変わってるの？」とアンディ。

「まあ、いまにわかるわ」とハンナ。「なかにはちょっと変わってるのもいるから。これからクソガキふたりのためにランチを作るの。なにかあったら電話して。あとでまたようすをうかがうわ。帰れることになったら、すぐに知らせる」

「急がなくていいよ」窓の外、ローズ・ホワイトが寝そべっているところへ目をやりながらアンディがいいました。ビーチ・タオルの上の体はとても美しく、薔薇《ばら》色でした。たしかに、これはすばらしい。でも、彼女がこちらに好意をいだきつつあるとしたら？　自分は彼女になにかを感じているのでしょうか？　ええ、感じているのかもしれません。そうなると非常に厄介です。おたがいのことをまったく知らないし、ハンナがいったとおり、彼女はちょっと変わっています。

そう思うと落ち着かなくなりました。考えることが山ほどあります。グミを口に入れ、仕事をしているふりをしたとき、ローズ・ホワイトがもどってきました。でも、バスルームを使い、服を着直すために屋内へはいってきただけでした。それから、いっしょに行かないかとアンディを誘う手間もかけずに、彼女はハイキングに出かけました。夕食時に帰ってきたときには、ポケットにキノコが詰めこまれていました。「ミナミシビレタケ」と彼女はいいました。「お茶を淹れるわ。ここの水はそれだけでもたいしたものだけど、楽しいことはいくら多くても多すぎはしない」

「危険じゃないの？」とアンディ。「つまり、キノコを正しく見分けていなかったらどうするんだ？」

ローズ・ホワイトは、彼がひるむような目つきをして、「釈迦《しゃか》に説法」といいました。「あなたには肝っ玉ってものがないの、アンディ?」

問題になるのは、またしても統計の研究でした。にもかかわらず、アンディはお茶を飲み、お返しに電子タバコを貸しました。キノコを試すのははじめてでしたが、あとになると、その夜のことは断片的にしか思い出せませんでした。

ローズ・ホワイトが彼にまたがり、彼の僧帽筋に手を置いています。彼女の指がずぶずぶと肉に沈みこむ感覚。まるで彼か彼女のどちらかが霧でできているかのようです。

ローズ・ホワイトがいっています。「どうやら妹が、いま、すぐ近くにいるようね」きみに妹がいるとは知らなかった、とアンディはいおうとします。彼女についてて本当になにも知らないのです。「わたしはローズ・ホワイトだけど、彼女はローズ・レッド」彼女に目をやると、その髪は血まみれです。ローズ・レッド!

気がつけば、スキンダーの家には壁も、屋根も、基礎もありません。壁は木々で、天井はなく、空があるだけです。「全部が地下水なんだ」彼は説明しています。ローズ・ホワイトがいうには――「ドアだけが現実」

のちほど、彼は赤と白の寝室にある洗面台つきキャビネットの前にすわっています。壁のベルが鳴っています。寝室を出ると、ローズ・ホワイトが別の寝室から出てくるところ。アンディは階段に腰を下ろし、一段ずつ、はずみながら降りていかねばなりません。降りきったところで、ローズ・ホワイトの手を借りて立ちあがります。頭が胴体の数フィート上にふわふわと浮かんでいるので、置き去りにしないように、ゆっくり歩かねばなりません。
二頭の鹿が、石畳の中庭に彫像のように並んでいます。本物でしょうか？　この鹿たちがドアベルを鳴らしたのでしょうか？　なかへはいりたがっているのでしょうか？　引きつった笑いが出ます。けれども、ドアをあけると、鹿たちは飾り物めいた、か細い脚でおごそかに近よってきます。ビロードに覆われているような首をのばし、ドアをくぐるために下げて、一頭ずつキッチンにはいってきます。ビロードで裏打ちされた宝石箱のような鼻の穴の内側で、その暖かい息は黄金です。目がくらみます。アンディの頭はますます高く浮きあがり、天井にぶつかります。彼は片手をのばし、まごうかたなき本物の鹿のわき腹を撫《な》でます。ドアベルを鳴らす鹿。蛾《が》がひらひらとキッチンにはいってきます。ドアをあけ放しにしたままでした。蛾はふらふらと空中を進み、彼の頰と耳をかすめます。ドアを閉めてくれ、とローズ・ホワイトにいおうとして彼が口をあけると、蛾がそのなかに飛びこんできます。

ローズ・ホワイトがいいます。「むかしむかし、ある物件を見せる手筈《てはず》をととのえた不動産エージェントがおりました。物件に着くと、新しい顧客は死神にほかならない、と彼女はただちに悟りました。自分を迎えにきたのだろうと察しをつけて、彼女は自分がエージェントではなく、別の購入希望者であるふりをしました。仲介業者とは裏にまわって会うようにいわれているといって、彼女は死神を家の横手へおびき出し、なかへ入れてくれる人がいるかどうか、フランス窓をのぞいて見てくれと頼みました。彼がそのとおりにすると、彼女は観葉植物のプランターをとりあげ、彼の頭にたたきつけました。それから死神の死体をバスルームへ引きずっていき、浴槽のなかで十二の部分に切り分けました。これをゴミ袋でくるんで、浴槽を徹底的に掃除したあと、乗ってきたレクサスをガレージに駐め、この袋をトランクにおさめました。つぎの一週間、別々の物件の地中深くにひとつずつ埋め、それぞれの家を電光石火の早業で売りました。数十年が過ぎ、不動産エージェントは自分のしたことを悔やみはじめました。彼女はいま九十代で、人生に疲れていましたが、死神は来てくれません。そういうわけで、死神の死体を始末した物件をひとつひとつ訪ねて掘り起こしましたが、記憶に誤りがあったのでしょう、最後まで見つからない部分がふたつありました。じつをいうと、彼女はいまだに死神の左前腕と頭を探しています。それ以外の部分は、腐敗がひどいので、ガレージの冷凍庫にしまわれています。じつをいうと、あれは本当に死神だったのだろうか、という疑問が浮かぶ日もあります。もし本当に死神だったとしたら？　家を見にきただけだったとしたら？　いくら死神だといっても、住む家がなければならないのではないでしょうか？」

　アンディは自分のベッドでめざめました。口が乾いていましたが、昨夜の影響はほかにこれといってありませんでした。赤と白の寝室では、彼のラップトップが開いていました。なにを書いたのかと見てみると、こう書かれているだけでした——《どういう仕組みだろう？　家のなかに鹿。正気じゃない!!!　ＷＴＦ《クソッ》》彼はこれを削除しました。

とはいえ、階下へ降りると、鹿もローズ・ホワイトもいませんでした。キッチン・テーブルの上に書き置きがありました。《出ていきます。ベーコンを食べつくしたけど、大掃除（絶対に必要！）をしといたから、貸し借りなしってことで。おもてなしに感謝。余ったキノコは置いていきます。ほどほどに使って！　二度と会えない場合にそなえていっておきます、くれぐれも気をつけて。愛情をこめて、ローズ・ホワイト》
「愛情をこめて」アンディはいいました。どういう意味か、じつはよくわかりませんでした。「敬具」や「幸運を祈る」のような結びの言葉のひとつです。基本的には、さよならという意味。なるほど。「夏の恋、痛手をこうむった」とレスターのアカペラ・グループは好んでそう歌います。彼女の電話番号さえ知りません。

オートミールを電子レンジで温めているあいだ、キッチンのタイル床を調べてみました。じっさいに四つん這《ば》いになったのです。なにを探しているのでしょう？　ローズ・ホワイトでしょうか？　鹿の足跡でしょうか？　卒論の残りでしょうか？

その日は一日休みにしました。ハンナにテキスト・メッセージを送りました――《この辺には鹿がたくさんいるんだね。よく家へ来るの？》

すぐに返信がありました――《ええ、鹿がたくさんいる。ときには熊も》

なるほど。セックスもしている訪問客と幻覚キノコをやって、鹿を家に入れたかもしれないと説明する気にはなりませんでした。さもなければ、それも幻覚だったのでしょうか。

ローズ・ホワイトがベッドにいないと、なかなか寝つけないことがわかりました。眠っているうちに卒論を書き進めることもありませんでした。昼間に多少は進めましたが、フィラデルフィアのアパートメントにいるときと大差ありません。もっとも、ここではいいわけが立たないのですが。

ローズ・ホワイトがいなくなって一週間ほど経ったころ、召使いのベルがまた鳴りました。まだ真夜中ではありませんでしたが、彼はベッドにはいって、ハーラン・コーベンの小説を終わりまで飛ばし読みしていました。途中があまりにも長くて、本当に知りたいのは、結末だけだったからです。

彼はズボンをはいて階下へ降りました。裏口に野生の七面鳥がいました。しばらく考えた末に、アンディはするようにいわれたとおりにして、七面鳥をなかへ入れました。そいつは彼をまったく警戒していないようでしたが、警戒するいわれがあるでしょうか？　そいつは招かれた客なのです。アンディはリビングへ行き、カウチにすわりました。七面鳥はブーブーと小さく鳴きながら部屋の四隅を調べてまわり、それから暖炉の炉床《ろしょう》に器用に糞《ふん》をしました。そいつの頰は菫《すみれ》色で、首はまっ赤。積みあげられた薪のてっぺんまで舞いあがり、頑丈な鎧《よろい》のような羽根をふくらませました。アンディの携帯がテーブルに載っていました。彼は写真を撮りました。七面鳥はいやがりませんでした。じつをいうと、早くも眠っているようでした。

アンディもベッドにもどりました。朝になると、七面鳥が裏口のわきで待っていたので、出してやりました。炉床と、ほかに二カ所の糞を掃除しました。ハンナに電話をするとしたら、いまがそのときです——その点に疑問の余地はありません。しかし、彼がまさにそうするのを彼女は待っているにちがいありません。それに、じつをいうと、彼女は前もって説明しておくはずだったのです。おまけに、と彼は悟りました。ぼくはご機嫌な時を過ごしている。魔法のなかにいるみたいだ。呪文を破るような真似をなぜしたがる？　つぎの夜、ベルがまた鳴りましたが、アンディのがっかりしたことに、裏口にいたのは美しい娘でも動物でもありませんでした。ビルケンシュトック（ドイツの靴メーカー。サンダルで有名）、ローリングストーンズのTシャツ、カーキ色のショートパンツというでたちで白髪まじりの六十歳くらいの男で、アンディがドアをあけると、会釈はしましたが、口はききませんでした。自己紹介する手間もかけませんでした。彼はひとことも口をききませんでした。代わりに、まっすぐ二階へあがり、長いシャワーを浴びて、バスルームのタオルをすべて使い、それから緑と青の寝室で二日間眠りました。白髪まじりの男が家のなかにいるあいだ、アンディは自分の寝室のドアに鍵をかけておきました。男が出ていったときには、正直いってほっとしました。そのあとがオポッサムで、オポッサムのあとの夜、霧がまた地上に垂れこめました。スキンダーのヴェールです。ベルが鳴りはじめると、アンディは客を入れるために一階へ降りましたが、キッチンのドアにはだれもいませんでした。玄関ドアへ行ってみましたが、ほっとしたことに、やはりだれもいませんでした。ベルが鳴りつづけるので、アンディはまたキッチンのドアまで行きました。ドアをあけると、霧がさっと沁みこんできて、タイル床とキッチン・テーブルの脚とキッチン・チェアの脚を覆いました。アンディがドアを閉じると、すぐさまベルがまた鳴りはじめました。彼はドアを開き、あけ放しにしておきました。ひょっとしたら、客はスキンダーのヴェールそのものかもしれません。ひょっとしたら、ヴェールの内側に隠れたままでいるほうが好きなのかもしれません。あるいは、ブロンウェンの幽霊のことを考えながら、アンディは自分の寝室にあがり、ドアを閉めて、鍵をかけました。ズボンを丸めて、ドアの下の隙間に楔《くさび》のように押しこみます。明かりはつけたままにしておき、その夜は一睡もしませんでしたが、朝になると、家のなかにいるのは彼ひとりだけで、陽射しがさんさんと降り注いでいました。ドアはまたしっかりと閉ざされました。

アンディがスキンダーの家にいたあいだ、最後にやってきた人間の客はローズ・ホワイトの妹、ローズ・レッドでした。

アンディがキッチンのドアをあけると、そこに立っていたのはローズ・ホワイトでした。ただし、そうではないのかもしれません。この人物は同じ顔立ち——目、鼻、口——をしています。ただ、その配置がなんとなく見慣れないのです。こちらのほうが鋭い。まるでこのヴァージョンのローズ・ホワイトは、だれかに愛情を寄せることなど考えもしないかのように。いまその髪はふさふさで、不自然な紫がかった赤。そして片方の鼻翼に金属のピアスがありました。

「ローズ・レッド」彼女はいいました。「はいってもいい？」

とすると、これは妹です。ただし、彼女がしゃべったとき、見憶えのある歪んだ歯が見えました。この人は髪を染めて、新しい髪型にしたローズ・ホワイトにちがいありません。そういえば、彼女の鼻にピアスの穴があいているのに、これまで気づいていたでしょうか？　ピアスをしていなければ、気づかなかったでしょう。ともあれ。調子を合わせることにしました。

「どうぞ」彼はいいました。「ぼくはアンディ。本来の留守番の代わりを務めてる。きみの姉さんは、一週間くらい前にここにいたよ」

「わたしの姉？」

「ローズ・ホワイト」とアンディ。台本を見たことのない芝居を演じているみたいでした。ローズ・ホワイトに合わせなければなりません。彼女は退屈とは無縁です。

「ラスト・ネームが同じでさえない」とローズ・レッドがいいました。こういったとき、ひどくとりすまして見えました。たしかに、記憶にあるローズ・ホワイトよりもすこしだけ背が高いけれど、そのとき二インチのヒールがついたアンクル・ブーツが目にはいりました。これをはいて本当にあの小径をやってきたのでしょうか？　謎が謎を呼ぶ、というやつです。

彼はいいました。「勘ちがいだった。ごめん」けっきょく、だれと話しているのでしょう？　この二日でひとつの段落も書きあがっていません。もしかしたら、彼女がまたここにいてくれるほうがいいかもしれません。

ローズ・レッド（もしくはローズ・ホワイト）は、キッチンのキャビネットをかきまわしに行きました。「ご自由に」彼はいいました。「ちょうど夕食を作ろうとしてたんだ」

ローズ・レッドは流しのわきの皿をながめていました。そこではローズ・ホワイトのキノコが干からびかけていました。「あなたの？」彼女はいいました。

アンディは「喜んでお裾分けするよ。お茶を淹れてくれる？」

「リゾットを作るってのはどう？」と彼女。

そういうわけでアンディはテーブルの準備をし、ふたりに一杯ずつワインを注ぎ、いっぽうローズ・レッドは夕食をこしらえました。リゾットはほっぺたが落ちるほどのうまさで、キノコを全部使ったのだ、とアンディは見てとりました。またしても、家主についてもっと聞きだそうとしましたが、ローズ・レッドは――ローズ・ホワイトと同様に――話をそらす達人でした。あなたは小径のどれかをハイキングしたのか、と彼女は知りたがりました。このあたりをどう思う？

「ずっと忙しくて」とアンディはいいました。「卒論を書きあげようとしてた。じつは、ここにいる理由がそれ。集中できる場所が必要だった」

「で、書きあがったら？」とローズ・レッド。

「そうしたら口頭試問を受けて、求職活動をはじめる」とアンディ。「できれば、どこかで教職につきたい。理想的には、いずれ終身的地位が認められる教職身分」

「それは、いずれあなたがすること」とローズ・レッド。「でも、したいことは？」

「いい仕事をしたい」とアンディ。「で、それからは、そうだな、教えるのがうまくなりたい」

ローズ・レッドはこれで満足したようでした。「そもそもトレッキングをしたことはあるの？　ハイキングに行ったことは？　この辺には探検するところがいくらでもある」

「うーん」アンディはいいました。「さっきいったように、ずっと忙しくて。それに、ほんとは、たくさんの木が好きじゃないんだ。でも、ヴェールはすごく興味深い。それにつぎつぎと姿をあらわす客たち。それも興味深い。ローズ・ホワイト、さっきいった人だけど、彼女は変テコな話をいっぱいしてくれた」セックスの件を持ちだすべきか否か、彼にはよくわかりませんでした。

　夕食のあと、ふたりはもっとワインを飲み、ローズ・レッドがパズルを見つけました。アンディはパズルにあまり関心がありませんでしたが、腰を下ろして彼女を手伝いました。やればやるほど、ピースを組み合わせるのがむずかしくなりました。とうとう、彼は降参し、自分の指がのびていき、細長い魚のようにくねくね動くさまをながめていました。

　二階で、ベルのひとつがまた鳴りはじめました。「見てくる」アンディはパズルに頭をひ《パズ》ね《ル》るのをやめる口実ができました。キッチンにはいると、そこがまったくキッチンではないことが、またしてもわかりました。じつは、森の一部にすぎないのです。なにもかもが木。パズルも木でした。並べて小径にするのに必要な細かく切り刻まれた木。じつにすばらしい。ドアのところで黒熊がうしろ脚で立ち、ベルを押しているのもすばらしい。

「どうぞ、おはいりください」とアンディはいいました。

　熊は四つ足になり、巨体をキッチンにねじこみました。自然のままの肥沃な黒土のにおいをただよわせています。アンディが熊のあとからリビングにもどると、ローズなんとかがパズルを終えるところでした。熊の毛皮のなかで、小さな蚤《のみ》がスパンコールのように飛び跳ねているのが見えました。

ローズ・レッドがパッと立ちあがり、パスタの残りのはいったボウルを手にしました。それを熊の前に置くと、熊は鼻面全体を突っこみました。アンディは床に腹這いになり、そのようすを見ていました。熊は食べ終えると、カウチにもたれかかりました。ローズ・レッドが毛皮に指を深く食いこませて、その頭をかいてやります。彼らはしばらくそのままでいました。ローズ・レッドは熊をかき、熊はうとうとし、アンディは床に寝そべって彼らを見まもり、なにも考えないことに満足して。

「この人は」とローズ・レッドが熊にいいました。「立派な教師になるのよ」

「だといいけど」とアンディ。「その前に卒論。口頭試問。それから。求職活動。どこかでなにかを提供される。終身在職権を得る。長い道のりだ。順を追って進まないといけない。くそったれの木立をぬけて。赤ずきんみたいに。赤ずきんちゃん。そのお話は知ってるよね？」

「お話にはあまり関心がないの」とローズ・レッド。

「まあ、そういわずに」とアンディ。「ひとつ話をしてよ。でっちあげて。この場所にまつわる話をしてくれ」

「むかしむかし、まだ幼いころに母親を亡くした女の子がおりました」もっとも、しゃべっているのはローズ・レッドではありませんでした。熊でした。熊がしゃべっているのはまずまちがいない、とアンディには思え、もっと困惑して当然だという気がしました。とはいえ、すべては腹話術かもしれません。それとも、キノコのせいでしょうか。彼は目を閉じ、熊、あるいはローズ・レッドはお話をつづけました。

「むかしむかし、まだ幼いころに母親を亡くした女の子がおりました。ふたりの住んでいた通りでは、ほぼすべての家の裏庭にプールがありました。女の子の家にはありませんでしたが、両隣の家にはありました。事故が起こり、女の子は正確なところを知らなかったのですが、彼女の母親が左側の家にあるプールで溺れました。母親がそこにいた理由は謎でした。深夜のことで、いつ、あるいはなぜ彼女がやってきたのか、知っている者はいませんでした。ほかのだれもが眠っていました。彼女の死体は朝まで見つかりませんでした。

女の子がさほど年をとらないうちに、父親が自分の娘を連れた女性と再婚しました。もっとも、心配ありません。これはよこしまな継母《ままはは》にまつわるお話ではないのです。女の子と継母と義理の妹はとても仲よくなり、じつをいうと、自分の父親とよりもはるかにうまくやれました。けれども、彼女の思春期を通じて、お隣のプールにまつわる話がありました。幽霊が出るというのです。母親が溺れたとき、そこに住んでいた家族は引っ越しました——新しい家族は家とプールがたいそう気に入りましたが、午前零時を過ぎるとけっして泳ぎにいかないという噂でした。午前零時を過ぎてから泳ぎにいくと、深いほうの端で幽霊を見る危険がある。長い髪が顔のまわりに浮かんでいて、水着は伸縮性を失い、口は開いていて、水がいっぱいだというのです。

女の子はときどき隣のプールで泳ぎました。母親の幽霊を見られるのでは、と期待するいっぽうで、母親の幽霊を見てしまうのではないかと恐れていました。その界隈《かいわい》の女の子たちは、みんなそのプールで泳ぐのがいちばん好きでした。午前零時を過ぎてから泳ぐようけしかけ合い、泳がない者は順番にプールのへりにすわって、幽霊が恥ずかしがり屋で全員の前には姿をあらわさない場合にそなえて、顔をあさってのほうへ向けるのでした。ときどき女の子たちのひとりが幽霊を目にすることさえありました――ぞくぞくします、自分たち専用の幽霊！――しかし、母親が溺れた女の子は、なにひとつ目にしませんでした。

とうとう彼女は大きくなり、引っ越して、自分自身の生活を築きました。夫と子供ふたりに恵まれ、おおむね自分は幸福そのものだと思いました。人生の道筋はまっすぐで、それに沿って進んでいるように思えました。父親が亡くなり、悲しみに暮れましたが、彼女の本当の親は継母のほうでした。実の母親のことはろくに憶えていませんでした。人生はつづき、たとえ道のりがすこし険しくなり、将来の見通しがすこし色あせたとしても、それがなんだというのでしょう？　人生がつねに気楽であるわけはありません。やがて、ある日、義理の妹が電話してきて、継母も亡くなったといいました。

娘は夫に子供を託して飛行機に乗り、葬儀に向かいました。葬儀のあと、彼女と義理の妹は、子供のころの家を売りに出せるよう整理するつもりでした。景気は下降気味で、この先も長く仕事についていられる自信がなかったので、家を売った収益の半分は思いがけない臨時収入になると思えました。けれども、不動産市場は冷えこんでいて、むかし住んでいた通りの家々の半分以上が売りに出されており、それには両隣の家もふくまれているとわかりました。何軒かは空き家か、そうであるように思えました。家がまったく売れないということもありそうでしたが、彼女と義理の妹は三日にわたり遺品整理に精を出し、グッドウィル（民間慈善団体）に寄付する山、ゴミの山、売るか、自分用にとっておくものの山を積みあげていきました。

ふたりは子供のころの思い出話をし、古い写真に目を通し、将来に対する不安を打ち明けあいました。母親ふたりを失ったことに涙を流し、ワインの瓶を三本あけました。

さて、左側の家は空き家であり、右側の家もそうでした。左側の家のプールは水がぬかれていましたが、右側の家のプールはそうではありませんでした。真っ昼間、遺品整理の手を休めて休憩する必要が生じたとき、ふたりは二度、金網フェンスを乗り越えて泳ぎにいきました。昨夜、ほろ酔い加減で目が冴えていた娘は、グッドウィルに持っていくものの山から引っ張りだした時代遅れの水着を着て、義理の妹が子供部屋の二段ベッドの下で眠っている子供時代の家を出ました。しかし、右側のフェンスを乗り越える代わりに、左側のフェンスをよじ登りました。

プールは、からっぽであるはずなのに、澄んだ青い水を満々とたたえていました。プールのへりに並ぶ照明がついていて、掃除をしたばかりであるかのように、塩素のにおいが、彼女の立っているところまでただよってきました。明かりに引き寄せられた小さな虫が、水面すれすれを飛んでいます。なかにはもう水に漬かって、もがいているものもいました。だれかがすくいあげないかぎり、溺れてしまうでしょう。

娘はプールの浅いほうの端で階段を降り、腰まで漬かりました。水はひんやりして気持ちがよく、水着の伸縮性はとっくのむかしに失われていたので、気持ちのいい、あるはずのない水が腿《もも》の肌を這いあがってきました。

彼女はしばらく仰向けに浮かび、星空を見あげて、将来のことや、プールが満水になっている理由を考えないようにしていました。前者は不確実で、後者は贈りものでした。浮かんでいるうちに、とうとう体が冷えてきて、このまま眠れそうだと思うほど疲れてきました。やがて体を裏返し、顔を水に漬けると、プールの底にとうとう母親が見えました。おぼろげにしか憶えていない顔がありました。なんと若いのでしょう！　波打つ長い髪。母親が着ている水着は、いま彼女が着ている水着とそっくりにさえ思えました。自分はこのプールにとどまっていられる、ここにとどまって、しあわせでいられる、と娘には思えました。母親と同じように、苦しまずに道をそれていいのだ、と。プールのなかの女性は、彼女にとどまって欲しいようでした。ふたりは年をとらないでしょう。ふたりにはおたがいがいるでしょう。

彼女はずっとそこにいられました。疲れきっているのに、人生はまだ行く手に延々とのびています。しなければならないことが山ほどあります。けれど、このお話では、彼女はプールから出ました。子供時代の家にもどり、義理の妹を起こして、目にしたものを話して聞かせました。はじめのうち義理の妹は信じませんでした。プールがからじゃないって？　ひょっとしたら、酔っ払って、別のプール、満水になっているほうへ行って、母親を見たという幻覚に襲われたのかもしれないわね。娘は彼女といい争いました。母さんは溺れたときに着ていた水着を着ていた。自分がいま着ているまさにこの水着を。水着の濡れているのが、あんたには見えないの？　タイル床に水がぽたぽたとしたたっているじゃない。

娘は水のないプールに泳ぎに行ったといって譲りませんでした。とうとう幽霊を見たのだ、と。いいわ、と義理の妹がいいました。見たとしたらなんなの？　でも、あんたはお母さんを見なかった。幽霊なんていない。あんたのお母さんは水着を着てさえいなかった。カクテル・ドレスをまとっていたのよ。母さんにそう聞いた。たとえ水着を着ていたとしても、その水着のわけがない。あなたのお母さんが溺れたときに着ていた水着をとっておこうとした者なんかいない。

いいえ、と娘はいいました。わたしは彼女を見た。すごく若かった！　わたしそっくりだった！

やれやれ、と義理の妹はいいました。彼女は遺品を整理していた部屋へ娘を連れていきました。写真を広げると、やがて母親のそれが見つかりました。裏に日付が記されていて、母親の亡くなった日でした。あんたが見たのはこの人？　と義理の妹がいいました。あんたにはちっとも似ていないわ。

娘は写真をしげしげと見ました。自分が目にしたものを考えようとしました。見れば見るほど、母親を見たのかどうか自信がなくなってきました。ならば、ひょっとするとプールにとり憑いていたのは、ずっと自分だったのかもしれません。だって、幽霊にまつわることが直線時間で起きるとはかぎらないのですから。時間というものは、別のプールにすぎないのではないでしょうか？

さあ、アンディ、そろそろ寝る時間です。でも、あなたが聞きたいというのなら、わたしはお話なんてどうでもいいけど、もうひとつお話をしましょう」

ローズ・レッドがいいます。「むかしむかし、死神が住んでいる家がありました。さしもの死神も寝泊まりする家は必要なのです。じっさい、申し分のない家であり、死神は一年の大半を、死神に可能なかぎり、そこでしあわせに過ごしました。けれども、一年じゅう家でくつろいでいるわけにはいかず、一年にいちど、留守番に来てくれる人を見つけ、自分はそのあいだ世間へ出て、万事がしかるべき形であるようにするのでした。死神が家を留守にしているあいだ、はいってはならない場所がそこでした。彼はこれを熟知しています。たとえ、いちばんの望みが家へ帰って休息することであるというときでも。そして死神が留守にしているあいだ、死神にまだ連れ去られないですむ方法をどうにかして見つけた生きものが続々とやってきて、見つかる心配なしにひと晩かふた晩、あるいはもっと長くを死神の家で過ごしました。こうして多くの生きものが休息し、ささやかな平和を見いだします。もっとも、彼らがふたたび道を歩きだせば、彼らを絶えず追いかけているものに、またしても追われる身となるのですが。けれども、これはあなたのお話ではありません。じつをいうと、やってきて寝泊まりするものは、死神の留守中に番をしている者に恩義があるのです。あなたが彼と絆《きずな》を結んでいるかぎり、さしもの死神もいつの日かあなたに負債を返すでしょう」

アンディは眠ります。眠りは長く、目をさますと、またしてもラップトップの前にいます。そこに書かれているものを書いたのは自分でしょうか、それともほかのだれかでしょうか？ともあれ。熊はキーを打てません。朝になっていて、家のなかにはアンディしかいません。農場テーブルのわきには山盛りになった熊の糞。冷えているけれど、まだいいにおいがします。パズルは箱にしまわれています。

そしていま、お話は終わりかけています。アンディは行き当たりばったりに卒論を書きつづけました。彼がスキンダーの家にいるあいだ、キッチンのドアにやってきた者はほかにいませんでしたが、ある晩、ベルにまた起こされました。どちらかのローズに会えるかもしれないと思って、まずキッチンへ行きましたが、今回は本当にだれもいませんでした。あいかわらず鳴っているベルは、前と同じベルではないという考えが浮かびました。そこで玄関のドアへ行くと、犬を連れたスキンダーがポーチに立っていました。

どうしてスキンダーだとわかるのでしょう？　なるほど、ハンナのいったとおりです。スキンダーだとわかるわ、犬——小さな黒犬で、興味津々にアンディを見つめています——が

わきにいても いなくても。スキンダーの外見は？　アンディにうりふたつでした。まるでアンディが家のなかに立ち、もうひとりの生き写しのアンディを見ているかのようでした。彼はスキンダーでもあって、なかへ入れてはいけないのです。

私道に車がありました。黒いプリウス。玄関ドアにはチェーンがあり、アンディはそれをはずさずに、ドアをほんのすこしだけあけました。スキンダーに話しかけるには足りますが、スキンダーか犬がはいるには足りない幅に。「なにかご用ですか？」とアンディはいいました。

「自分の家にはいりに来た」とスキンダー。声もアンディと同じでした。「バッグが車のなかにある。運びこむのを手伝ってくれないか？」

「あいにくですが」とアンディ。「申しわけないけど、入れるわけにはいきません」

これを聞いて、黒犬が歯をむき出しました。スキンダーもがっかりしたようでした。彼の顔つきでアンディにはわかりました。もっとも、表情というよりも感触を知っている顔つきでしたが。「本当に入れてもらえないのかな？」と彼がいいました。

「あいにくですが」アンディはもういちどいいました。「でも、入れるわけにはいかないんです」

スキンダーがいいました。「わかった。おいで」と、これは犬に。家のなかのアンディは、階段を降り、砂利敷きの私道を車へ向かうスキンダーのうしろ姿を目で追いました。彼が車のドアをあけると、犬が座席に飛び乗りました。ついにスキンダーも車に乗りこみ、アンディの目の前で、車は白い小石をザクザクとタイヤで踏みながら、私道を進んでいきました。車は音を立てず、ヘッドライトもつけませんでした。その車は、低く垂れ下がった木の葉のへりの下に姿を消し、アンディは二階へもどりました。また寝ようとはしませんでした。代わりに、赤と白の部屋のなか、窓の正面の椅子にすわり、スキンダーがもどってきた場合にそなえて見張りをしました。

ハンナは二日後にもどってきました。彼女は夜間飛行の前にテキスト・メッセージを送ってきました――《マーゴットはまだギプスがとれないけど、わたしは帰ったほうがいいってことで意見が一致した。だれも幸福じゃないし、家は狭すぎる。お隣さんが助けてくれるはず。じゃあ、明日の午後に！》

卒論は書き終わっていませんが、いまやアンディは運が向いてきたような気がしました。それに、ハンナにまた会えるのです。ふたりは近況を伝えあい、彼は多少の脚色をほどこしたうえで、この家でどう過ごしたかを語るでしょう。ひょっとしたら、居残ってほしいといわれるかもしれません。けっきょく、寝室はたくさんあるのです。書き終えた分に目を通してもらって、意見をもらうことだって夢ではありません。

けれども、彼女が到着すると、かならずしも呑みこみが早いほうではないアンディにとってさえ、居残りが歓迎されないのは明らかでした。「ほんとに感謝してる」と彼女はいいつづけました。その髪はいま青色、濃い紺碧《こんぺき》でした。「一生恩に着るわ」

「留守番してよかった」とアンディ。「おおむね楽しかった。変テコだけど、楽しかった。でも、いくつか訊きたいことがある。たとえば、スキンダー」

「彼に会ったの？」とハンナ。不意に、彼女の注意力がすべてアンディに向けられました。

「いや、だいじょうぶ」とアンディ。「なかへは入れなかった。きみにいわれたとおりにした。でも、きみが彼に会ったとしたら、訊きたいことがある。彼に見憶えがあった？」

「つまり、正確にはどういうこと？」とハンナ。

「つまり、彼がぼくとよく似てると思わなかった？」

ハンナは肩をすくめました。目をそらしてから、アンディにもどし、「いいえ」といいました。「本当に思わなかった。さてと、帰りの料金をもうウーバーに払っておいた。バーリントンまで送らせるから、そこでフィラデルフィアへもどるグレイハウンドをつかまえられる。でも、いますぐ行かないと、最終バスに乗り遅れるわよ。時刻表はもう調べてある――そのバスを逃したら、明日の朝まで足はないわ。掃除やらシーツ替えやらは心配しないで。わたしがやるから」

「ほんとにいいのかい」とアンディ。「ぼくが居残らなくても」

ハンナは信じられないといいたげな目つきで彼を見ました。「おお、アンディ。そういってくれるのはうれしいけど、わたしならだいじょうぶ。こっちへ来て」

ハンナは彼をぎゅっと抱きしめ、「さあ、荷物をまとめて。手を貸しましょうか？」

彼は紙束を残していきました。本当はなにかを印刷する必要などなかったのです。おかげでキャンヴァス・バッグのひとつがからになり、彼はほかのいっさいがっさいをウーバーまで引きずっていきました。ハンナが階段を降りて、サンドイッチを渡してくれました。彼のクリーンカンティーン（商標。ステンレス製の保冷保温水筒）に目をやり、「それは水道の水？」といいました。

「そうだけど」とアンディ。「どうして？」

「ううっ」とハンナ。彼女は水筒をアンディからとりあげ、ふたをあけると、水を捨てました。「ほら。これを持っていって」これというのはペットボトルの水でした。「冷蔵庫にあったやつだから、おいしいし、冷えてる。さよなら、アンディ。家に着いたら、テキストを送って。そうすれば着いたとわかるから」

彼女はまたアンディを抱きしめました。たいしたことではありませんが、なにもないよりはましです。彼女のにおい、彼女の髪が頬に触れる感触。「また会えて本当によかった」と彼はいいました。

「ええ」とハンナ。「わかってる。ほんとに久しぶりだった。変テコじゃない、時がただひたすら流れるのって？」

それでおしまいでした。車が私道を進むあいだ、彼は黄色い家とハンナを見納めにしようとふり返ったのですが、彼女はもう家のなかへはいっていきました。

フィラデルフィアのアパートメントにようやく帰ったときは、また朝になっていました。アンディは疲れていました――バスのなかや、乗り換えの合間の停留所では一睡もできませんでした――そしてドアをあけたら、スキンダーが待っているという考えを頭からふり払えませんでした。けれども、代わりにボクサー・ショーツ姿のレスターが布団《フトン》カウチにすわって、携帯を見ながら、コーヒーをすすっていました。フィラデルフィアのほうがはるかに暑く、アパートメントにはあるにおいがこもっていました。なにかがいなくなったかのように。

「お帰り」レスターがそっけない口調でいいました。「ヴァーモントはどうだった？」

「よかった」とアンディ。「すごく、すごくよかった」どういうことがあったのか、レスターに説明できるとは思えません。「ブロンウェンはどこ？」

レスターは携帯に視線をもどし、「ここにはいない」といいました。「じつをいうと、その話はしたくない」

この言葉から、ふたりは別れたのだろうとアンディは察しをつけました。残念です――ヴァーモントの話をするのに、ブロンウェンはうってつけの人物かもしれないという気がしていたので。「気を落とすなよ」とレスターにいいます。

「おまえのせいじゃないさ」とレスター。「あんなに変わった女とはめったにつき合えない」

つぎの一週間、レスターがなにかに耳をすましているかのように、なにかを待っているかのように見えるときがあるのにアンディは気がつきました。しばらくすると、自分も耳をすましているような気がしてきました。それから、レスターがいると、アパートメントのなかになにかが見えそうに思えるときがありました。それはこっそりとレスターについてまわり、辛抱強く待ち、彼がテーブルにつくと、そのかたわらで床の上にうずくまるのです。全体の形は定まっていないのですが、口と目がありました。アンディはスキンダーの犬を思いだしました。そいつを見つめる自分がそいつには見えるのだ、と思うときもありました。見つめ返してくるのを感じたのです。でも、レスターにはまったく見えないのだ、と彼は思いました。

それが家のなかにいるのは、かならずしも悪いことではありませんでした。つまり、アンディは卒論を書きあげるために、ようやく本腰を入れたのです。あるいは、難関を乗り越えられたのは、ひょっとするとヴァーモントのおかげだったのかもしれません。本当に必要だったのは、邪魔がはいらないことでした。もうじき書き終わるというころ、アンディは高等教育機関の就職口を探しはじめ、そのすぐあとに口頭試問を受けて合格すると、ようやく卒業して、最初の面接を受けました。アパートメントと、フィラデルフィアと、レスターと、レスターの幽霊をあとに残していく準備はすっかりととのいました。

求職面接は思ったほどうまくはいきませんでした。候補者がほかに何人もいたのです。そして自分でもひどく驚いたのですが、けっきょくその仕事は彼に提供されました。彼は喜んで申し出に応じました。終身在職権と、キャリアと、これからの一生すべてに通じる道が開けたのです。何年もあとになって、雇用委員会の古参教授団のひとりが、行きつけのバーでべろんべろんに酔っ払い、じつは、きみの就職は見送られるところだったのだとアンディに告げました。「会議の前の夜だ、アンディ、じつに風変わりな夢を見てね。夢のなかで、わたしは夜の森のなかで道に迷っていて、熊がいた。あまりの恐ろしさに動けなかった。熊がつかつかとやってきて、食べられるのだと思ったけれど、代わりに熊はこういった。『アンディを雇うべきだ。雇えばうれしい結果となり、雇わなければ後悔するだろう。わかったかね？』わかったと答えたところで目がさめた。そのあとの会議ではみんな口が重かった。なんとも異様な雰囲気がただよっていて、やがてだれか、たしかカーマイクル博士がこういったんだ。『昨夜、アンディ・シムズを雇うべきだという夢を見ました』するとほかのだれかがいったんだ。『わたしも同じ夢を見ました。熊が出てきて、それとまったく同じことをいいました。アンディ・シムズを雇うべきだ、と』そして全員が同じ夢を見たと判明した。だから、きみを雇ったんだよ！　けっきょく、それがいちばんよかったとわかった、まさに熊がいったとおりに」

奇妙奇天烈《きてれつ》な話だけど、まあ、終わりよければすべてよしということで、とアンディはいいました。のちに、彼が昇進して終身在職権を得たとき、委員会が別の夢を見せられていたら、と疑問が湧きました。ともあれ、彼はあたえられたものに満足していました。いちど、講義の終わりに急に口をつぐんで、「考えることが山ほどある」といったことがあります。けれども、本当は、考えることなどありませんでした。学生は適切な評価をしてくれました。なかにはこう思う学生もいました。つまり、シムズ教授は本当に自分たちを見ている、自分たちのなかに（あるいは、ひょっとしたら自分たちの近くに）なにかが見えるらしい、ほかの教師には見えないものが、と。とはいえ、正確にはなにが見えているのか、シムズ教授は胸の内にしまっておきました。ある夏にたっぷりと飲んだ水の残念な後遺症であることは疑問の余地がありません。

こんなこともありました。犬を飼いたい、と子供たちにくり返しせがまれても、アンディはその考えに耐えられませんでした。代わりに、モルモットを、そのあと兎《うさぎ》を飼わせてやりました。

ハンナについていえば、一、二度、会議でばったり出会いました。二回とも彼女の発表へ行き、メモをとったので、あとで自分の考えを添えたメールを送ることができました。数人の同僚を交えて飲みにいきましたが、あいかわらず夏のヴァーモントで留守番をしているのかとは訊きませんでした。すべては別の人生、自分のものではない人生に起きたことのように思えました。

レスターは退学しました。インドネシアへ行き、そこのシンクタンクに奉職しました。彼についていった者がいるかどうか、アンディは知りません。

それから数年後、アンディはヴァーモント州モントピーリアで会議に出ていました。季節は秋で、天気は快晴でした。いまや東海岸にこれほど長く住みつづけてきたので、木々というものはじつをいうと大いに心安まるものだとわかりました。会議の最終日、いまではほとんど頭に浮かばない人生の一部について考えはじめました。パネル・ディスカッションに出て、ゴシップを聞き、新参の博士号候補者たちに自分の小さなカレッジを売りこみました。ホテルの部屋にもどると、地図とレンタカーに当たり、飛行機に乗る代わりに家までドライヴするのは、やってやれないことではないと悟りました。とても楽しいドライヴになるでしょう。そういうわけで飛行機のチケットをキャンセルし、代わりにレンタカーを借りました。ひょっとしたら森のなかの黄色い家をまた見つけて、いまだれが住んでいるか調べてみるのもいいかもしれない、と思いました。

けれども、家があったのがどの幹線道路かを正確には憶えていないと判明しました。彼は小さな幹線道路をつぎからつぎへと進みました。そのどれも風光明媚《ふうこうめいび》でしたが、見つけるつもりの道路ではありませんでした。そして、夕闇が迫るころ、一頭の鹿が路上へ出てきて、彼はステアリングを切って衝突を避け、低林のなかまで盛り土をかなり進みました。

たいした怪我はありませんでしたし、見たところ車にもたいした損傷はありませんでした。けれども、道へもどすには牽引《けんいん》トラックの世話になるしかなさそうで、携帯電話は圏外でした。彼は道まで行き、しばらく待ちましたが、通りかかる車がなかったので、食べものか飲みものがあるか調べようとレンタカーへ引き返しました。車が止まった場所の近くに、よく踏み固められた小径がありました。アンディは、セントオールバンズへいちばん通じていそうな方向へその道をたどることにしました。

道は険しくなり、どんどん狭くなりました。光が薄れはじめ、引き返そうかと思いましたが、いまその道は見憶えのある場所へと通じていました。中庭があり、ますます風雨にさらされて老朽化したアディロンダック椅子がありました。あの居心地のいい黄色い家があり、なかの明かりはすべて灯《とも》っていました。

彼は玄関ドアまでまわりこみました。別にかまわないじゃないか。自分は熊じゃない。ノックをして待つと、ようやくだれかがドアまで来て、あけました。

別のアンディが戸口に立ち、彼を見つめました。小さな犬はどこでしょう？　死んだにちがいありません。でも、そうではありませんでした。廊下にいました。

「入れてもらえるかな？」アンディはいいました。

「あいにくだが」スキンダーはそういうと、ドアを閉めました。アンディはもうすこし待ちましたが、家のなかの明かりが消えただけでした。いま戸外は闇につつまれていて、風が木の葉を一枚残らずザワザワいわせていました。どうしたらいいのか、思いつくこともたいしてなかったので、しばらくするとアンディは、また道を見つけるために引き返しました。


（中村融訳）

訳者付記：
作中にある「西、東、家は野獣」の原文は WEST EAST HOME IS THE BEAST で英語のことわざ East, west, home's best のもじり。後者は「どれだけ遠方に旅しても、わが家にまさる所はない」という意味である。

謝辞

お母様に敬意を表してアンソロジーを編みたいと相談したとき、快《こころよ》く承諾してくれたローレンス・ハイマンに感謝を捧げます。

そしてエリザベス・ハンド、メリリー・ハイフェッツ、ショーナ・マッカーシーに、またジョージ・サンディソン、リディア・ギティンズほかタイタン社の方々に、ご助力へのお礼を申し上げます。

解説

深緑野分《ふかみどりのわき》

魔女になりたい。魔法のかけ方はよく知らないけれど、たぶん毒草や毒キノコを鍋に入れ、ナイフで指を切って血を垂らし、それっぽい謎の言葉を言えばいいはずだ。そのへんの木に人形を釘で刺し、図書館で借りた占いの本を片手にタロットカードを並べる。しかし何も起きない。ふと振り返ると、曖昧な笑みを浮かべた親が背後に立っていて、私は耳まで赤くなりながらすべてを片付けるのだ。

こうした間抜けな魔女志願者は世界中にいて、社会に溶け込めずに孤独な思いをしている。しかし我々はある日、ついに運命的な本と出会う。魔女と称され、自らも魔女を自称した、大魔女シャーリイ・ジャクスンの作品との出会いだ。

本書『シャーリイ・ジャクスン・トリビュート　穏やかな死者たち』は、ある種の〝サバト〟、魔女集会とも言える。みな大魔女シャーリイ・ジャクスンを敬愛し――または我こそは次の魔女であると名乗りを上げるべく――集まってきた。

編者のエレン・ダトロウが作家たちに要請した条件は、序文にあるとおり、シャーリイ・ジャクスンの作品のエッセンスを取り入れ、彼女と同種の感受性を発揮し、恐怖を利用、理解し、働かせること、などだ。作家たちは腕をふるい、大魔女が遺《のこ》したエッセンスを食材に、めいめいのレシピで物語を作った。エッセンスは濃厚なものも、ほんの少し香らせた程度のものもある。捧《ささ》げられた十八の作品はいずれも素晴らしく創造的で、隠された悪意や怪異が奇妙で恐ろしい。改めてジャクスンの作風の幅広さと影響力を感じる。

ただ、読みながらふと思う。このトリビュート自体が魔術の儀式なのではないか、と。作家たちが抽出したシャーリイ・ジャクスンのエッセンスを辿《たど》っていくうちに、読者は彼らの考えた〝ジャクスンらしさ〟を目撃する。その〝らしさ〟を集めた先には、いったい何があるのだろうか？

ひょっとして——十八に分かれた体の一部を、ひとつのところに集めたら、その人物は復活するのではないか。しかし私たちは誰を呼ぼうとしているのか？　すべてを読み終わって本を閉じると、部屋の暗がりに誰かが立っているかもしれない。そこにいるのは本物のシャーリイ・ジャクスンなのだろうか、それともよく似た別人の、招かれざる異形《いぎょう》なのだろうか。

いずれにせよ、本書にはユニークな作品ばかりが集まっている。編者のエレン・ダトロウは名アンソロジーを数多く手がけた大ベテランだし、参加作家たちもまた、数多くのホラーや幻想小説の賞を受賞、あるいは候補になったなど実力派揃《ぞろ》いだ。その結果、本書は二〇二二年にブラム・ストーカー賞アンソロジー部門を受賞し、加えて編者のエレン・ダトロウはシャーリイ・ジャクスン賞特別賞を受賞した。〝シャーリイ・ジャクスンらしさ〟とは何かという観点を併せつつ、紹介していこう。

〝らしさ〟その一は、〝家〟だ。

シャーリイ・ジャクスンはよく家を重要なモチーフに使う。幽霊屋敷に招かれた主人公がその家にどんどん魅了されていく恐怖小説『丘の屋敷』（渡辺庸子《わたなべようこ》訳、創元推理文庫）が最も有名だが、『日時計』（渡辺庸子訳、文遊社）や『ずっとお城で暮らしてる』（市田泉《いちだいずみ》訳、創元推理文庫）もまた、屋敷がなければ成立しない物語である。本書でも、エリザベス・ハンド「所有者直販物件」、ショーニン・マグワイア「深い森の中で――そこでは光が違う」、ポール・トレンブレイ「パーティー」、ケリー・リンク「スキンダーのヴェール」が、家を特徴的なモチーフとして使っている。特に「所有者直販物件」は家そのものに怪異があり、しかも恐怖があからさまではなく、絶妙にまとわりつく邪悪を感じるところが、ジャクスン作品と通底している。ここで一夜を過ごすのが老いつつある女友達三人組という設定もいい。

〝らしさ〟その二は、〝悪意ある人々〟。

こちらは〝家〟以上にシャーリイ・ジャクスンらしいモチーフだろう。様々な作品で描かれてきたが、特に「くじ」（『くじ』深町眞理子《ふかまちまりこ》訳、ハヤカワ・ミステリ文庫所収）は〝普通の人々〟と〝悪意〟が濃密に凝縮された傑作で、一九四八年に〈ニューヨーカー〉誌に掲載されるや否や衝撃のあまり抗議が殺到したという。本書においては、カッサンドラ・コー「穏やかな死者たち」、ベンジャミン・パーシイ「鬼女」、ジョシュ・マラーマン「晩餐《ばんさん》」などが、閉鎖的なコミュニティ内で生まれる悪意や奇妙な風習について描いている。とりわけ「晩餐」は出色の出来で、単純だが、知的好奇心を殺せない人間には残酷なルールを元に、世界の理不尽さと少女の抵抗を切れ味鋭く展開していく。

〝らしさ〟その三は、〝悪魔〟だ。

ジャクスンは〝魔女〟には愛情を示すが、〝悪魔〟には強く警戒している。その姿はいつも男性で、時に「ハリス氏」あるいは「ジム」「ジミー」などと名乗る。このことは短編集『くじ』の訳者による後書に詳しく、F・J・チャイルド『英蘇《えいす》バラッド集』二四三番「魔性の恋人ジェームズ・ハリス」に由来するという。ジャクスンは女性の心理や行動を、良いものも悪いものも大変丁寧に描いていくが、男性に対してはどこか一線を引き、恐怖、理解不能、残酷で悪魔的な支配をする存在と捉えているところがあり、自身の夫へも猜疑《さいぎ》心《しん》を持っていたと言われている。『くじ』の収録作の多くや、長編『処刑人』(市田泉訳、創元推理文庫)は、悪魔との対峙《たいじ》の物語だ。本書ではレアード・バロン「抜き足差し足」が非常に見事で、とても〝ジャクスンらしい〟悪魔が登場する。表面的には温かく物わかりが良く魅力的だが、本当の内面は恐ろしいほど冷たく、この世界の秘密をそっと耳打ちしてくる。他に、カレン・ヒューラー「冥銭《めいせん》」や、ジュヌヴィエーヴ・ヴァレンタイン「遅かれ早かれあなたの奥さんは……」も悪魔をめぐる話といえよう。リチャード・キャドリー「パリへの旅」に登場するジェイムソンは一見善人だが、主人公にとっては悪魔かもしれない。何しろ名前がジェイムソン(ジェイムズの息子)だし。

〝らしさ〟その四は、〝女同士の紐帯《ちゅうたい》〟である。

ジャクスンはこれを重んじていたように思うが、しかしたいていの場合うまくいかない。

傑作『ずっとお城で暮らしてる』で風変わりな少女メリキャットが守りたいものは姉のコンスタンスだが、どうも一方的だし、『処刑人』で魂の双子《サムワン》と信じた相手はそうでなかったし、『日時計』に登場する若夫人は娘に「おばあちゃんがそこらでころっと死んだらいいと思わない？」と切り出す始末。しかしそれでも、『なんでもない一日』（市田泉訳、創元推理文庫）所収「夏の日の午後」の幼い少女たちの会話がとても自然で懐かしいように、ジャクスン自身は「女の敵は女」という考え方ではなく、女同士の交流を好んで描写したように思える。もしジャクスンが一九六五年に没することなくもっと長生きしていたら、堂々とクィアな小説を書いていたかもしれない。その気配はトリビュート参加作家たちも共有しており、M・リッカート「弔いの鳥」ではこんな状況になってなお繋《つな》がるふたりを描き、カルメン・マリア・マチャード「百マイルと一マイル」やポール・トレンブレイ「パーティー」ははっきりとレズビアン、あるいはバイセクシャルである女性の視点で描かれる。マチャードは特に『彼女の体とその他の断片』（小澤英実・小澤身和子・岸本佐知子・松田青子訳、エトセトラブックス）でラムダ賞レズビアン文学部門を受賞するなど、クィアな作品を書いてきた。よりジャクスン的なのはベンジャミン・パーシィ「鬼女」とジェマ・ファイルズ「苦悩の梨」で、どちらも少女同士のサムワンを求めつつも関係は崩壊していく過程を描いている。また、ジヨン・ランガン「生き物のようなもの」は、ジャクスンがいかにも「書きそう」な女系家族の物語だ。当たり前のように魔術を使う今風の魔女たちの姿を、もう少し見ていたい。

最後に、〝らしさ〟とは離れた作品についても触れたい。

ジョイス・キャロル・オーツは確かに〝魔女〟的な作家だが、方向性はジャクスンの対極に位置している。そのせいか今回の「ご自由にお持ちください」は、いっそジャクスンが「書かなそう」な物語である。

スティーヴン・グレアム・ジョーンズ「精錬所への道」は切ない青春奇談で、横溢《おういつ》する喪失感はジャクスンらしいが、どちらかというとスティーヴン・キングの方を強く彷彿《ほうふつ》とさせるのは、線路やノスタルジックなビデオテープ、SF要素のせいだろうか。

幻想小説の名手ジェフリー・フォード「柵の出入り口」は、まさか本当にあった話なのかと思わせるところが毎度おなじみで、とにかくユニークな作品である。しかしユニークではあるが、女性性や性自認、自分らしさを問うなど、かなり深いテーマを扱っている。

『プリティ・モンスターズ』（柴田元幸《しばたもとゆき》訳、早川書房）でも奇怪な話で魅了してくれたケリー・リンク「スキンダーのヴェール」は、掉尾《とうび》を飾るにふさわしい楽しい一編だ。確かにジャクスン〝らしさ〟とは離れているのだが、なぜかジャクスンの気配を感じる。異形や見知らぬ人、ちょっと邪魔な人に対する不思議な共感や、気まずいながらも受け入れる姿勢が似通っているからだろうか。

大魔女シャーリイ・ジャクスンは小説に魔術をにじませ、はぐれ者を窮地に追いやろうとする厄介な人々を、恐怖によって追い詰めてくれた。しかしその裏側には、魔法や予兆や霊感に心を奪われながらも、社会になじもうともがき、居心地の悪さに気まずい笑みを浮かべ続けた、孤独な魔女志願者がいる。世間と〝ずれて〟いるゆえに迫害されてきた魔女たち、命や声を奪われてきた存在の先に、シャーリイ・ジャクスンの作品がある。

彼女が生誕してから百年以上が経《た》って生まれた、トリビュート作品全十八編。ジャクスンを愛し、憧れ、影響を受けた作家たちが紡いだ作品から立ち上がってくる像は、どんな輪郭をしているだろうか。

惜しむらくは、本書の最後に彼女の新作が収められていないことだ。

いつか――十年後、百年後、もしかしたら明日にでも、この本を本棚から取ってぱらりとめくったら、知らない短編が入っているのではないか。最後に、ミミズがのたくったような筆跡で〝Shirley Jackson〟と署名が入っているのではないか。そんな日を夢見ている。

編者紹介

エレン・ダトロウ（Ellen Datlow）は、アメリカの編集者、アンソロジスト。〈オムニ〉誌、〈イベント・ホライゾン〉誌、〈サイフィクション〉誌の編集者を四十年務め、現在はTor.comで中短編の編集者を務めている。これまでに百冊近いSF、ファンタジー、ホラーのアンソロジーを編纂《へんさん》し、複数の世界幻想文学大賞、ヒューゴー賞、ローカス賞、ブラム・ストーカー賞、シャーリイ・ジャクスン賞などを受賞している。

訳者紹介

新井なゆり（あらい・なゆり）筑波大学卒。英米文学翻訳家。共訳書に『巨大宇宙SF傑作選 黄金の人工太陽』『AIロボット反乱SF傑作選 ロボット・アップライジング』がある。

市田泉（いちだ・いづみ）一九六六年生まれ。お茶の水女子大学文教育学部卒。英米文学翻訳家。訳書にジャクスン『処刑人』『なんでもない一日』、サマター『図書館島』、アンダーズ『空のあらゆる鳥を』、ハンド『過ぎにし夏、マーズ・ヒルで』他多数。

井上知（いのうえ・とも）上智大学外国語学部卒。英米文学・スペイン文学翻訳家。訳書にブスケツ『これもまた、過ぎゆく』など。

小野田和子（おのだ・かずこ）一九五一年生まれ。青山学院大学文学部英米文学科卒。訳書にアシモフ『夜来たる［長編版］』、クラーク『イルカの島』、ジェミシン《破壊された地球》三部作、ウィアー『火星の人』『プロジェクト・ヘイル・メアリー』他多数。

佐田千織（さだ・ちおり）関西大学文学部卒。英米文学翻訳家。訳書にヌーヴェル《巨神計画》三部作、ブルックス＝ダルトン『世界の終わりの天文台』、カヴァン『あなたは誰？』他多数。

谷垣暁美（たにがき・あけみ）翻訳家。訳書にル＝グウィン『なつかしく謎めいて』『ラウィーニア』、《西のはての年代記》シリーズ、フォード『言葉人形』『最後の三角形』他多数。共訳書にフォード《白い果実》三部作など。

中村融（なかむら・とおる）一九六〇年生まれ。中央大学法学部卒。英米文学翻訳家。編著に『影が行く』『地球の静止する日』『時の娘』『時を生きる種族』『街角の書店』、訳書にウェルズ『宇宙戦争』『モロー博士の島』、ブラッドベリ『万華鏡』他多数。

原島文世（はらしま・ふみよ）群馬県生まれ。英米文学翻訳家。訳書にジョーンズ『バビロンまでは何マイル』、ホワイト『龍の騎手』、マキリップ『茨文字の魔法』、マグワイア『不思議の国の少女たち』、クラーク『ピラネージ』他多数。

渡辺庸子（わたなべ・ようこ）法政大学（通信課程）日本文学科卒。訳書にジャクスン『丘の屋敷』、キーン《ナンシー・ドルー・ミステリ》シリーズ他多数。

検印
廃止

シャーリイ・ジャクスン・
トリビュート
穏やかな死者たち

2023年10月6日　初版

編　者　エレン・ダトロウ

訳　者　渡辺庸子《わたなべようこ》、市田泉《いちだいづみ》 他

発行所　（株）東京創元社
代表者　渋谷健太郎

162-0814/東京都新宿区新小川町1-5
電　話　03・3268・8231-営業部
　　　　03・3268・8204-編集部
URL　http://www.tsogen.co.jp
DTP　萩原印刷
暁印刷・本間製本

ISBN978-4-488-58407-8　C0197

アメリカ恐怖小説史にその名を残す
「魔女」による傑作群

Shirley Jackson

シャーリイ・ジャクスン

丘の屋敷

心霊学者の調査のため、幽霊屋敷と呼ばれる〈丘の屋敷〉に招かれた協力者たち。次々と怪異が起きる中、協力者の一人、エレーナは次第に魅了されてゆく。恐怖小説の古典的名作。

ずっとお城で暮らしてる

あたしはメアリ・キャサリン・ブラックウッド。ほかの家族が殺されたこの館で、姉と一緒に暮らしている……超自然的要素を排し、少女の視線から人間心理に潜む邪悪を描いた傑作。

なんでもない一日
シャーリイ・ジャクスン短編集

ネズミを退治するだけだったのに……ぞっとする幕切れの「ネズミ」や犯罪実話風の発端から意外な結末に至る「行方不明の少女」など、悪意と恐怖が彩る23編にエッセイ５編を付す。

処刑人

息詰まる家を出て大学寮に入ったナタリーは、周囲の無理解に耐える中、ただ一人心を許せる「彼女」と出会う。思春期の少女の心を覆う不安と恐怖、そして憧憬を描く幻想長編小説。